国家出版基金项目
"十二五"国家重点图书出版规划项目

中國京劇流派劇目集成

启功题截

《中国京剧流派剧目集成》编委会 编

第 叁拾捌 集

學苑出版社

图书在版编目（CIP）数据

中国京剧流派剧目集成．第38集 ／《中国京剧流派剧目集成》编委会编．— 北京 ：学苑出版社，2015.3

ISBN 978-7-5077-4743-0

Ⅰ．①中… Ⅱ．①中… Ⅲ．①京剧－剧本－作品集－中国 Ⅳ．①I232

中国版本图书馆 CIP 数据核字（2015）第 047704 号

出 版 人：孟　白
责任编辑：潘占伟
装帧设计：徐道会
出版发行：学苑出版社
社　　址：北京市丰台区南方庄 2 号院 1 号楼
邮政编码：100079
网　　址：www.book001.com
电子信箱：xueyuanpress@163.com
销售电话：010-67675512　67678944　67601101（邮购）
经　　销：新华书店
印 刷 厂：北京信彩瑞禾印刷有限公司
开本尺寸：889×1194　1/16
印　　张：15.875
字　　数：406 千字
版　　次：2015 年 3 月第 1 版
印　　次：2015 年 3 月第 1 次印刷
定　　价：240.00 元（精装）

《中国京剧流派剧目集成》学术顾问

《中国京剧流派剧目集成》编委会

序言

◎黄克

京剧向称国粹艺术，内容博大精深，剧目十分丰富，人们常以“汉唐三千宋明八百”形容其浩瀚。其中流派剧目又以演员表演的鲜明个性使剧目显得更为多彩多姿，充满魅力，既被专业人员钻研承继，也为广大戏迷喜闻乐见，遂成为京剧舞台上一大亮点。

流派

举凡表演艺术，原本就无不带有表演者的个人色彩。京剧表演艺术因其唱念做打诸多方面功夫的综合性和繁难性，表演的个性化尤为突出；加以行当的粗分、剧目的雷同，于大致相同的条件下尽显各自的千姿百态、千变万化；一招一式、一腔一韵之中可以体现不同的特色，同样一出戏，甚至同样一个戏中人物也完全可以演出不同的风采，这种充满个性化的表演，遂成为京剧竞技场上最是为人乐道而又情趣无穷的审美内涵。倘若这种富于个性化的表演为受众所认可，且代有传人，形为规范，即可自成一家，成为迥异于他人的艺术流派。以“四大名旦”（梅兰芳、程砚秋、荀慧生、尚小云）为例，虽皆工旦行，却又各有千秋。京剧大师王瑶卿就曾这样分析这四位后起之秀的独到之处：“梅兰芳的样儿，程砚秋的唱儿，尚小云的棒儿，荀慧生的浪儿。”所谓“样儿”，指梅的艺术造诣全面，要什么有什么；所谓“唱儿”，指程以行腔之新颖动听为能；所谓“棒儿”，指尚的刀马功底深厚；所谓“浪儿”，指荀的柔媚多姿、风情万种。寸长尺短，一语道破各有专擅的各家流派特点。如此成就固然来自自己的勤学苦练、苦心孤诣，更少不了观众的知音捧场、鼓励有加。因此，一个艺术流派的形成，对于创始人来说，无疑是开拓了审美追求的新境界；对于受众戏迷来讲，则更是得到了多样化审美需求的新满足。梨园行有云：唱戏的是疯子——指其追求的执着，听戏的是傻子——指其享受的痴迷。二者相得益彰、相映成趣，或许正道出京剧流派形成之三昧。

流派剧目

在京剧传承的一二百年间，随着历史的变迁、社会的发展，以及新人辈出、师承转换，荡涤旧物、崇尚新声，传统剧目中的绝大部分早已绝迹于舞台，然而，其精华部分（包括剧目中表现出来的唱念做打等程式体系）还是被完好地保存了下来，并得到长足的发展。其间，流派创始人于剧目的推陈出新做出了不可磨灭的贡献。基于对剧目乃至剧中人物的理解和认识，以及更便于发挥自己技艺特长的需要，流派创始人对浩如烟海的传统剧目进行了严格的筛选，经过了整理加工再创作，使之又焕发出崭新的韵味和光彩；随着这样剧目的增多，最终形成了自己流派所特有的剧目系列。而另外的流派又在另外的剧目系列中发挥着自己的优势，即或剧目相同，不同流派依然可以于演出中表现出自己的独特风格。总之，在其演出的剧目中，无不打上自己表演风格的鲜明烙印。京剧舞台上一度出现的这种百花齐放、争芳斗艳的盛况，实由自丰富多彩的流派剧目，这在京剧发展史上已是不争的事实。

但也应看到，如今京剧流派剧目相对于京剧的鼎盛时期，已是光景不再。个中原因很复杂，就客观因素而言，新兴的艺术形式的多种多样，人们的欣赏习惯和娱乐方式已经有了更广泛的选择余地，因而完全可以去旁骛；此外，就京剧本身而言，演出剧目之贫乏不能不说是观众锐减的重要原因之一。本来演出场所和演出场次就不多，翻来覆去又只是那几出骨子老戏，怎么能吸引观众，特别是年轻观众呢？——连那些老戏迷们也都听腻歪了。

回过头来看，今日演出剧目的贫乏和流派创始人晚年艺术景况也不无关系。他们在艺术的巅峰期——集中在上个世纪二三十年代，创作或改编了一出出新戏，直令观众赏心悦目，目不暇接。当其时，除了富连成科班或游动的散班演出些大路戏外，北京的京剧舞台几乎就是流派剧目的天下。据1932年商务印书馆出版的《五十年来北平戏剧史材》的记载，自民国十二年（1923）至十八年（1929）这六七年间，以梅派剧目为例，只“初演”的剧目——也就是自家独创的新戏或整理改编的传统戏，就有前后本《西施》、《洛神》、《廉锦风》、头二三四本《太真外传》、《俊袭人》、全本《宇宙锋》、《凤还巢》、《春灯谜》等12出戏（其中前后四本《太真外传》这四出戏是在一年多时间里陆续完成的）；同一时间段，马派“初演”的剧目也有《化外奇缘》、全本《玉镯记》、《秋灯泪》、《战宛城》、全本《火牛阵》、《鸿门宴》、全部《临江馆（“馆”应作“关”）》、全部《浣纱溪》、《范仲禹》、全本《清风亭》、头二三四本《大红袍》、全本《天启传》、《许田射鹿》、全本《十道本》等15出戏（其中《大红袍》分头二和三四本两次演出），当然，其中还不包括“初演”以外的经常性的大量的传统戏演出。试问，这些曾经轰动一时的流派创始人编创的新剧目于今又有多少出传承下来了呢？个中主要原因就在于流派创始人到了晚年一些唱做吃重的剧目已难胜任，只有将其已臻于炉火纯青的技艺凝炼到少数剧目之中，或演出或教习也只拘囿于这少数几个剧目了。而其传人也就将这几出戏奉为圭臬，全不知其鼎盛时期的所谓“文武双全”、所谓“昆乱不挡”为何事，致使一些当年的热门戏几近失传，这不能不说是梨园一件憾事。记得梅兰芳先生曾撰文论述学艺过程中的“少、多、少”，大意是初学时会的戏（包括技艺）自然是少的。随着所学剧目的增多，技艺的增长，激发起拓宽其艺术驰骋领域的热情，兼收并蓄，从而极大地丰富了自己。进而又随着审美取向的定型，艺术见识的提高，势必要对自己所学所用下一番去芜存精的工夫，扬长避短，使自己的独特技艺集中在少数几个代表剧目之中。表面看来演出的剧目是少了，但炉火纯青，在艺术创新上却达到了新境界。从少到多，从多而少，贯穿着的是继承与发展的艺术成熟的过程，也闯出了一条攀升艺术高峰的必由之路。后学者以为，学会了几出流派代表剧目便可以薪尽火传，得到了真经，孰不料缺少广博的根基，既影响个人的发展，也造成了剧目越传越少的现实。这难道不是应该汲取的教训吗？

有道是“礼失求诸野”。由于流派剧目的独特韵味及其所富有的艺术魅力，由于京剧作为自娱自乐的审美取向已深入人心，更由于迷恋传统演唱艺术者的大有人在，京剧传统剧目——包括一些已经消失于舞台的流派剧目，至今仍在京剧爱好者中间传唱不息。我们不妨到公园里看一看那一圈圈围着的戏迷，他们来自四面八方，或许彼此并不相识，只凭一把胡琴就将大家凝聚在一起，有滋有味地互相欣赏着一段段流派唱腔。更不用说那遍布全国各地乃至国外华人聚居区的票房，他们还时不时地粉墨登场，过一把戏瘾呢！这种自拉自唱、自娱自乐的红火场面，充分显示了京剧流派剧目的深厚群众基础和顽强的生命力，对于相对落寞的京剧舞台不啻一种发人深省的挑战。然而，这又何尝不是对京剧振兴的潜在的呼唤和有力的支持呢！

流派剧目集成

正鉴于其强大的生命力和深厚的群众基础，“振兴京剧”作为文化建设的国策的提出可谓正得其时。而振兴之务，首要的是挖掘和继承优秀传统剧目，以之作为发展和创新的基础和借鉴。我们编纂《中国京剧流派剧目集成》的初衷正在于此：将流派剧目演出的精彩瞬间记录于永恒，将构成流派剧目的诸多元素一一记录在案。诸如每剧的剧情本事、创始人表演特点的提要，剧中人物行当归属、服装扮相，剧本曲文、唱腔谱、伴奏谱、锣鼓经，以及身段谱等得以再现流派表演风格的内容，都力图完整地记录整理出来，为流派艺术的教学和研究提供文字的基础资料。持此，内行自可作为表演的参考，京剧爱好者也可以作为演习的蓝本。

这一工作，对于京剧剧目的基本建设虽然可谓之善举，但具体做起来却困难多多。首当其冲的就是剧目的选定。京剧剧目虽称汗牛充栋，但保存下来的资料却十分有限。京剧形成初期，以“老生三杰”又称“前三鼎甲”的程长庚、余三胜、张二奎为代表的一代固然没有留下什么音像文字资料；即或以“老生新三杰”又称“后三鼎甲”的谭鑫培、孙菊仙、汪桂芬为代表的一代除了少量的唱片外也没有完整的剧目传下来，所以我们的剧目整理工作只能从民国初年以降的“四大须生”、“四大名旦”开始。他们受熏陶于前辈艺术家，可谓传统的集大成而又能创新的一代，整理剧目以他们为重点自然最合适不过。遗憾的是这些艺术大师大都已经作古，得到他们指点和首肯已不可能，为此，我们只能通过其亲传或再传弟子来进行流派剧目的整理工作。从中我们更深地体会到抢救要及时，当初未能抢救下来现在也不要嫌晚而不为，抢救一点是一点，否则能够保存下来的精华越来越少，越加难向历史向后人交代了。

更难的则是遴选整理者。剧目的全面整理需要全面的人才。我们在组织稿件的过程中却发现这样的人手颇不易得。如果流派创始人或其传人曾在戏校任教，且有较为完整的教案保存下来，今日稍加整理即可选用，自然不是难事。不过这样的情况并不多，大量的剧目尚需要对当年的演出本进行追忆记录，加工整理。曾经受业于流派创始人或其传人的京剧工作者虽然是整理演出本的合适人选，但是他们大都是单位的骨干，忙于演出，忙于剧务，或居于领导职位，很难分出身来。即或肯于应承下一两出戏，也常有如下的情况：能演不能说，能说不能写，能写又不能打谱。因此，完成一个剧目经常需由记录者、整理者和打谱人联袂而行，倘再加上剧目的传授者和提要的撰写人，则非四五人鼎力不可。《中国京剧流派剧目集成》收入二百多出戏，每出戏即使平均两三人参加，也要组织四五百人次。其繁难可以想见，其壮观亦可以想见。当然，这还仅就整理者的数量而言，更为难能可贵的还在于参与者的无私奉献。试想，跟演一出戏或教一出戏相比，以文字整理出一出戏，不仅费时而且费力，无疑是一桩一般人不肯为也不屑为的苦差事，而我们的整理者却能甘之如饴，乐此不疲，没有为京剧事业的传承而不计个人得失的宝贵情操，是难有这种积极性的。不仅如此，随着岁月流逝，整理流派剧日益困难，更需要求助一些老专家，他们或是资深艺员、教师，或是资深票友、戏迷，而今已是硕果仅存的京剧艺术的专家、流派历史的见证人。在他们身上洋溢着一种传承京剧流派的使命感，和对振兴京剧的期待。他们热情地参加到这项工作中来，或亲自动手，为我们整理剧目；或答惑解疑，给我们工作以指导。使我们在受教于他们的同时，油然而生一种深深的敬意。

克服了上述困难，《中国京剧流派剧目集成》终于呈现在读者面前。书中，除了囊括主要流派的主要代表剧目，试图反映京剧鼎盛时期的大致面貌而外，尚有可说道者。首先是挖掘整理出一批流派剧目，其中不乏已近失传的流派艺术精品。其中共收流派五十余家、剧目二百多出，不仅是从装扮到曲谱俱全，而且半数以上不曾整理出版过，可算是京剧剧目建设的一个不小的工程。下列剧目可为佐证。如王（瑶卿）派名剧《南天门》（今能见到的只剩下王和老谭合拍的剧照）、余（叔岩）派名剧《太平桥》（据说是老谭给余说的开蒙戏）、马派名剧《白蟒台》（写王莽被俘后向旧臣一一乞命事，老生扮演反面人物堪称奇特）、麒派名剧《斩经堂》（其中吴汉的悲剧性格曾引起过热烈争论）、荀派名剧《鱼藻宫》（写吕后残害戚姬事，乃荀派悲剧剧目之一），以及汪（笑侬）派名剧《哭祖庙》、龚（云甫）派名剧《徐母骂曹》、徐（碧云）派名剧《绿珠坠楼》、裘（盛戎）派名剧《打銮驾》等，都是难得一见的流派剧目之珍品。而以“关外唐”名世的唐（韵笙）派名剧经其家人和传人的努力竟整理出其代表作《驱车战将》、《闹朝击犬》、《好鹤失政》、《绝龙岭》、《未央宫斩韩信》、《刀劈三关》等七出之多，堪称流派剧目建设的新收获。除此之外，《中国京剧流派剧目集成》还特别着力于武戏的挖掘整理。较之文戏，武戏更难整理，需要将演员在台上的动作招式一一准确地反映出来，没有深入的钻研领会、亲身体验，很难下笔。众所周知，杨小楼作为一代武生宗师，其“武戏文唱”乃武生的不二法门，也是令人神往的一种表演境界，在武戏剧目整理中理应得到体现。资深票友朱家溍先生得其真传，整理了杨派名剧《麒麟阁》，并详细记述了前后六次观剧的心得，惜乎不及将其用工尺谱记下的昆曲吹腔翻为简谱便溘然而逝了。另一出杨派名剧《镇潭州》则是根据京剧耆儒刘曾复先生的讲授整理出来的，其中杨再兴上场的“蝴蝶霸”、和岳飞对打的“枪架子”，皆独得杨派之秘，给人以再闻《广陵散》般的惊喜。此外，高盛麟的《长坂坡》、《走麦城》，王金璐的《落马湖》、《蚓蜡庙》也都走的杨派的路子，有的就是直接跟杨宗师学的。南派大武生盖叫天武功盖世，他的剧目身后却乏人整理，多亏移居上海的原中国戏校武功教师赵雅枫先生以耄耋之年勉力整出《一箭仇》，也算保存了盖派一脉。还值得一提的是收获了一批武丑戏。叶盛章当年是以武丑戏挂头牌演大轴的第一人，勇于创新，能戏甚伙，现将其创作的名剧《酒丐》、《祥梅寺》、《打瓜园》、《徐良出世》、《三盗九龙杯》、《铜网阵》等七出代表作一并推出，既再现了叶氏当年神勇，也为乏人承继的武丑行当提供一些演习之本。尤为可喜的是我们也挖掘整理出富连成科班总教习、文丑“萧派”创始人萧长华老先生的《选元戎》、《荡湖船》、《变羊记》等已近绝迹舞台的拿手剧目。凡此，整理者挖掘流派剧目的辛勤劳作成果，均为我们编纂“集成”增添了光彩。

为了方便读者翻检使用，本书采取四五出戏合编一册的形式，这样全书约有五十册之多，并拟分三批推出。第一批为老生行的余派，以及号称“南麒、北马、关外唐”的三派，和武丑行的叶（盛章）派，计五家八册。第二批则以旦行“梅、尚、程、荀”为代表，包括老旦、刀马旦等流派。第三批是老生、小生、武生、净、丑等其他流派。预期一两年内出齐。倘若其中有重要疏漏，又得人整理，亦可考虑编辑出版“集外集”，以满足读者的需求，也使这部“集成”更为名副其实。

当然，《中国京剧流派剧目集成》的编纂，其目的只在提供流派剧目作为研究家和后学者的参考借鉴。而流派、流派，意重在“流”。所谓流，指流行和流变。流派艺术正是在流行、流变中最终形成的，即或在最终形成之后，也还是靠流行、流变而发展的，倘若泥古不化，抱残守缺，就会失掉其鲜活的生命力，艺苑奇葩也会枯萎，这已为京剧发展史所证明。不过，流派艺术发展也需要有个前提，那就是首先要掌握渗透在表演程式唱念做打、手眼身发步中的艺术个性，而流派剧目就是其艺术个性展现的载体。继承流派艺术，不能只满足于模拟外在的“体”，更要在剧目演练中去体味其艺术个性的“魂”，这样才能促使京剧流派艺术从剧目建设到表演个性都得到发扬光大。此乃传承流派剧目的题内之义，自毋庸赘言。

目录

张卫东 整理

天官赐福

朱家溍、张卫东演出本

旧时初学昆曲、京剧者开蒙必习此戏，它是昆曲演出中的吉祥开场戏之一。此戏除首支“北黄钟宫”〔醉花阴〕曲牌由天官独唱，其他曲牌皆由全体演员合唱。这是昆曲不同于其他剧种的独特之处。昆曲中还有许多类似这样的合唱剧目。

剧中叙述上元一品赐福天官奉上帝敕旨，率领南极老人、五谷牛郎、天孙织女、送子张仙、增福财神等同往福地降福，后同返天宫。

此戏是北曲〔醉花阴〕一套，由“北黄钟宫”〔醉花阴〕、〔喜迁莺〕、〔刮地风〕、〔水仙子〕和〔煞尾〕等曲牌组成。一般南曲“引子”多用词牌格律，而北曲则无“引子”。曲界历来有南曲重“引子”，北曲重“尾声”之说。〔醉花阴〕、〔喜迁莺〕等曲牌名目虽与词牌相同，其格律却与北曲格律毫不相干。

此戏曲词无不吉祥如意，亦称《赐福》或《大赐福》，剧作者佚名。还有另一演出形式，以老生、末、外等分别扮天、地、水三官，天官坐在中间小高台的桌子上，地官、水官等分别坐在左右小高台的桌子上，其他形式不变。旧时在内廷演出于天子面前不准言“赐”字，必须改称《天官祝福》。

民国后期的戏班演出此戏多简化，一般只上一个天官与一堂红龙套，唱〔醉花阴〕、〔喜迁莺〕、〔煞尾〕三支曲子。但是科班和名声较大的戏班演出此戏却颇为讲究，一般都是效仿内廷演出《天官祝福》的版本。除了满宫满调将整套曲子唱全，还加演“五子夺魁”、“和合二仙”、“刘海戏蟾”等情节，昆弋班还在“五子夺魁”里加重表演并将其易名为《大点魁》。

该戏是全班合演，各路脚色齐全。昆弋前辈侯玉山老先生说：“前清时过年到一个新台口儿开箱必加《点魁》，就为听听场面吹的、台上唱的齐整不齐整，亮亮行头好不好，练练后台箱倌手底下的活儿。”

这出戏原是按清代北京舞台演出形式记录的，由荣春社的荣字辈老师杨荣斌先生传授。此戏原荣春社有老徽班和醇王府恩荣班以及昆弋班前辈传授，荣春社还曾照内廷《天官祝福》排演过。今按当时普遍传演戏路以及民间戏班戏路整理，穿戴、表演术语基本与北京戏班语汇相同。唱腔从古，不加任何装饰音，锣鼓经采用北京承习苏派传统的名称。

1945 年春节正月初一，北京永春社曾开箱全班合演《天官赐福》，经李洪春倡议由李洪春、李万春、马崇仁等与其同扮三位天官，不带“五子夺魁”、“和合二仙”与“刘海戏蟾”等情节。该剧在北京绝迹 50 多年后，为纪念北京昆曲研习社成立 40 年，我与朱家溍先生排练此戏，于 1996 年首演于北京湖广会馆古戏楼。

张卫东

人物行当

赐福天官	老生	**和合二仙**	一丑一生
南极老人	老生（老外）	**金　蟾**	武行
五谷牛郎	小生（作旦）	**刘　海**	娃娃生（生）
天孙织女	花旦（贴旦）	**魁　星**	架子花脸（副净）
送子张仙	小生	**四侍童**	杂
增福财神	铜锤花脸（正净）	**二掌扇**	杂
大童子	武小生（武行）	**八仙女**	旦（耳朵旦）
四小童子	娃娃生（武行）	**四龙套**	杂

服装扮相

赐福天官　俊扮（印堂勾金火焰）。汾阳盔、黑三髯，红蟒、玉带，红彩裤，厚底靴。（左手抱如意）

南极老人　俊扮（眼纹勾金）。老人巾、白满髯、白髯发、黄绸条，古铜褶子、道背心、黄丝绦，黑彩裤，大袜、福字履。（左手持云帚、右手拄龙头拐杖，龙头上用丝绦系葫芦和圣旨）

五谷牛郎　俊扮（印堂勾金火焰）。高方巾（套草帽圈），灰褶子、黄大带、蓑衣，粉彩裤，厚底靴。（左手抱谷穗）

天孙织女　俊扮（印堂勾金点）。梳大头、点翠头面、大过桥，红色宫装、马面腰包，粉彩裤，彩鞋。（双手捧托盘）

送子张仙　俊扮（印堂勾金火焰）。白开氅、蓝色大带，红彩裤，厚底靴。（左手拿弹弓）

增福财神　元宝脸或黑脸（脸颊勾金钱）。黑大镫（扎红彩绸）、黑满髯，绿蟒或黑蟒、玉带，红彩裤，厚底靴。（双手捧大金元宝）

大童子　俊扮（印堂勾金点）。珠子头、面牌，红龙箭衣（加三尖）、黄大带，红彩裤，厚底靴。

四小童子　俊扮（印堂勾金点）。孩儿发，各色打衣打裤、火焰云肩、大带，薄底鞋。

和　仙　俊扮（印堂勾金点）。大缎子孩儿发、泡条，红绣花露肚、绣花腰带，红彩裤，大袜、登云履。（左肩扛荷花）

合　仙　俊扮（印堂勾金点）。大缎子孩儿发、泡条，青绣花露肚、绣花腰带，黑彩裤，大袜、登云履。（右手拿大笊篱或捧圆形妆盒）

金　蟾　勾金蟾形脸谱。蛙巾，蛙衣，蛙鞋。

刘　海　俊扮（印堂金点）。大缎子孩儿发、泡条，粉花褶子、蓝色丝绦，粉彩裤，红彩鞋。（手拿金竿）

魁　星　魁星脸子（大头面具）。海青褶子、虎皮坎肩、绿下甲、黄色大带，黑彩裤，朝方靴。（左手拿斗，右手抓笔）

四侍童　俊扮（印堂勾金点）。孩儿发，太监衣、丝绦，红彩裤，薄底鞋。（手执瓜棍、瓜锤）

二掌扇　俊扮（印堂勾金点）。孩儿发，红褶子、丝绦，红彩裤，彩鞋。

八仙女　俊扮（印堂勾金点）。梳大头、亮泡子、小过桥，女褶子、云肩、宫女腰包，粉彩裤，彩鞋。（执提炉、宫灯、符节等）

四龙套　俊扮（印堂勾金火焰）。大板巾，红龙套衣，红彩裤，薄底靴。（持云牌）

道具

桌　子	三张（一张为黄色绣龙或大红色桌围）
椅　子	三把（黄色绣龙或大红色椅披）
嵌玉如意	一柄（下缀双红穗子）
龙头拐杖	一根（上用黄丝绦拴葫芦一个、卷轴圣旨一个）
云　帚	一个
谷穗、稻穗	一束（略加叶片）
红漆托盘	一个（上加红盖头一个，内放红椅披卷做的锦帛三卷）
男弹弓	一个（上用黄绸扎彩球）
大金元宝	一个（上用红绸扎彩球）
荷　花	一枝（一朵花、两个荷叶）
大笊篱（或圆形妆盒）	一个（竹条制成，上缠红色彩绸）
金钓竿	一根（金杆龙头，上拴红丝绦，系大个儿金钱五枚）
提　斗	一个
红抓笔	一支
帅　盔	一顶（加后兜）
提　炉	四个
符　节	四根
掌　扇	一对
瓜　棍	一对
瓜　锤	一对
云　牌	四对

独场戏

〔舞台正中靠后摆放堂桌、“小座”，待到<喜迁莺>曲终前在中场后边改小高台，一场直到剧终。

〔【一锤锣】四龙套手持云牌，八仙女手执提炉、符节，四侍童分别手持瓜棍、瓜锤，二童各执掌扇，上，“大站门”引赐福天官（左手抱“如意”一柄）上，至“九龙口”亮相后至台中右手抖袖开唱。

<醉花阴>六字调（1＝F）双笛吹奏

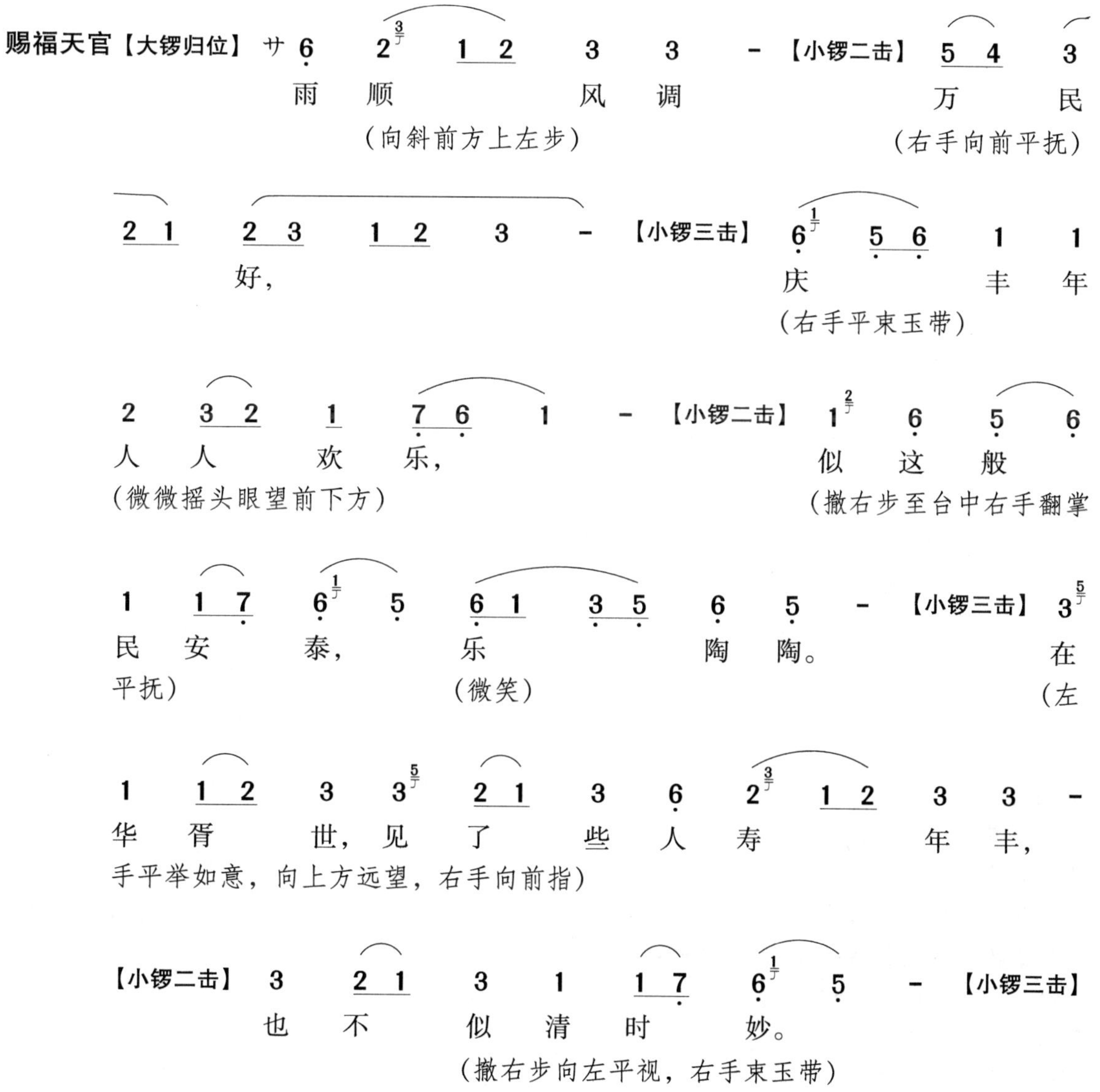

1 6 5 1 3 5 6 1 66 65 3 -
似 这 等 官 不 差 民 不 扰，
（向左上步，右手平抚） （右步向右上步）

【小锣二击】 21 3 3 12 3 3 - 【小锣三击】
则 俺 奉 玉 音，
（右手自比，向上拱手） （左手平举如意，向上

6 7 6 54 3 - 5 6 1 - ‖
将 福 禄 褒。
方远望，右手向前双指）

〖【放钹大锣原场】赐福天官向左转身走至小座前右转坐定。抖右袖。【大锣归位】

赐福天官 （诗）瑞霭祥光紫雾腾，
人间福主庆长生。（双手平托如意向上）【小锣二击】
欣看四海升平日，（由左至右平看）
共沐恩波享太平。（右手向前按掌）【大锣住头】（众侍从归里站定）
吾乃（右手托髯）【大锣撕边一击】上元一品赐福天官是也。（抖右袖）【大锣住头】人间称为福德星君，所临之地，无不吉祥如意。今奉上帝敕旨，（向上拱手）道：下界福主乐善好施，积德累功，特命吾（右手托髯）统领诸位福神，前往阶庭，（右手向前双指）颁赐福禄，（右手平抚）以彰积德之报。（束玉带）【大锣住头】侍从们！（左右看）

众 有！【大锣撕边一击】

赐福天官 请诸位福神来者。

众 领法旨，诸位福神，有请。

〖【小锣打上】南极老人左手拄龙头拐杖右手拿云帚，五谷牛郎左手持谷穗，天孙织女双手捧放锦帛托盘，送子张仙左手持弹弓，增福财神双手捧大金元宝，在内念“请”后，“搭轿”上，至“九龙口”亮相。南极老人站中间，左为五谷牛郎，右为天孙织女。左边送子张仙与右边增福财神后上。共同走至台口前站成一排。

南极老人 称觞献寿乐延年，

五谷牛郎
天孙织女 （同）五谷丰登喜事全。

送子张仙 桂子飘香沾雨露，

增福财神 财源茂盛福绵绵。【小锣归位】

众 吾乃，【小锣住头】

南极老人 南极老人。

五谷牛郎 五谷牛郎。

天官赐福

天孙织女　天孙织女。
送子张仙　送子张仙。
增福财神　增福财神。
众　是也。（扎）
南极老人　诸位福神请了！（向众拱手）
众　请了！（向南极老人拱手还礼）
南极老人　天官相召吾等，（向上拱手，右手食指伸出单向前指）一同进见。
众　请！（同向内转身）【小锣归位】
天官在上，吾等参见！（同向赐福天官拱手，向前上步躬身）
赐福天官　诸位福神少礼！（右手略抬上翻）【大锣五锤】
〔众双分站八字形，增福财神、天孙织女在“小边”，南极老人、五谷牛郎、送子张仙在“大边”。
众　天官相召吾等有何台谕？（向赐福天官拱手）【大锣撕边一击】
赐福天官　吾奉上帝敕旨，（向上拱手）道：下界福主阴功浩大，积德累功，特命吾（右手托髯）统领诸位福神，前往阶庭，（右手向前双指）颁赐福禄，（右手平抚）以彰积德之报。（束玉带）诸位福神可一同前往。【大锣撕边一击】
众　蒙颁上谕，敢不领遵。（向赐福天官拱手）
赐福天官　侍从们！（左右看）
众　有！
赐福天官　驾起祥云往福地去者。（右手向前双指）
众　啊！
〔【大锣帽子头】赐福天官右手抖袖，众向外场平视。同唱。

<喜迁莺>六字调（1=F）双笛加双唢呐吹奏

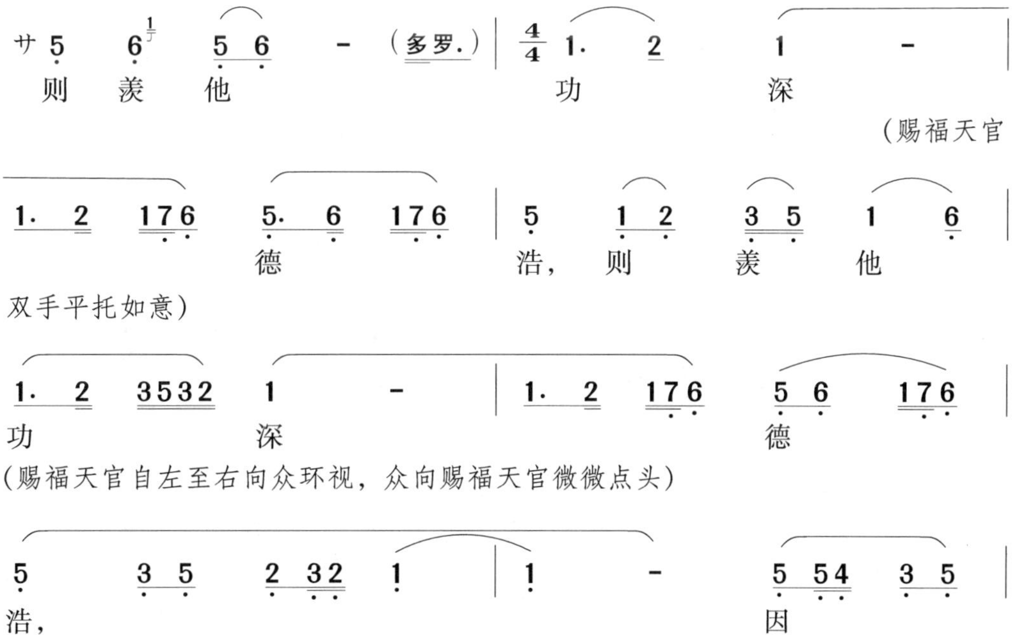

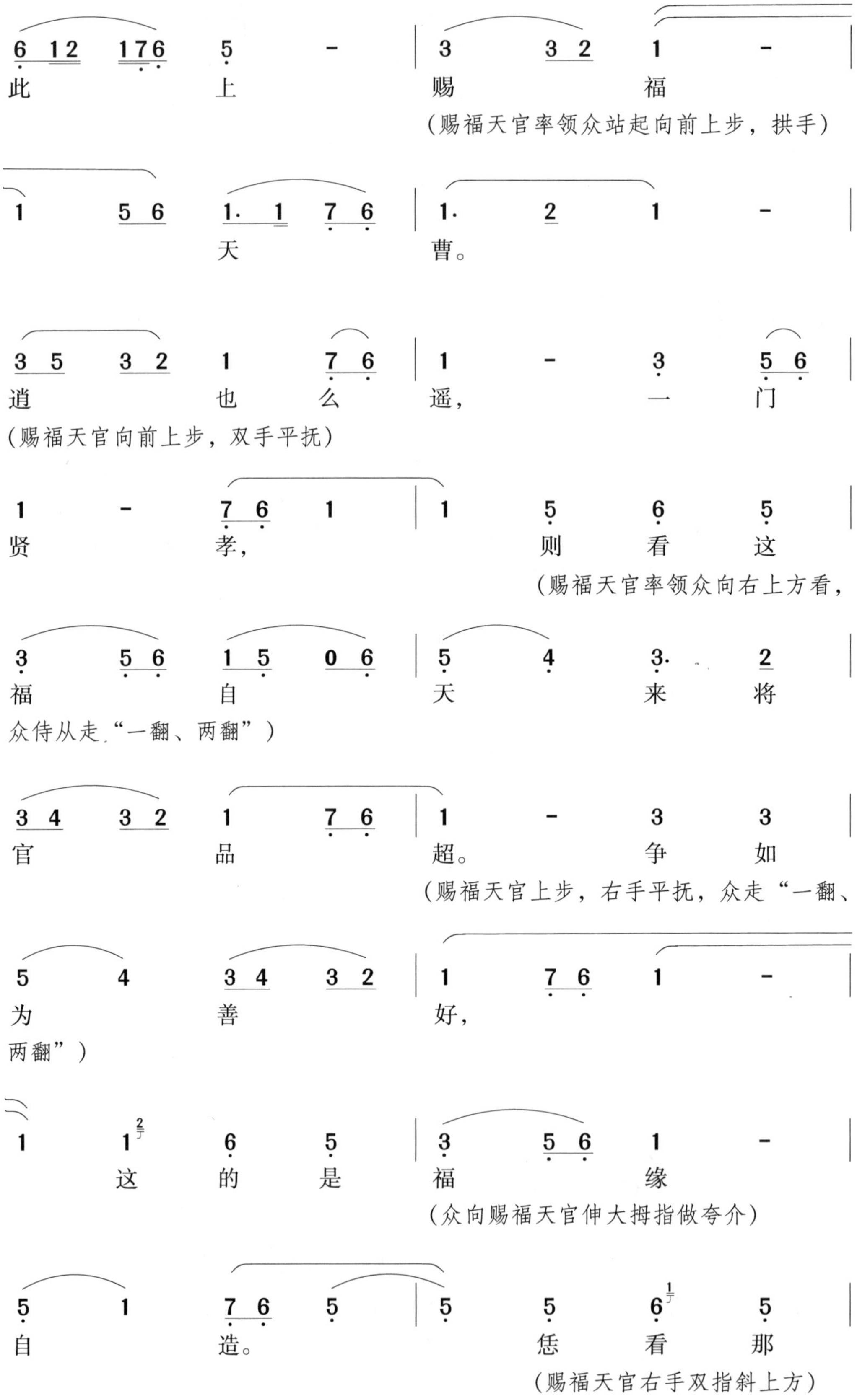
此 上 赐 福
(赐福天官率领众站起向前上步，拱手)
天 曹。
逍 也 么 遥， 一 门
(赐福天官向前上步，双手平抚)
贤 孝， 则 看 这
(赐福天官率领众向右上方看，
福 自 天 来 将
众侍从走“一翻、两翻”)
官 品 超。 争 如
(赐福天官上步，右手平抚，众走“一翻、
为 善 好，
两翻”)
这 的 是 福 缘
(众向赐福天官伸大拇指做夸介)
自 造。 恁 看 那
(赐福天官右手双指斜上方)

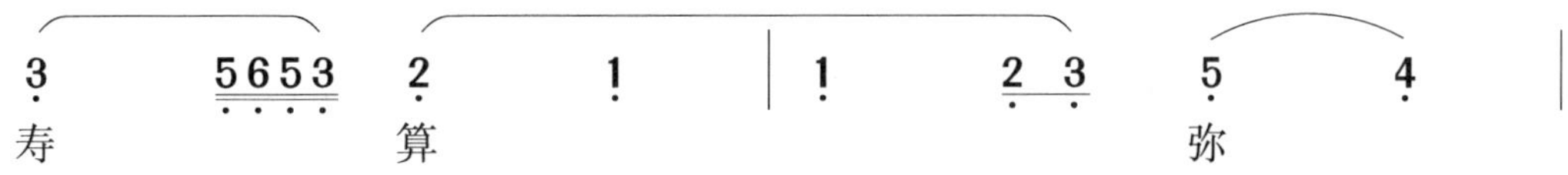

（众随赐福天官看斜上方，在曲中平远左右探身看介）

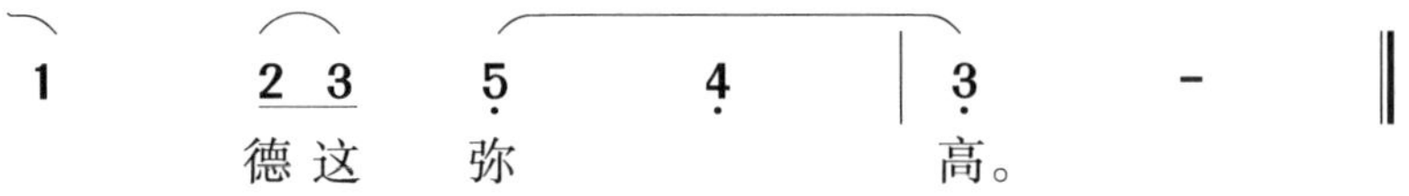

〔双笛、双唢呐接奏<小开门>，加打大堂鼓、九音云锣、水镲。

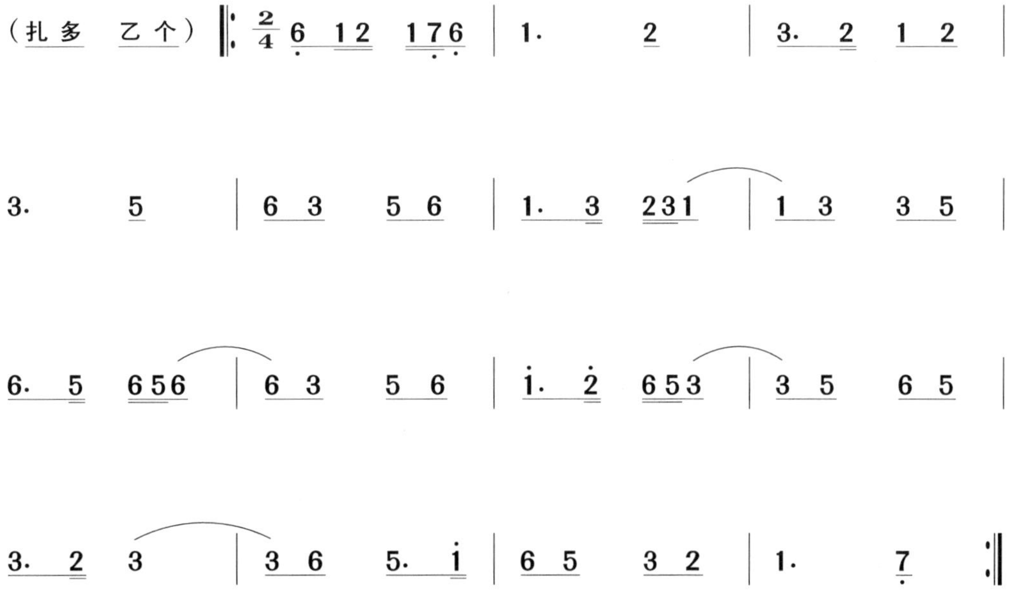

〔赐福天官在曲内向右转身往内上高台左转坐下。<小开门>收住。

众　已到福地。（众原地向前上一步，分别往内转身向赐福天官拱手）

赐福天官　妙哇！（右手单指捋髯看介，惊讶）**【小锣一击】**
簇簇花香凝画阁，青青瑞草满阶庭。（右手平按）果然好福地也！

众　请天官赐福！**【大锣撕边一击】**（向赐福天官拱手）

赐福天官　小圣奉上帝敕旨，（拱手向上远望）进爵一品，愿长生不老，公侯世代，福禄绵长。（向下平视，右手平按）**【大锣撕边一击】**

众　妙哇！（相互对视后向外惊望）

赐福天官　请诸位福神可一一增之。（向下看，右手向下微微点两下）

南极老人 请！【小锣一击】（向外拱手，上步至台中）

老人无以为赠，（自比）今献南极百寿图一轴，（右手举蝇帚指龙头拐上的百寿图）愿人寿年丰，筹添海屋。（撤右步到原处）【小锣一击】

五谷牛郎 小仙（上左步至台中）今献岁岁平安、年年如意，愿稻生双穗，（右手单指谷穗）五谷丰登。（撤右步到原处）【小锣一击】

天孙织女 织女（上右步至台中）今献天孙锦一端，（侧平举托盘至鼻下）愿蚕桑茂盛，丝帛丰盈。（撤左步到原处）【小锣一击】

送子张仙 小仙（上左步至台中）特送麒麟儿为嗣，愿子孙万代瓜瓞绵绵。（左手持弹弓右手拉弦向斜上方做打弹状，撤右步到原处）【小锣一击】

增福财神 俺财神（上左步至台中）特赠黄金万镒，（侧举元宝至眉前）愿财源茂盛积玉堆金。（撤右步到原处）【大锣撕边一击】

赐福天官 妙哇！

〔【大锣归位】南极老人右手向斜前方甩蝇帚，上左步至高台前站定。众向前亮相同唱<刮地风>六字调（1＝F）。双笛加双唢呐吹奏。

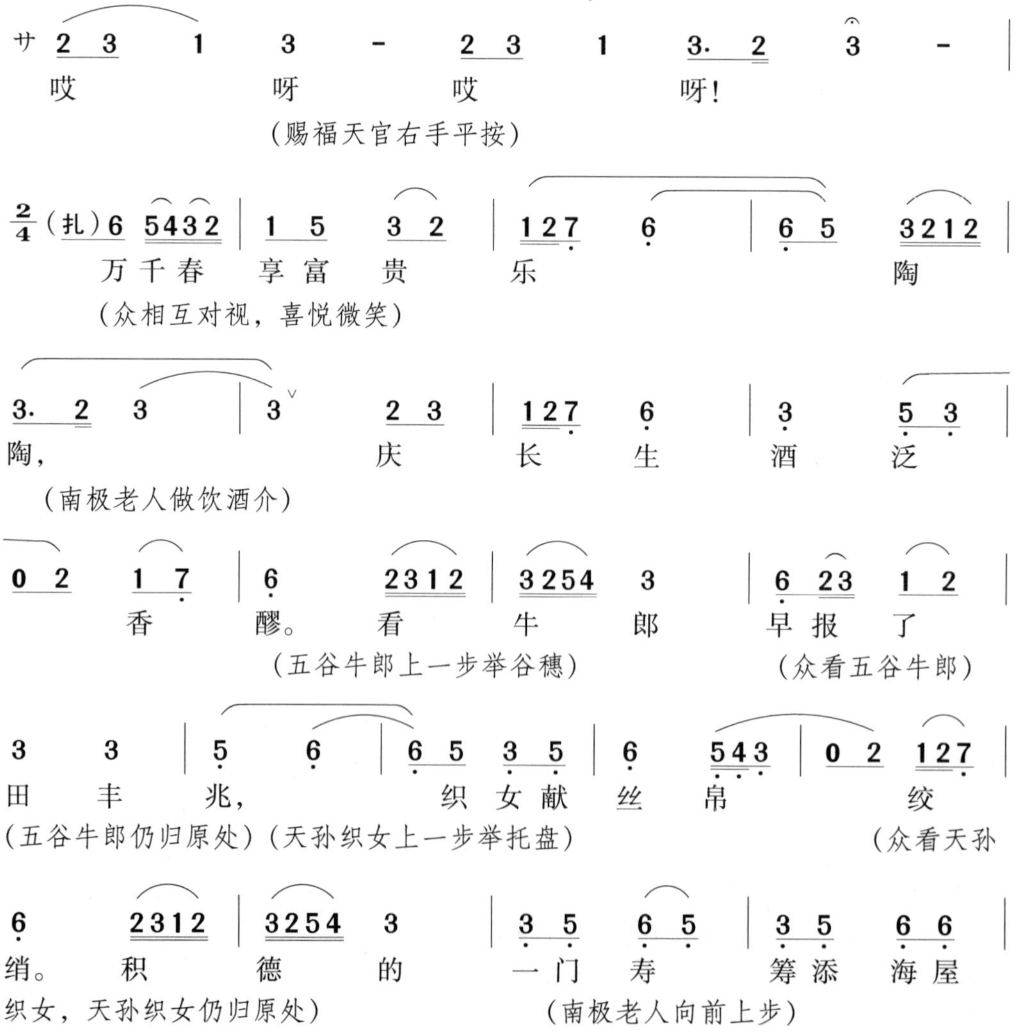

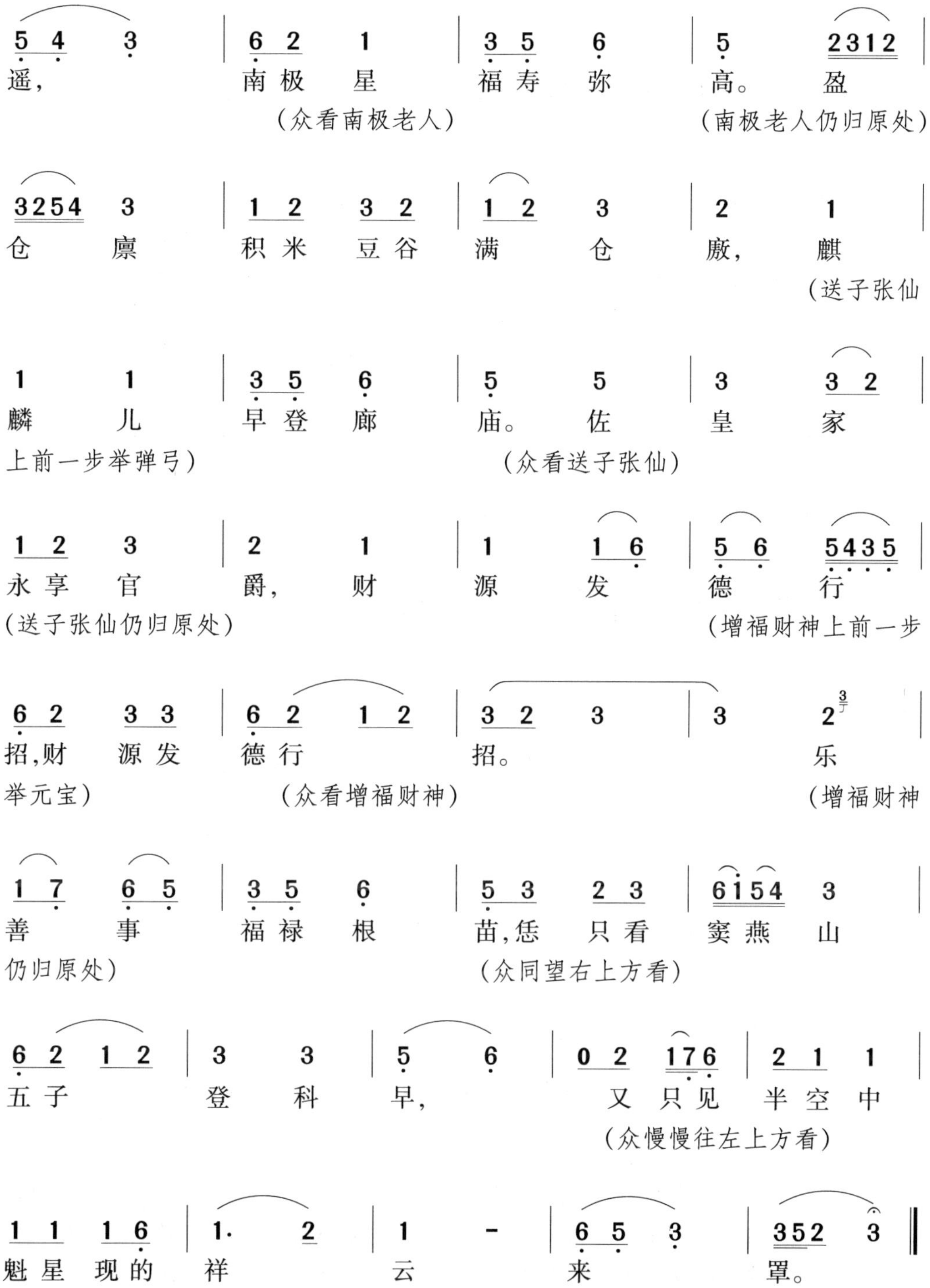

〖【小钹原场】上一小童子“九龙口”亮相，拉“云手”向斜前方亮相，“翻身”向“上场门”拉“云手”。另一小童子“九龙口”亮相，拉“云手”与其在台中面对，脸向后退步拉“山膀”，同时拉“云手”向左转身打“飞脚”，向左走半圈圆场。再引一个小童子“九龙口”亮相，拉“云手”向斜前方亮相，“翻身”拉“云手”跟随前两童子走圆场，引最后一个小童子上后形成一排，面向前台站定。四个小童子同时打“飞脚”亮相，“二龙出水”引大童子上场。

〔接大锣**【一封书】**、**【走马锣鼓】**加大堂鼓。大童子自台中走出后向“上场门”走半个圆场亮相，四个小童子随后站“斜胡同”。大童子双手持大带跨右腿踢左腿，趋步拉“小云手”，跨左步踢右腿，趋步跨右步踢左腿，“射燕”、“探海”、搬“朝天蹬”、“转灯”。四小童子随着跨右腿踢左腿，趋步拉“小云手”，跨左步踢右腿，趋步跨右步踢左腿。五人在台口站齐后同时“射燕”、“探海”、搬“朝天蹬”、“转灯”等。一小童领圆场站一排，同时打“飞脚”归里。

〔接**【大锣冲头】**南极老人用龙头拐挑一帅盔站在台中。**【搜场】**南极老人将龙头拐左右晃动，四小童子走“矮子”抢介。**【脆头】**南极老人将龙头拐高举三次，四小童子走“双飞燕”抢介。最后由大童子自下场台口起“飞脚、偏腿旋子”**【大锣撕边一击】**抢南极老人龙头拐上的帅盔，右手举起“串翻身”**【四击头】**亮相。四个小童子向大童子伸大拇指夸介，领起来“插门”下。**【大锣打下】**

〔文乐双笛细吹<小开门>，加打小堂鼓、九音云锣、水镲。

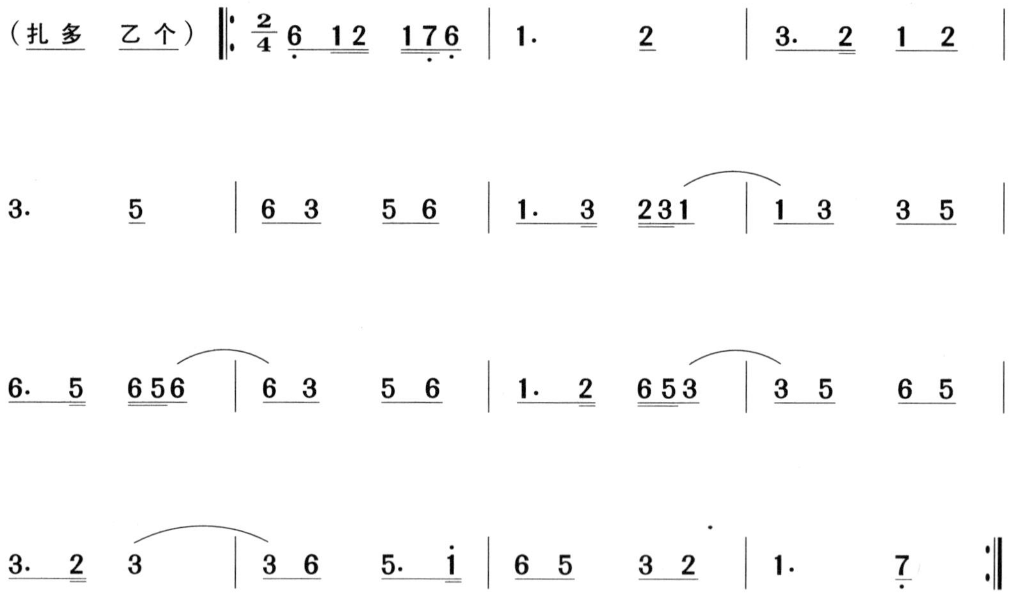

〔在曲牌中和合二仙一个肩扛荷花，另一个手持一彩扎大笊篱（或双手捧一圆形妆盒）上。在“九龙口”亮高矮相，向斜前方至台中背对背往左转“云步”，亮高矮相。分开一往“下场门”“九龙口”亮高相，另一往“上场门”台口走“卧鱼”矮相。

〔在曲牌中加打小钹、小锣，**【撕边一击】**金蟾自“上场门”翻筋斗上亮相，刘海手持金钓竿用红绳系金钱“九龙口”亮相。加打**【原场】**一同向左走圆场，刘海舞动金钓竿领头斜场“编辫子”。金蟾走“矮子”、“串案头”，加打小钹、小锣**【抽头】**，刘海用金钓竿斗金蟾起舞。和合二仙引刘海、金蟾“下场门”高矮相下。**【五击头】**打下，<小开门>曲牌收住。

天官赐福

〔打跳魁星“水钹”【抽头】或【跳魁星】锣鼓。魁星左手举斗右手抓笔“九龙口”亮相，拉“云手”向台中跨右腿左转身亮相。

魁　星　一举登科日，双亲未老时。【小锣二击】

锦衣归故里，端的是男儿。【小锣三击】

一踢，【撕边一击】（向“下场门”台口跨右腿踢左腿，跨右腿左转身骗左腿独立斜探身抬勾右腿，左手平举斗，右手将笔举过头顶向外场画圈加一点）

解元；【小锣二击】

二踢，【撕边一击】（向“上场门”跨左腿向右转身骗右腿独立斜探身，抬勾左腿，左手将斗举过头顶，右手平向外场用笔画圈加一点）

会元；【小锣三击】

三踢【撕边一击】（向台中跨右腿左转身骗左腿站立，左手将斗护心，右手将笔举过头顶向外场画圈加一点）

状元。【小锣二击】

连中三元，喜报登科。（用笔自上而下连点三下，向“上场门”台口走两步，转身向“下场门”【大锣长尖】走下）

赐福天官　妙哇！（右手单指捋髯）【大锣撕边一击】

你看文星照耀，真乃全福也！（抖右袖）

<水仙子>六字调（1=F），双笛加双唢呐吹奏

（南极老人归高台前站定，同唱）

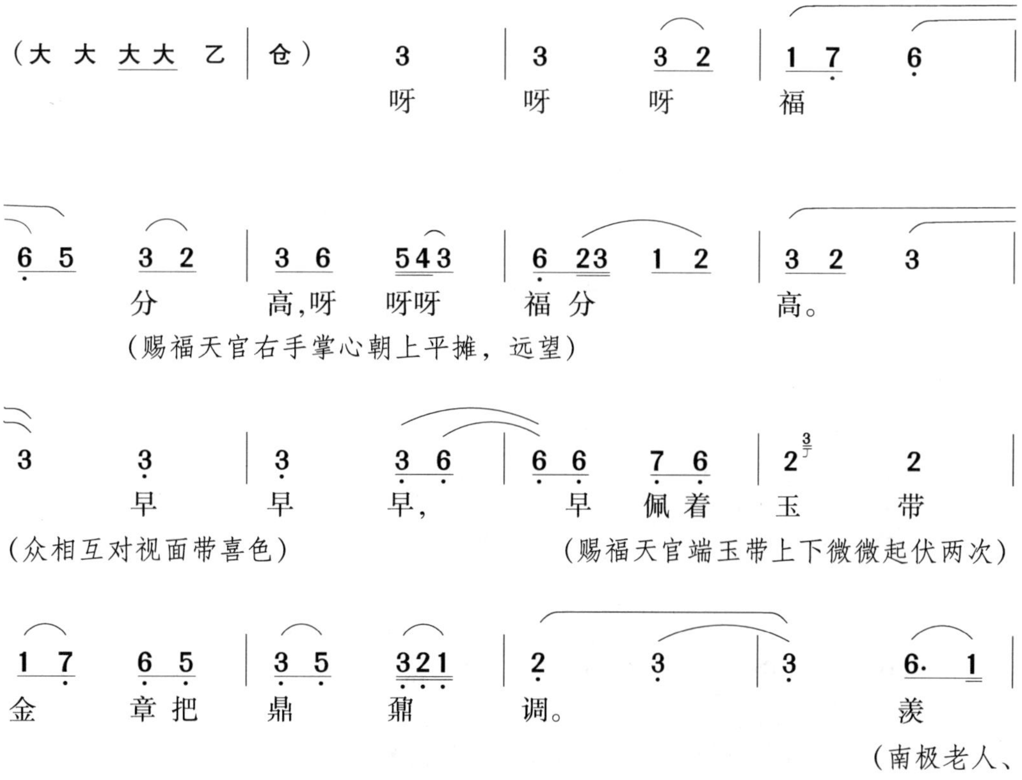

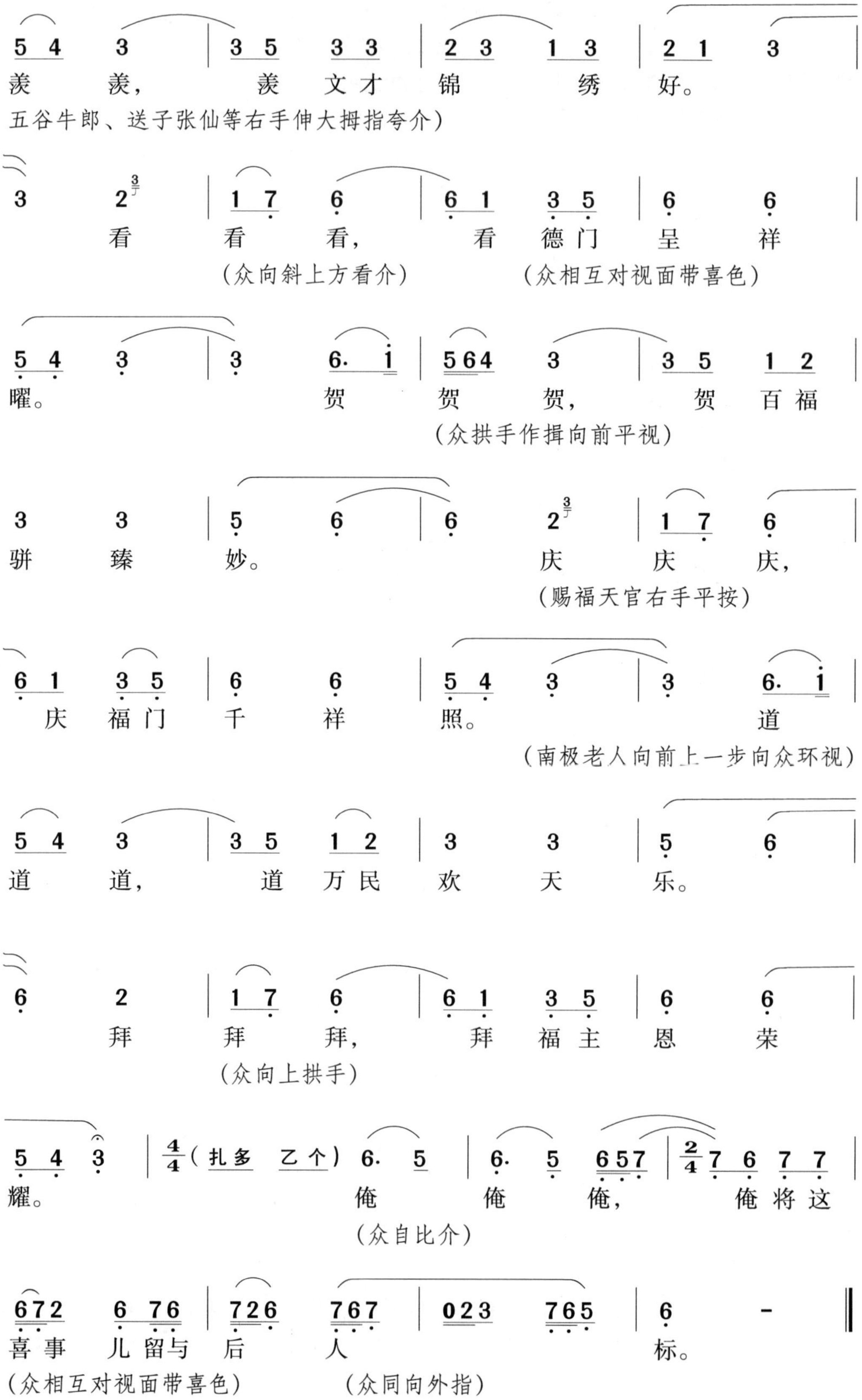
羡 羡，羡文才 锦 绣 好。
五谷牛郎、送子张仙等右手伸大拇指夸介）
看 看 看，看 德门 呈 祥
（众向斜上方看介）
（众相互对视面带喜色）
曜。贺 贺 贺，贺 百福
（众拱手作揖向前平视）
骈 臻 妙。庆 庆 庆，
（赐福天官右手平按）
庆 福门 千 祥 照。道
（南极老人向前上一步向众环视）
道 道，道 万民 欢 天 乐。
拜 拜 拜，拜 福主 恩 荣
（众向上拱手）
耀。
扎多 乙个
俺 俺 俺，俺将这
（众自比介）
喜事 儿留与 后 人 标。
（众相互对视面带喜色）
（众同向外指）

天官赐福

〔双笛、双唢呐接奏<朝天子>，加打大堂鼓、九音云锣、水镲。

（扎多 乙个）

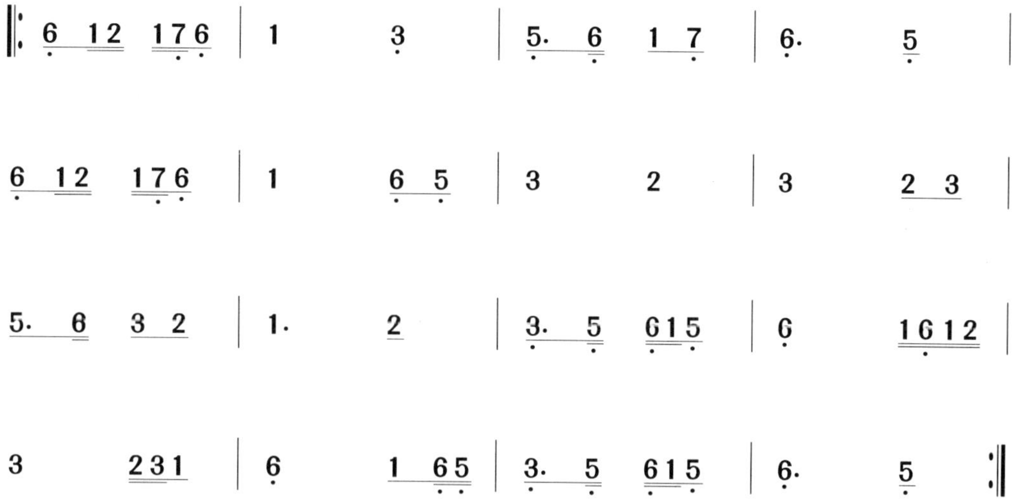

〔众在曲牌中向外站成站门状，天官下小高台在台中站定。曲牌收住。

赐福天官 赐福已全，回复上帝（向上拱手）去者。（赐福天官抖右袖，众同唱）

<煞尾>六字调（ 1＝F ）双笛加双唢呐吹奏

【大锣归位】

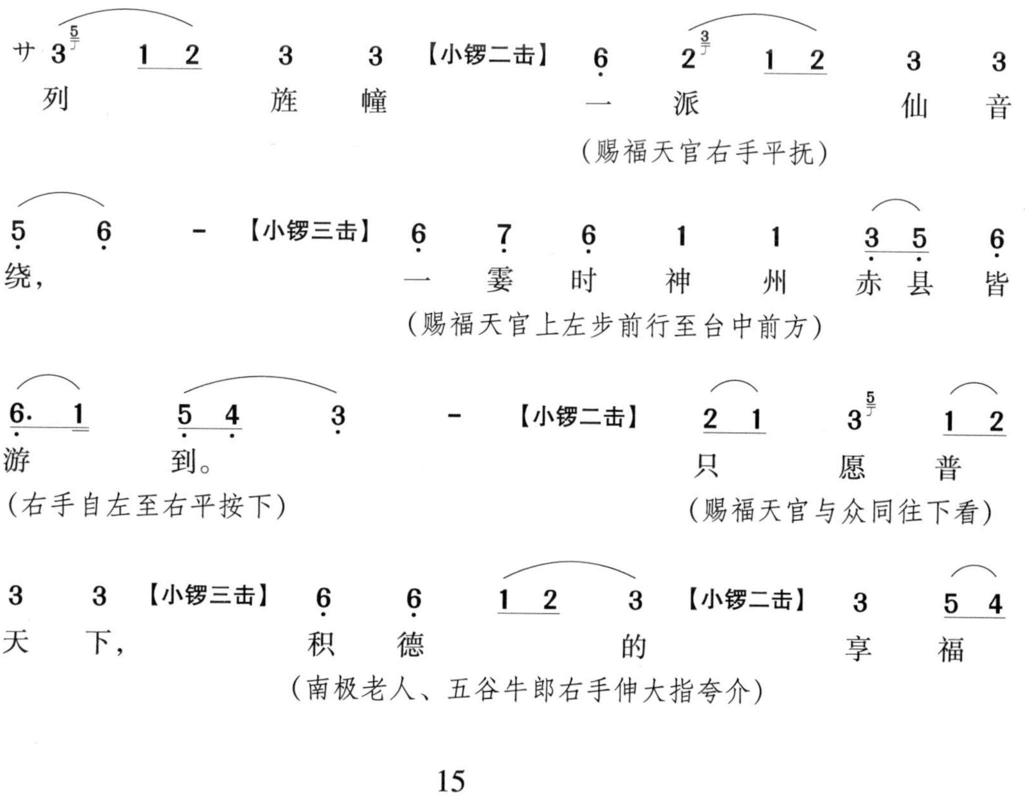

3　5 4　3 2　1　【大锣二击】　5̣　6̣　1　-　‖
禄　直　到　老。
（众“下场门”扯“斜胡同”）

〔【放钹】【一锤锣】赐福天官斜向左转下场，二掌扇双搭随下。南极老人斜向左转下场。五谷牛郎、天孙织女双向内转下场。送子张仙、增福财神双向内转下场。仙女、侍童、云牌依次内转下场。

——剧终

常保全 整理　　李 平 记谱

群英会·借东风

根据1957年同名舞台艺术影片整理

在号称“汉唐三千宋明八百”的浩繁京剧剧目中，以《三国演义》人物故事为题材的大戏小戏真是不少，可像《群英会·借东风》这样至今久演不衰的却不是很多。从“同光十三绝”的卢胜奎以擅演此剧得享盛名，到梨园老字号“富连成”拿此剧做“镇社之宝”，经过多年演出过程中的不断修改加工，终于使这出老戏成为真正意义上的国粹艺术经典。1957年拍摄的同名戏曲电影，更堪称经典中的经典。

《群英会·借东风》原本是表现一场波澜壮阔战争风云的宏大题材，可在京剧舞台上人们看到的，却不是那种全景油画式的《战争与和平》，而是散点聚焦式的《清明上河图》。京剧作为世俗艺术，和它的母体通俗演义一样，很善于从民间的视角诠释“分久必合合久必分”的天下大事，把“高处不胜寒”的帝王将相心智与权谋的政治较量，表现得处处充满常人常情的道德标准与世俗趣味。一切故事、一切人物都那么有滋有味、有声有色，真正达到雅俗共赏的境界。

用“出神入化”来形容京剧大师马连良塑造的诸葛亮是再恰当不过了。没有剑拔弩张的火爆，没有刻意做作的雕琢，更没有卖弄技巧的躁动与廉价低俗的噱头。无论是初次登场的【小锣打上】，念两句“不惜一身探虎穴，智高哪怕入龙潭”的“官中”对儿，还是首次开唱就那么几句不显山不露水的〔散板〕，舒云漫卷的流动中，诸葛亮的神态与气度就全有了。前半部《群英会》中的诸葛亮，几乎没有什么大块的整戏，然而“形散神不散”，谁能说“草船借箭”一场的那几句〔西皮原板〕没有疾风扫落叶似的酣畅，一下子把戏推向迭起的高潮？又有谁能说“打黄盖”一场径自饮酒不动声色的“没戏”中的有戏，不是极高表演“火候”的体现呢？一个抖袖、一个眼神，看似漫不经意，贯穿起来，处处是剧情的需要，处处是人物的需要，真可谓增之一分则长，减之一分则短。直到《借东风》，诸葛亮的戏才“化零为整”，显出经过九曲十八湾之后蓄势而发的磅礴与浩荡来。〔二黄导板〕过门、〔回龙〕、〔原板〕，唱词与旋律优美的唱腔相互映衬，把“谈笑间樯橹灰飞烟灭”的诗情意蕴渲染得一波三折，有声有色。“耳听得风声起从东而降（呃）”的小小润腔，犹如画龙点睛之笔，为诸葛亮民间视角的完美形象勾出最富神采的亮色，也使“马派”演唱特色的黄金点闪出耀眼的光辉。

叶盛兰塑造的周瑜，像是一幅工笔画。拆开看每一个局部，都显出如雕如镂的独具匠心，线条精细，而纵览起来又气贯长虹，饱满鲜明。〔点绛唇〕、“定场诗”、“表白”无非是人物上场的“官中”套路，可声韵、动作的刻意求工却有内在深沉的意味，把周瑜身份气派上的“大”和气量心胸上的“小”一下子就凸显出来。一段佯装醉态内含机巧的舞剑，几句直抒胸臆流水行云的〔西皮摇板〕，收放自如，张弛有度，既张扬出小生表演技艺的精湛，又勾描出周瑜的足智多谋、踌躇满志。叶盛兰演活了周瑜，最妙之处是和同台人物交流做戏时，如对诸葛亮的嫉妒、对鲁肃的颐指气使、对蒋干的愚弄摆布，眉宇之间细微之处交代得明白清晰，锋芒毕露地展示出周瑜个性化的一面，可总体神态上却又不失为大将的风度，表现了演员对人物深刻的体味理解和对表达方式的精确把握。

袁世海塑造的曹操，虽然造型上依然没脱“奸白脸”的模式，可在曹操这一人物典型性格和心理特征的刻画上，却开掘出“脸谱化”所远不能涵盖的复杂性与多面性。在这场军事谋略的较量中，曹操是个失败者，剧情发展变化的过程就是曹操不断上当的过程。然而，这样的情节并没有影响曹操形象中叱咤风云的一面。袁世海把架子花脸表演手段种种有生命力的东西吃透了，又把“奸雄”二字的对立统一也琢磨透了。所以，“造下了铜雀台缺少二美”的迂回拖腔，没有了轻薄的丑态，反倒增几分雅儒的情怀；“回书”时对蒋干的怨怼，不单是气急败坏、咬牙切齿，还有一点恨其不争气的包容之心。“横槊赋诗”一场把曹操的丰满形象推向极致，“对酒当歌，人生几何”，苍劲古朴的旋律，配上完全京剧化的程式动作，把想象中古人且吟且咏的神采风貌，变为直观的艺术形象，而且在情节规定的氛围之外，营造出一派诗情画意来。

从某种角度说，《群英会·借东风》中的鲁肃形象，被夸张得有些漫画化。作为诸葛亮镇定自若、料事如神的反衬，鲁肃总是后知后觉，憨直得近乎天真。但惟其如此，才显出人物个性的可亲可敬来，而且强化了全剧解读历史的世俗化情趣。谭富英塑造的鲁肃，唱、念、做见不着一点被程式制约的痕迹，动作的语言和语言的动作勾描出来的却是自有“方圆”的活生生、有血有肉的典型人物。“草船借箭”一场，那几句不长的“鲁子敬在舟中浑身战抖”的〔西皮原板〕，接下来交令时那一大段“诸葛亮出得帐去，一日也不慌，两日也不忙”的念白，会明白无误地传递给你这样的感悟，京剧表演程式化语汇运用到自由王国的程度，该是何等撩魂动魄，神乎其技。

裘盛戎塑造的黄盖，为净行人物竖起一块凝重的丰碑。看剧本，黄盖只能算个配角，可让裘盛戎在台上演出来就成了主角。“群英会”上，面对蒋干的诘问，只念了一个“然——”，那架式、那气魄，真是一以当十，把老迈忠勇的黄盖胸壑间的万千气象表现得淋漓尽致。与周瑜定“苦肉计”那场，四句〔西皮散板〕“周都督休得要大礼恭敬”，加起来不过四十个字，却唱得有起承转合、有欲扬先抑、有异峰突起、有柳暗花明，字字千钧，荡气回肠，把黄盖的身份、性格、气质以及此时此刻的情感与心迹都准确而又传神地表达了出来。

插科打诨本是戏曲丑角表演最基本的特征，可其间的文野高下之分却能因表演者的道行如何有天壤之别。萧长华塑造的蒋干，绝不是为高雅而“高雅”失去了插科打诨的灵动与情趣，而是从人物本身思维逻辑出发来挖掘角色行为进程中荒唐可笑的情结。方巾气、腐儒气是蒋干的人物基调，可萧长华演出来的蒋干于基调的始终匀停之外，另有一股苏秦、张仪再世，萧何、张良附体的自我感觉。“盗书”犹如真的如虎口拔得牙，“回书”就好似遭挫折心情失落，一切主观内心视象，没一点不“实事求是”，反现出更深一层的滑稽与幽默，演出来的角色给人的感觉是那样自然而然，可谓“运用之妙，存乎一心”。

刘福民

人物行当

大　铠	杂	二水手	杂
二中军（周瑜一方）	生	弓箭手（曹）	杂
周　瑜	小生	蓝龙套	杂
鲁　肃	老生	阚　泽	老生
诸葛亮	老生	四牢子	杂
甘　宁	老生或武生	庞　统	净
蒋　干	丑	徐　庶	老生
黄　盖	净	程　昱	老生
太史慈	净	荀　攸	老生
程　普	老生	刘　馥	老生
紫大铠	杂	曹八将	生、净
四校尉	杂	丁　奉	老生
二中军（曹）	生	徐　盛	净
曹　操	净	纛旗手	杂
蔡　瑁	净	赵　云	武生
张　允	净	四兵士（蜀）	杂
刀斧手	杂	十二道童	杂
蔡　中	生	丑道童	丑
蔡　和	生	水　手	杂
二童子	杂	四兵士（吴）	杂

服装扮相

大　铠　俊扮。大铠盔，白、红大铠服，彩裤，薄底靴。

二中军（周瑜一方）　俊扮。中军盔、黑三，蓝开氅，彩裤，厚底靴。

周　瑜　俊扮。紫金冠、翎子、飘带，白蟒、白龙箭衣、玉带，彩裤，厚底靴。（后换武生巾、花褶子，再换学士巾、红帔）

鲁　肃　俊扮。纱帽、黑三，紫官衣、玉带，彩裤，厚底靴。（后换蓝官衣）

诸葛亮　俊扮。八卦巾、黑三，八卦衣，彩裤，厚底靴。（后换蓬头、二龙箍、法衣、云头履）

甘　宁　俊扮。扎巾、额子、后兜、黑三，绿软靠，彩裤，厚底靴。

蒋　干　勾豆腐块。荷叶巾、八字儿吊搭，绿花褶子、绦子，彩裤，朝方靴。

黄　盖　勾红老脸。金大镫、白满，黄软靠、黄绸条，彩裤，厚底靴。（后换黄铲头儿、白发髻、龙箭衣）

太史慈　勾绿碎脸。狮子盔、红扎、耳毛子，黑软靠，彩裤，厚底靴。
程　普　俊扮。荷叶盔、黪三，红软靠，彩裤，厚底靴。
紫大铠　俊扮。大铠盔，大铠服，彩裤，薄底靴。
四校尉　俊扮。大板巾、额子，箭衣、马褂，彩裤，薄底靴。
二中军（曹）　俊扮。中军盔、黑三，箭衣、马褂，彩裤，厚底靴。
曹　操　勾水白脸。相貂、黑满，红蟒、玉带，彩裤，厚底靴。（后换相巾、红开氅）
蔡　瑁　勾脸。扎巾盔、黑满，蓝硬靠，彩裤，厚底靴。
张　允　勾脸。扎巾盔、黑扎，紫硬靠，彩裤，厚底靴。
刀斧手　俊扮。大板巾，红衣裤，薄底靴。
蔡　中　俊扮。将巾，箭衣、马褂，彩裤，厚底靴。
蔡　和　俊扮。将巾，箭衣、马褂，彩裤，厚底靴。
二童子　俊扮。孩儿发，素褶子、绦子，彩裤（散腿），皂鞋。
二水手　俊扮。水军盔，素箭衣、红卒坎，彩裤，薄底靴。
弓箭手（曹兵）　俊扮。兵盔，灰绣花兵服、红卒坎、腰带，裹腿，打鞋。
蓝龙套　俊扮。小板巾，龙套衣，彩裤，薄底靴。
阚　泽　俊扮。纱帽、黪三，红官衣、玉带，彩裤，厚底靴。（后换草帽圈、黪发髻、黄绸条、古铜色褶子、腰包、布袜、福字履）
四牢子　俊扮。兵盔，素箭衣、斜红卒坎，彩裤，薄底靴。
庞　统　勾紫三块瓦。道巾、黑满，蓝褶子、大坎肩、绦子，彩裤，厚底靴。（后换豆包、紫花开氅、大福字履）
徐　庶　俊扮。蓝道巾、黑三，蓝鹤氅、绦子，彩裤，厚底靴。
程　昱　俊扮。纱帽、黑三，官衣，彩裤，厚底靴。
荀　攸　俊扮。纱帽、黑三，官衣，彩裤，厚底靴。
刘　馥　俊扮。纱帽、黪三，官衣，彩裤，厚底靴。
曹八将　俊扮、勾脸。扎巾盔或荷叶盔、蓬头、额子、翎子，各色硬靠，彩裤，厚底靴。
丁　奉　俊扮。荷叶盔、黑三，蓝硬靠，彩裤，厚底靴。
徐　盛　俊扮。金大镫、黑扎，紫硬靠，彩裤，厚底靴。
纛旗手　俊扮。小板巾，灰抱衣裤、卒坎、腰带，薄底靴。
赵　云　俊扮。白夫子盔，白硬靠，彩裤，厚底靴。
四兵士（蜀）　俊扮。蓝兵盔，蓝兵服，裹腿，打鞋。
十二道童　俊扮。豆包，素褶子、绦子，青彩裤，大袜、皂鞋。
丑道童　丑扮。黑豆包、丑三，青褶子，青彩裤，大袜、皂鞋。
水　手（蜀）　俊扮。蓝兵盔，蓝兵服，裹腿，打鞋。
水　手（吴）　俊扮。蓝兵盔，蓝兵服，裹腿，打鞋。
四兵士（吴）　俊扮。小板巾，灰抱衣裤、卒坎、腰带，薄底靴。

道具

荷包枪	十二杆	开门刀	四把
文房四宝	两份	印　盒	一个
令箭架	一套	令　旗	一面
宝　剑	四把	酒壶、酒杯	数个
双　剑	一对	古　琴	一张
信、手本	各两份	羽　扇	一把
提　灯	两个	蜡烛台	三个（含“借风”时两个大号明火蜡烛）
古　书	一叠	腰　刀	四把
单　刀	数把	毛笔、砚台、草纸（托盘上放）	一份
船　桨	六个	草人（大板巾、卒坎、素箭衣）	八个
弓、箭	四副	鸭嘴棍	四根
云帚儿	四个	槊	一个
纛　旗	两面	角纛旗	两面
八卦旗	四面	七星旗	四面
幡	四面	大黑七星旗	一面
法　剑	一把	纸　符	一张
香　炉	一个	白缨枪	数杆

开幕曲

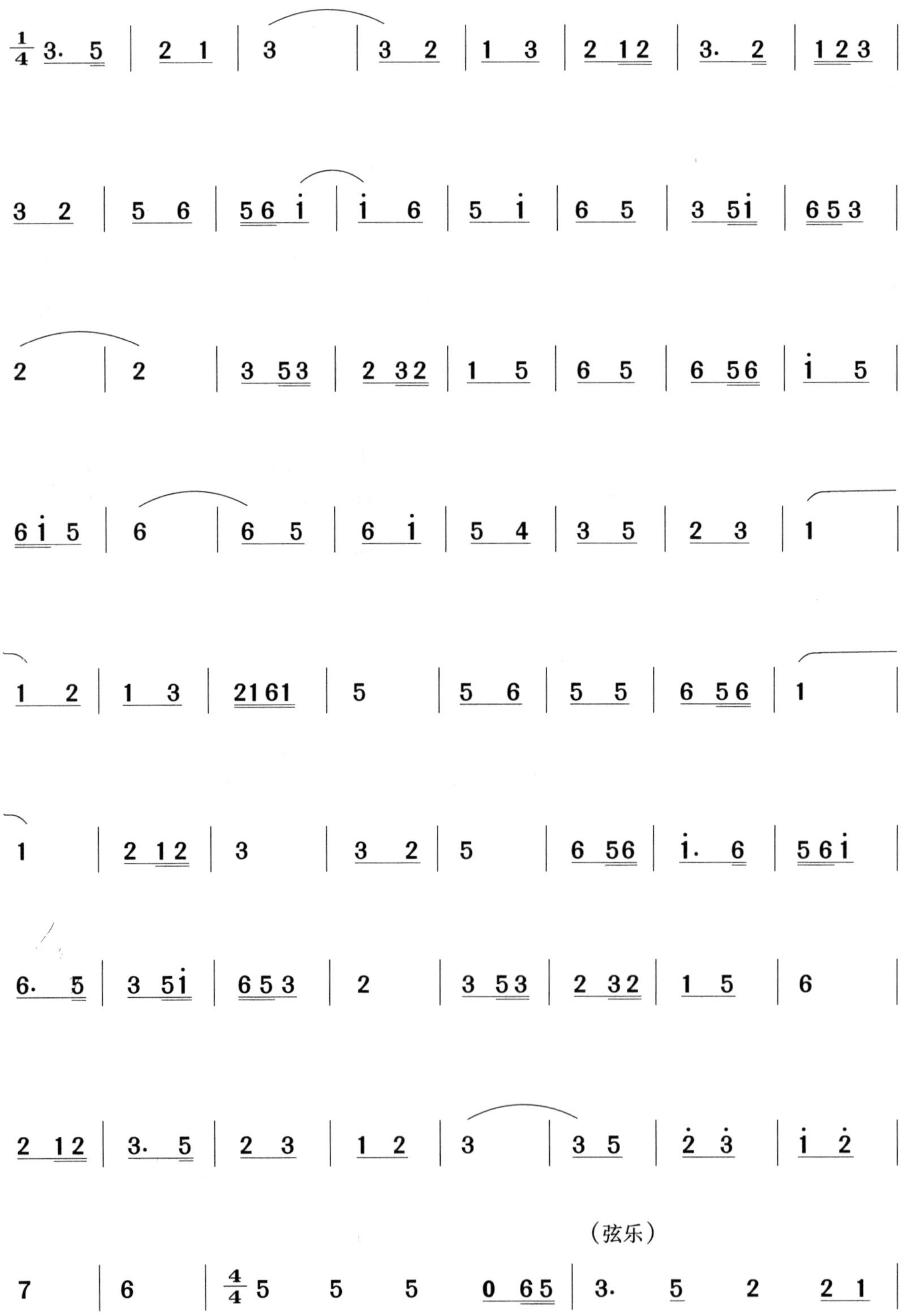

群英会·借东风

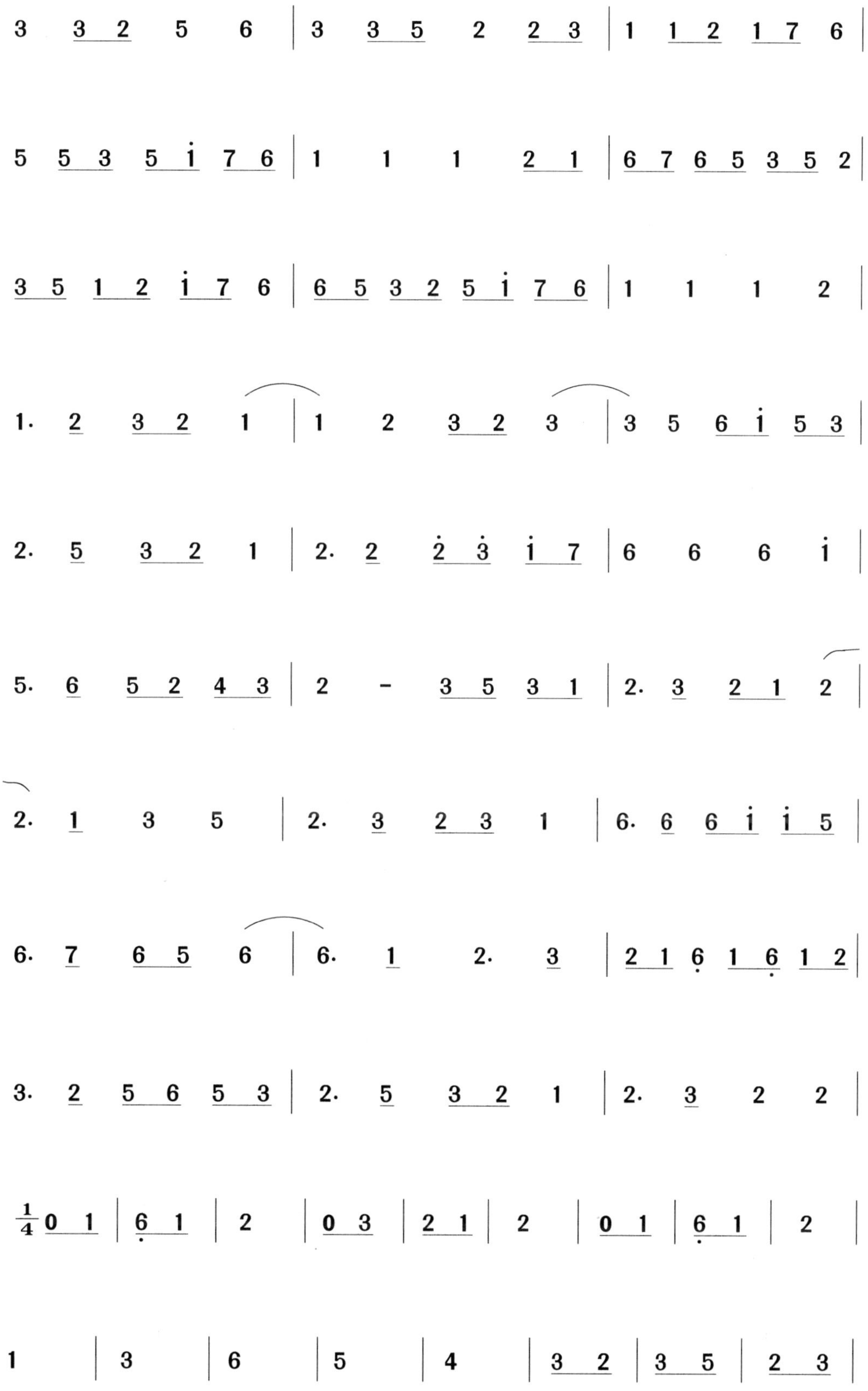

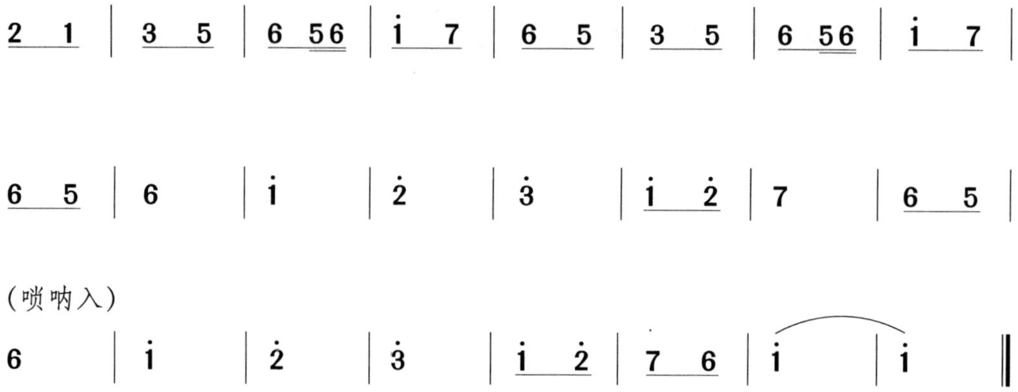
(唢呐入)

第一场

〔正场平台大公案桌，上摆印盒、文房四宝、令箭架、令旗、手本。后摆大屏风。唢呐吹奏曲牌＜水龙吟＞四白大铠、四红大铠、二中军（ “上场门”者抱令旗，“下场门”者抱宝剑）“大站门”，周瑜**【四击头】**接**【回头】**“上场门”上，**【原场】**至“九龙口”整冠抖袖，走至台中。**【归位】**

＜点绛唇＞唢呐伴奏

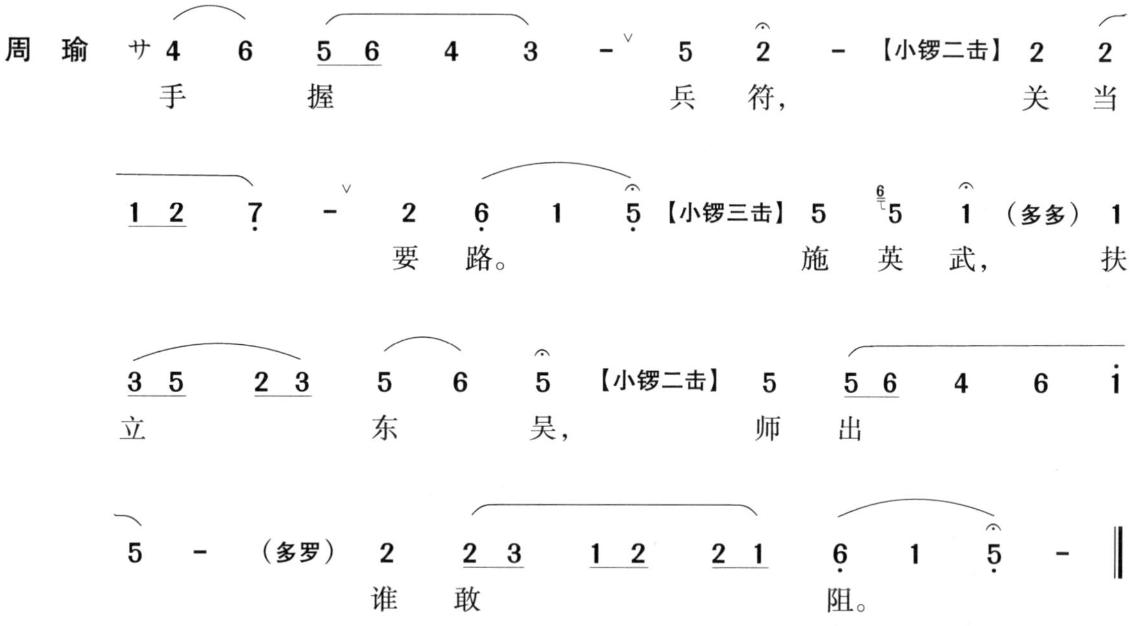

〔**【冲头】**唢呐接奏曲牌＜水龙吟·合头＞周瑜进桌内入“大座”。音乐停。

周　瑜　（诗）刘表无谋霸业空，
　　引来曹贼下江东。**【小锣二击】**
　　吴侯决策逞英武，
　　本帅扬威显战功。**【大锣归位】**（大铠、中军归里站两边，中军放宝剑令旗）本帅，姓周名瑜，字公瑾。**【住头】**乃庐州舒城人氏。在吴侯驾前为臣，官拜水军都督，奉命统兵破曹。今逢刘玄德派孔明前来，联合应敌。我观此人，计划机谋，出我之上，此人若不早杀，必为江东之患。来。（ “下场门”中军应）

中　军　有。

周　瑜　鲁大夫进帐。

中　军　（上前两步）鲁大夫进帐。

〔鲁肃内白：“嗯哼！”**【小锣打上】**至“上场门”台口。

鲁　肃　（念）运筹除汉贼，

参赞[①]保东吴。（【小锣五击头】进帐，站中间里）
参见都督。

周　瑜　大夫少礼。（鲁肃归“大边”）孔明安在？

鲁　肃　现在帐外。

周　瑜　说我有请。

鲁　肃　是。（走至台中）有请诸葛先生。

〔诸葛亮内白：“嗯哼！”【小锣打上】“上场门”上，至台口。

诸葛亮　（念）不惜一身探虎穴，
智高哪怕入龙潭。

鲁　肃　先生到。

周　瑜　有请。（唢呐吹奏曲牌＜小傍妆台＞出门，鲁肃随出，三人见面）
啊，先生——

诸葛亮　都督。

〔诸葛亮进帐归“大边”，周瑜、鲁肃归“小边”，三人向里同躬身，入座。成“八字”。诸葛亮坐“大边”，周瑜坐“小边”，鲁肃坐“小边”跨椅。＜吹打＞停。

诸葛亮　唤山人进帐，有何军情议论？

周　瑜　先生，兴军之际，何事当先？

诸葛亮　这——（一想）军马未动，粮草先行。

周　瑜　（向鲁肃做称赞的表示）足见高明。（伸大拇指）

鲁　肃　（赞同）粮草是要紧的呀。

周　瑜　啊，先生，昔日曹操兵少，袁绍兵多，而操反胜绍者，因用许攸之谋，先断乌巢之粮，然后取胜。今曹兵八十余万，我军不足六万，焉能拒敌。必须先断曹贼之粮，然后破之。吾已探知，曹粮屯于聚铁山。先生久居汉上，熟知地理，欲烦先生，带领关、张、子龙，吾亦助兵千人，前往聚铁山劫粮。此乃各为主人之事，先生（拱手）幸勿（伸双掌，头部双翎抖动）推却。

诸葛亮　都督委用，敢不效劳。就请都督传令。

周　瑜　（得意地从桌案上拿过令旗）如此请令就是。（殷勤地将令旗交给诸葛亮，诸葛亮接过令旗，搭在左臂上）

诸葛亮　得令。正是：（转身出帐）（扎）
（念）明知周郎借刀计，
佯装假作不知情。

〔【小锣五击头】诸葛亮冷笑而下。周瑜坐外场“小座”，鲁肃仍坐“小边”。

鲁　肃　啊，都督，为何单用孔明劫粮，是何意也？

周　瑜　大夫，我欲杀他，恐被天下英雄谈论，故借曹贼之手杀之，以除后患。你可前去听他说些什么，速来报我知道。

鲁　肃　遵命！（出帐，双手一摊，表示不解，甩水袖下【小锣五击】）

---

① 参赞：协助谋划的意思。

周　瑜　孔明哪，孔明，（仓）你中我之计也！（【闪锤】站起抖双袖）

〔西皮摇板〕

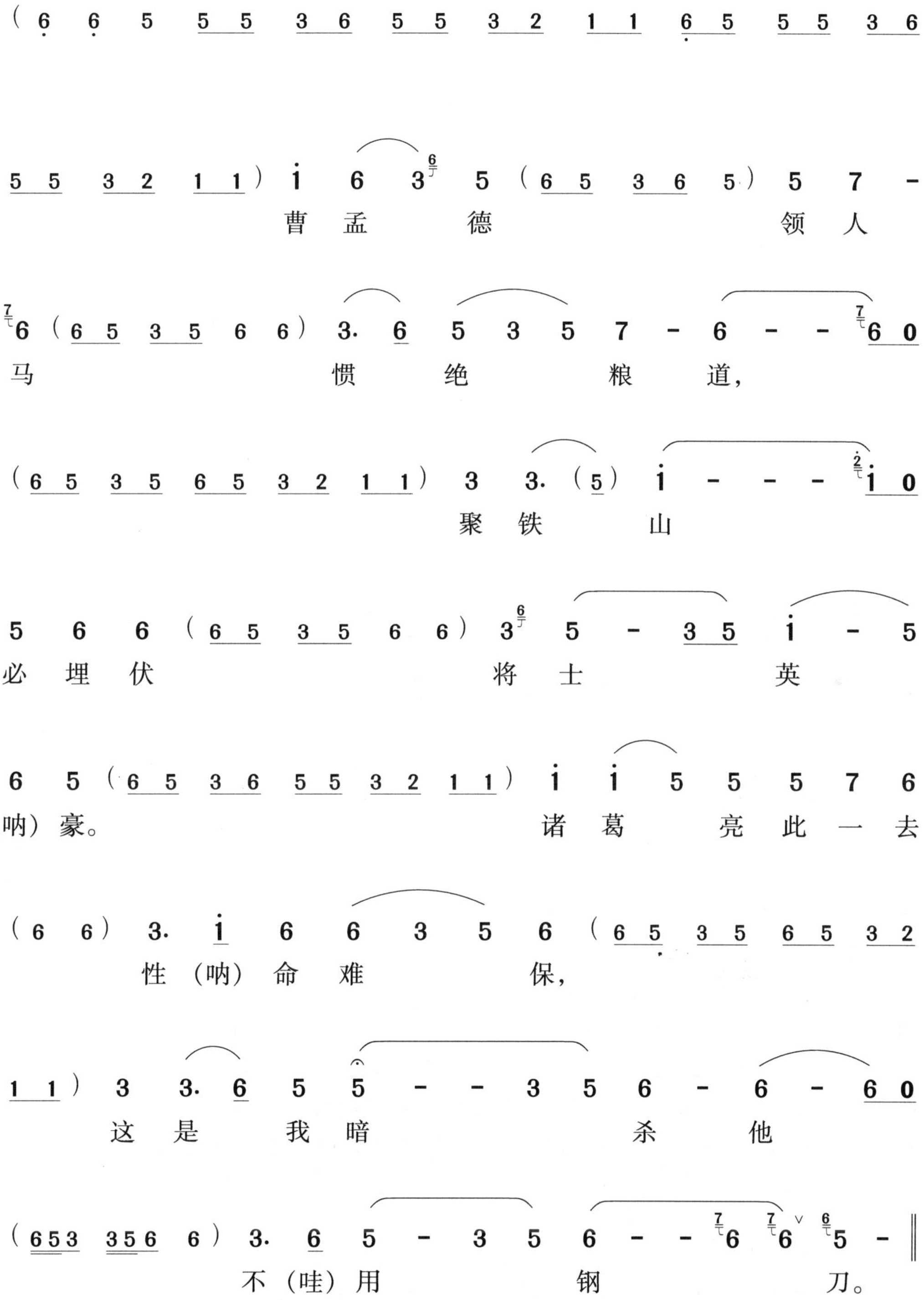

〔【小锣抽头】周瑜转身入“小座”，鲁肃“上场门”上至台口。

〔西皮摇板〕

鲁 肃 （过门同前） 4 3 3 3 3 2 4 3 （4 32 12

诸 葛 亮 出 帐 （呃） 去

3） 4 - 3 2 1 2 3 （4 32 12 37

呵 呵 地 大 笑，

65 55） 3 21 1 3 2 31 2 2 4

他 笑 那 周 都 督 用（呃）

3 2 1 - 60 12 - 2 2 1 - ‖

计 不 高 （哇）。

〔【小锣五击头】鲁肃进帐，站“大边”。

周 瑜 大夫，那孔明可曾讲些什么？

鲁 肃 那孔明出得帐去，他是呵呵地大笑哇！

周 瑜 （欠身又坐下）啊，**【撕边一击】**他笑什么？

鲁 肃 他冷笑曰，吾闻江南童谣云：“伏路把关饶子敬，临江水战有周郎。”（边念边走向“小边”）公等于陆路但能伏路把关；公谨但堪水战，是不能陆战。（边念边走回“大边”）怎及得我水战、陆战、马战、车战各尽其妙，何愁功绩不成，可惜周郎只习水战一能耳。

周 瑜 **【撕边】**这这这这这（紧接鲁肃念白左手抓袖）**（崩登仓）**（绕要翎子）**【撕边一击】**（全身抖动，站起）噢！（拉长音，坐）那孔明欺我不习陆战吗？**【撕边一击】**（左手抓水袖）

鲁 肃 然也。

〔**【软撕边】**周瑜怒目而思。

周 瑜 哼！（甩水袖）**【大锣一击】**我不用他劫粮，原令追回！

〔**【大锣一击】**抓水袖，甩水袖，转脸向右，表示气愤。

鲁 肃 是是是，（出帐，双手摊开）嘿嘿，这是何苦。（下）

周 瑜 诸葛，村夫哇！（仓）我不杀你，誓不为人也！**【闪锤】**（站起身，向前走，双抖袖）

〔西皮摇板〕

（过门同前） i i 3 5 5 7 6 （65 35 6） 7 6

实 指 望 借 刀 计 将 他

6 353 5 ⁷6（6 5 3 5 6 5 3 2 1 1 6̣ 5 5 5）3
瞒 （呐）过， 又

3 6 5 5 i 6 3⁶ 5 353 6 ⁱ6 353 5 - ‖
谁 知 这 机 关 被 他 解 破。

〔【大锣长丝头】回“小座”。鲁肃持令旗“下场门”上，进帐站“大边”。

鲁　肃　原令追回。

周　瑜　放下。【大锣住头】（鲁肃把令旗交给中军。（大大大大乙台）周瑜想介）啊，大夫，曹营水军何人掌管？

鲁　肃　荆襄降将蔡瑁、张允。

周　瑜　我闻此二贼，久镇荆州，惯习水战，若今不除此二贼，本督大功难成也！【闪锤】（站起，向前走，双抖袖）

〔西皮摇板〕

（过门同前）i i 3 5 5 3. 7 ⁷6 7 6 6 3. 5
他 二 人 习 水 军 难 敌 难 （呐）

6（6 5 3 5 6 5 3 2 1 1）5 i 6 5 3 5
破， 必 须 要 杀 二（呀）

6（6 6）i 5 3 5 3 0 6 - 6 ⁶5 - ‖
贼 方 定 干 （呐） 戈。

〔【大锣原场】周瑜入“大座”，鲁肃站“大边”。甘宁“上场门”上，进帐，站“大边”。

甘　宁　启都督，蒋干过江。

周　瑜　（抓水袖）噢——【撕边一击】蒋干过江？

甘　宁　正是。

〔【撕边】周瑜思考，【慢叫头】双手掏翎子，“三笑”。翎子放回。【原场】

鲁　肃　都督，闻得蒋干过江，为何这样大笑哇？

周　瑜　我破曹贼水军，无计可施；今蒋干此来，必为曹氏做说客，我但破曹贼水军，料无忧矣。待本督略施小计，管教那曹操自杀水军。

鲁　肃　计将安出？

周　瑜　附耳上来。（哑哑……仓）（二人耳语）

鲁　肃　都督与蒋干同窗契友，恐识笔迹，肃来代笔。

周　瑜　甚好！你且写来。

〔<小锣急三枪>鲁肃修书，拿起信。

鲁　肃　都督请看。（台）

周　瑜　甚好，你可将此书，暗放我之帐中，速速去吧！

鲁　肃　是是是，告退。（出帐，将信放入袖内，“下场门”下）（台）

周　瑜　来。

甘　宁　有。

周　瑜　大开营门，有请蒋先生。

甘　宁　是。（走至台中）有请蒋先生。（“下场门”下）

〔唢呐吹奏曲牌<吹打>蒋干“上场门”上，整冠，抖袖，与周瑜见面，二人搭双手，互相招呼。

周　瑜　子翼兄，过江来了？

蒋　干　贤弟，来了。

周　瑜
蒋　干　（同）久违了哇——哈哈哈。

〔二人同抖双袖，拱手请让。蒋干先走，归“大边”；周瑜后走归“小边”。同入座，成“八字”，蒋干坐“大边”，周瑜坐“小边”。<吹打>停。

蒋　干　啊，公瑾，别来无恙啊？

周　瑜　啊？**【撕边一击】**子翼良苦，远涉江湖，敢是与曹操做说客呀？**【撕边一击】**

蒋　干　啊，不，不，不！我久别足下，特来叙旧，奈何疑我做说客耶！

周　瑜　（冷笑）**【撕边一击】**我虽不及师旷之聪②，闻弦歌而知雅意。（甩水袖）

蒋　干　哎呀……足下待故人如此啊，我便告辞。

〔蒋干起身欲行，周瑜起身相拦。

周　瑜　兄既无此心，何必去心忒急？**【大锣一击】**

蒋　干　不是哟，贤弟的疑心忒大呀！

周　瑜　弟乃戏言哪。

蒋　干　我倒多疑了。

周　瑜　请进帐叙语。正是：江上思良友，

蒋　干　军中会故知。

〔**【大锣五击头】**二人同归原座。

周　瑜　常想如渴，今幸相见，实为欣慰。

蒋　干　你我各事其主，欲见未能。今闻贤弟身挂帅印，特来恭贺，奈何见疑？

周　瑜　岂敢！唤众将进帐。（“小边”中军向前两步）

中　军　众将进帐。

〔众将内应：“来也！”

〔**【大锣原场】**太史慈、甘宁“上场门”上，黄盖、程普“下场门”上，四人同时两边上，进帐向里站一排。

---

② 师旷之聪：师旷，春秋时晋国的乐师，善于辨音。

众　将　（念）参见都督。（分开站两边）
周　瑜　（示意众将）见过蒋先生。
众　将　蒋先生。
蒋　干　众位将军。
众　将　呔（指蒋干）**【撕边一击】**敢是与曹操做说客吗？**【撕边一击】**
蒋　干　这这这，喏喏喏。（指着众将向周瑜示意）
周　瑜　众位将军。
众　将　都督。**【大锣五击头】**（周瑜站起向前上步。蒋随之）
周　瑜　蒋子翼乃本督同窗契友，虽从江北而来，亦非曹氏说客。公等不得多疑，帐中陪侍。
众　将　既是都督同窗契友，末将等侍席把盏。
蒋　干　到此就要叨扰了。
周　瑜　看酒来，我与子翼兄把盏。
蒋　干　不敢，摆下就是。
周　瑜　当得的。看酒。

「**【大锣原场】**场上摆八字桌，周瑜入“小边”桌内，蒋干入“大边”桌内。

周　瑜　太史慈听令！
太史慈　在。**【撕边一击】**
周　瑜　（拿起桌上的宝剑）公可佩吾剑，以为监酒令官，今日酒席筵前，但叙朋友旧情，有人提起孙曹军旅之事者，即席斩之！（将宝剑交与太史慈）
太史慈　得令！

「**【冲头】**接**【叫头】**太史慈“三笑”，**【四击头】**踢右腿向外转身，右手拔剑目视蒋干亮相。周瑜同时嘴衔双翎，双手提蟒，右腿踏在椅上，目视蒋干亮相。**【撕边一击】**蒋干在桌内惊呆不动。

「**【软撕边一击】**周瑜放开翎子，背供暗笑。**（大大大乙台）**太史慈在“上场门”斜上方落座监酒。

周　瑜　子翼兄。（蒋不动）喂，子翼兄……
黄　盖　呃！（蒋惊醒，向黄盖拱手，自觉不对，又转对周瑜）
蒋　干　啊，啊贤弟。
周　瑜　（举酒杯）请。
蒋　干　贤弟请。（举酒杯，二人同饮酒）

< 园林好 >

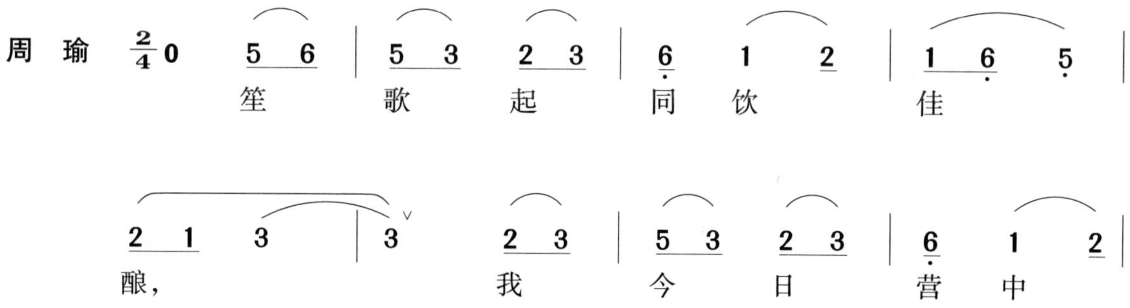

1 6 5 | 5 3 | 0 5 3 3 | 5 3 5 3 |
会 同 窗。 蒙 主 恩 权 衡

2 3 1 | 1 6 | 2 2 1 | 1 6 5 | 6 |
独 掌， 为 大 将 真 难 当。

〔周瑜从桌内出来，蒋干随出，二人边唱边向前走。

蒋　干　（接唱）

6 2 1 2 | 5 3 | 2 - ‖
（当）为 大 将 正 相 当。

〔**【大锣五击头】**二人站在台中。

周　瑜　子翼兄。

蒋　干　贤弟。

周　瑜　你看我营将士，可雄壮否？

蒋　干　我观营中诸将么——真乃熊虎之士也。

周　瑜　再看后营粮草——**【撕边一击】**（二人同转身向后看）堆积如山，可充足否？

蒋　干　真个是兵精粮足，兵精粮足，名不虚传，名不虚传！咦，啊哈，啊哈，咦，哈哈哈……**【小锣一击】**

周　瑜　子翼兄。

蒋　干　贤弟。

周　瑜　想你我同窗学业之时，焉能望有今日！

蒋　干　以贤弟高才，实不为过呀！

周　瑜　岂敢，子翼兄，想大丈夫处世，遇知己之主，外托君臣之义，内结骨肉之恩，言必行，计必从，祸福共之。假使苏秦、张仪、陆贾、郦生复出，口似悬河，舌如利刃，**【小锣一击】**安能动我之（念词放慢，用左肩碰蒋干肩）心哉呀！**【撕边一击】**（发出狂笑之声，蒋干感到尴尬，迎合周瑜而强笑）**【撕边小锣一击】**

周　瑜　子翼兄。

蒋　干　贤弟。

周　瑜　你看我帐下之将，皆江东之英杰。今日此宴，可名群英会呀！

蒋　干　真是个群英会呀！

周　瑜　啊？

蒋　干　啊？

〔周瑜大笑，蒋干随之强笑。

周　瑜　**【慢长锤】**（抖袖）

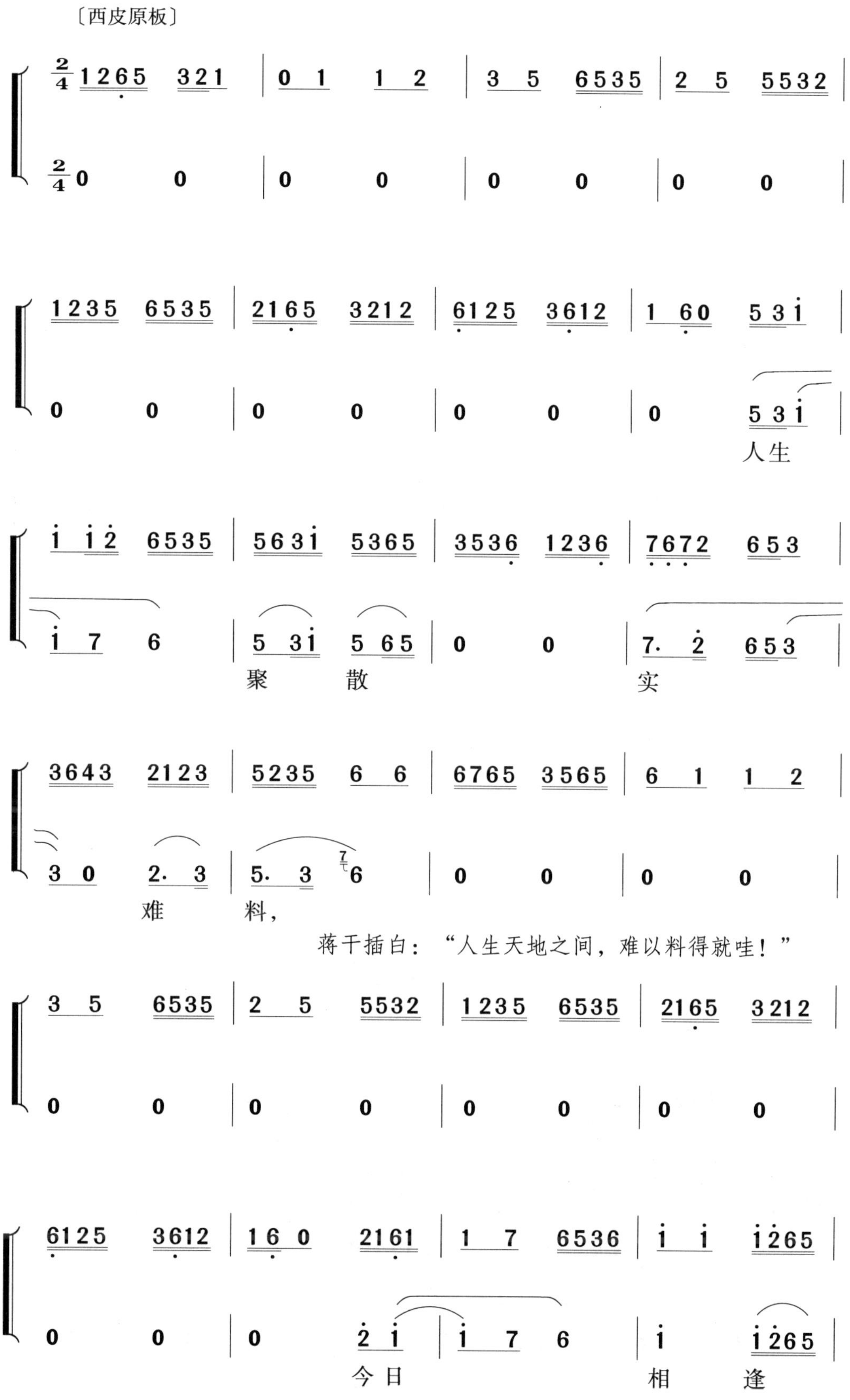
〔西皮原板〕
人生
聚
散
实
难
料，
蒋干插白：“人生天地之间，难以料得就哇！”
今日
相
逢

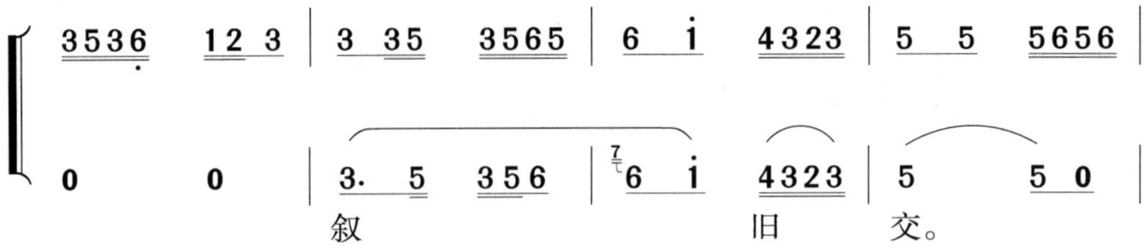

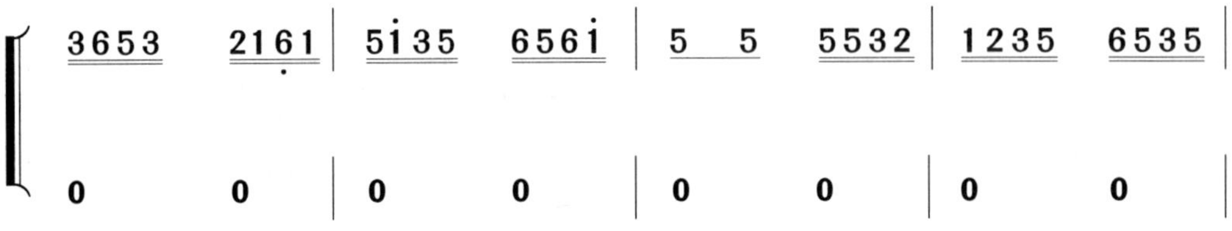

蒋干插白："你我相逢，三生有幸哪！"

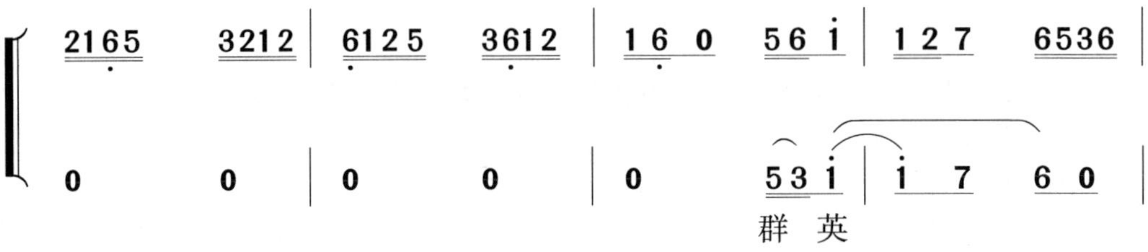

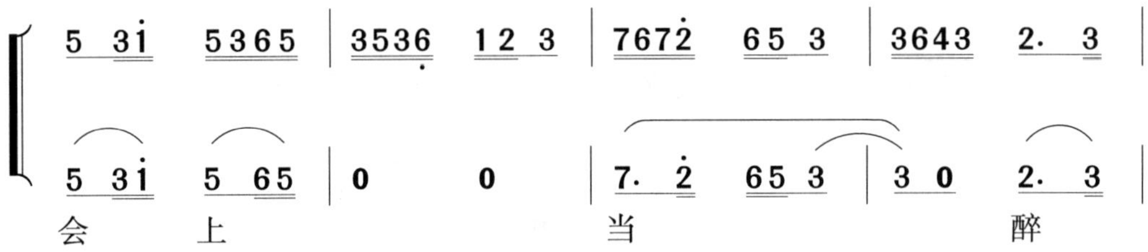

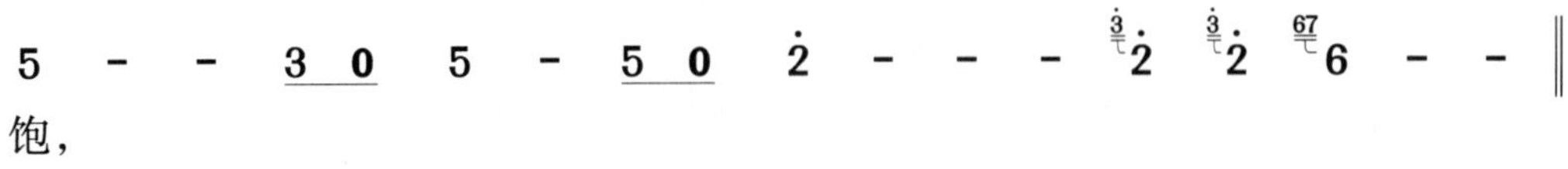

〔【大锣闪锤】二人转身同入原座。

〔西皮原板〕

周 瑜 （过门同前）

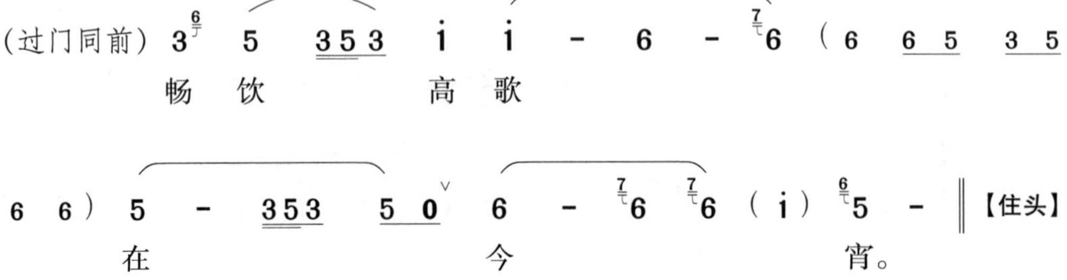

周　瑜　子翼兄，小弟自领军以来，滴酒不闻，今遇故人，又无疑忌，当饮一醉方休。

蒋　干　是要一醉方休的。

周　瑜　来！看大杯伺候！

〔**【大锣闪锤】**二中军为周瑜、蒋干各换大杯，并斟酒。周、蒋同饮一杯，二中军再斟酒。

〔西皮摇板〕

周　瑜　（过门同前）3^6 5 7 ^7 6（6 6 5 3 5 6）6 －
酒 逢 知 己 千

353 5 0 7 － － － ^7 6 － ‖
杯 少，

周　瑜
蒋　干　（同举杯）请。**【快长锤】**（二人同饮酒，饮毕**【快长锤】**住）

周　瑜
蒋　干　（同亮杯）干！〔亮弦〕（4 3 2 5 7 6 －）

〔**【大锣凤点头】**周瑜右手拿酒杯，左手掏翎子，指酒杯。

周　瑜　（过门同前）3^6 5 ^3 5 0 i － i ^5 6 － 6（6 5 3 5 6 6）
眼 望 中 （呃）原

i － － ^2 i ^2 i ^6 5 － 2 － － 3 － － ^5 3 ^5 3 ^6 5 － ‖
酒 自 消。

【单键一击】接〔行弦〕

‖: 1/4 5 36 | 5 i | 6536 | 5 0 :‖ 5 0 ‖

蒋　干　贤弟，这酒烈暴，有些难饮哪！

周　瑜　（左手翻水袖）（仓）（绕翎子后，冷笑，抖左袖，提袖）**【大锣凤点头】**

（过门同前）3^6 5 7. 7 6 －（6 5 3 5 6 6）6 3. 5
暴 酒 难（呐）逃 三

〔行弦〕

3 5 7 - 6 - |: 1/4 6 35 | 6 7 | 6535 | 6 0 :|

江 口，

〔【快长锤】二人举杯再饮。〔行弦〕

蒋　干　啊贤弟，这顺流而下，可是醉得快呀！

周　瑜　**【单楗一击】**（将酒杯反扣在桌上，绕翎子后表现出醉意）**【大锣闪锤】**

（过门同前）3. 6 5. 0 i - 6 0 （6 5 3 5 6 6）

顺 流 而 下

i - - i i 5 2 - - - 3 3 3 5 - ‖

东 海 漂。

〔【大锣长丝头】周瑜佯醉，二人同出桌，中军和蒋干上前搀扶周瑜。

蒋　干　贤弟，莫非醉了？

周　瑜　哎呀，我今醉矣！

蒋　干　我的酒也沉了。

周　瑜　久不与仁兄相见，今日弟要舞剑作歌，以助一乐。

蒋　干　酒后舞剑，非同儿戏呀！

周　瑜　不妨。中军，卸袍！

〔【大锣原场】中军扶周瑜下，蒋干从台中向两边走动与众将交谈。

蒋　干　（与黄盖）啊，这位老将军贵姓啊？

黄　盖　黄。

蒋　干　敢莫是黄公覆？

黄　盖　然。

蒋　干　（抚摸着黄盖的白髯）年迈了！

黄　盖　（怒视蒋干）嗯——

蒋　干　（忙向黄盖赔笑，并夸赞）虎老雄心在，老当益壮啊！

〔【大锣五击头】周瑜换衣上场，入原座位，蒋干同时入座。周瑜的桌上放琴。

周　瑜　献丑了。（双手抚琴）

〔琴歌〕（弹拨乐伴奏）

2/4 1 2 | 3 5 1 | 2 - | 0 6 1 |

丈 夫 处 世 兮 立

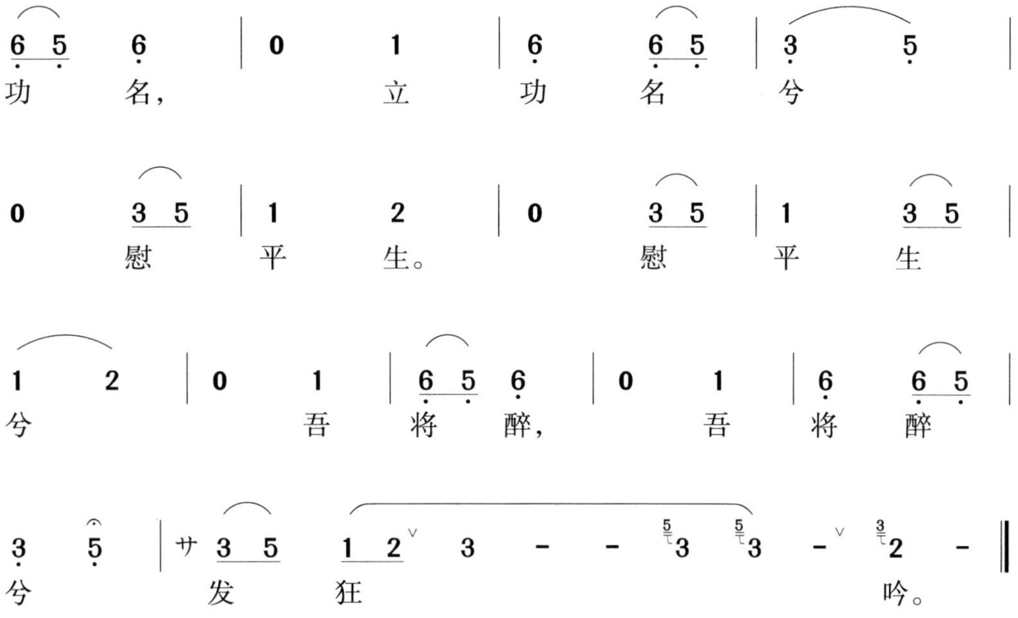

〔周瑜斜视蒋干发笑。

蒋　干　妙得紧哪！

〔**【大锣慢原场】**周瑜提双剑醉步出座，左右摆动双剑先至“小边”桌前，横步再至“大边”桌。蒋干出座，周瑜故意将双剑摆高，蒋干惊怕。周瑜继续摆动双剑，左右横步，进至正场中，躬身，用双剑自后往前捋翎子，退步至后场正中，直身，左手抱双剑，右手拉开“山膀”，锣鼓切住，亮相。**【四击头】**跨右腿，踢左腿，错步，抱剑，“右山膀”丁字步亮相。

<风入松>　（唢呐、锣鼓伴奏）

周　瑜

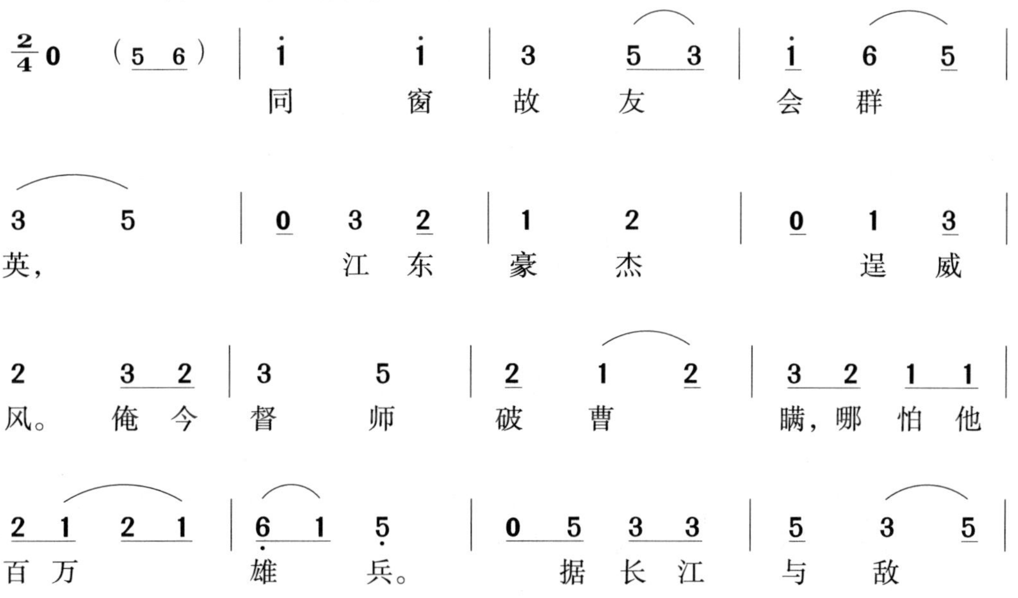

6 i̇ 5 | 5 6 5 | 3 5 | 2 1 2 | 1 - ‖
争 衡， 显 男 儿 立 奇 功。

［舞剑，【走马锣鼓】转【急急风】，周瑜在舞剑中见蒋干一直扶案而立观看，持双剑直奔蒋干而去，蒋干吓得蒙头趴在桌上。黄盖上前拦住。

黄　盖　都督，你当真的醉了吗？（周瑜佯装大醉，舞剑毕。【大锣原场】黄盖向蒋干示意）蒋先生，你怎么样了？

蒋　干　【小锣一击】（慢慢抬头）
我我我……今醉矣！

［【冲头】周瑜将双剑交给中军，蒋干从桌内出来。

蒋　干　贤弟你当真醉了吗？

周　瑜　吾今醉矣！

蒋　干　我也醉了。

周　瑜　久不与子翼同榻，今宵要抵足而眠。来！

中　军　有。

周　瑜　搀扶蒋先生到我之帐中安寝。

蒋　干　（也佯醉）贤弟就要来呀！

［【小锣五击头】中军搀蒋干下。【撕边一击】周瑜与众将暗笑。

太史慈　末将交令。【撕边一击】（将宝剑交给周瑜）

周　瑜　黄公覆听令。

黄　盖　【大锣一击】在。

周　瑜　今晚三更时分，命你到我之帐中密报军情。

黄　盖　报什么？

周　瑜　附耳上来（呃呃……）（耳语）

黄　盖　喳、喳、喳……得令！【撕边一击】【大锣长尖】（下）

周　瑜　甘兴霸听令！【撕边】

甘　宁　在。【大锣一击】

周　瑜　今晚命你巡营。蒋干若是逃走，各营头不许拦阻。

甘　宁　得令！（下）

周　瑜　掩门。

［【一锤锣】众人两边分下。

第二场

［台中间后区摆大帐，“下场门”斜场桌、内座，上摆古书，蜡烛台。＜西皮小开门＞蒋干在音乐中从大帐内走出，向前边偷看，闻听周瑜走来的声音，【小锣一击】急忙快步躲进帐中。二龙套搀扶周瑜，中军提灯在前引周瑜上，将周瑜扶至斜桌内座后，二龙套、中军下。＜小开门＞停。打初更。

周　瑜　仁兄，子翼。（打背供）他倒睡着了。

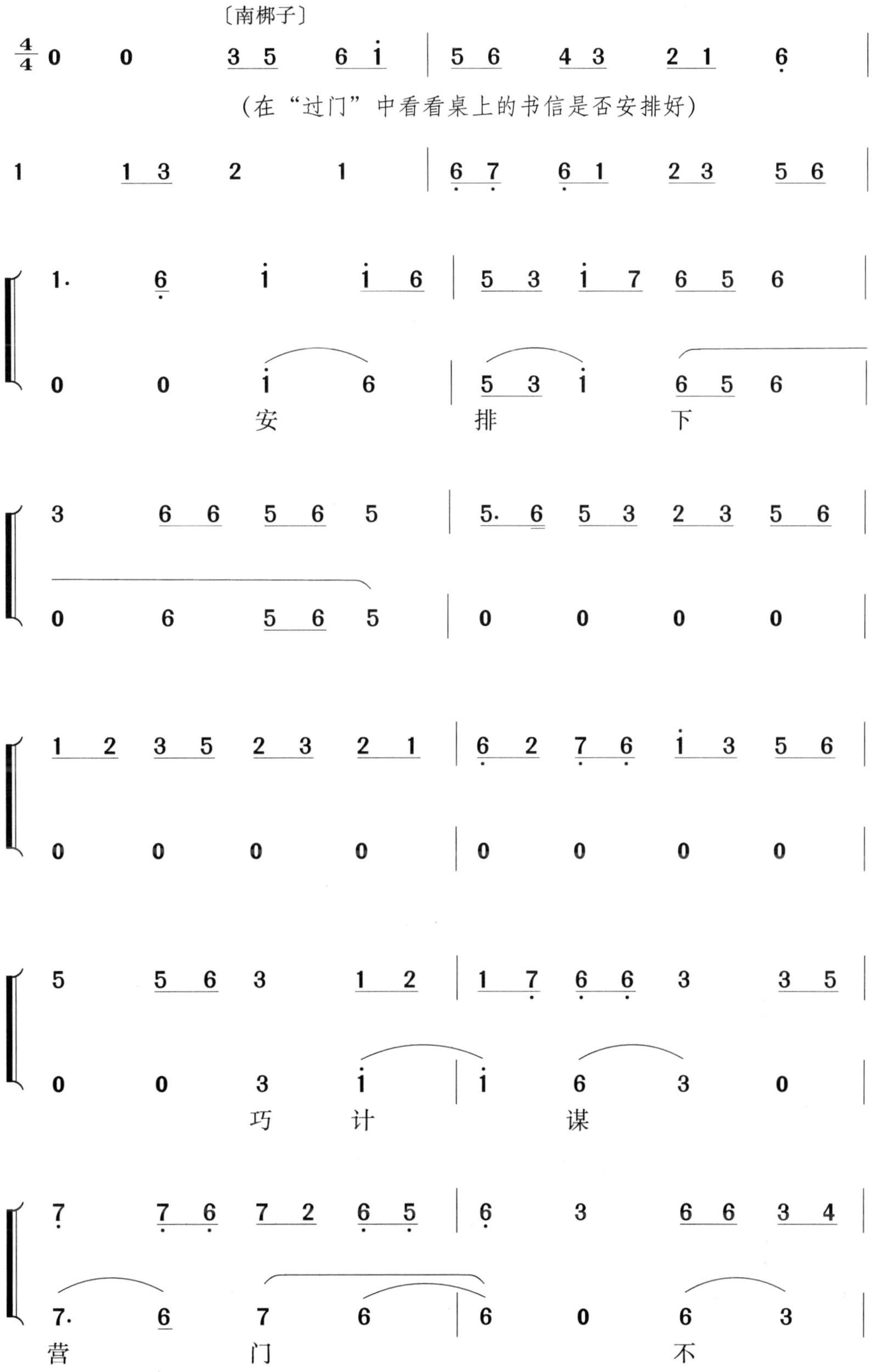

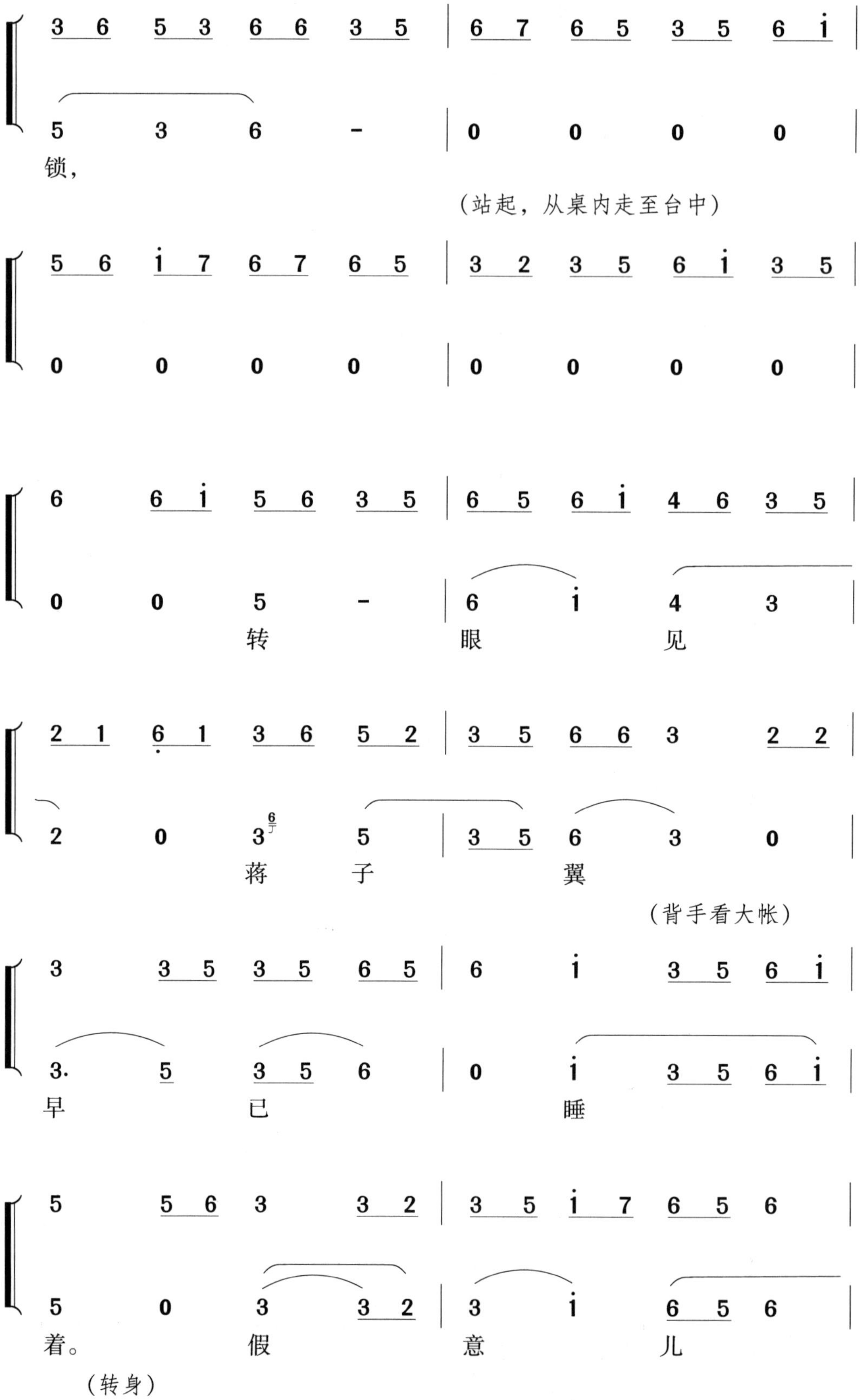
锁，
（站起，从桌内走至台中）
转 眼 见
蒋 子 翼
（背手看大帐）
早 已 睡
着。 假 意 儿
（转身）

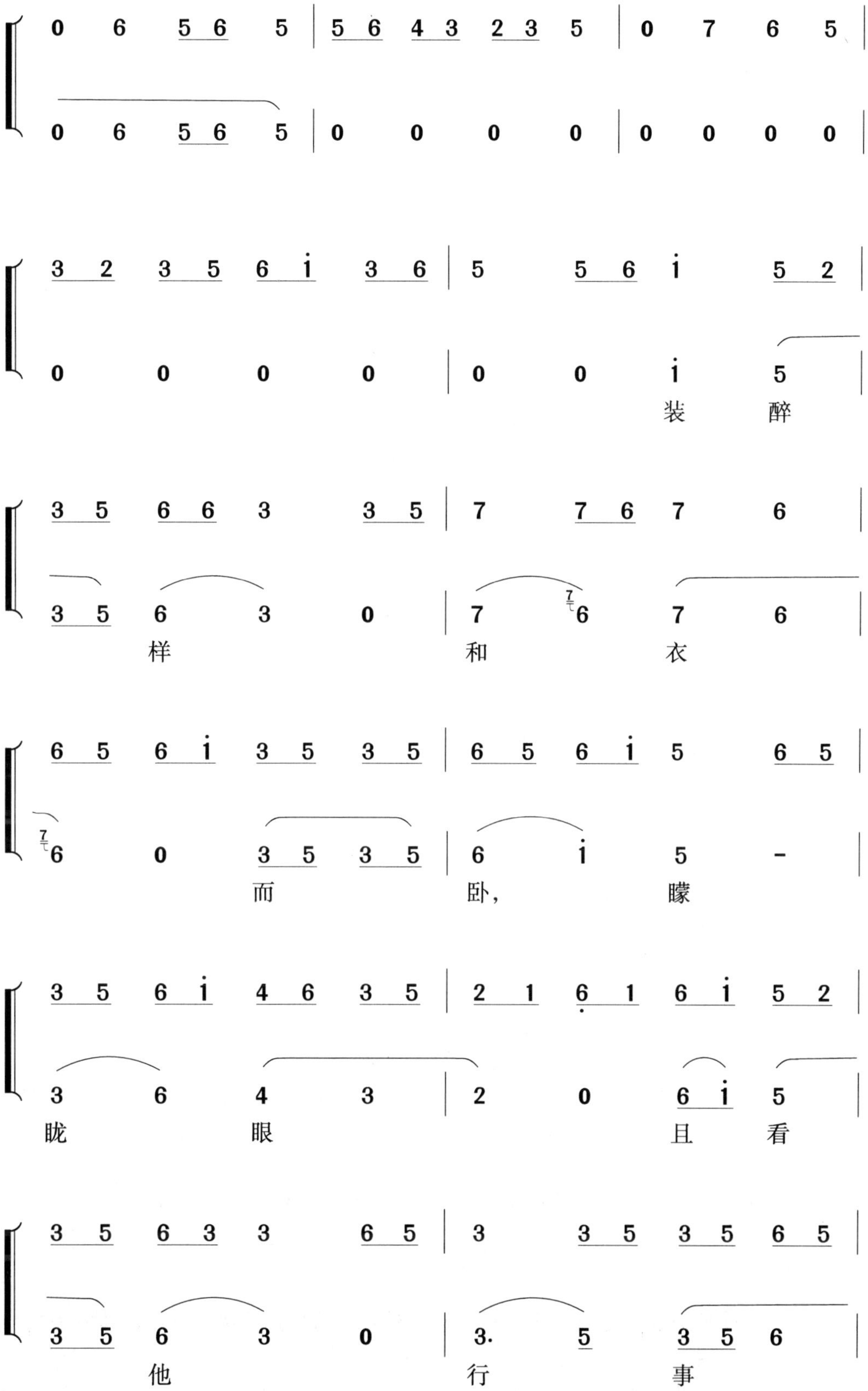
装 醉
样 和 衣
而 卧， 朦
胧 眼 且 看
他 行 事

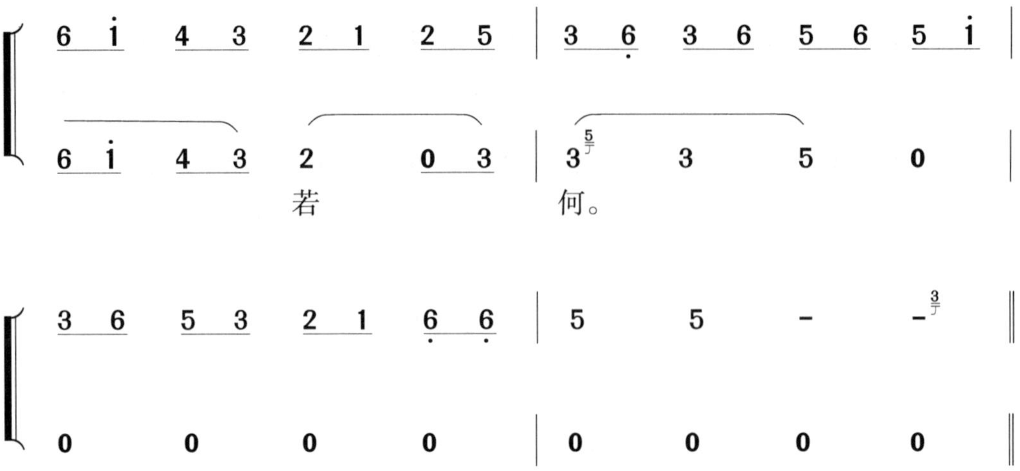

〔周瑜佯醉入大帐。打二更，（**大大 大大 大大 大台**）蒋干轻轻地从帐中走出。

蒋　干　唉！**【小锣一击】**（里绕双袖，抖双袖，提袖）我此来差矣哟！**【小锣凤点头】**

〔西皮摇板〕

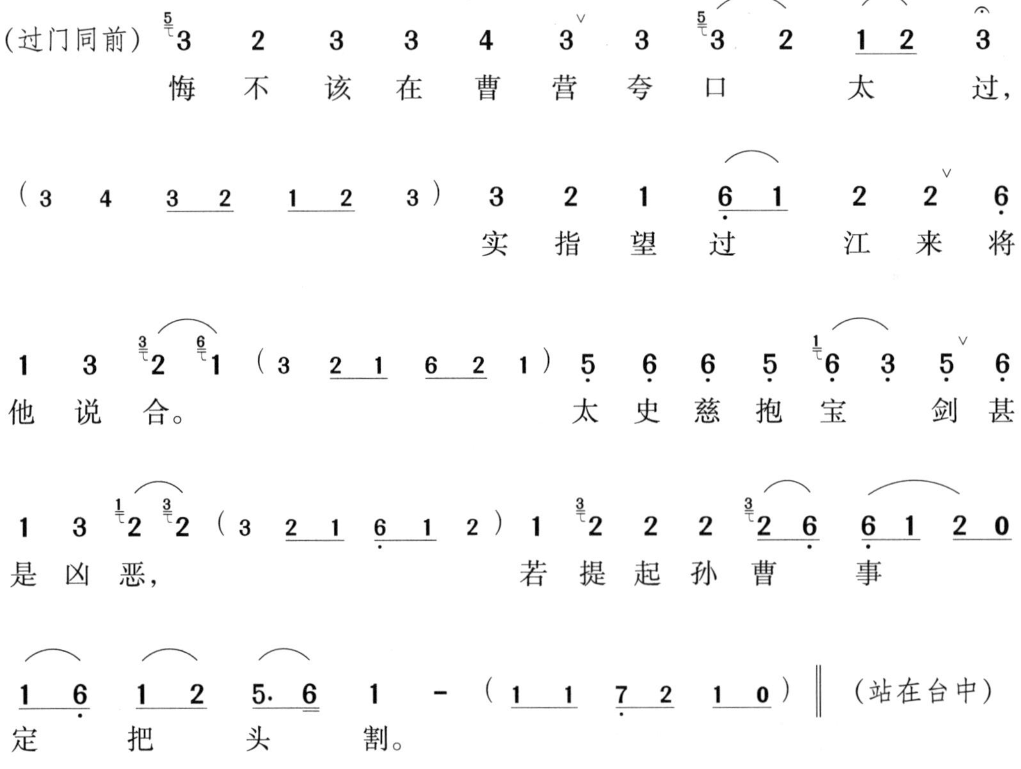

咳！坐是坐不定呐，睡又睡不着。哎呀呀这便怎么处……**【小锣一击】**（回头看见桌上摆放的古书）案上有书，待我看书消遣。（入座看书）兵书战策。（指书，然后拿起一本）《车战》用不着了。（放下，又拿起一本）《陆战》（摇头，表示没意思，又放下，再拿起一本）《水战》，哎，周郎最习水战，倒要看看！（翻看，发现信，念封皮上的字）“周都督开拆”，小柬一封，看过的了。（欲放下，又拿起）偷觑偷觑！（拿出书信念）“荆襄降将蔡瑁、张……”（周瑜帐内出声，**【小锣一击】**蒋干急忙合信，蹲躲在桌下。然后慢慢起身，走至帐前，试探着唤周瑜）公瑾，贤弟——，睡着了。（蒋干转步从桌上拿上蜡烛台，走出门，在台中，将蜡放在地上，借烛光蹲着念信，周瑜此时走出大帐，在门内暗中观察蒋干的言行）（小锣掐音打）（**匝匝……台**）“荆襄降将蔡瑁张允拜上都督：我等降曹，非图仕禄，迫于势耳。今已赚北军困于寨中，但得其便，即将曹贼之首献于麾下，早晚人到，便有关报。幸勿见疑，先此敬复。”（蒋干惊坐在地上，右手向上翻水袖）哎呀，曹丞相呀，你好险哪！（蒋干起，周瑜见蒋干已中计，暗自发笑走回大帐）

〔西皮摇板〕

蒋　干

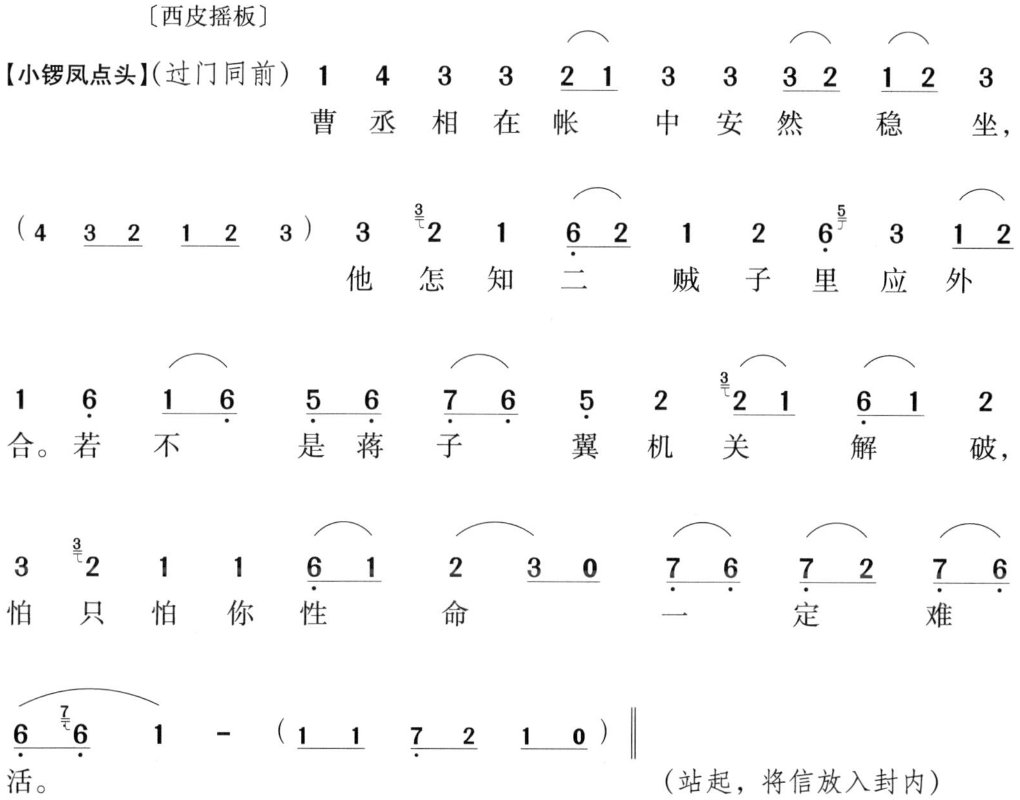

（站起，将信放入封内）

哎呀！原来此二贼结联东吴！我不免将此书带回，献于丞相，将此二贼灭却，岂不是我蒋干大大的头功！就是这个主意。

〔蒋干将信放入怀中，（**匝匝……台**）至桌前，整理古书，将蜡烛放在桌上，欲进帐，忽然发觉蜡烛位置放得不对，急回身把它移正，入大帐。打三更。黄盖持灯“上场门”上。

黄　盖　鼓打三更尽，风吹刁斗寒。（归“小边”，唤周瑜）都督醒来，都督醒来！**【小锣一击】**（周瑜出帐）

周　瑜　夜静更深，进帐何事？

黄　盖　启都督，今有江北蔡…… （**大……台**）（周瑜拦阻黄盖）

周　瑜　噤声！（急吹蜡烛。周瑜示意黄盖出门再说）（**台**）（摸到大帐前，唤蒋干）子翼兄。

〔蒋干在帐内故做睡熟状，发出鼾声。二人同出门，站“上场门”台口处。蒋干此时也悄悄从大帐走出，偷听周、黄二人的谈话。

周　瑜　蔡什么？

黄　盖　（故意大声）蔡瑁、张允—— （周瑜示意低声些）着人前来，道急切不得下手，早晚必有关报。

周　瑜　（假怒）哼！此事本督早已知道，今有外客在此，倘若被他听见，岂不泄漏大事。你行军多年，还是这等粗鲁，还不快快走去！

黄　盖　喳、喳、喳……

〔（**大……台**）周瑜、黄盖二人相视而笑，黄盖下。**【小锣一击】**

周　瑜　老迈昏庸！（进门，与蒋干在黑暗中相对疑视）（**大、大、大……台**）（蒋干退入帐中，周瑜走至帐前，故意唤蒋干）子翼兄！睡着了。幸喜不曾被他听见，待我和衣安睡了吧。（入帐，打四更。蒋干走出大帐）

蒋　干　哎呀！吓煞我也！趁此无人，我逃走了吧。

〔蒋干抄水袖、提褶子，**【小锣打下】**急走下。鲁肃同时从“上场门”上，见蒋干逃走的背影，忙进帐翻看古书，发现书信已被盗走，忙唤周瑜。

鲁　肃　都督醒来，都督醒来！（见周瑜，鲁站“大边”大笑）**【小锣一击】**

周　瑜　大夫，为何如此地呆笑哇？

鲁　肃　那蒋干果然盗书逃走了。

周　瑜　未必吧？

鲁　肃　（拿过古书，翻开让周瑜看）都督请看哪！

周　瑜　（拿过书，翻看两次，又翻回看）（**大大大……台**）（**大大大……台**）（得意状）啊！

鲁　肃　啊！

周　瑜　啊哈哈……

鲁　肃　哈哈哈……

〔亮弦〕（7̣　6̣　2　1　－）

〔**【大锣闪锤】**周瑜向前走，鲁肃将书放好，从周瑜后面归“小边”。

〔西皮摇板〕

周　瑜　（过门同前）　i　i　^{3}6　5　5　7　6　7　6

蒋　子　翼　盗　书　信　千　差

6　353　5　6　（65　35　65　32　11）

万　（呐）　错，

鲁　肃　3 ³2 1 2³²1 6̣1 2（3 21 6̣1 2）13 2 1
周 都 督 用 巧(哇) 计 神 鬼

1 2 3 5 2. 3 2 1 6̣ 1（3 21 62 12 65 55）
难 觉。

周　瑜　5 7 65 i 53 7 6 37 6 6 3
此 一 计 天 下 人 被 我 瞒

5 - - - ³5 ⁷6 - ‖
过，
（自言自语，十分得意）

〔行弦〕

‖: 1/4 6 35 | 6 7 | 6535 | 6 0 :‖

鲁　肃　啊，瞒过了？
周　瑜　瞒过了。（笑着“下场门”下场）
〔【长锤】鲁肃欲随周下，又翻回。

〔亮弦〕

（4 3 5 6 -）

〔西皮摇板〕

鲁　肃　（过门同前）1 21 1 3 21 12 35 2
怕 只 怕 瞒 不 了

³2 6̣2 1 - 6̣ 1 3 21 3 5̣ 7̣
（那）南 阳 诸 葛。

2 6̣ 6̣ ¹6̣ 1 ⁶1 - ‖ 【大锣一击】接〔行弦〕‖

嗯！只怕瞒不过他呀！

〔【大锣抽头】鲁肃“上场门”下场。

第三场

〔台中正场桌，“小座”。

〔【大锣快长锤】四大铠等“上场门”幕内喊：“哦——！”四大铠、四校尉、二中军“站门”。曹操上，一亮，至“九龙口”。

〔西皮摇板〕

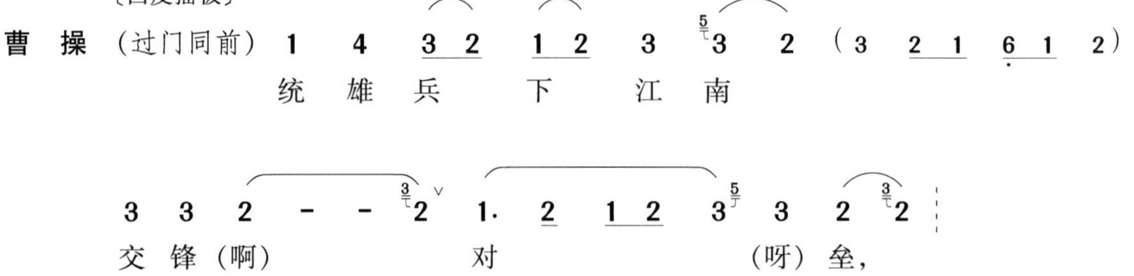

（【大锣闪锤】走至台中）

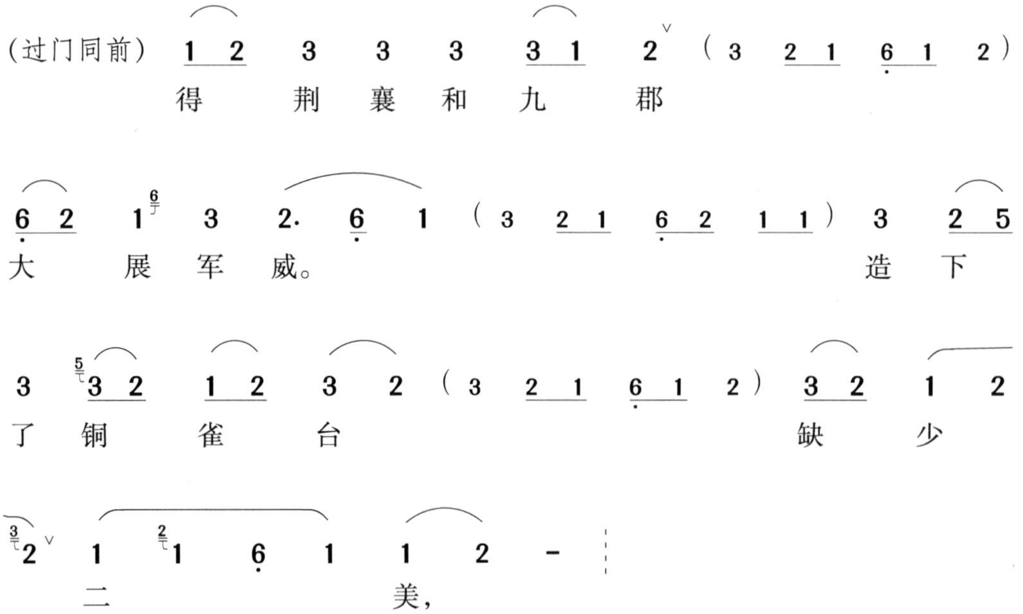

（【大锣闪锤】入座，众归里“两边”）

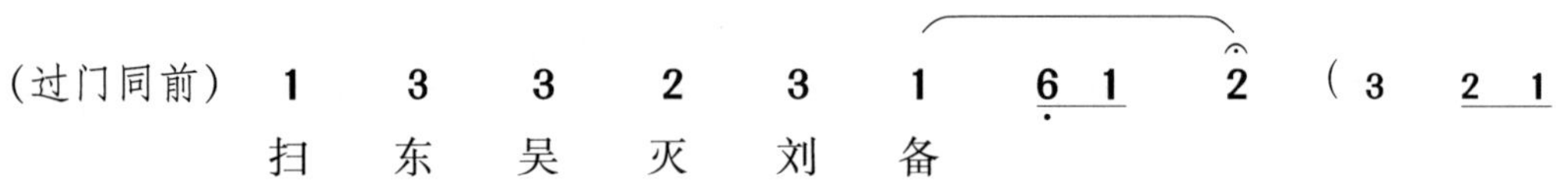

6 1 2 ） 1 2 5 3 - 3 2 1 1 - ‖
吾 意 方 遂。

〔【大锣抽头】蒋干“上场门”上，笑。

〔西皮摇板〕

蒋　干　（过门同前） 1 4 3 2 4 3 2 3 2 1 2 3 3 ^{3}2
在 东 吴 盗 书 信 一 宵 未 睡，回 营

2 1 2 2 7 6 7 2 6 6 1 - （1 1 7 2 1 0）‖
来 见 丞 相 色 舞 眉 飞。

（进门站中）

参见丞相。

曹　操　子翼回来了？

蒋　干　回来了。（归“大边”）

曹　操　顺说周郎降意如何？

蒋　干　那周郎雅量高致，非言辞所能动也。

曹　操　哼！（面带不满之意）顺说不成，反被他人耻笑！（甩水袖）**【大锣一击】**

蒋　干　虽然未说周瑜来降，却为丞相寻来一桩机密大事。

曹　操　什么大事？

蒋　干　这个么——（犹豫地看两边，众喊堂威：“哦——！”曹操会意）

曹　操　两厢退下！

众　啊。

〔**【大锣五击头】**众分下。

曹　操　什么大事？

蒋　干　（取出书信）这有小柬一封，丞相请看。

曹　操　（接过书信，略看，对蒋干）看过的了！

蒋　干　不错。

曹　操　好，老夫一观。（唢呐吹奏曲牌〈急三枪〉。看信，神情突变）啊！击鼓升帐！

〔唢呐吹奏曲牌〈吹打〉大铠、校尉、中军两边上，四刀斧手“双进门”，站两边，曹操入“大座”，蒋干坐“大边”桌边跨椅。

曹　操　蔡瑁、张允进帐！

众　蔡瑁、张允进帐！

〔蔡瑁、张允内白：“来也！”**【大锣原场】**两边分上，进门。

蔡　瑁
张　允　（同）参见丞相，有何将令？

曹　操　命你二人操练水军，可曾练熟？**【大锣撕边一击】**

蔡　瑁
张　允　（二人对视）我二人水军未曾练熟，丞相不可进兵。

曹　操　嘟！【大锣快五击头】

〔蔡瑁、张允同跪。

等你二人水军练熟，老夫的人头早已送往东吴去了！来！

众　有。

曹　操　绑！（仓）（刀斧手上前，二人押一个）斩了！

〔【冲头】押蔡、张二人下。【监斩鼓】【冲头】刀斧手复上，跪。

刀斧手　斩首已毕。

〔曹操挥手，刀斧手下。【大锣五击头】

〔（大大大……仓）接〔行弦〕曹操思考，重新看信，自知上当。【大锣一击】

〔亮弦〕

（ 7̣　2　1　- ）

曹　操　嘿嘿！

〔西皮摇板〕

（过门同前） 3　25　3　4　4　3　1　3　12　3　3
我　中　了　小　周　郎　借　刀　之　计，

（ 7̣　6̣　5　55　36　55　32　11　6̣5　55 ）　3　2
杀　蔡

3　2　3　21　6̣1　2　-　2　（ 3　21　6̣1　2 ）
瑁　和　张　允

1　3　3.　21　1　-　2　2　-　2.　6̣　1　-　‖
悔　之　不　（哇）　及。【住头】

（想介）来！

众　有。

曹　操　将水军头领换毛玠、于禁掌管。

众　啊。

曹　操　传蔡中、蔡和进帐。

众　蔡中、蔡和进帐！

〔蔡中、蔡和内白：“来也！”【大锣五击头】“上场门”上，至台口。

蔡　中　忽听丞相唤。
蔡　和　令人心胆寒。**【小锣住头】**（同进门）
蔡　中
蔡　和　（同）参见丞相，有何将令？（跪）
曹　操　老夫杀你二人兄长，可有怨恨？
蔡　中
蔡　和　（同）违误军令，斩之无亏。
曹　操　好，如今大江南北，难通消息，欲命你二人诈降周郎，可愿去否？
蔡　中
蔡　和　（同）我等情愿前往。
曹　操　莫怀二意。（语中带有威胁）
蔡　中
蔡　和　（同）我二人家眷现在荆州，焉有二意。
曹　操　快快请起，若能成功，另有升赏，去吧。
蔡　中
蔡　和　（同）遵命。（出门）
蔡　中　辞别曹丞相。
蔡　和　诈降小周郎。**【小锣五击】**（二人同下）
蒋　干　（看看曹操，指指自己，站起邀功）（台）啊，丞相，这场大功劳，多亏我蒋干吧？
　　　　〔（**大大大……仓**）接〔行弦〕。曹操怒目逼视蒋干，从桌内站起，走至台中。
曹　操　啊？
蒋　干　多亏我蒋干哪？
曹　操　呸！（直对蒋干的脸，蒋干捂面，不知所措）

〔西皮摇板〕

1 0 （3 21 62 11 65 55）3 32 3
唐。 杀 蔡 瑁

2 4·6 32 1 2 －（3 21 61 20）3.
和 张 允 伤

2 1 2 2 2 2 3 1 21 6 1 2 －
了 （哇） 两 将，

〔【长锤】众人两边分下，曹操欲下，蒋干跟随，曹又回身，蒋干赶忙退回。

曹 操 嗯……

【大锣凤点头】（过门同前）3 21 1 3 3 61 2 － 20（大
你就 是 他 二 人

大）3· 6 5· 6 11 － － 1 2 2 － 2 1 －‖
送 命 的 无(哇) 常。（大大大-大大仓）

〔亮弦〕

（7 2 1）

〔曹操甩水袖，上下打量蒋干，（扎 扎 仓）左手抓水袖，右手绕水袖，背手转身（仓）亮背相。【快长锤】下。

蒋 干 （目送曹操下，转回身，感到莫名其妙）咳！【大锣凤点头】

〔西皮摇板〕

（过门同前）3 25 3 3 4 3 － 5 1. 3 3（4
这 一 场 大 功 劳 不 加 升 赏，

32 12 3）1 3 2 21 61 2 #4 32
为 什 么 反 将 我 羞 辱

1 2 1 （3 2 1 6 2 1 2） 3 2 1 2 1 6
一（呀）场？ 我 这 里 低 下

1 – – 6 2 2 1 6 5 0 3. 6 5 7 7 6
头 暗 暗 思 想，

1 2 7 – 7 6 – （〔行弦〕思考）

哦哦是了！（自觉明白了）**【小锣凤点头】**

（过门同前）3 2 5 3 2 1 1 3 2 1 6. 1 2 – 2 0
想 必（呀）是 为 周 郎

6 2 1. 6 3 2 – 7 6 5 – – 6 6 1 ‖
不 肯 归 降。

〔行弦〕

‖: 1 62 | 1 3 | 2162 | 1 0 :‖

不错，是的，是的哟！

〔**【小锣抽头】**下。

第四场

〔正场桌，“小座”。周瑜在坐位上观书思索。**【小锣抽头】**鲁肃上场门上，至台口，大笑。

〔西皮摇板〕

鲁 肃 （过门同前） 2 1 2 1 3 2 6 2 1 3 2 （3
曹 孟 德 果 杀 了 蔡 瑁 张 允，

2 1 6 1 2） 3 2 1 1 6 1 2 2 0 1
周 都 督 可 算 得 第

3. 2 1 5 36 5. 6 1 – （2 1 7 2 1 –）‖
一 才 能。

【小锣五击头】（进门归“小边”）

参见都督，哈哈哈……（大大大台）

周　瑜　大夫，为何如此地呆笑哇？

鲁　肃　那曹操果然中了都督之计，杀了蔡瑁、张允，水军头领换了毛玠、于禁掌管了。

周　瑜　啊？那曹操果中我之计，杀了蔡瑁、张允，水军头领换了毛玠、于禁掌管了？

鲁　肃　正是。

周　瑜　哎呀妙哇！我但破曹贼水军，料无忧矣！（周瑜右手持书，将右腿搭在左腿上，表现出得意的神情）

鲁　肃　料无忧矣。（周瑜与鲁肃同笑）

周　瑜　哎呀！（忽然想起什么）我想此事，众将不知，或者有之，惟有那孔明——

鲁　肃　那孔明么？

周　瑜　嗯。

鲁　肃　他未必知道吧。

周　瑜　谅他不知。（自信的）请来叙话。（站起身将书放于桌上，准备迎接诸葛亮）

鲁　肃　有请诸葛先生。

〔【小锣慢五击头】诸葛亮“上场门”上，直接进门归“大边”，与周瑜碰面。周瑜、鲁肃在“小边”。中军摆“八字椅”和“小边跨椅”。

周　瑜　啊，先生。

诸葛亮　都督。

周　瑜　请坐。

诸葛亮　有座。【小锣归位】（三人入座。诸葛亮刚坐下即站起）恭喜都督，贺喜都督！（向周瑜躬身施礼）

周　瑜　【小锣一击】（与鲁肃同惊。交流一下眼光）喜从何来呀？

鲁　肃　是呀，喜从何来呀？

诸葛亮　那曹操中了都督借刀之计，杀了蔡瑁、张允，岂不是一喜呀？

〔周瑜、鲁肃闻言又是一惊。【小锣一击】

鲁　肃　哎呀，他倒先——（用手指诸葛亮。周瑜用右手慌忙拦住鲁肃，让他不要再往下讲，【小锣一击】鲁肃仍自言自语）——他倒先知道了！

周　瑜　（暗中甩右手水袖阻止鲁肃，转面向诸葛亮）啊，先生，我观曹军水寨，十分严整有法，故施此计，何足先生挂齿。

诸葛亮　（夸奖地）都督的大才。

周　瑜　岂敢，今曹军势众，非等闲可破，瑜思得一计，不知可否，请先生为我一决。

诸葛亮　这——（一想），你我不必明言，各写一字在手（用扇柄指手掌心），看看心意可同。

周　瑜　好，如此先生请写。

诸葛亮　都督请。

「诸葛亮和周瑜相背转身向里，取桌上笔墨，各暗在右手掌心写一个“火”字，然后转身，二人并排向鲁肃站立的方向伸出右手掌。

周　瑜
诸葛亮　（同）大夫请看。

鲁　肃　（先看周瑜之手）火！（再看诸葛亮之手）火！（惊）哎呀！你二人俱是一个“火”字呀！

周　瑜　未必吧？

鲁　肃　请看哪！

周　瑜　（伸手）火！

诸葛亮　（伸手压在周瑜的手上）火！

周　瑜　（向诸葛亮）这——

诸葛亮　这——

周　瑜　（向鲁肃）啊——

鲁　肃　啊——

「周瑜笑，诸葛亮笑，最后鲁肃放声大笑。（**台**）

鲁　肃　哎呀，巧得很，他二人俱是一个“火”字呀！（笑后三人同归原座）

周　瑜　请问先生，水面交锋，何者军器当先？

诸葛亮　水面交锋，弓箭当先。

周　瑜　弓箭当先？（又用语重复，想计）弓箭当先——。（将左腿搭在右腿上）

鲁　肃　是呀，这弓箭是要紧的呀！

周　瑜　（计定）先生之言，甚合吾意。但是我营缺箭，敢烦先生监造十万枝狼牙，以为应敌之用。先生此差，万无推脱的了。（将搭着的腿放下）

诸葛亮　都督委用，敢不效劳？请限日期。

周　瑜　限期……（想介）

鲁　肃　监造这十万枝狼牙箭哪，少不得也要一年！

周　瑜　（拦阻鲁肃，怕他多言坏事）先生，半月可成？

诸葛亮　半月，多了。

鲁　肃　啊！半月多了？

周　瑜　（又拦鲁肃）十日可完备否？

诸葛亮　曹兵即日将至，倘若杀来，岂不误了都督的大事。还多！

鲁　肃　（急切地）啊！还多？

周　瑜　（再拦鲁肃）七日，再勿少限。

鲁　肃　啊！七日，忒少了哇！

诸葛亮　还多。

鲁　肃　咦——还多？不多了哇！

周　瑜　（止住鲁肃）先生自限个日期吧。

鲁　肃　是呀，请先生自限日期吧。

诸葛亮　这——（想介）三天足矣！

鲁　肃　啊！（**大大大……台**）（周瑜、鲁肃惊愕）三天？恐你造不齐吧！

周　瑜　是呀，三天无箭呢？

诸葛亮 按军令施行。（站起，鲁肃站起阻止）

鲁　肃 先生，这军中无有戏言哪？

周　瑜 是呀，军中无有戏言哪？

诸葛亮 愿立军状。

鲁　肃 啊先生，军状立不得！（鲁肃拦阻诸葛亮，周瑜拦阻鲁肃，鲁肃见诸葛亮去写军状，双手一摊）完了！

诸葛亮 军状呵！（曲牌＜急三枪＞）

〔诸葛亮提笔在桌上写军状。

诸葛亮 军状在此。（交周瑜）

鲁　肃 （对诸葛亮）我看你是怎生得了哇！

诸葛亮 告辞了。（起**【小锣凤点头】**上步）

〔西皮摇板〕

诸葛亮 （过门同前） 2 1 2 3 ⁵3 2 1 2 0 1 2 - 1 3 ³2 1 2 -

在帐中辞公瑾再别子(啃)敬，

【大锣抽头】（出门，至“下场门”台口，转身）

（过门同前） 3 ²2 1 1 2 ²2 （3 2 1 6 1 2）

三日内到曹营

6 2 1 3. 2 1 1 6 ⁷6 1 - ‖

去借雕翎。

〔**【大锣五击头】**诸葛亮“下场门”下。鲁肃至“大边”，周瑜在中。

鲁　肃 啊，都督，那孔明自限三天造箭，他莫非有逃走之意么？

周　瑜 他若逃走，岂不被我东吴耻笑。可吩咐工匠，物料一概不准与他凑手。候三日无箭，我便斩孔明。

鲁　肃 遵命。（“下场门”下）

〔黄盖内白：“二位将军候着！”

〔**【大锣五击头】**黄盖带领蔡中、蔡和“上场门”上。黄盖一人先进门，站“小边”。

黄　盖 启都督，蔡中、蔡和辕门投降。

周　瑜 （想介）传！

黄　盖 二位将军进帐。（周瑜居中，鲁肃暗上站“大边”，黄盖站“小边”）

蔡　中
蔡　和 （同）啊！**【小锣五击头】**（二人同进门）

参见都督（同跪）。我二人归降来迟，死罪呀，死罪！

周　瑜 请起。（蔡中、蔡和同起，分两边站立）

二位将军事曹已久，何故到此背主作窃，端为何也？

蔡　中
蔡　和　（同）只因曹操误杀我二人兄长，特投都督帐下，借兵与兄报仇。

周　瑜　弃暗投明，可称俊杰也！

蔡　中
蔡　和　（同）都督夸奖。

周　瑜　甘兴霸进帐！

〔甘宁内白："来也！"【大锣冲头】"上场门"上，进门站"小边"。

甘　宁　参见都督，有何将令？

周　瑜　（指蔡中、蔡和）此二位乃荆襄之将，拨在你的标下听用。（向甘宁暗示将来杀之的手势）后当重委。

甘　宁　（会意）遵命。（向二蔡）二位将军随我来。

〔【大锣五击头】甘宁领二人出门，【撕边】二蔡互相示意诈降成功，神态得意。（仓）鲁肃看见。【冲头】二蔡下。鲁肃翻回进门，站"大边"。

鲁　肃　啊，都督，他二人乃是诈降啊！

周　瑜　（佯怒）嘟！【撕边一击】他因曹操误杀他二人兄长，特投本督帐下，借兵报仇，何诈之有？似你这样多虑，安能容纳天下贤士，还不与我请出帐去！

鲁　肃　告退。（大大大……台）（出门）哎呀且住！二人分明是假，我家都督怎说是真呢？【小锣一击】（想介）有了，待我去到馆驿问过孔明先生，便知分晓。正是：（扎）真假难分辨，好歹我要问知音。（抓水袖，【小锣五击头】下）

周　瑜　（大大大……台）（笑介）
子敬平日老实，（向外走）今日忽然乖巧起来了。（发现黄盖）

黄　盖　嗯哼！【软撕边一击】

周　瑜　老将军还在此？

黄　盖　伺候都督。

周　瑜　可知二将降意否？

黄　盖　此二人是诈降。

周　瑜　怎见得？

黄　盖　不带家眷，岂不是诈？

周　瑜　不带家眷者是诈，足见老将军高见。

黄　盖　都督夸奖。

周　瑜　唉！【撕边一击】惜乎呀，惜乎！北军有人诈降我东吴，我东吴就无人诈降那曹操。【撕边一击】（暗示黄盖）

黄　盖　【叫头】都督！黄盖不才，愿诈降曹操。【撕边一击】

周　瑜　老将军愿去诈降？

黄　盖　当报国恩。

周　瑜　哎呀！【大锣五击头】我想诈降，非同小可，若不受些苦刑，怎瞒细作之耳目。怎奈老将军年迈——【撕边一击】（抚黄盖的白髯）如之奈何！

黄　盖　【叫头】都督。俺黄盖受东吴三世厚恩，慢说是受些苦刑，就是粉身碎骨，理所当然！

〔【大锣一击】二人手臂相搭。

周　瑜　老将军是真心？

黄　盖　是真心。

周　瑜　无假意？

黄　盖　绝无假意！

周　瑜　好哇！**【大锣五击头】**真乃社稷之臣也，受我一拜！

黄　盖　也有一拜！**【大锣纽丝】**（二人同拜）

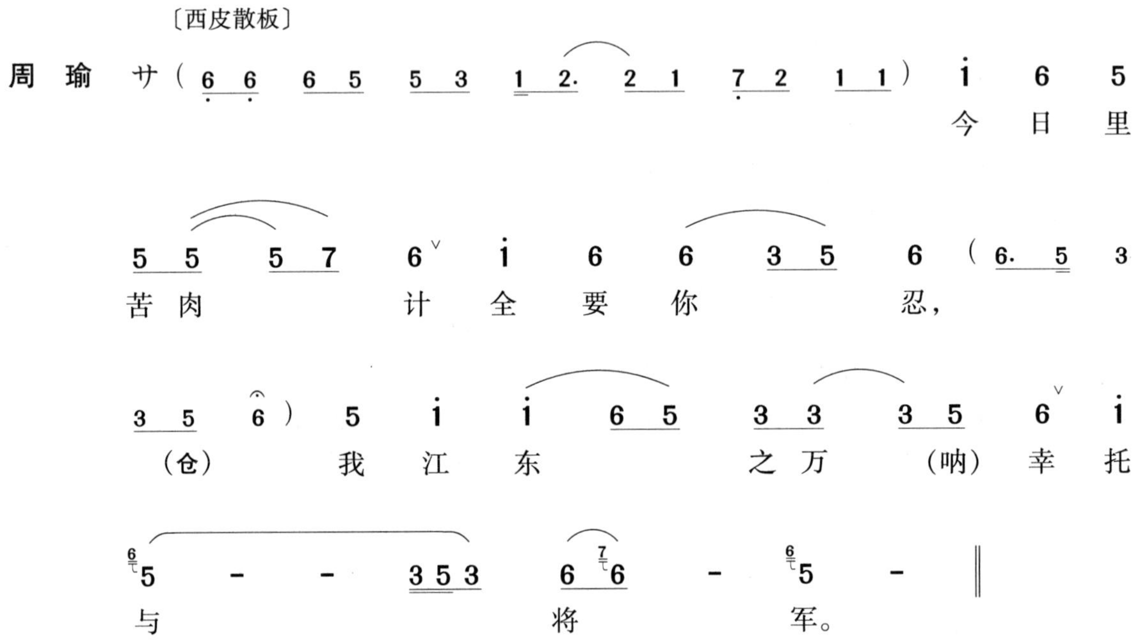

黄　盖　都督哇！

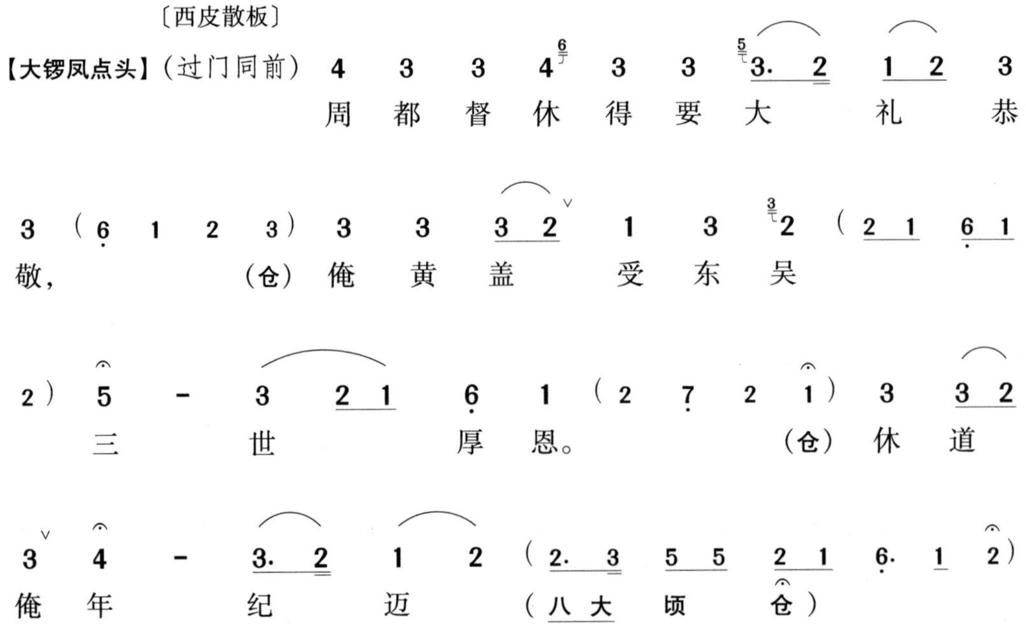

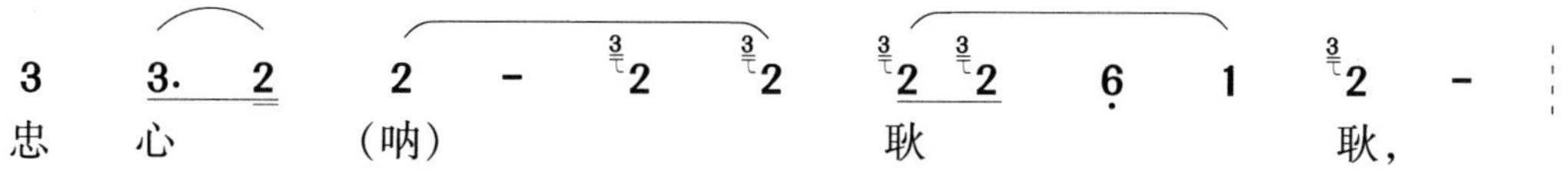

【大锣纽丝】（出门至“下场门”台口，回身）

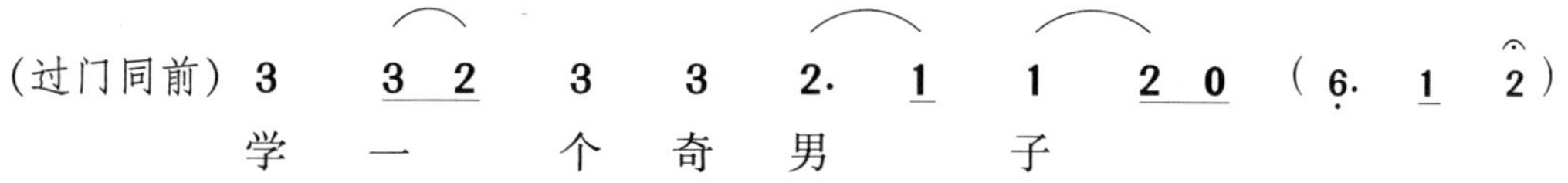

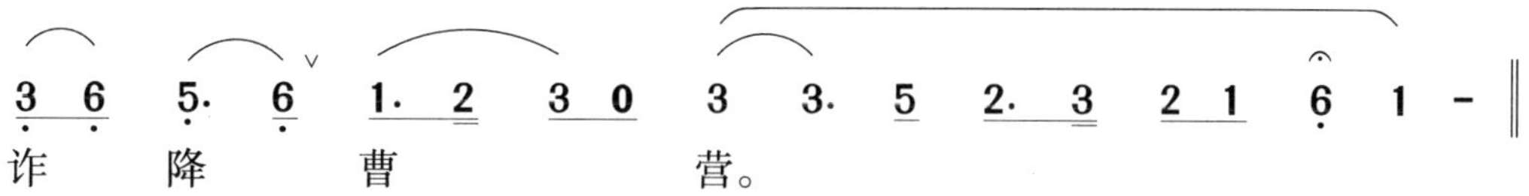

〔（崩登仓）右手撩髯，双手抱拳，与周瑜互相拱手，下。

周　瑜　【大锣闪锤】（站在台中）

〔西皮摇板〕

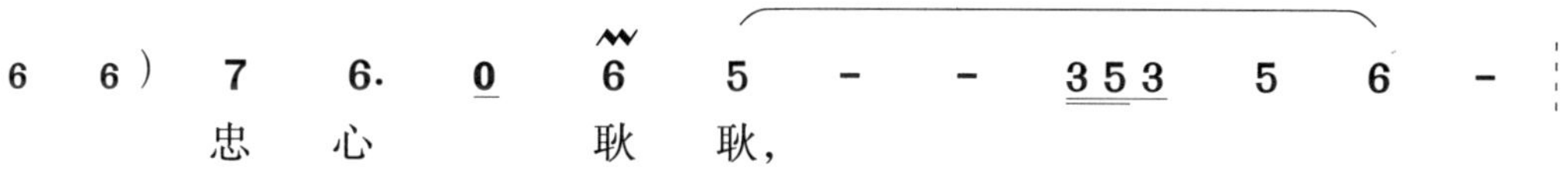

（走至“下场门”，转身）

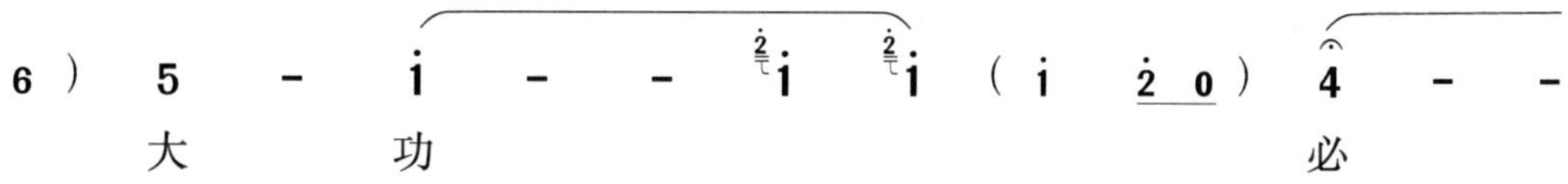

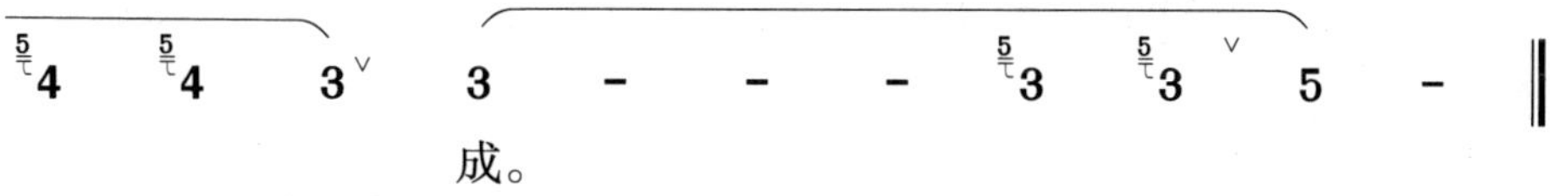

〔【大锣抽头】转身，背手，慢步下。

第五场

〔正场桌，“大边”摆一把“八字椅”。【小锣抽头】转【夺头】诸葛亮在音乐中上场，至“上场门九龙口”处，唱第一句。

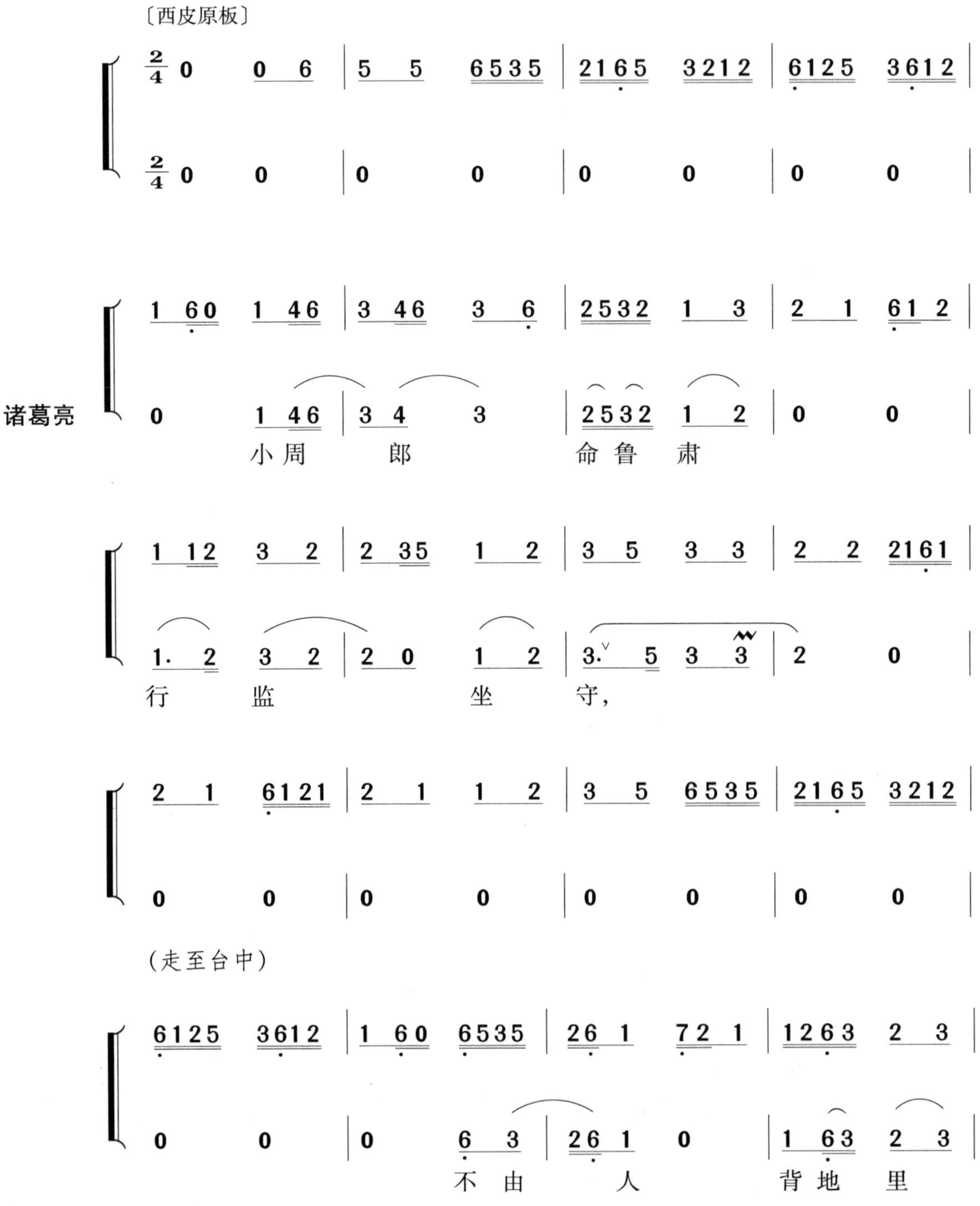

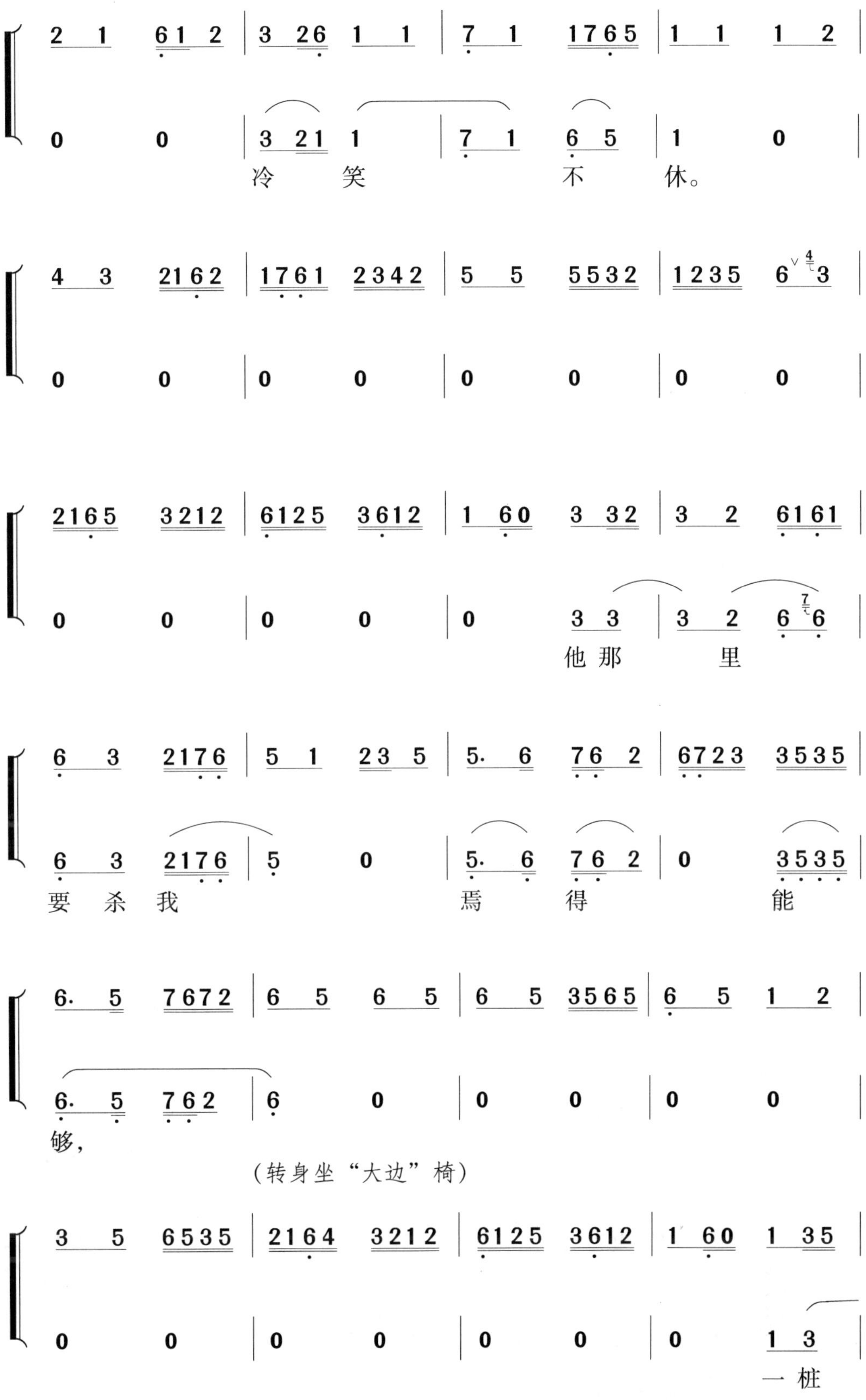
冷 笑 不 休。
他那 里
要 杀 我 焉 得 能
够，
（转身坐“大边”椅）
一 桩

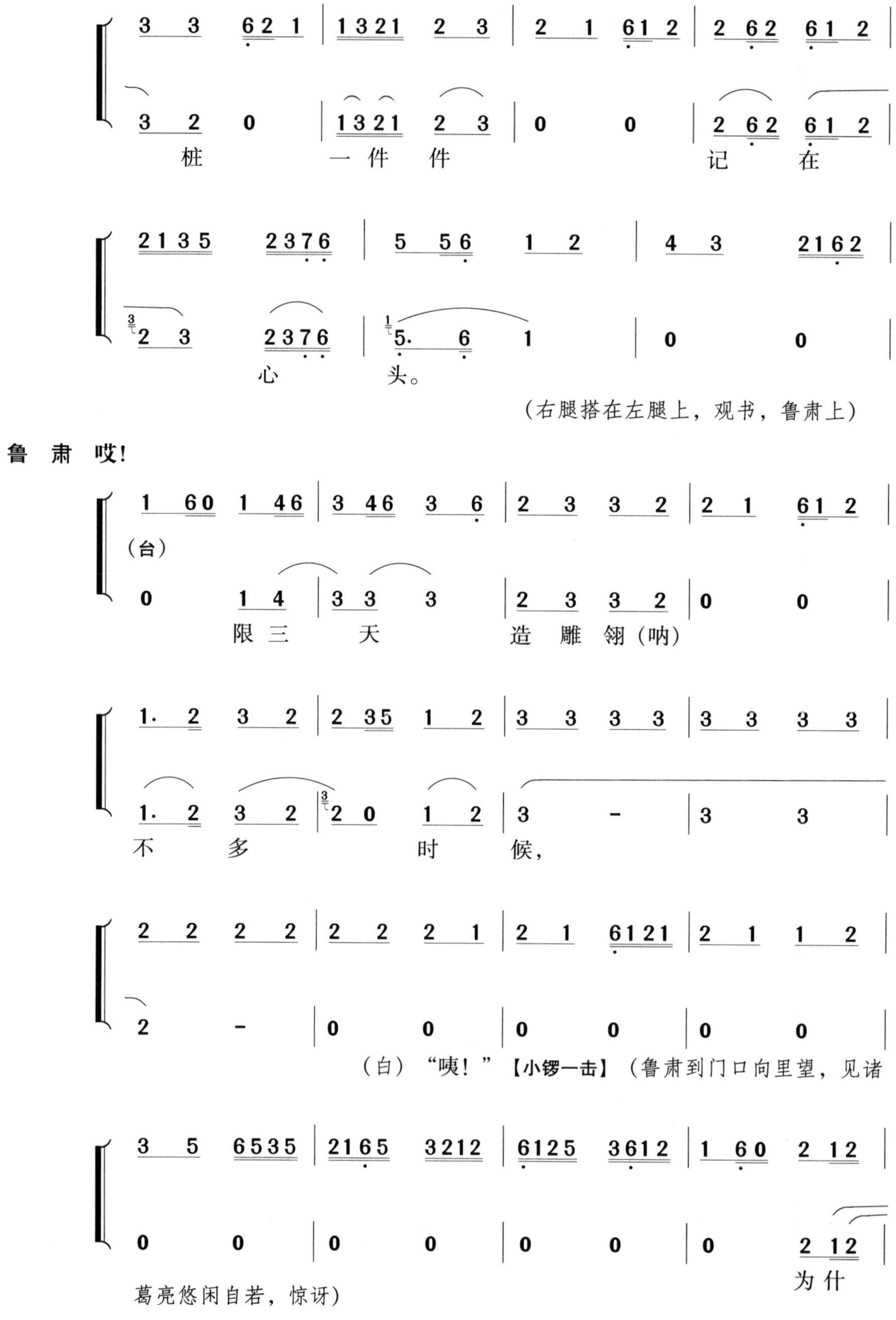
桩 一件件 记在
心 头。
（右腿搭在左腿上，观书，鲁肃上）
鲁肃 哎！
（台）
限三天 造雕翎（呐）
不 多 时 候，
（白）“咦！”【小锣一击】（鲁肃到门口向里望，见诸
葛亮悠闲自若，惊讶）
为什

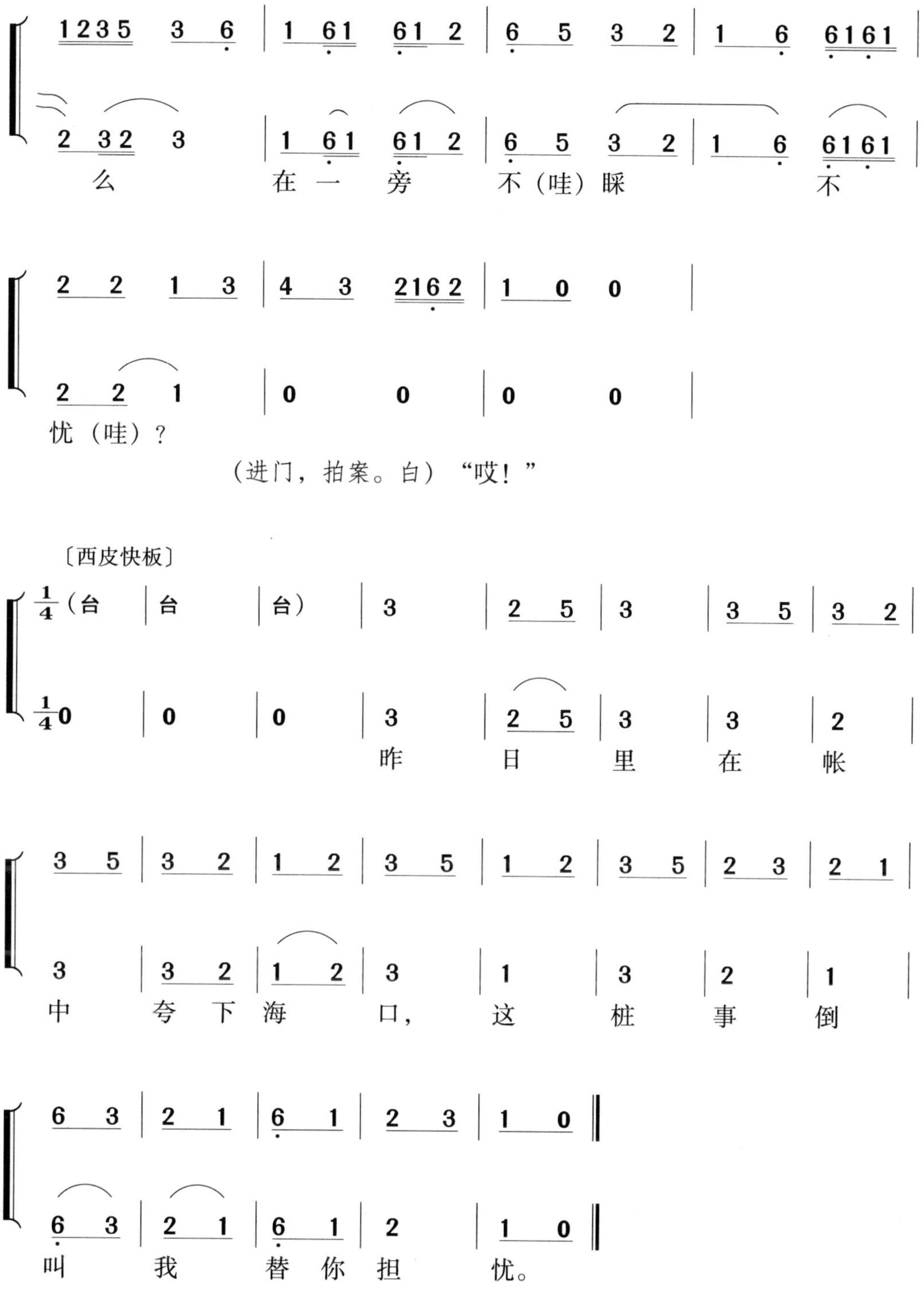

〔鲁肃站在“小边”。

诸葛亮　（见鲁肃，从容地站起，将书放在桌上。走到鲁肃的身旁）啊，大夫。我也无有什么要紧之事，你替我担的什么忧哇？

鲁　肃　啊！无有什么要紧事情？昨日你在帐中夸下海口，立了军状，三天造齐十万枝狼牙箭，你的箭在哪里？我怎么不替你担忧？啊！我怎么不替你担忧哇！（非常生

气）

诸葛亮　哎呀！还有此事么？

鲁　肃　啊？

诸葛亮　我倒忘怀了。

鲁　肃　哎呀，他倒忘怀了！

诸葛亮　哎呀呀，大夫，你我算算日期吧。

鲁　肃　好，算算日期。

诸葛亮　昨日，

鲁　肃　一天（掐指）。

诸葛亮　今日，

鲁　肃　两天。

诸葛亮　明日，

鲁　肃　三天。拿来！（向诸葛亮张手）

诸葛亮　什么？

鲁　肃　箭哪！

诸葛亮　我是一枝也无有哇！

鲁　肃　怎么，一枝都无有哇？

诸葛亮　哎呀，大夫，你要救我一救！（向鲁肃半跪拜）你要救我一救！（又一拜，鲁肃扶起）

鲁　肃　起来，起来！（**大大大……台**）（鲁肃思索，诸葛亮以扇遮面，暗笑）
啊，先生，不要着急。我倒有个主意在此。

诸葛亮　有何主意？

鲁　肃　倒不如驾一小舟，逃回江夏去吧！

诸葛亮　呃——！我奉主之命过江，同心破曹。到此寸功未立，拿什么言语回复我主？走不得。

鲁　肃　怎么？走不得？

诸葛亮　走不得。

鲁　肃　哎呀，又走不得。（**大大大……台**）（思索）啊，先生。我还有一个干净绝妙的主意。

诸葛亮　什么干净绝妙的主意？

鲁　肃　你倒不如投江死了吧！

诸葛亮　呃——！蝼蚁尚且贪生，为人岂不惜命。你救不了我这命，反倒要我死，你这是什么朋友哇？

鲁　肃　这倒难了！哎，教你走，你不走！教你死么，你又舍不得一死。这岂不是教我鲁肃为难了吗？

诸葛亮　大夫哇！

鲁　肃　唉！

〔西皮摇板〕

诸葛亮　**【小锣凤点头】**（过门同前）　3　3 2　3　3　2　4　3　（3 5
鲁　大　夫　平　日　里

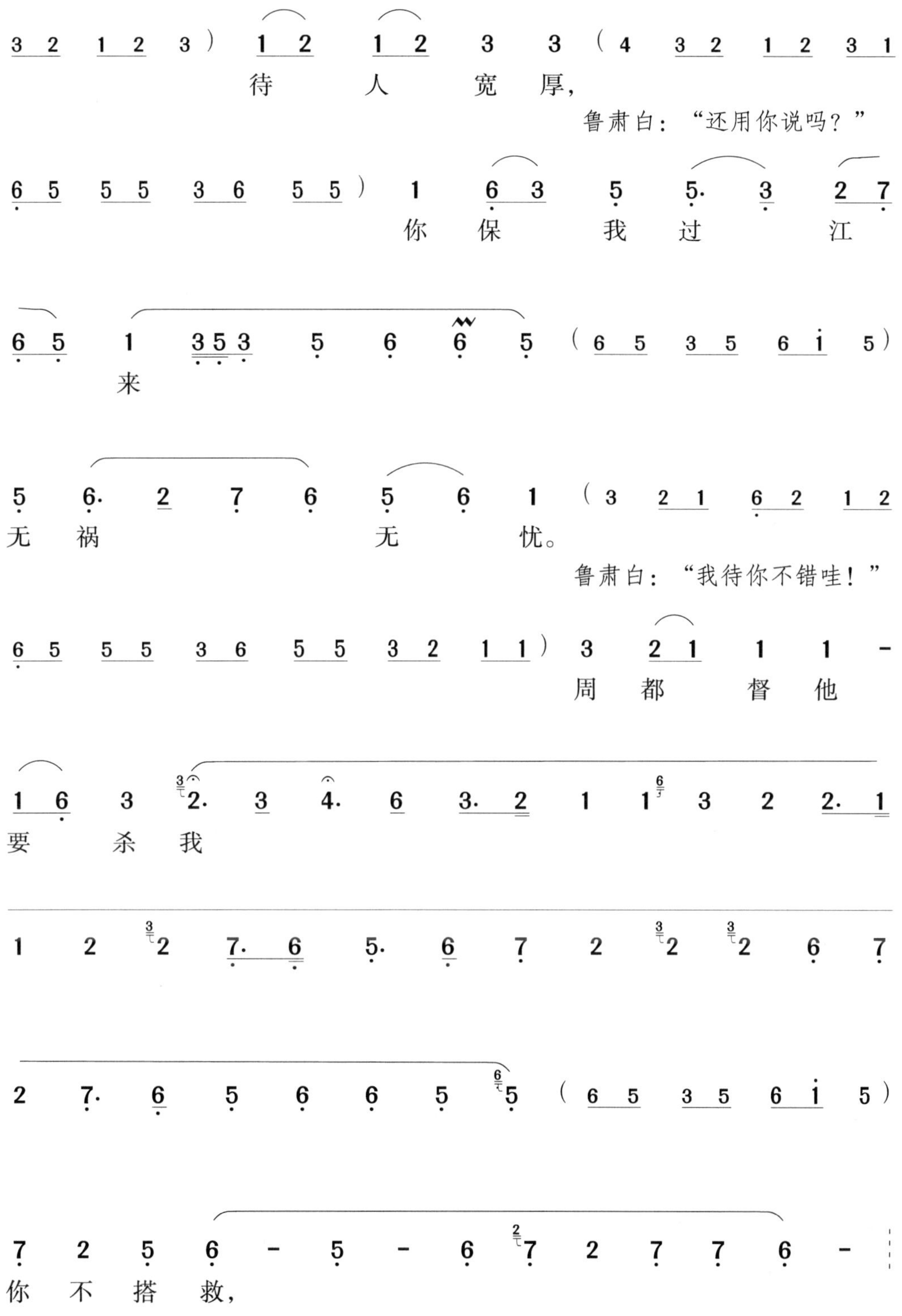

【小锣一击】接〔行弦〕

鲁　肃　这是你自招其祸哇！

诸葛亮　咳！大夫哇！

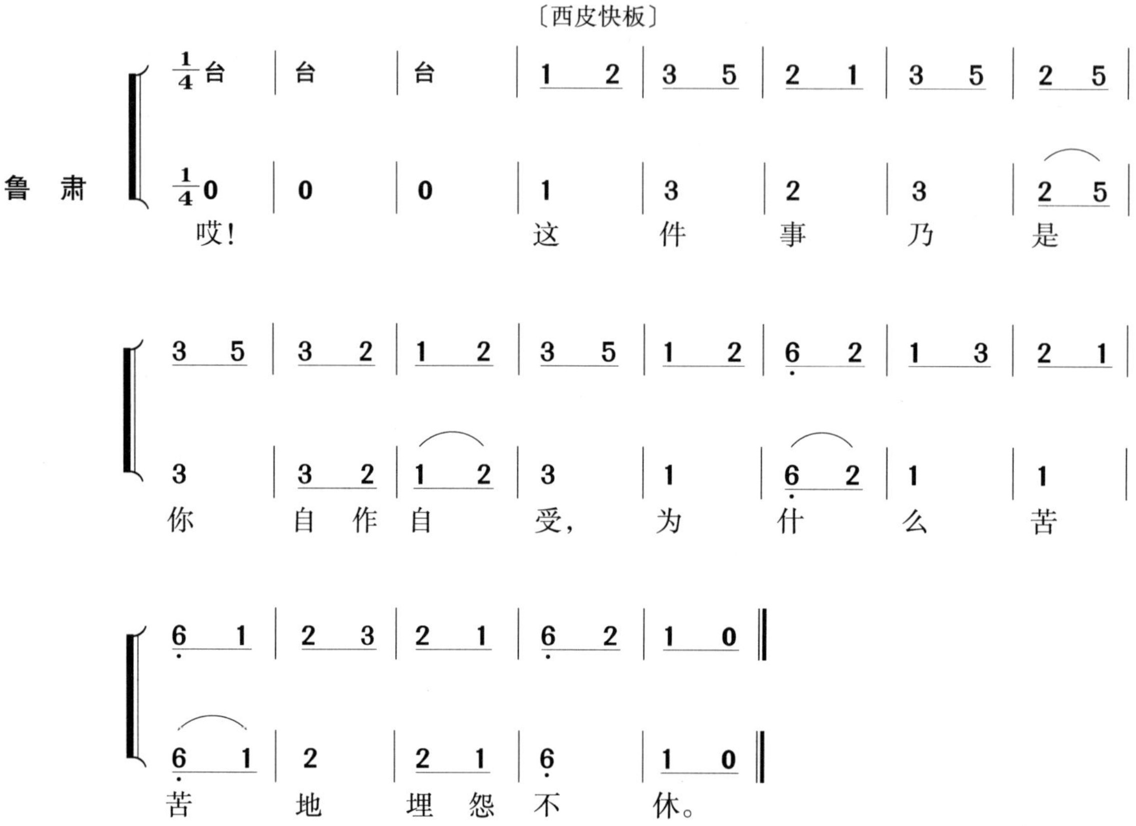

嘿嘿！倒埋怨起我来了。你自招其祸，与我什么相干哪！

诸葛亮　【小锣一击】（想介）啊，大夫，你救不了我，我也不难为你了，我与你借几样东西可有哇？

鲁　肃　哦！借几样东西？不用借了，早预备下了！

诸葛亮　啊，预备下什么？

鲁　肃　寿衣，寿帽，大大的棺木。将你盛殓起来，送回江夏。交朋友，也不过如此了吧？

诸葛亮　你怎么竟教我死啊？

鲁　肃　你还想活命哪？哎呀，难了，难了。

诸葛亮　不是那样的东西。

鲁　肃　什么东西？

诸葛亮　军中所用的。

鲁　肃　军中所用的？你且讲来我听。

诸葛亮　听了。喏，（二人近些）快船二十只。

鲁　肃　有。

诸葛亮　束草千担。

鲁　肃　有。
诸葛亮　青布帐幔。
鲁　肃　有。
诸葛亮　锣鼓全份。
鲁　肃　有。
诸葛亮　每只船上三十名水军，备酒一席。**【小锣一击】**
鲁　肃　啊，先生，这备酒做甚哪？
诸葛亮　少时到了舟中，还要饮酒取乐哇！**【小锣一击】**
鲁　肃　（惊异地向后退一步，指着诸葛亮）嘿嘿，你这个人胆量不小哇！三日后无箭，我看你是饮酒哇，还是取乐呀！
诸葛亮　你与我办哪！
鲁　肃　办哪！**【小锣凤点头】**

〔西皮摇板〕

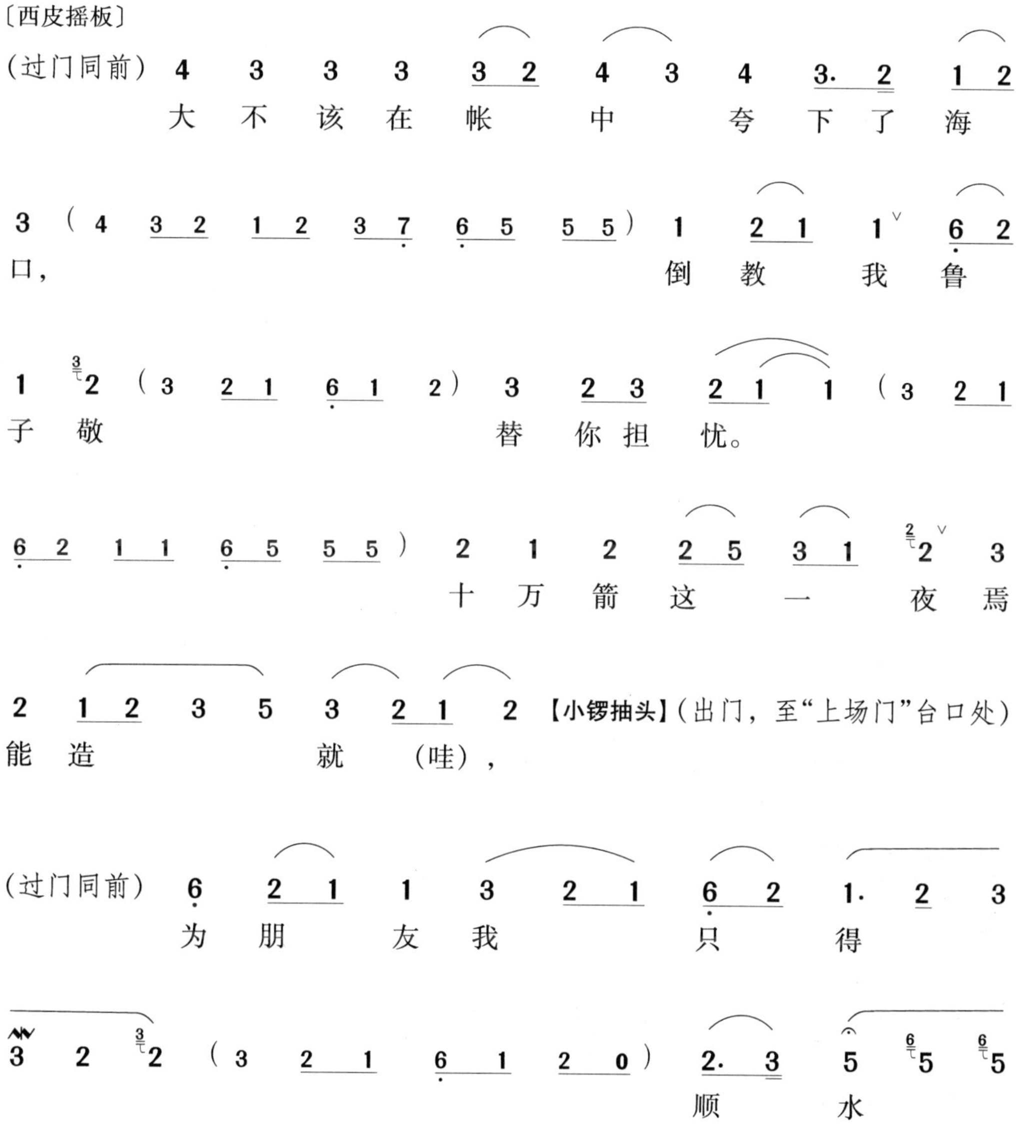

3 2 1 3 3 2 - - 2 2 1
推 舟 （哇）。

（“上场门”下）

〔西皮摇板〕

诸葛亮 【小锣凤点头】（过门同前） 1 3 2 2 21 1 3 1
这 桩 事 我 谅 他 参 详

2 2 （3 21 61 21 65 55） 1 62 1
不 透， 趁 大 雾

1 2 2 76 72 61 -
到 曹 营 去 把 箭 收。

〔【小锣抽头】鲁肃“上场门”上，至台口。

〔西皮快板〕

鲁 肃
1/4 12 | 35 | 23 | 12 | 61 | 23 | 21 | 61 | 23 |
1/4 1 | 3 | 2 | 1 | 61 | 2 | 21 | 61 | 2 |
一 桩 桩 一 件 件 俱已 办 就，

12 | 35 | 32 | 12 | 35 | 21 | 61 | 23 | 10 ‖
1 | 3 | 2 | 1 | 3 | 2 | 61 | 2 | 1 ‖
请 先 生 到 江 边 即刻 登 舟。

（进门，见诸葛亮）

诸葛亮 怎么样了？

鲁 肃 办齐了！

诸葛亮 有劳，有劳！

鲁 肃 好说，好说！

诸葛亮 （对鲁肃）走，走，走！（欲拉鲁肃）

鲁 肃 哪里去呀？

诸葛亮 舟中吃酒哇！

鲁　肃　不，不，不，我营中有事。（欲行）

诸葛亮　（用右手拉住鲁肃的左手）走哇！走哇！（边念，边拉，边走）

「【小锣打下】二人同由“下场门”下。

第六场

「台中靠后摆一排草人，“下场门”处摆“骑马桌”，桌上有酒壶、酒杯。二童在桌后两边站立，二水手分两边持船桨站立。<吹打>诸葛亮和鲁肃“上场门”上，鲁肃欲转身回去，诸葛亮拦。

鲁　肃　（以下在<吹打>中念）我有事回去！

诸葛亮　不要走哇！

鲁　肃　要去？

诸葛亮　无有什么要紧，要去，要去。

「水手上前“搭跳”，鲁肃先上船，诸葛亮随后上船，二人同至“骑马桌”入座。鲁肃坐外场“大边”，诸葛亮坐“小边”。<吹打>住。起【水声】，二水手做解缆绳动作，开船。

水　手　（至桌前跪）船往何处而发？

诸葛亮　往江北而发！

水　手　啊！（应声回原位，做划船动作）

鲁　肃　慢来，慢来！（站起离座，诸葛亮随之站起）那江北乃是曹营地面，如何去得？要去你去，我不去！来，来，来，搭了扶手，我要下去了。（欲下船）

诸葛亮　慢来，慢来，（向鲁肃示意）已经开船了。

鲁　肃　开船了？（诸葛亮点头）我鲁肃性命要断送在你手了！

诸葛亮　吃酒哇！

鲁　肃　哪个吃酒哇？（虽然不愿意，但也无可奈何，用水袖甩诸葛亮。二人转身入座，二童斟酒）

诸葛亮

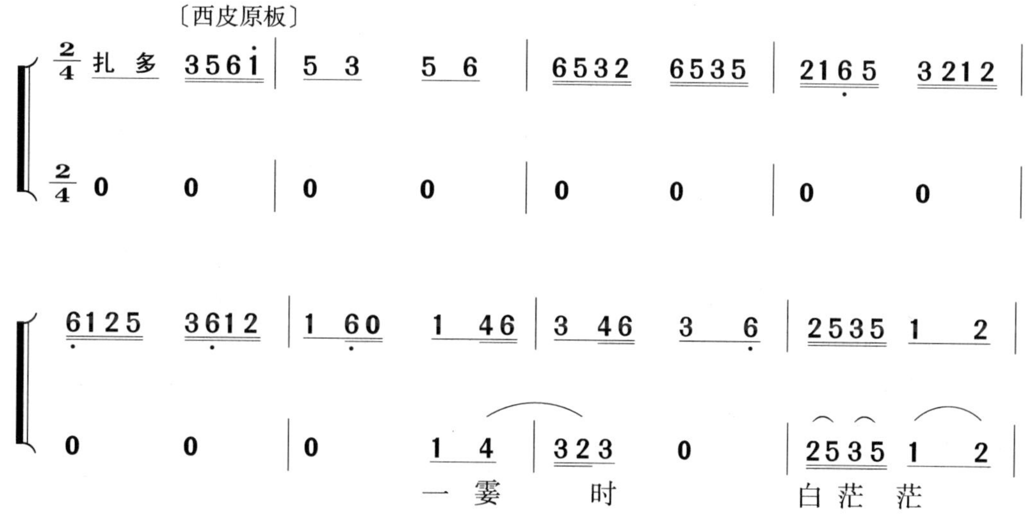

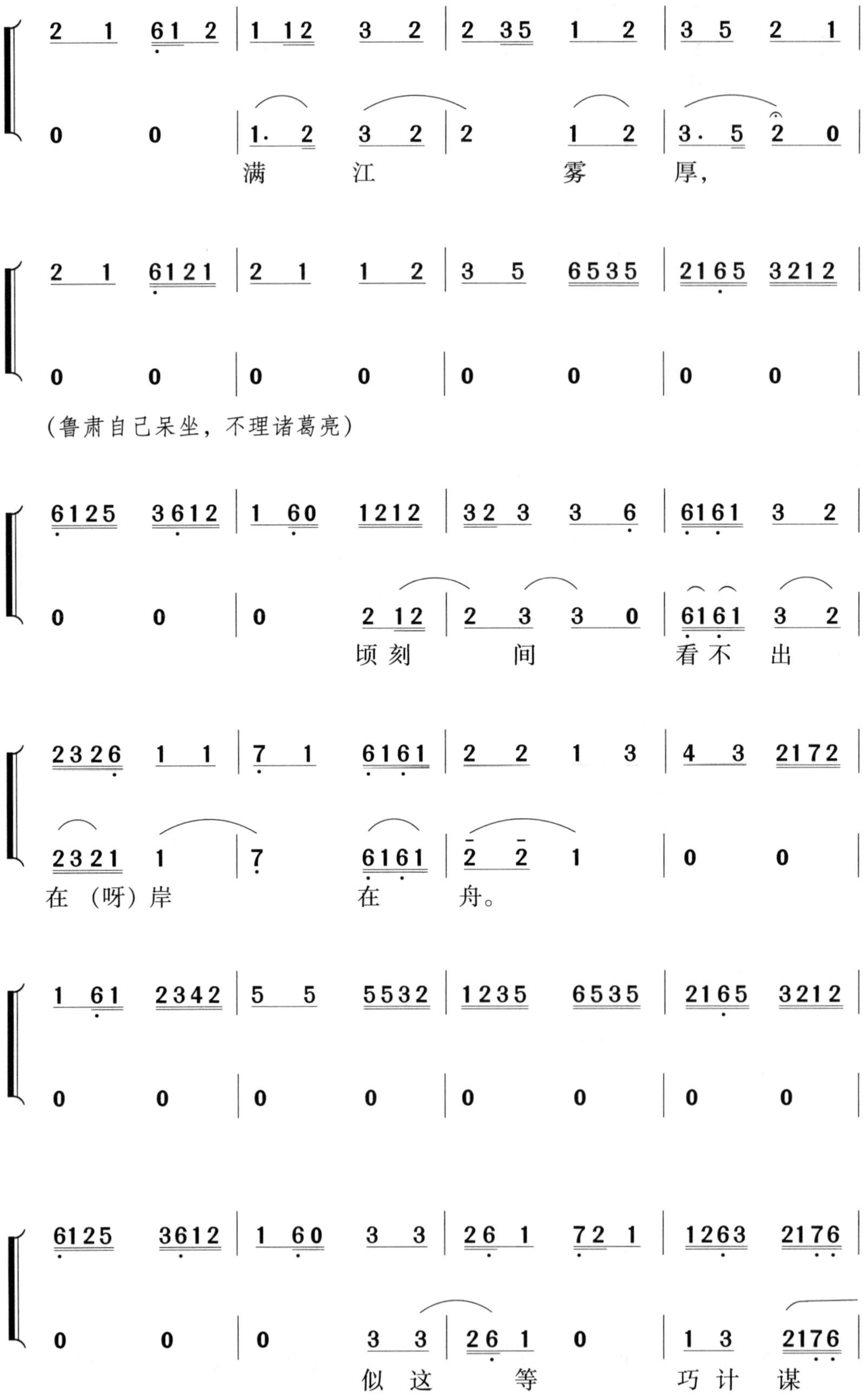
满 江 雾 厚，
（鲁肃自己呆坐，不理诸葛亮）
顷刻 间 看不 出
在（呀）岸 在 舟。
似这 等 巧计 谋

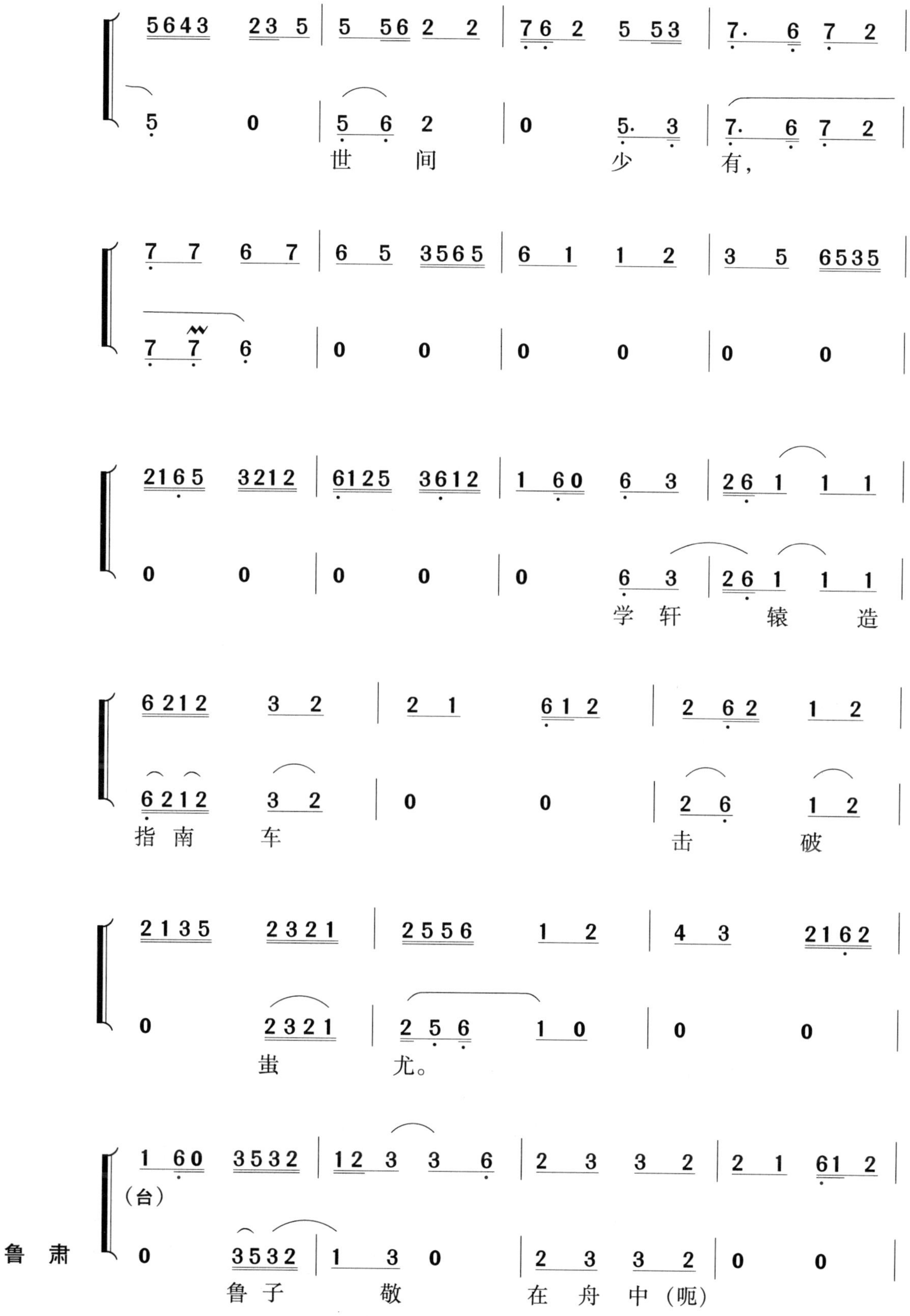
世 间 少 有，
学 轩 辕 造
指 南 车 击 破
蚩 尤。
（台）
鲁 肃
鲁 子 敬 在 舟 中（呃）

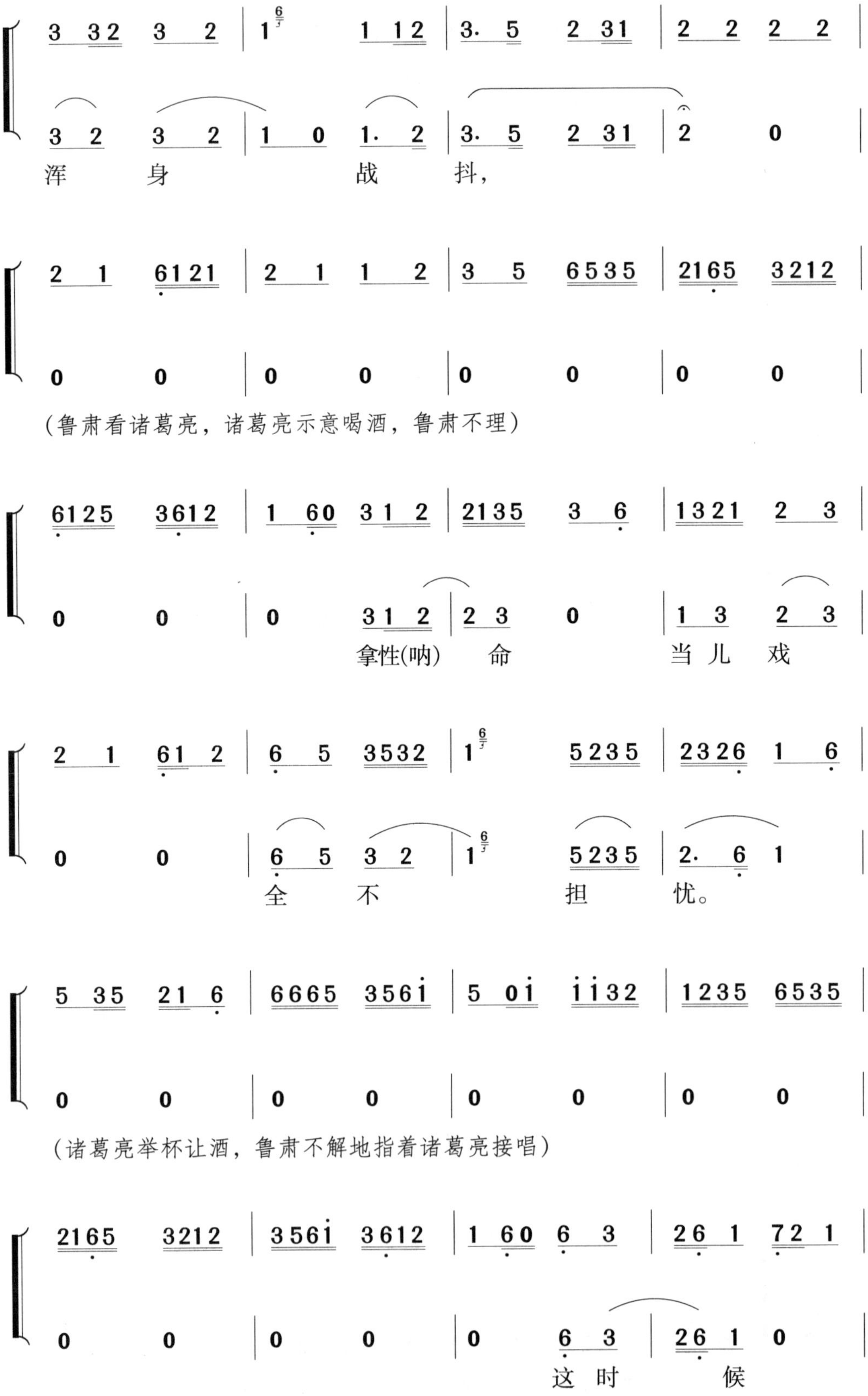
浑 身 战 抖，
（鲁肃看诸葛亮，诸葛亮示意喝酒，鲁肃不理）
拿性(呐) 命 当儿戏
全 不 担 忧。
（诸葛亮举杯让酒，鲁肃不解地指着诸葛亮接唱）
这时 候

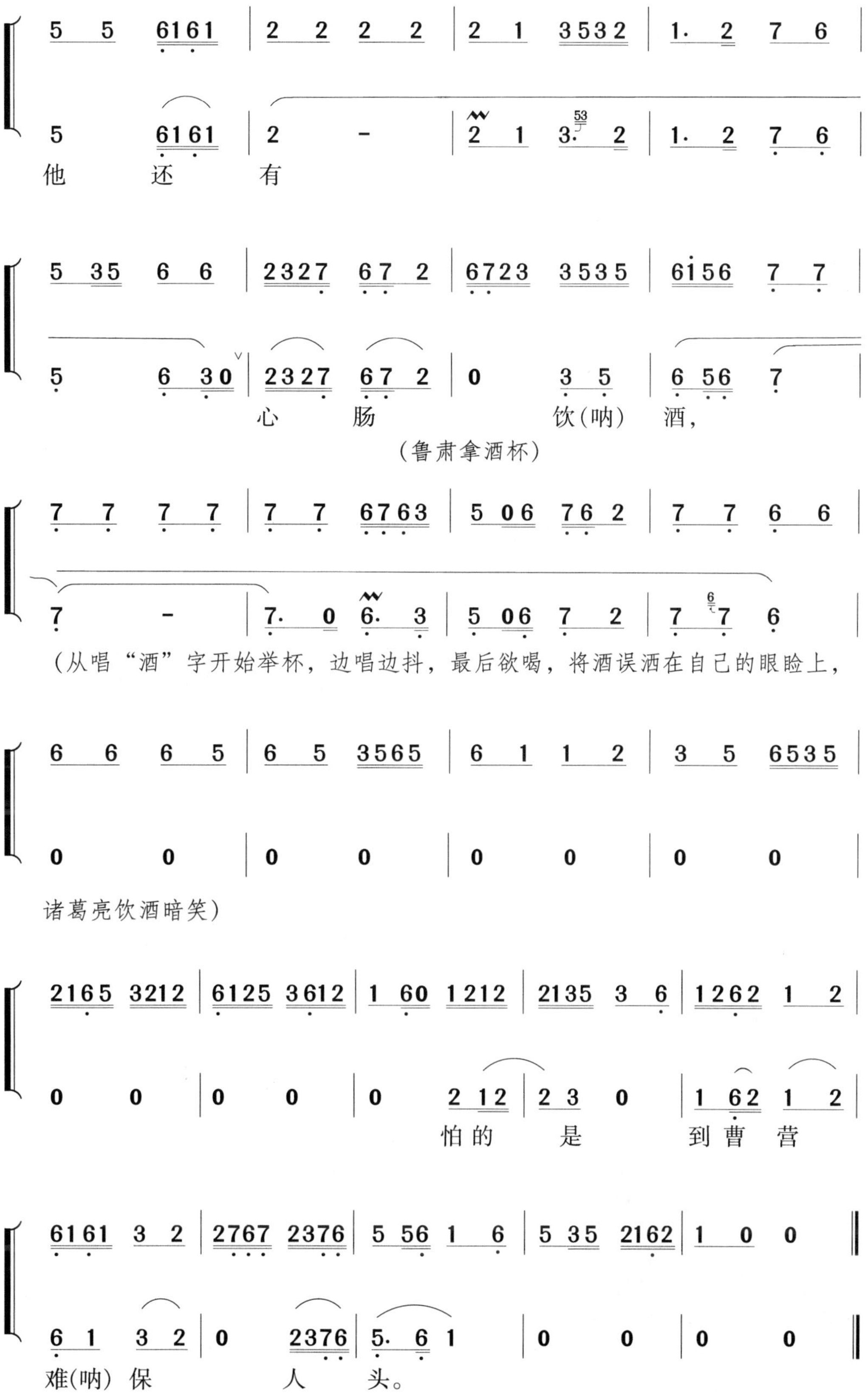
他 还 有
心 肠 饮(呐) 酒，
(鲁肃拿酒杯)
(从唱“酒”字开始举杯，边唱边抖，最后欲喝，将酒误洒在自己的眼睑上，
诸葛亮饮酒暗笑)
怕 的 是 到 曹 营
难(呐) 保 人 头。

水　手　（跪）满江大雾，观不见江景，船往何处而发？
诸葛亮　往曹营而发！
水　手　啊！（归原位）
鲁　肃　【小锣一击】（离座，诸葛亮随之站起）慢来，慢来！啊先生，那曹营地界如何去得呀？要去，你去，我不去！来，搭了扶手，我下去了！
诸葛亮　慢来慢来，船行江心，拢不住岸。你呀，下不去了！
鲁　肃　怎么，船到江心拢不住岸，我下不去了？
诸葛亮　下不去了。
鲁　肃　哎呀这……（大大大大……台）（还要想办法——）
诸葛亮　啊，大夫，不必如此，你我吃酒哇！【小锣一击】
鲁　肃　啊！还要吃酒？
诸葛亮　吃酒有趣呀！
鲁　肃　诸葛亮啊！
诸葛亮　怎么样啊？
鲁　肃　我鲁肃待你不错哇！
诸葛亮　本来不错，你我是好朋友哇！
鲁　肃　着哇！你我既是好朋友，怎么你临死还要拉一个垫背的呀？
诸葛亮　哎呀，何出此言？
鲁　肃　（稳定一下情绪）我也看出来了，此时，吃酒也是死，不吃酒我也活不了。咳！（双手一整纱帽，略歪）豁着我这个人头不要，我就交你这个好朋友！来！吃酒哇！（边说，二人边回座位）
诸葛亮　吃酒。（二人对饮，鲁肃自斟狂饮）

〔西皮摇板〕

【小锣凤点头】（过门同前）2 1 2 3 1 ³2 3 3 1
鲁大夫你只管宽心饮

2 ⁷2 6 6̣2 1 1 2 ³2. 1 6̣2 1
酒，我和你慢摇橹

2 2. 1 1 1 1 （1 1 7̣ 2 1 - ）‖
在浪里闲游。

水　手　（跪）来到曹营。
诸葛亮　吩咐，擂鼓呐喊！
鲁　肃　（惊）慢来，慢来！（阻拦不及，抱头伏案）
水　手　擂鼓呐喊！（【水声】鼓声、人声齐响）

（此处电影上是江堤曹营水寨画面。蒋干出望，另有兵将站立。舞台演出是在“上场门”后幕推出“水寨片子”，蒋干上，站在“片子”后面）

蒋　干　（慌张地张望）有请丞相。【大锣五击】

曹　操　（电影中，曹操出现，舞台上曹操也站在“片子”后面，或在后台“搭架子”念“何事——”。现在按电影表示）何事？

蒋　干　重雾之中，擂鼓呐喊，不知何故？

曹　操　重雾迷江，敌军骤至，吩咐沿江守御，切莫妄动，乱箭齐发！

〔众军士上，持弓搭箭，<风入松>放箭。

水　手　（<风入松>住）箭满船头！

诸葛亮　高声喊叫：“孔明先生多谢曹丞相赠箭！”

水　手　孔明先生多谢曹丞相赠箭！

（电影中此处直接出现曹操与蒋干的对话表演画面，将诸葛亮唤醒鲁肃一段删去，此处按电影表示）

曹　操　（懊丧地）嘿嘿！【大锣一击】我道周郎偷营，原来是孔明借箭。子翼，速速命人驾舟追赶。

蒋　干　不成功啊！

曹　操　怎么？

蒋　干　顺风顺水，赶不上了！

曹　操　赶不上了！咳，又中他人一计。

蒋　干　下次不中也就是了。（台）

曹　操　唉！时时防计巧。

蒋　干　着着让人高。

曹　操　失去十万箭。

蒋　干　明日再来造。

曹　操　子翼呀，从此你莫多口。

蒋　干　丞相啊，你事事要谨防！

曹　操　此事又坏在你的身上！（指蒋干，甩水袖，【大锣一击】抓水袖急转身，【大锣五击头】快步下）

蒋　干　（不解）哎呀，又坏在我的身上了？哎呀呀呀呀，这曹营中的事，实在是难办，（台）难办得很哪！（【小锣打下】下）

第七场

〔诸葛亮、鲁肃随<风入松>中段上，二童随后。鲁肃站在“小边”，诸葛亮站“大边”。

鲁　肃　（笑）啊，先生，你怎么知道今晚有此一场大雾？

诸葛亮　为谋士者，不知天文，不晓地理，乃庸才也。

鲁　肃　哦，领教了。

诸葛亮　来，查看有多少雕翎？

二　童　查看已毕，除去破头雕翎，还剩十万有余。

诸葛亮　大夫，十万有余，可以交得令吧？

鲁　肃　十万有余，可以交得令了。先生，交令有我！

诸葛亮　好，好。（欲回身走，又转回）大夫，这你就不替我担忧了吧？

鲁　肃　我还替你担的什么忧哇？不但不替你担忧，我实实地服了你了。

诸葛亮　你服我何来？

鲁　肃　你的好天文、好智谋，啱啱，好大的胆量。

诸葛亮　哈哈哈，大夫，我也服了你了。

鲁　肃　（认真地）你服我何来？

诸葛亮　我服你在舟中吃酒的时节，你就是这样——嘚、嘚、嘚……（学鲁肃发抖的样子）**【小锣一击】**

鲁　肃　哎呀呀，取笑了。

〔**【小锣打下】**二人一同笑着走下，二童随下。

第八场

〔台上与第一场相同。**【急急风】**四蓝龙套拿开门刀、四红大铠拿荷包枪，黄盖、甘宁、阚泽"站门"上，分两边，黄盖站"大边"，甘宁、阚泽站"小边"。周瑜端蟒上，到台中亮相，转身，**【冲头】**入"大座"，众同往里归。

〔鲁肃内白："走！"**【大锣五击头】**"上场门"上，至台口，笑介。

鲁　肃　忙将稀奇事，报与都督知！（念第二句进帐站中）参见都督。

周　瑜　罢了。（鲁肃归"大边"）孔明造箭怎么样了？

鲁　肃　他呀？他造齐了哇——**【撕边一击】**

周　瑜　（大惊）啊！他、他、他……他是怎样的造法？

鲁　肃　都督容禀！

周　瑜　讲！**【大锣归位】**

鲁　肃　那孔明出得帐去，一日也不慌，两日也不忙，到了三天，也不用我国的工匠，他只用快船二十只，束草千担、青布帐幔，锣鼓全份，每船上三十名水军，四更时分，满江大雾，（边念边走向"小边"）去到曹营，擂鼓呐喊。那曹操只知是都督前去偷营劫寨，人役等乱箭齐发，（又回到"大边"）借来十万枝雕翎，特来**（崩登仓）**（周瑜绕翎子）交令！**【撕边一击】**（周瑜惊呆，坐在椅上）

周　瑜　孔明哪，孔明，你真乃神人也！

鲁　肃　嗯，算得个活神仙！

〔**【撕边一击】**周瑜向鲁肃甩水袖。

周　瑜　吩咐军政司查点数目。有请。

鲁　肃　是。（走至台口中间）有请——活神仙！

〔起<吹打>诸葛亮从"上场门"上。

诸葛亮　十万狼牙箭，尽在雾中求。

〔周瑜、鲁肃出迎。诸葛亮先走，周瑜、鲁肃随后进帐，周瑜坐"小边"，诸葛亮、鲁肃坐“大边”，鲁肃坐“跨椅”，<吹打>住。

诸葛亮　交令。

周　瑜　岂敢，先生立此盖世之功，使瑜敬服多矣。

诸葛亮　些须小事，何劳都督挂齿。

周　瑜　备得有酒，与先生贺功。

诸葛亮　叨扰了。

周　瑜　二位大夫陪宴，将酒摆下！

〔在<小傍妆台>乐中场上摆“八字桌”，同请入座。周瑜坐“小边”内座，阚泽坐“小边”跨椅；诸葛亮入“大边”内座，鲁肃坐“大边”跨椅。二中军分两边斟酒。

周　瑜　（举杯）先生，大夫请！

诸葛亮　（举杯）都督，二位大夫请！

鲁　肃
阚　泽　（同）请！

〔<风入松·合头>同饮。周瑜暗中示意黄盖。

周　瑜　啊，先生。今曹操引百万之众，连绵三百余里，非朝夕可破，我令众将各带三月粮草，准备御敌，先生看事如何？

诸葛亮　都督高见。

黄　盖　且慢！**【撕边一击】**（靠近台中）

周　瑜　老将军为何阻令？

黄　盖　**【叫头】**都督！慢说是三月粮草，就是三载，也不济于事呀！

周　瑜　依你之见？

黄　盖　这月破得便破，若破不得，何不听张子布之言，卸甲抛矛，北面降曹。**【撕边一击】**（诸葛亮、阚泽做反应）

周　瑜　嘟！**【大锣五击头】**我今奉主公之命，督兵破曹，敢有再言降曹者，定斩——！（四牢子手两边上）

黄　盖　**【叫头】**住了！**【大锣五击头】**某随孙将军开基创业以来，已历三世，哪见有你！

〔鲁肃上前欲劝黄盖，被黄推开。诸葛亮坐观，好像视而不见。

周　瑜　**【叫头】**老匹夫！**【大锣五击头】**今当两军相敌之际，汝敢出此言，乱我军心，不斩汝首，难以服众。——牢子手！**【撕边】**

牢子手　有。（**仓**）

周　瑜　斩讫报来！

〔（**嘟……崩登仓**）黄盖顿足亮相。

黄　盖　走！**【快冲头】**（二牢子押黄盖“下场门”下）

甘　宁　（出门）刀下留人！**【冲头】**（进帐，面向周瑜跪）**【叫头】**都督！**【大锣五击头】**黄盖乃三世老臣，只可以赦，不可以斩。

周　瑜　甘兴霸，**【大锣一击】**你敢乱我法度吗？**【撕边一击】**

甘　宁　都督开恩！

周　瑜　赶了出去！

〔二牢子举棍，**【冲头】**甘宁出帐，“上场门”下。起**【乱锤】**鲁肃、阚泽跪求。周瑜双手掏翎子看诸葛亮，诸葛亮不理，自斟自饮，泰然自若。周瑜惊，双手绕双翎，全身抖动，气。【乱锤】住，周瑜怒，放回翎子，拂袖，示意招回黄盖。

阚　泽　（出帐）招回来。【冲头】（二牢子押黄盖“下场门”上）

黄　盖　（进帐站台中）【叫头】周郎！【大锣五击头】要斩便斩，好不耐烦！

鲁　肃　将军忍耐了吧！

周　瑜　【叫头】老匹夫！【大锣五击头】看在众将面上，死罪已免，活罪难容。牢子手，（嘟……仓）（牢子应声）重责一百军棍。

〔（嘟……崩登仓）黄盖“反蹦子”甩髯亮相，顿足，向里趴下。二牢子【急急风】打黄盖，【乱锤】鲁肃护棍，挨打，将牢子赶下。周瑜右脚登椅，掏双翎，佯怒，暗中皱眉，暗显不忍心。黄盖回“大边”揉腿。诸葛亮仍在自斟自饮。

周　瑜　（放回翎子，坐回椅上）【叫头】老匹夫！【大锣五击头】暂记五十军棍，再有怠慢，其罪还在。（拍惊堂木，挥左袖）叱出去！

〔【大锣原场】阚泽搀扶黄盖出门，（崩登仓）接【撕边】黄盖甩髯回视帐中周瑜，二人交换眼色。【回头】周瑜避开，阚泽会意。

阚　泽　老将军随我来。【原场】（扶黄盖“下场门”下）

〔【软撕边一击】周瑜看诸葛亮。【撕边一击】回身想，然后举杯向诸葛亮。（大大大……台）

周　瑜　先生请！（诸葛亮不理睬，依然自己饮酒，鲁肃示意，诸葛亮也不理）先生……哎呀！

〔周瑜扔掉酒杯，（仓）【乱锤】搓手，出位走至台口，鲁肃也随出，周瑜拔剑，鲁肃劝拦。二人双翻至台里中间，周瑜再按剑，鲁肃再劝。【四击头】周瑜叼双翎，拔剑，怒视诸葛亮。【乱锤】加【撕边】鲁肃双手拦，又回身用水袖招呼诸葛亮。诸葛亮不理。鲁肃双手打躬，阻止周瑜。周瑜【大锣三击】接【四击头】叼翎亮相，转身向“上场门”方向走。

周　瑜　掩门！

〔【急急风】周瑜下，众两边分下。台上只剩诸葛亮在桌内饮酒，鲁肃仍向着周瑜下的方向打躬作揖。忽觉已无人，回身见诸葛亮仍在喝酒，过去夺过诸葛亮的酒杯。

鲁　肃　下来！我不服你了！

诸葛亮　（离座向前）鲁大夫，怎么又不服我了？

鲁　肃　我家都督怒责黄盖，满营将官俱来讲情。你到此乃一客，怎么连个人情都不讲，竟自在一旁请哪，饮哪，干哪！你无有吃过酒哇！啊？我不服你了！

诸葛亮　啊，他二人一个愿打，一个愿挨，与我什么相干？

鲁　肃　咦！你这人讲话好不通情理，我想世上的人儿，哪有一个愿意挨打的，莫非你愿意挨打？我来打！（举拳）

诸葛亮　呃！此乃是计呀！【小锣一击】

鲁　肃　（惊）啊！他们定的是计呀？哎呀，我倒莽撞了。（向诸葛亮打躬道歉）请教，请教。

诸葛亮　大夫哇！

〔西皮摇板〕

【小锣凤点头】（过门同前）　2　1 3　2　3　3 2　2　（3　2 1

他　二　人　定　的　是

6 1 2 ）6 2 1 2 3 2 （3 2 1 6 1 2 1

苦 肉 之 计，

鲁肃白：“收蔡中、蔡和呢？”

6 5 5 5 3 6 5 5 3 2）6 2 1 － 6 0 3

暗 通 消

2 6 1 （3 2 1 6 1 2 1 6 5 5 5 3 6）3 1

息。 俱 是

鲁肃白：“黄公覆受刑呢？”

2 2 （3 2 1 6 1 2 1 6 5 5 5 3 6 5 5）1

假 的。 见

鲁肃白：“噢！”

3 3 2 2 1 6 1 2 （2 1 6 1 2 2）1

公（呃）瑾 切 莫 说 我

6 2 1 － 3 3 2 － － 2 ¹2 1 －

孔 明 先 知 （呀）。

（诸葛亮下）

〔行弦〕

‖: 1 62 | 1 3 | 2162 | 1 0 :‖

鲁 肃 哦哦哦！是假的呀！我倒上了他们的当了。（**【小锣打下】**下）

第九场

「正场桌，“小座”。**【大锣纽丝】**阚泽扶黄盖“上场门”上。

〔西皮散板〕

黄 盖 （过门同前） 3 4 3 3 3 2 2 （2 1 6 1 2）3

周 公 瑾 传 将 令 犹

2 3 4 - 3 (6 1 2 3) 3 3 6 2 1 6 2 1
如山倒，(仓)责打我五十

2.(3) 1 2 3 1 (2 7 2 1) 3 3 2 2 - 5 3 2
棍不肯轻饶。(仓)都只为破曹

2 (1 6 1 2) 2 3 2 2 2 1. 2 3 5 2 2
瞒立功报效，

〔【纽丝】至座。欲坐，伤痛，【乱锤】慢慢地斜坐于椅上。阚泽站“大边”。

【大锣凤点头】

(过门同前) 3 3 2 3 1 2 2 (2 1 6 1 2)
大丈夫也图个

2 1 6 1 2 2 2 1 - 【大锣住头】
青史名标。

阚　泽　老将军受屈了。

黄　盖　有劳先生担心。

阚　泽　老将军，莫非你与公瑾有仇？

黄　盖　无仇。

阚　泽　既无仇恨，公之受责，莫非是苦——

黄　盖　(忙拦)噤声！(**崩登仓**)(向左甩髯，出掌挡阚泽，二人分向两边看)【**撕边一击**】先生你何以知晓？

阚　泽　我在帐中观看公瑾之举动，已料之八九。

黄　盖　咳！实不相瞒，某受东吴三世厚恩，无以为报，故设此计，以破曹瞒。这皮肉受苦，亦无怨恨。吾遍观军中，并无一人视为心腹，唯有先生素怀忠义，敢以心腹相告。

阚　泽　老将军以心腹相告，莫非要我阚泽去献诈降书么？

黄　盖　某实有此意，不知先生可肯去否？

阚　泽　老将军为国捐躯，我阚泽万死不辞！

黄　盖　【**大锣一击**】(抓住阚泽右手)先生是真心？

阚　泽　无假意！

黄　盖　请上受我一拜！(半跪单腿，阚泽扶)

〔西皮散板〕

黄　盖　【大锣凤点头】（过门同前）2 2 2 2 3 2ᵛ 3 1

此 一 番 诈 降 去 非 同

2 2ᵛ（2 1 6̣ 1 2）2 3 2 2 1 6̣ 1 2ᵛ

儿 戏，（仓）必 须 要 放 大 胆

2 1 6̣ 2 1 1 –

莫 漏 消 息。

（用手扶椅，弓腿而立）

〔西皮散板〕

阚　泽　【大锣凤点头】（过门同前）1 3 2 1 3 2 3 2 1 3 2（2 1

老 将 军 既 舍 身 忠 心 报（哇）主，

6̣ 1 2）2 1 2 3 1 2 6̣ 2 1 2 1 – ‖【住头】

（仓）我 阚 泽 纵 一 死 何 足 为 奇。

就请老将军修书。

黄　盖　待某修书。<急三枪>（站在桌的“小边”，在桌上修书，交给阚泽。阚泽将书信放入袖中）

就请先生一往，必须留心在意。

阚　泽　不必叮咛。告辞了！正是：【住头】

（念）勇将轻生思报主，

谋臣为国有同心。【冲头】（出门下）

黄　盖　阚泽真乃奇男子也！

【望家乡】（走至台中间）

〔西皮流水〕

（过门同前）

1/4 1 | 4 6 | 3 2 | 3 5 | 3 5 | 2 5 |

1/4 1 | 4 6 | 3 | 0 5 | 3 5 | 2 5 |

好 一 个 聪 明 阚

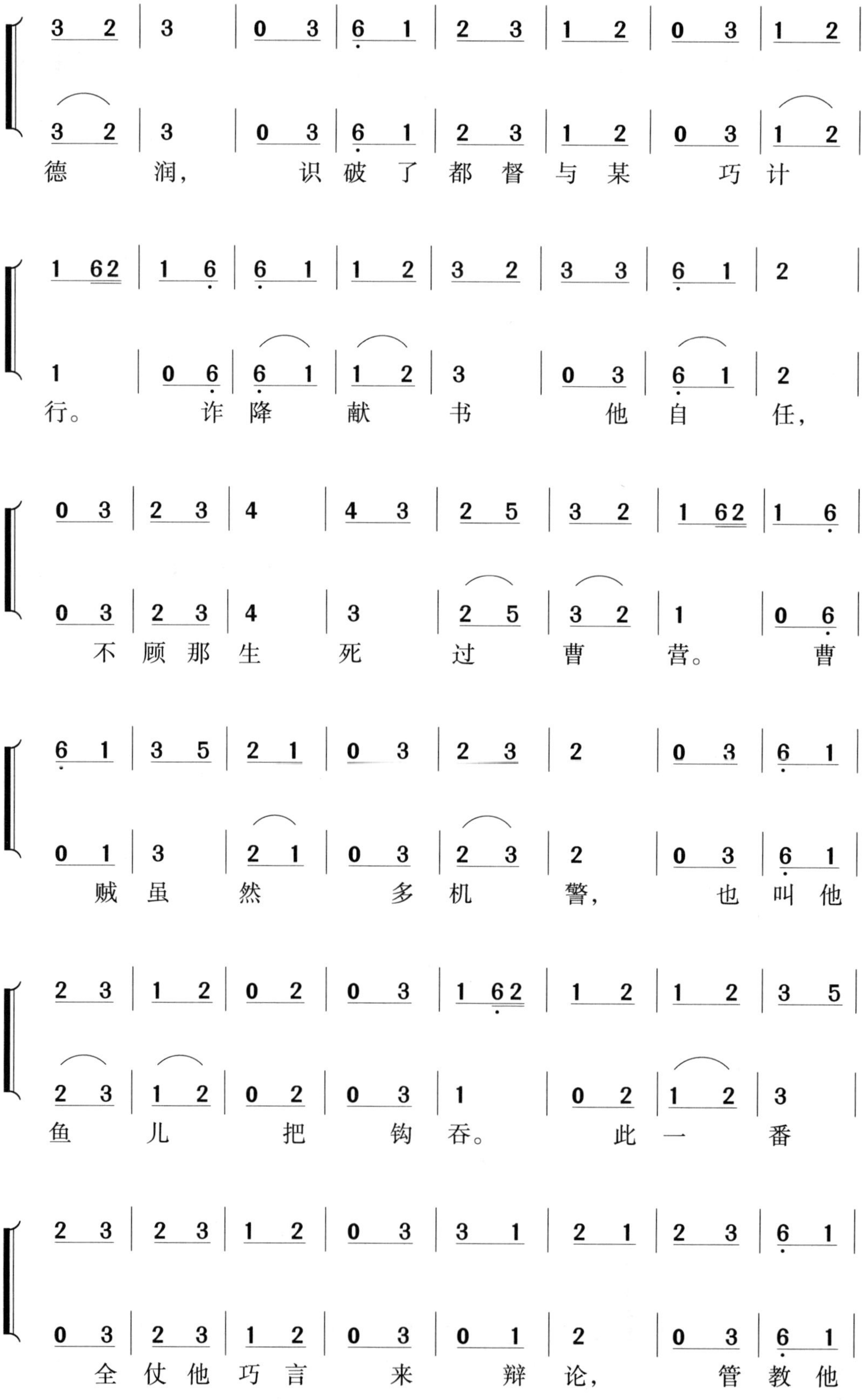
德 润， 识 破 了 都 督 与 某 巧 计
行。 诈 降 献 书 他 自 任，
不 顾 那 生 死 过 曹 营。 曹
贼 虽 然 多 机 警， 也 叫 他
鱼 儿 把 钩 吞。 此 一 番
全 仗 他 巧 言 来 辩 论， 管 教 他

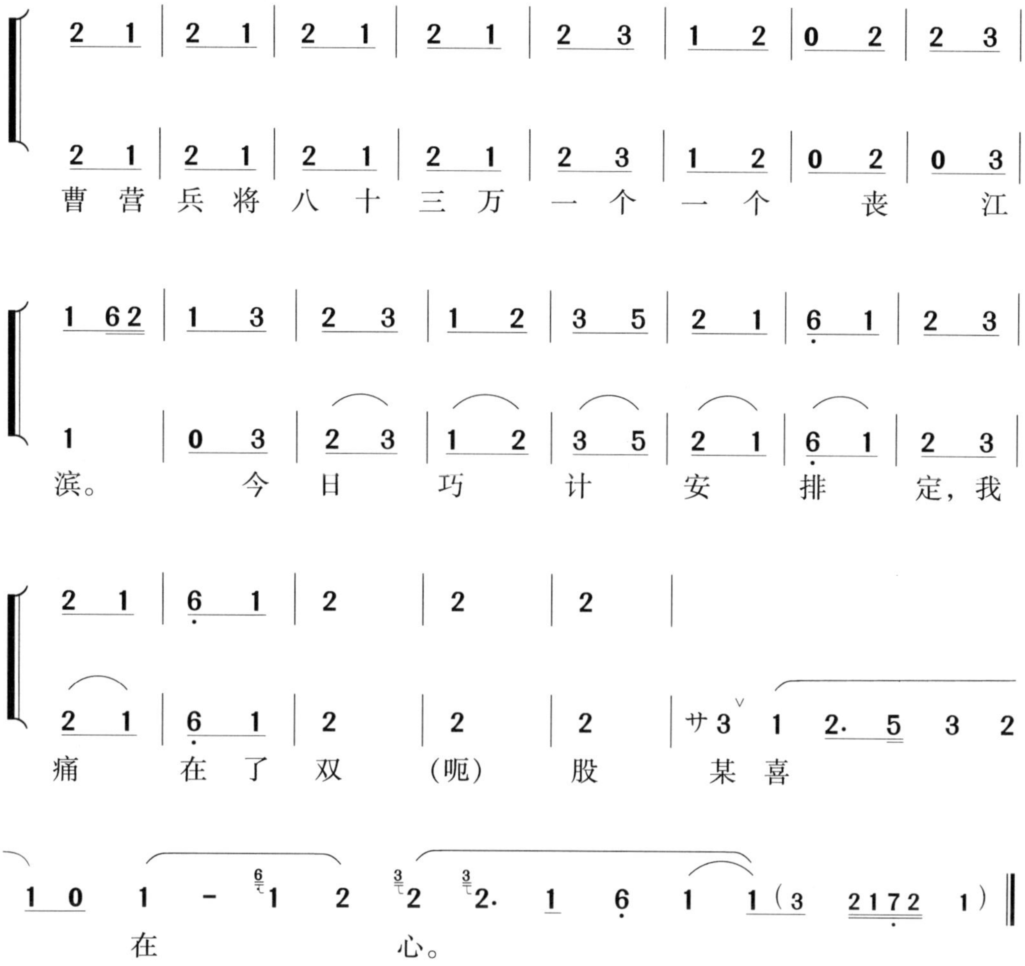

〔【大锣抽头】黄盖扶腿慢步“下场门”下。

第十场

〔正场桌，“大座”。两边校尉、大铠、中军站立。曹操伏在桌上批写。**【大锣长丝头】**蒋干上场门上，进门站“小边”。

蒋　干　启禀丞相：巡江军士拿住一渔翁，口称江东参谋阚泽要见。

曹　操　（抬起头）**【撕边一击】**

东吴奸细？绑进帐来！（放笔，合书，中军将批文放入卷宗）

蒋　干　绑了上来。（至“小边跨椅”入坐）

〔**【大锣原场】**二刀斧手押阚泽上，阚泽站“大边”。

曹　操　嘟！**【撕边一击】**胆大东吴奸细，到此做甚？

阚　泽　咳！**【撕边一击】**人言曹丞相求贤若渴，今观此问，甚不相合，黄盖呀，黄盖，你又错寻思了。

曹　操　啊！老夫与东吴旦夕交战，汝私行到此，如何不问？（阚泽让曹操看被绑的双手。

曹操会意）来！与他松绑。

〔刀斧手与阚泽松绑。**【住头】**

阚　泽　这便才是！

曹　操　到此做甚？

阚　泽　黄盖乃东吴三世老臣，今被周郎无端毒打，不胜愤恨，命我前来下书，意欲归降丞相，借兵报仇。不知丞相可肯容纳否？**【撕边一击】**

曹　操　书在何处？

阚　泽　书信在此（取出信件），丞相请看。

曹　操　呈上来。

〔**【大锣五击头】**蒋干接书信交给曹操，曹操接过信，**【撕边一击】**曹操看信。

曹　操　（念信）“盖受东吴三世厚恩，本不当怀二心。然今日事势论之，用江东六郡之卒，挡中原百万之师，海内所共见也。东吴将吏，无论智愚，皆知其不可。周瑜小子，偏怀浅戆，自负其能，欲以卵击石；兼擅作威福，无罪受刑，有功不赏。盖系东吴旧臣，无端受其摧辱，心实恨之。伏闻丞相诚心待物，虚怀纳士，愿率众归降，以图建功雪耻。粮草军仗，随船献纳。泣血拜白，万勿见疑。”**【撕边一击】**（看信后怀疑，对蒋干轻声）无有日期……（指书信）是诈。（蒋干点头，曹操对阚泽）嘟！**【五击头】**黄盖用苦肉之计，命汝来下诈降书，就中取事，却敢戏弄我也。来！斩！

〔**【冲头】**二刀斧手押阚泽走，阚泽大笑。**【撕边一击】**蒋干归原位坐。

曹　操　招回来！**【冲头】**（阚泽回原位）阚泽，吾已识破汝的奸计，你为何发笑呢？

阚　泽　我不笑你，我笑那黄盖他不识人耳！

曹　操　黄盖何不识人？

阚　泽　你要杀便杀，何必多问？**【撕边一击】**

曹　操　吾自幼熟读兵书，深知奸伪之道。汝这条计只好瞒哄旁人，焉能瞒得过老夫？

阚　泽　我书中哪条是奸计呀？

曹　操　我说出你的破绽，教你死而无怨。

阚　泽　你且讲来。

曹　操　你既是真心献书投降，为何这书中不明约几时？啊？**【大锣一击】**有何理论哪？

阚　泽　（冷笑）**【撕边一击】**

亏汝自不惶恐，你敢说熟读兵书战策，深知奸伪之道。我劝你及早收兵回去，若是与周郎交战，你定被擒。嘿嘿，真乃无学之辈呀，可惜我屈死你手！**【撕边一击】**

中　军　（“上场门”上，归“小边”）启丞相，可有蔡——

曹　操　（背供阻止）迟说！（蒋干从中军手中取信）

中　军　（轻声地对蒋干）蔡中、蔡和有书信前来。

〔蒋干将信交与曹操，曹操边拆信，边观察阚泽，轻念。

曹　操　“周郎心中甚躁，怒责黄盖，痛打甘宁，众将当不久来降。”**【撕边一击】**阚泽，你且说我哪一般不是处，若说得有理，我自然信服。

阚　泽　岂不闻“背主作窃不可定期”，倘若约定日期，急切不能下手，你这里反来接应，事必泄漏，必被周郎所擒，无学之辈呀——！**【撕边】**

曹　操　哎呀呀！我一时浅见，冒渎威严，幸勿挂怀，子翼，速与先生松绑！

〔蒋干与一校尉为阚泽松绑。

曹　操　请坐，请坐。

〔阚泽施礼，蒋干陪着一揖。礼毕阚泽坐“大边跨椅”，蒋干坐“小边跨椅”。**【大锣住头】**

曹　操　就烦先生仍回江东，与公覆约定，先通消息过江，这里派兵接应。

阚　泽　我已离江东，不可复还，请丞相遣一机密人前往。

曹　操　（曹操与蒋干交流、示意）若他人前去，恐事泄漏，非先生不可！

阚　泽　这——。若去便当即行。（站起欲走）

曹　操　慢来，宴罢再行。

阚　泽　不是呀！又恐周郎见疑！

曹　操　哎呀！真乃社稷之臣也！恕不留宴。子翼代送！

阚　泽　告辞。**【人锣五击头】**（出门，暗笑下）

曹　操　黄盖命阚泽前来献书，只是未可深信。谁敢至周郎寨中，探听实信方好。**【撕边一击】**

蒋　干　啊丞相，前番蒋干过江，未得成功，心怀惭愧。今愿舍身，再往江东，探听实信，报知丞相如何哇？

曹　操　子翼呀，你又要过江？

蒋　干　是啊！

曹　操　你前番过江，送了我两个水军头领；今番又要过江，莫非要断送我八十三万之众么？

蒋　干　哎呀，今番若不成功啊，愿当军令。

曹　操　好！眼观旌角起——

蒋　干　耳听好消息。

曹　操　子翼，你要小心了！

蒋　干　遵命！

曹　操　掩门！

〔**【大锣原场】**蒋干出门下，曹操抽场下。

第十一场

〔正场桌，“小座”、跨椅。周瑜坐中，鲁肃坐“小边”，庞统坐“大边”。

周　瑜　曹兵势重，先生有何高见？

庞　统　欲破曹兵，须用火攻。

周　瑜　（与鲁肃交流）瑜见相同。

鲁　肃　是，是，是！

庞　统　但大江之中，一船起火，余船四散，除非有人去到曹营献连环之计，使曹操钉锁战船，大功可成也。

周　瑜　此计甚上，我想此事，若非先生前去，不能成功也。

鲁　肃　都督，那曹操为人奸诈，如何去得呀？

中　军　（**【冲头】**上，站“小边”）启都督，蒋干二次过江。

周　瑜　蒋干二次过江？

鲁 肃 怎么，那蒋干他又来了？

周 瑜 我计成也。（对庞统）我有意请先生去到西山茅庵住下，候蒋干到时……附耳上来（耳语）。

庞 统 哦哦哦，遵命。**【小锣五击头】**（下）

〔周瑜又与鲁肃耳语，鲁肃下。

周 瑜 击鼓升帐！

中 军 击鼓升帐！<吹打>（四蓝龙套两边上，周瑜进“大座”）

周 瑜 叫他报门而过。

中 军 得令！（站“小边”）

〔**【小锣抽头】**蒋干“上场门”上。

〔西皮摇板〕

蒋 干 （过门同前）3 2 3 3 4 3 1 2 1 2 3 3 –

奉 使 命 过 江 东 探 听 实 信，

（向里望）

（过门同前）3 2 5 3 3 2· 2 6̣ 1 2 2 1 –（1 1 7̣ 2 1 0）‖

（白）啊！ 我 到 此 却 缘 何 无 人 相（呃）迎？

（中军此时出门）

中 军 （向蒋干）呔！蒋干，都督叫你报门而进！

蒋 干 呀呸！**【小锣一击】**我到此是客，如何报门，岂有此理！待我进入。（欲进，两边龙套喊堂威：“哦——”）（**大大……台**）（急忙止步）哎呀，军法无情，不大稳便。（报门）报——蒋干告进！（**呃呃呃……台**）（进门，归“大边”）啊，贤弟！

周 瑜 哼！什么贤弟？**【大锣一击】**

蒋 干 怎么不认了？

周 瑜 子翼何故欺我太甚？

蒋 干 你我乃自家兄弟，特来托心腹事，何言相欺耳！

周 瑜 你前番过江，我用酒筵款待与你，留你同榻。不想你盗我私书，回报曹操，杀了蔡瑁、张允，使我大事难成。今日又来（拍桌案）做甚哪？

蒋 干 （笑）若论此事，你须感激我么才好哇！

周 瑜 今日无故又来，定不怀好意。来——，推出斩了。

〔**【撕边一击】**中军向前，蒋干惊慌地走至台中。

蒋 干 哎呀，贤弟呀！须念旧日同窗交契之情啊！

周 瑜 哼！我若不念同窗交契之情，定要将你一刀两断！**【大锣一击】**将他押往西山茅庵之下，待我破曹之后，再来发放于他。

蒋 干 啊，贤弟——

周 瑜 掩门！**【大锣五击头】**（周瑜与二蓝龙套两边分下）

中　军　蒋先生，请到茅庵去吧。

蒋　干　咳！只好如此呀。

〔【大锣原场】二龙套押蒋干下。

第十二场

〔正场桌，“大边跨椅”，桌上放一油灯。蒋干坐。

蒋　干　咳，我好悔也！（站起走动）

〔西皮摇板〕

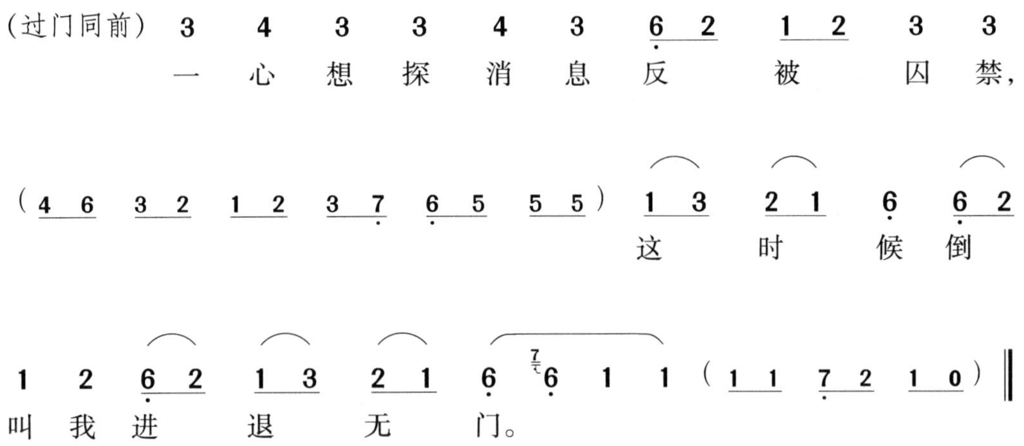

〔<节节高>箫声响起。

蒋　干　啊！夜半更深，哪来呜箫之声哪？定有高人能士，待我去看。

〔箫声一直不断，蒋干偷偷溜出茅庵。换场景：台中靠“下场门”侧放一大墩。庞统坐在石墩的一角吹箫。蒋干“上场门”上，在庞统身侧出现。庞见有人来，转身，箫声停。【小锣一击】蒋干站立在“小边”。

深夜在此品箫，真乃雅人高志。先生相貌之奇，想是非常之人。敢问尊姓高名？

庞　统　姓庞，名统，字士元。

蒋　干　哦，敢莫是凤雏先生么？

庞　统　然。

蒋　干　失敬了！

庞　统　岂敢。

蒋　干　请问先生，为何隐居在此呀？

庞　统　只因周郎轻贤慢士，不能重用，故而隐居山林，看今夜月色甚好，在此品箫，以解烦闷。

蒋　干　原来如此！【小锣一击】（轻声）啊，先生，既有雅量之才，岂可隐居山林之中，何不另择明主，共图大业。

庞　统　某虽有此心，奈无机缘耳。

蒋　干　北军曹丞相，先生以为如何？
庞　统　曹丞相——乃英雄也。
蒋　干　眼力不差。先生，你我相逢，真是三生有幸，先生若有意投曹，喏喏喏，我愿做引荐之人。
　　〔**【撕边大锣一击】**庞统站起，抓住蒋干左手。
庞　统　啊——？你乃何人？
蒋　干　实不相瞒，曹营蒋干是也。
庞　统　哦！（松手）蒋先生，失敬了。（施礼）
蒋　干　岂敢。
庞　统　因何至此？
蒋　干　奉曹丞相之命，顺说周郎，不料反被囚禁，适才得便觑来。先生果有意降曹，便当即行，周郎知觉，必定加害呀！
庞　统　这个——
蒋　干　哎呀，此事宜早不宜迟呀！（见庞统仍犹豫）此时不走，等待何时呀？
庞　统　也罢，就依先生。
蒋　干　真乃俊杰呀。只是你我出离虎穴，哪条道路好走哇？
庞　统　不妨事，你随我来。
　　〔**【大锣原场】**蒋干跟随庞统环顾左右而下。

第 十 三 场

　　〔正场桌，曹操坐“小座”，庞统坐“大边”，蒋干坐“小边”。
曹　操　哈哈哈……老夫与东吴旦夕交战，今幸得先生前来，乃天助我也。
庞　统　岂敢！某素闻丞相，用兵如神，适才得观水军操演，真乃名不虚传。孙武子用兵，不过如此奥妙也！
曹　操　呵呵呵，先生过奖了。
庞　统　请问丞相，军中可有良医否？
曹　操　医者何用呢？
庞　统　大江之中，潮生潮落，风浪不息，北军不惯乘船，若遇大风大浪，多生疾病，须用良医调治。
曹　操　哎呀，吾正为此事忧虑，望先生妙策教我。
　　〔**（大大大……台）**曹拱手施礼，庞还礼。
庞　统　啊，丞相，可将大船小船，互相配搭，或三十为一排，或五十为一列，首尾用铁环连锁，上铺阔板，板上墁土，不仅人可渡，马亦可走，乘此而行，如履平地，任它风浪潮水，复何惧哉！
蒋　干　哎呀呀，真乃妙计也！
曹　操　**【撕边一击】**（认真地思考，然后放声大笑）哎呀呀！若非先生良谋，安能破东吴也，当面谢过！（二人起身施礼，还礼。曹操转向蒋干）子翼，速命军中铁匠，连夜打造铁环大钉，锁连战船，不得有误。（转身与庞统归座）

蒋　干　得令！正是：引来庞统献妙计，
又是我蒋干一大功！【小锣打下】（下）
曹　操　若能大功成就，先生当列三公之位[①]。
庞　统　丞相，我观江东豪杰，多有怨恨周郎者，某愿为丞相顺说来降，那周郎孤立无援，必被丞相所擒也。
曹　操　如此甚好，就烦先生一往，便宜行事。
庞　统　告辞！（二人站起向前走）
曹　操　多蒙先生助成功，
庞　统　指日兴兵破江东。
「【大锣五击头】曹操抽身下。庞统出门欲走，徐庶上，从背后拍庞。
徐　庶　庞士元，真个大胆！【大锣一击】黄盖受苦肉计，阚泽下诈降书，你又来献连环计，敢是欺我江北无人！
「【大锣一击】庞一惊，【撕边一击】看四下无人。
庞　统　元直兄，你若说破我计，江东八十一州百姓，俱丧你一人之手！
徐　庶　你江东有八十一州百姓，这里有八十三万人马，性命休矣！
庞　统　你真要破我之计么？
徐　庶　非也！我受过刘皇叔厚恩，未尝答报。曹操逼死我母，我决意终身不设一谋，焉能破兄良策。只是你下些毒手，连我的性命，都不顾了吗？（大大大……台）
庞　统　（想介）曹操领兵南征，要有后顾之忧么？
徐　庶　他忧的是马腾韩遂尔！
庞　统　着哇！以此脱身，有何难哉？
徐　庶　噢噢，领教了，领教了。
「二人互相拱手，分下。【小锣打下】

第十四场

「正场桌，后大纛旗。曹操安然而坐。两边各有桌椅数张，文臣、武将分坐在两旁。大铠、中军两边分开站立。奏牌子<春日景和>
众　人　丞相请！（曹操与众人同举杯，饮酒，牌子停）干！【大锣住头】接【撕边一击】（曹操眼望天空感叹）
曹　操　哎呀妙哇！你看月上东山，皎如白昼，长江一带，风平浪静。老夫，今有雄师百万，又赖诸公用命，收复江南指日在掌！【大锣一击】待等天下无事，再与诸公共享富贵，怡乐太平也。【撕边一击】
众　人　（以程昱、荀攸、刘馥、徐庶为主白）
指日收复江南，早奏凯歌，我等诸臣皆赖丞相福矣！【撕边一击】
曹　操　（闻言大笑）哈哈哈……

---

① 三公之位：三公，古代中央最高官衔的合称。三公官称、职能历代多有不同。此处泛指高官。

众　人　丞相请！（众举杯，起牌子，饮酒）干！【撕边一击】

曹　操　（又开怀大笑）【撕边一击】

众　人　丞相为何如此发笑呢？

曹　操　我笑周郎、鲁肃，不识天时。今东吴已有人投降老夫，是他心腹之患，那周郎却还不知。怎不令人好笑哇——（大笑）【撕边一击】

程　昱　丞相请勿明言，恐有泄漏哇！

曹　操　呃——！【撕边一击】座上诸公，俱近侍左右，皆我心腹之人，言之何碍呀？【大锣一击】（起"风声"。众人皆有反应）唔呼呼呀！【大锣一击】你看西北风大作，吾船在江，果然如履平地，若非天意助我，安能得此妙用。刘备呀！（仓）周郎！【大锣五击头】汝不过蝼蚁之力，欲撼泰山，何其愚也，哈哈哈……【撕边一击】

程　昱　丞相，我军战船连锁一处，虽是平稳，敌人倘用火攻，难以回避，丞相不可不防！

曹　操　（笑介）【撕边一击】仲德之言，虽有远虑，却有见识不到之处呀！

荀　攸　啊，丞相，仲德之言，甚是有理，何出此言？

曹　操　呃，岂不知，凡用火攻者，必借风力。如今时值隆冬，只有西北风，焉有东南风？我军现居西北之上，彼军皆在东南，若用火攻，反烧自己，吾何惧哉！【撕边大锣一击】

众　人　哎呀呀！丞相高见，我等实不及也！

曹　操　啊！

众　人　啊！

曹　操　啊——呼呼呼哈哈！……（随众人笑乐队起【大锣导板头】）

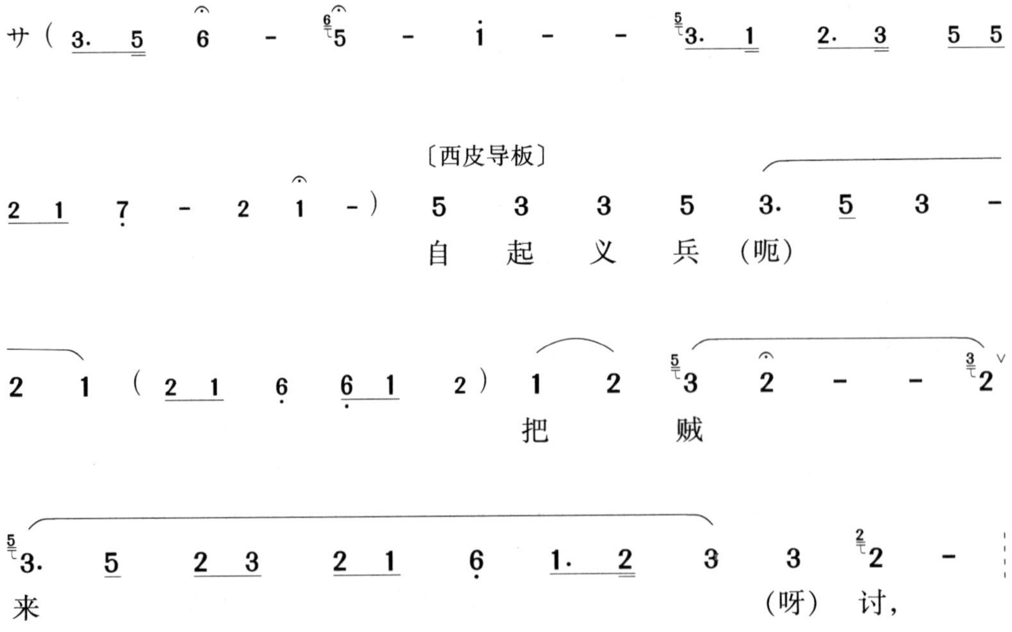

众　人　（举杯）丞相请！【撕边】干！

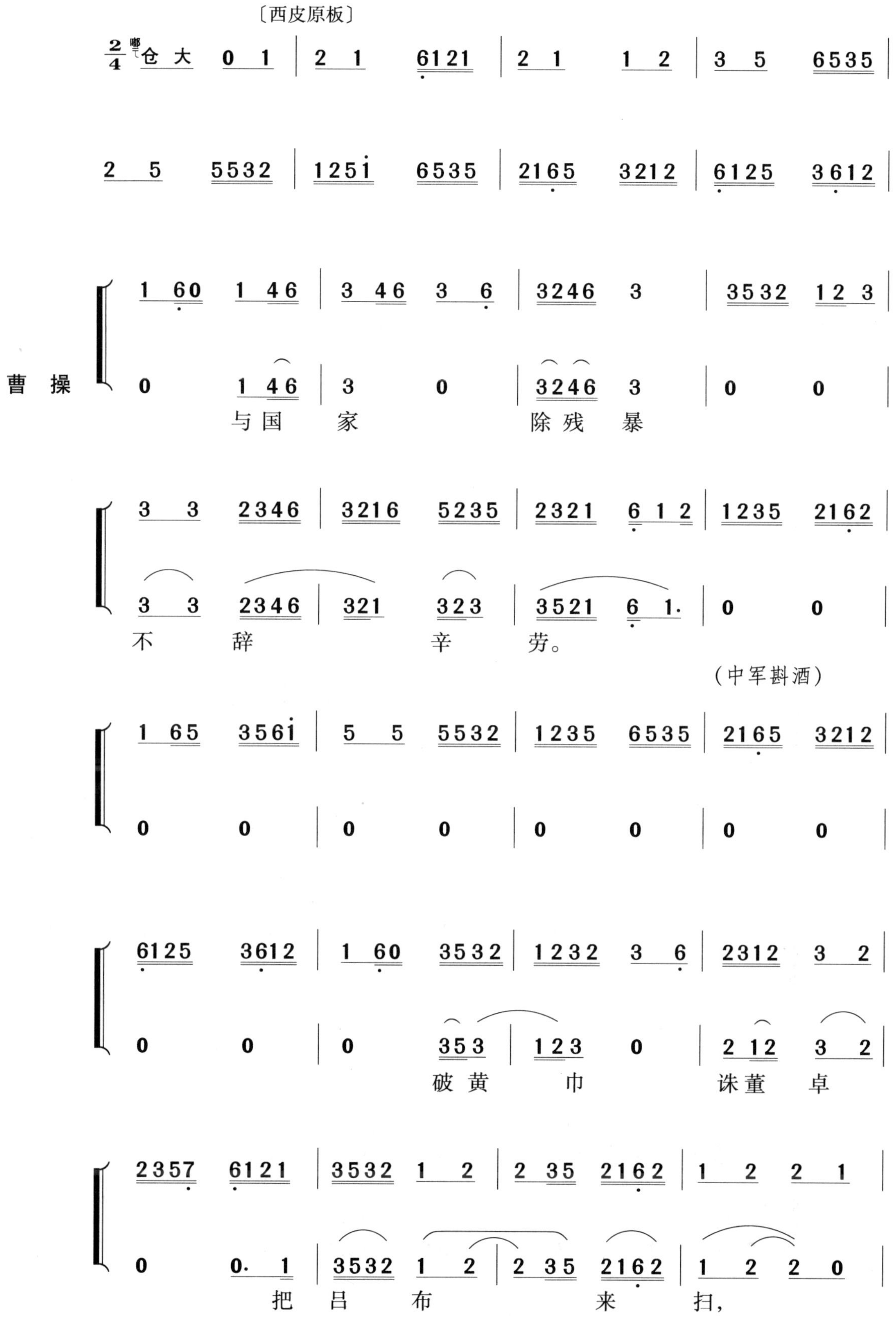

〔西皮原板〕
嘟 仓 大
曹操
与国 家 除残 暴
不 辞 辛 劳。
（中军斟酒）
破黄 巾 诛董 卓
把 吕 布 来 扫，

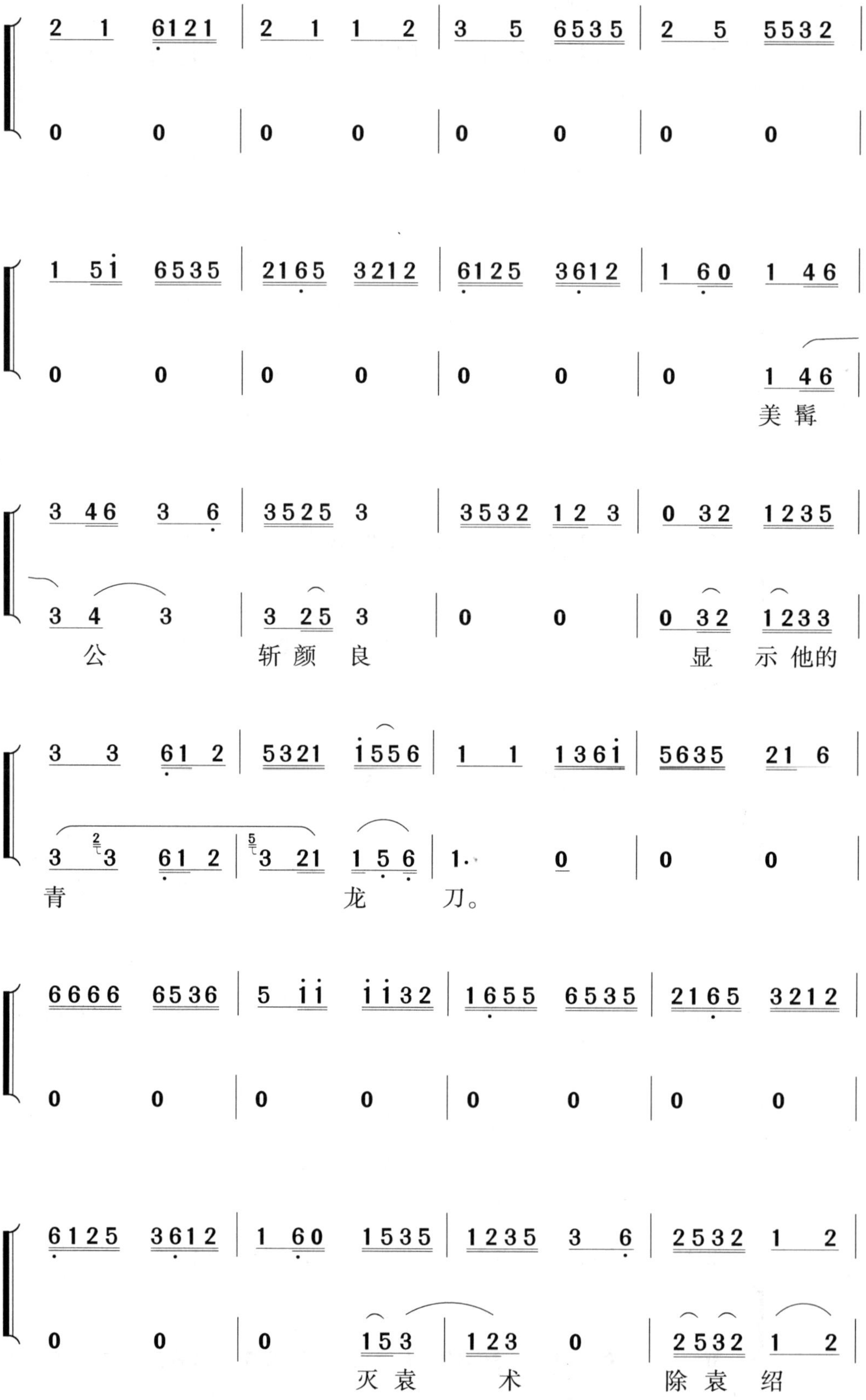
美髯
公 斩颜良 显示他的
青 龙 刀。
灭袁 术 除袁绍

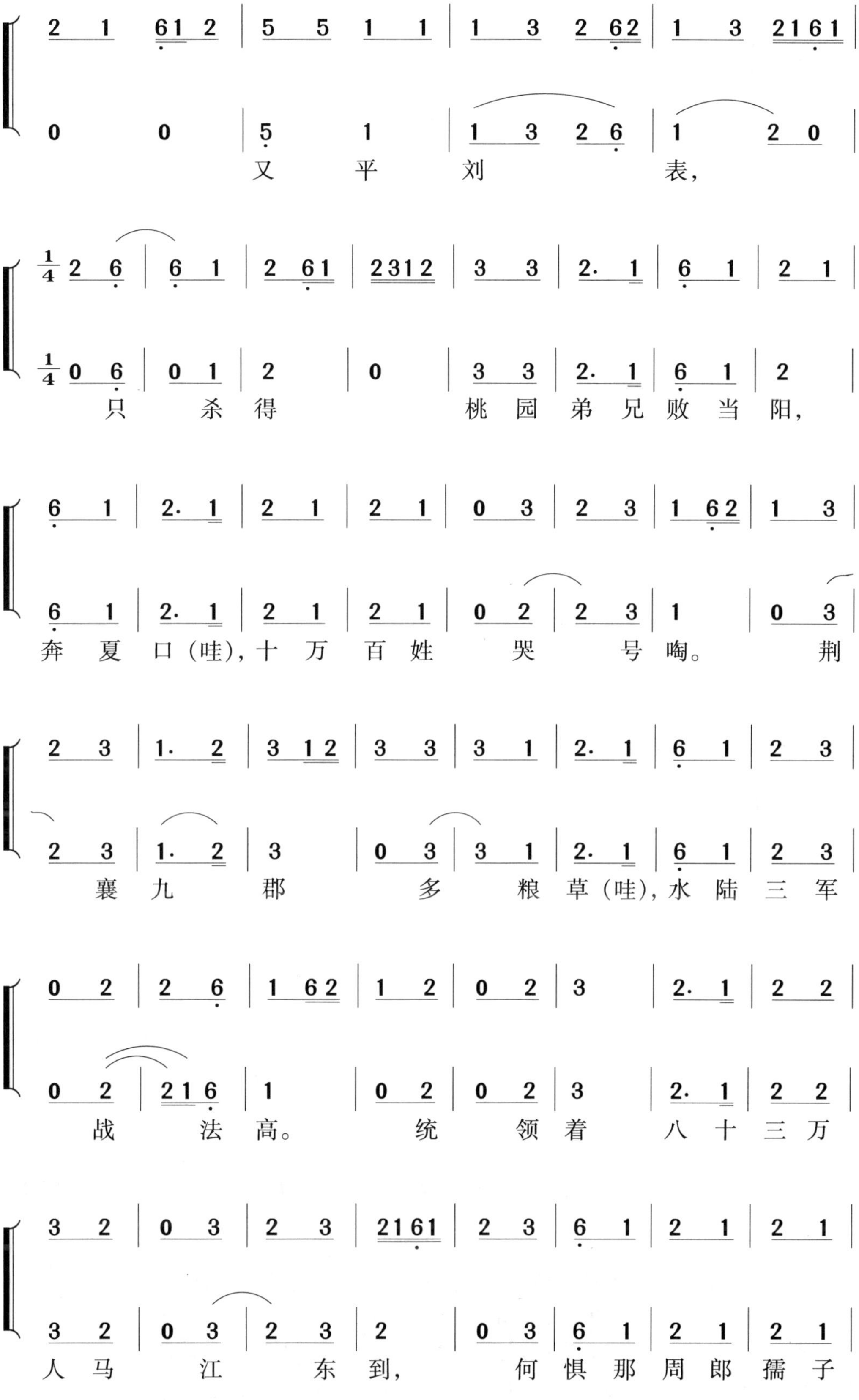
又 平 刘 表，
只 杀 得 桃 园 弟 兄 败 当 阳，
奔 夏 口（哇），十 万 百 姓 哭 号 啕。荆
襄 九 郡 多 粮 草（哇），水 陆 三 军
战 法 高。统 领 着 八 十 三 万
人 马 江 东 到，何 惧 那 周 郎 孺 子

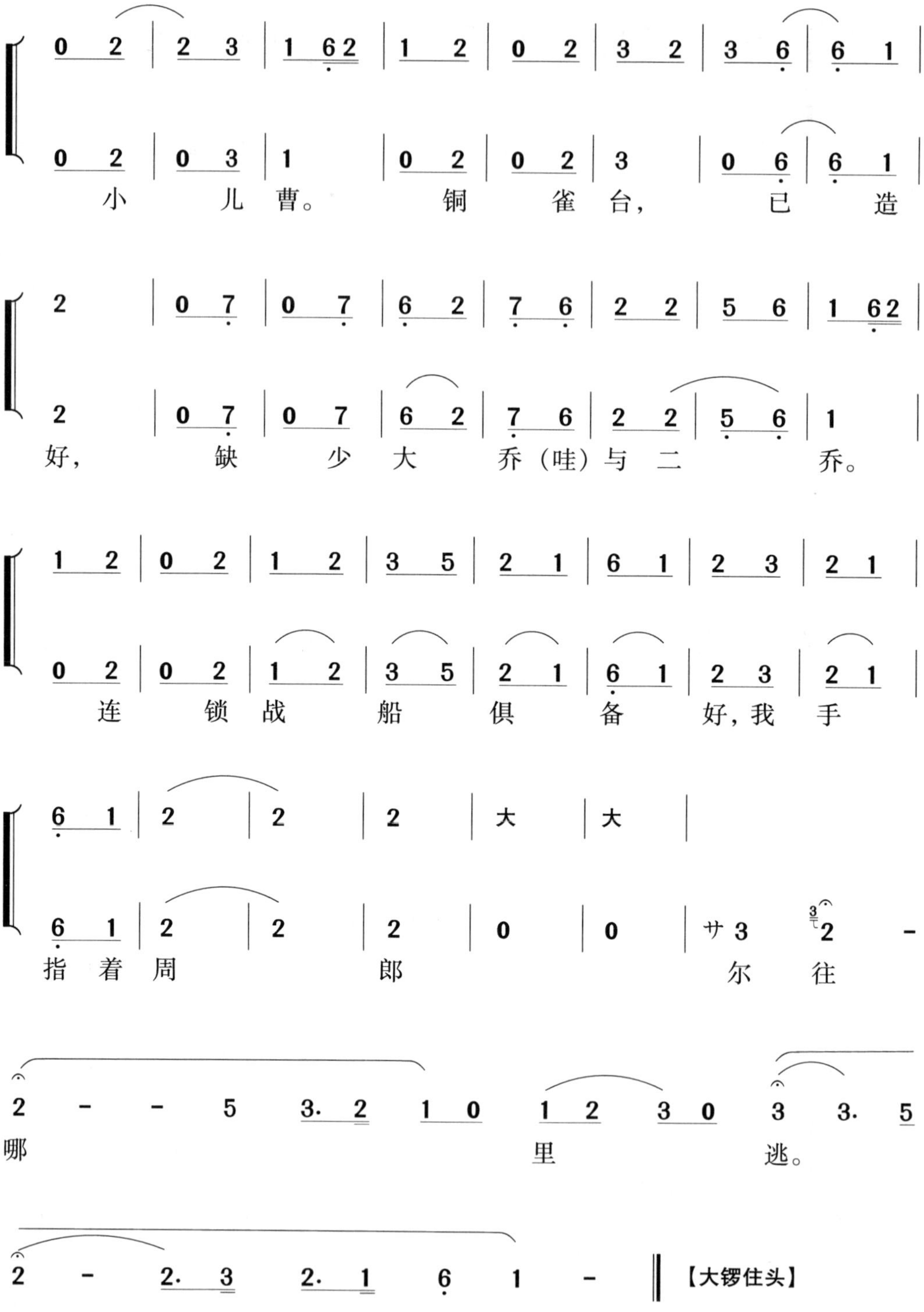

〔乌鹊飞鸣的音响。【撕边一击】众人随曹操走出桌外，曹在台中央，众人分列周围。

曹　操　啊！（仓）夜静更深，乌鹊何故往南飞鸣而去？【大锣一击】

程　昱　丞相。明月当空，乌鹊疑是天晓，故离树而鸣！【撕边一击】

曹　操　不错。今时在建安十二年十一月十五。【小锣一击】哎呀呀！（托起黑髯）老夫不觉已然五十有四矣！（**大大大……仓**）（看槊）咳！**【大锣五击头】**（招手，大铠将槊交曹操，曹操横槊而立）想当年老夫持此槊，破黄巾、诛董卓，深入塞北，直抵辽东。（大锣锣边重击三下）这数十年间，纵横天下，颇不负大丈夫之志。今对此江景，感慨万端。吾当作歌，汝等和之。

众　人　吾等愿闻！（乌鹊叫声，曹略有醉意）**【大锣一击】**

曹　操　咦！

<山歌>（笛子、月琴弹拨伴奏）

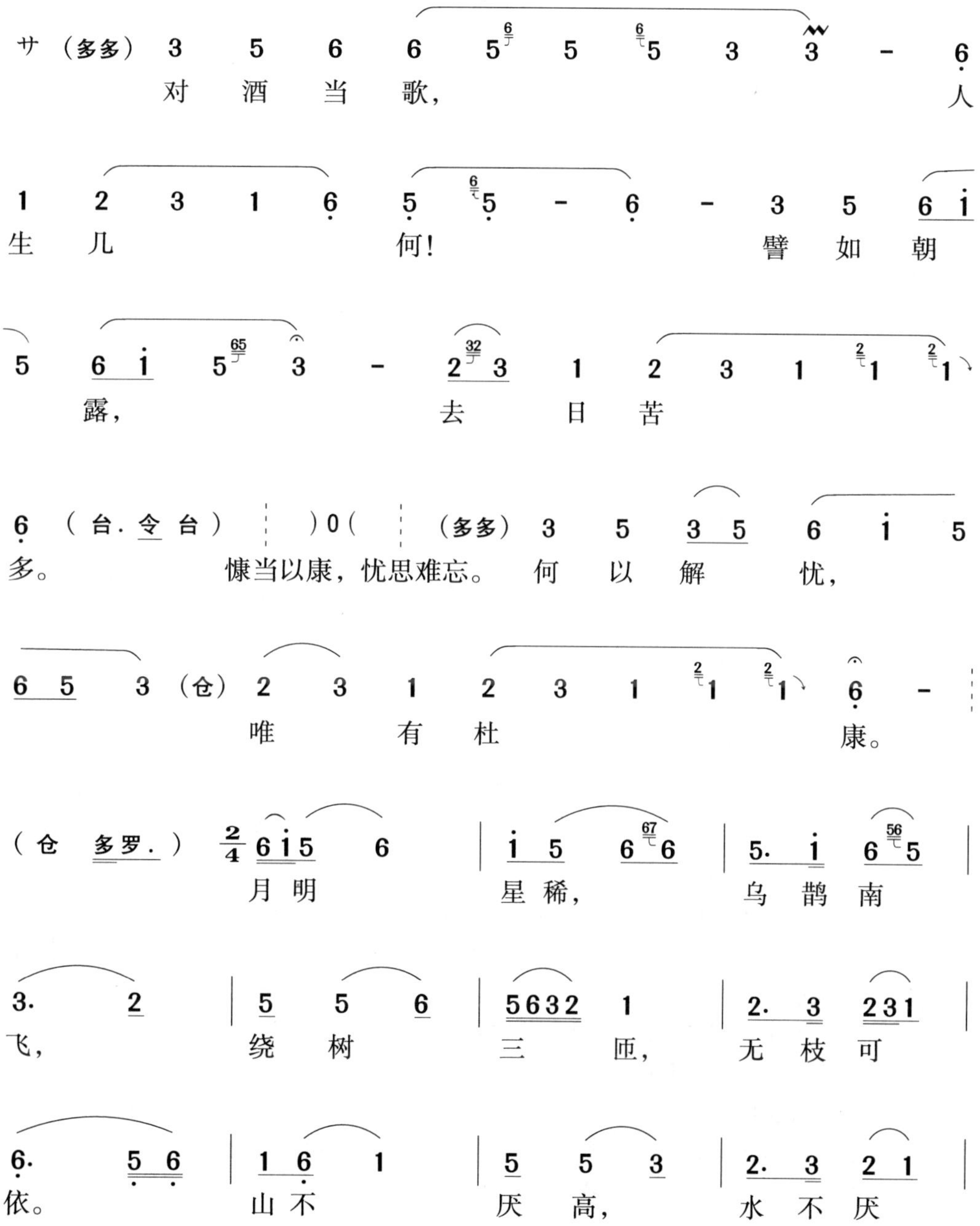

6 56 1 | 5 5 6 | 5632 1 | 2 3 231 |
深， 周 公 吐 哺， 天 下 归

6 - | 5 5 6 | 5 32 1 | 2 3 231 |
心。（众同唱）周 公 吐 哺， 天 下 归

6 - | 1 6 1 | 1 6 1 | 6 - ‖
心。（曹唱）饶 幸 喏 饶 幸 喏！

【撕边】（曹操大笑，醉，【乱锤】仍手持槊而立）

刘　馥　（站在“小边”）啊丞相，今大军相持之地，将士用命之时，为何出此不利之言？（大大大……仓）

曹　操　（闻言不悦）何言不利？（怒视刘馥，并将槊头对着刘馥）

刘　馥　乌鹊南飞，无枝可依。南飞而无枝可依，指南征一无所得，此皆不利之言！

曹　操　咄！（以佯大醉之态，用槊向刘馥狠狠地一刺，转过身去）【撕边】【大锣一击】接【乱锤】（众纷纷向前而观）

众　人　气绝了！

曹　操　（佯装不知）什么人？

程　昱　乃是刘馥。【大锣一击】

曹　操　（佯做吃惊望着由两兵士扶立的刘馥尸体）刘馥？哎呀，刘馥哇！【大锣五击头】你久侍老夫，多立功绩，今被我误伤性命——咳！【大锣一击】（将槊抛于地上）悔不及也——（假装哭介）

〔【大锣原场】众人归原位。

〔蒋干内白：“报。”【冲头】“上场门”上，归“小边”。

蒋　干　启丞相，大事不好了！

曹　操　何事惊慌？

蒋　干　干在营中，只见三三五五，军卒人等交头接耳，言道：西凉马腾、韩遂谋反，杀奔了许都！【撕边一击】

曹　操　此事虽虚实未定，但不可不防，这这这……（想介）

徐　庶　啊，丞相，庶愿带三千人马，连夜奔往西凉，待平息军情，再报知丞相如何？

曹　操　就命先生速速前去！

徐　庶　得令！【五击头】船头领将令，鳌鱼脱金钩。【冲头】（下）

曹　操　众将官！

众　人　有！（仓）

曹　操　水军加紧操练，刻日进兵，周郎啊，孔明！【大锣五击头】看来尔的锐气尽矣！

〔起牌子，众亮相，曹操大笑。

第十五场

〔周瑜站在江堤之上，四蓝龙套、四将分站两边，一人持角纛旗站在周瑜的后面。

周　瑜　【**撕边一击**】（放声大笑）

看曹营大小船舟，果然锁连一处，曹操哇，曹操！【**大锣五击头**】你中我连环之计也！【**纽丝**】

〔西皮散板〕

周　瑜　（过门同前）　3　36　5　5　5　7　6　1̇　6　6

我　这　里　用　火　攻　得　其　自

35　6　（65　3　35　6）　3　36　5　1̇

便，　（仓）　那　曹　贼　八

5　6　36　5　5　3　1̇　6　3　$^{\dot{1}}$3　5　‖

十　万　命　丧　目　前。

（“风声”，角旗摇晃，周瑜抓住旗角，（**崩登仓**）周瑜忽然一惊）

哎呀！

【**快纽丝**】（过门同前）　3　36　5　1̇　1̇　6　1̇　6　6

斯　隆　冬　十　一　月　东　风　少

3　5　6　（65　3　35　6）　3　36　5　5　35

（哇）见，　（仓）　要　成　功　只　怕

6　1̇　65　5　31̇　6　3　^{5}3　5　-　‖

是　千　难　万　难。

【**叫头**】哎呀，且住！【**大锣五击头**】看西北风大作，我军位于东南，若用火攻，乃烧我自己。看来大事难成也！

〔（**崩登仓**）周瑜掏翎子，做昏吐状。【**乱锤**】接【**大锣原场**】众搀扶周瑜下。

第十六场

〔鲁肃引诸葛亮【快长锤】“上场门”上。周瑜在正场桌里，病坐。

〔西皮摇板〕

鲁　肃

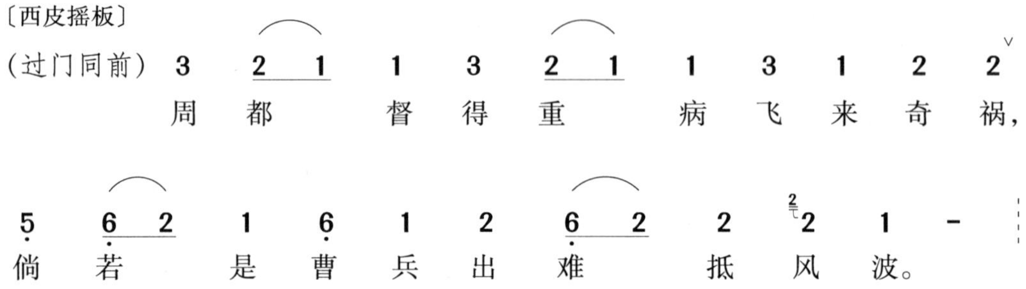

诸葛亮　大夫哇！【小锣凤点头】

〔西皮摇板〕

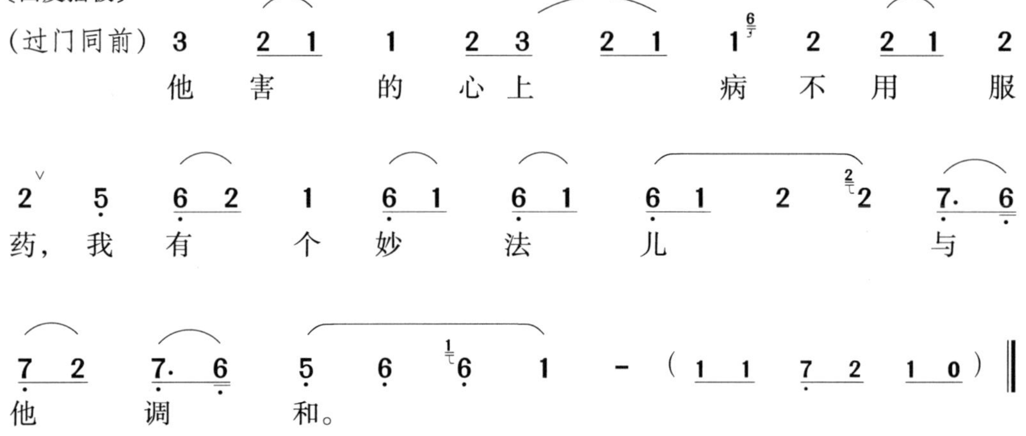

鲁　肃　啊先生，我家都督的病症你当真能医？

诸葛亮　能医。

鲁　肃　好好好，你在此稍等。【小锣三击】（进门，站“小边”）啊，都督，孔明先生言道：都督的病症他能医治。

周　瑜　请来一见。

鲁　肃　有请诸葛先生！

诸葛亮　（进门）啊都督！

周　瑜　先生请坐。

诸葛亮　有座。【小锣二击】（坐“大边”，鲁肃坐“小边”，周瑜不动）啊，都督，连日不晤君颜，何期贵体不安。

周　瑜　人有旦夕祸福，岂能自保。

诸葛亮　是呀，天有不测风云，人又岂能料乎！

周　瑜　**【小锣一击】**（闻言一惊，又长叹）咳！

诸葛亮　都督心中，似觉烦郁否？

周　瑜　然。

诸葛亮　亮有一方，管教都督气顺。

周　瑜　愿先生赐教。

诸葛亮　取纸笔墨砚进来！

「中军托盘，诸葛亮取笔和帖，背身写介。（**大大大……台**）

鲁　肃　啊先生，你画的什么符哇？

诸葛亮　都督的病源。（写毕，转过身）亮有十六个字，都督请看。（将帖递与周瑜）

周　瑜　（接帖）待我看来："欲破曹兵，须用火攻。万事俱备，只欠东风。"（**大大大大大大乙仓**）（笑介，解下裹头的绸条，走出桌案）

鲁　肃　（走至诸葛亮处问）都督，怎么样了？

诸葛亮　他的病好了。

鲁　肃　他的病好了？（诸葛亮点头）哎呀呀，你真是神仙一把抓呀！

〔西皮摇板〕

周　瑜　**【大锣闪锤】**（过门同前）

i 6 3 5 5 7 6 i i 6 5 | 5 7 6 （6 5 3 5 6 5 3 2 1 1 6 5 5 5）3

诸葛亮是神仙从空降来，我

3 6 5 i 5 6 （6 5 3 5 6）4 4 3 2 3 | 5 （6 5 3 6 5 5）

害的心上病被他解开。

3 3 6 5 5 5 7 6 （6 5 3 5 6）7 6 6 5 - - 3 7 7 6 6 -

我这里走向前屈膝下拜，

「**【快长锤】**周瑜向诸葛亮拜，鲁肃走回"小边"，同归里，三人同入座。诸葛亮坐"大边"，周瑜坐"小边"，鲁肃坐"小边跨椅"。

周　瑜　**【小锣凤点头】**（过门同前）5 7 6 5 3 5 6 3 5 3 6 5 - ‖ **【大锣住头】**

望先生赐教(哇)我巧计安排。

先生既知我病源，怎样治之？

诸葛亮 亮虽不才，习就奇门遁甲[①]之法，能呼风唤雨。都督若要东风，可于南屏山高设一台，名曰“七星祭风坛”。待山人披发执剑，摘星步斗，借来三日三夜东风，助都督用兵如何？

周　瑜 不消三日三夜，只须一日东风，大事必成。但不知几时起风？

诸葛亮 （观扇）甲子日起风，丙寅日息止。如何？

周　瑜 好，看令箭过来！（中军递令箭）如此拜先生一往。（将令箭交与诸葛亮）

诸葛亮 （接过令箭）得令！

〔西皮摇板〕

（过门同前） 2 1 2 1 3 2 2 2 1 1 3 2
南 屏 山 借 东 风 坛 台 设 摆，

（3 2 1 6 1 2 1 6 5 5 5） 5 6 2 1 1
待 等 到 甲

3 2 3 2 1 2 2 1 － （仓）（下）
子 日 风 从 东 来。

周　瑜 【大锣凤点头】（过门同前） i 6 5 5 5 7 6（6 5 3 5 6）7
他 未 必 悟 透 了 天

6 6 3 5 6（6 5 3 5 6 5 3 2 1 1 6 5 5 5）3
地 三 界， 数

3 6 5 5 3 i 6 i 5 3 5 6 6 5 － ‖（仓）
九 天 这 寒 风 岂 能 东 来。

鲁　肃 都督！（仓）

---

① 奇门遁甲：术数之一种。以十干中的“乙丙丁”为三奇，以八卦的变相“休生伤杜景死惊开”为八门，是为“奇门”。十干中，“甲”最贵而不现，故名“遁甲”。信者以为，据奇门遁甲可推算人的吉凶祸福。

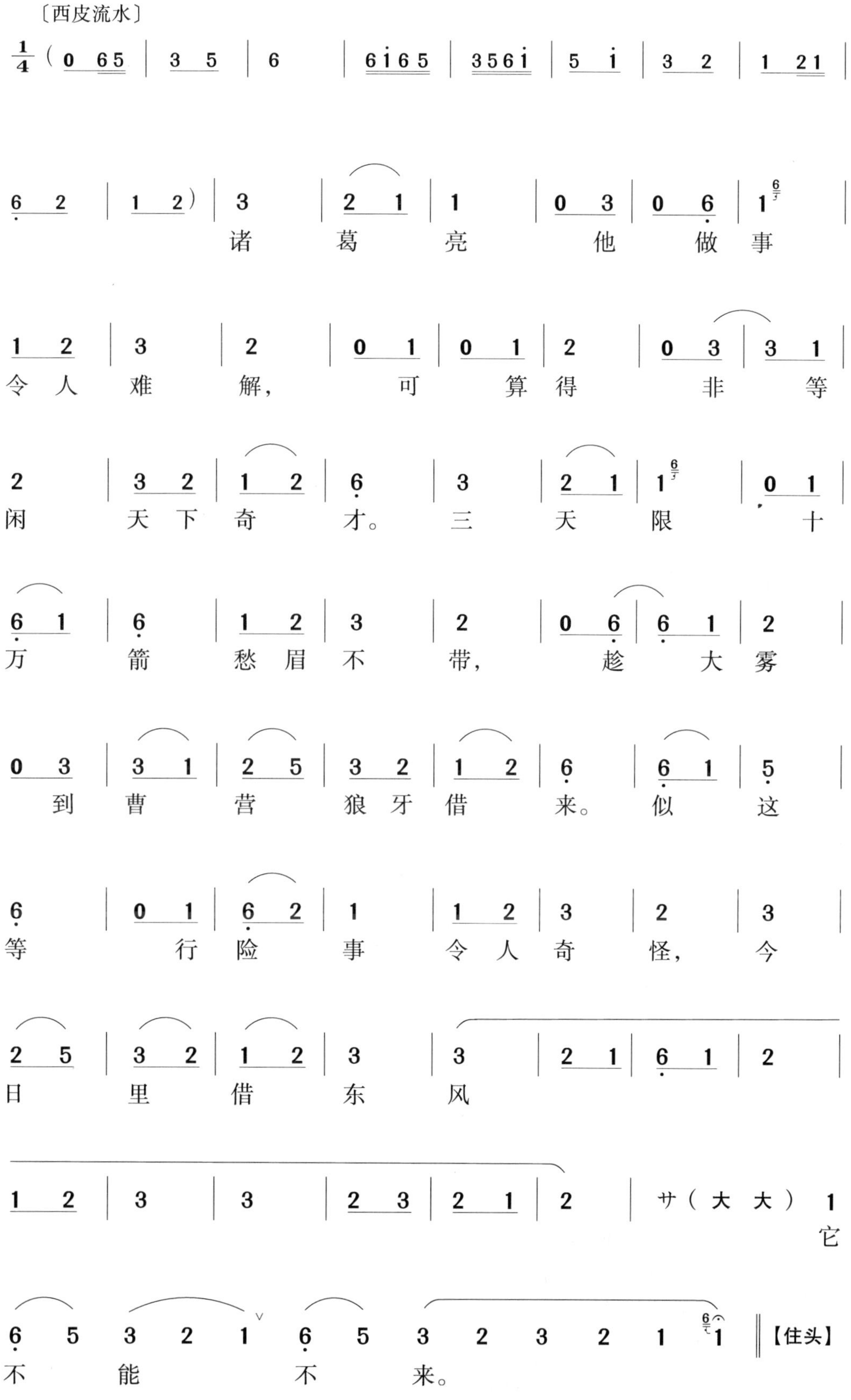
〔西皮流水〕
诸葛亮他做事
令人难解，可算得非等
闲天下奇才。三天限十
万箭愁眉不带，趁大雾
到曹营狼牙借来。似这
等行险事令人奇怪，今
日里借东风
它
不能不来。
【住头】

周　瑜　看将起来，他的死期到矣！传丁奉、徐盛进帐！

中　军　丁奉、徐盛进帐！

〔丁奉、徐盛内："来也！"【冲头】"上场门"上，进门两边站。

丁　奉
徐　盛　（同）参见都督，有何将令？

周　瑜　命你二人埋伏南屏山水旱两路。只候东风一起，即将诸葛亮首级斩来见我报功，不得有误！

丁　奉
徐　盛　（同）得令！【冲头】（二人"下场门"下）

鲁　肃　啊，都督，曹兵未破，先杀诸葛亮是何意也？

周　瑜　我杀了那诸葛亮，胜似曹兵百万之众，你安能知也！

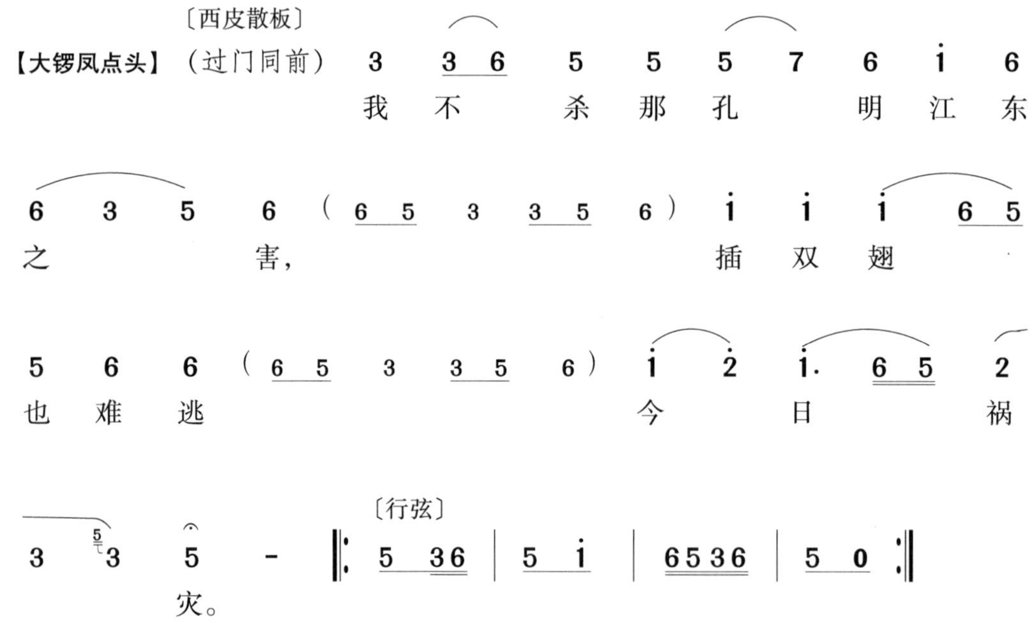

（在〔行弦〕音乐中，周瑜含笑而下）

鲁　肃　（不解地叹息）咳！（随周瑜下）

第十七场

〔赵云上，"起霸"（老俞派"半霸"）。

赵　云　（念）主公赴会在临江，

带回军师一锦囊。【小锣一击】

但等甲子东风起，

迎接（呀）——

【冲头】（四军士两边上）

先生转还乡。【大锣归位】

俺，赵云。【住头】主公临江赴会，先生有言：命俺十一月二十甲子日，但看东风一起，事先准备船只，在江东南堤迎接先生。众将官！【大锣一击】

军　士　有！

赵　云　带马登舟去者！

军　士　啊！

〔〔四边静〕军士给赵云带枪，赵云提枪上马。军士“插门”绕台一圈，至“小边”一排，赵云下马。“下场门”一水手持桨上，至台上“搭跳”，赵云及军士上船。

赵　云　艄水！开船哪——！

〔【急急风】赵云在前，四军士、水手在后，“窝下”。

第十八场

〔正场祭风坛，大桌，上有香炉、烛台。一丑童持黑七星旗站桌后，其他十二个道童，分别持四八卦旗、四七星旗、四道幡，分两边站立。

〔诸葛亮内唱。

〔二黄导板〕

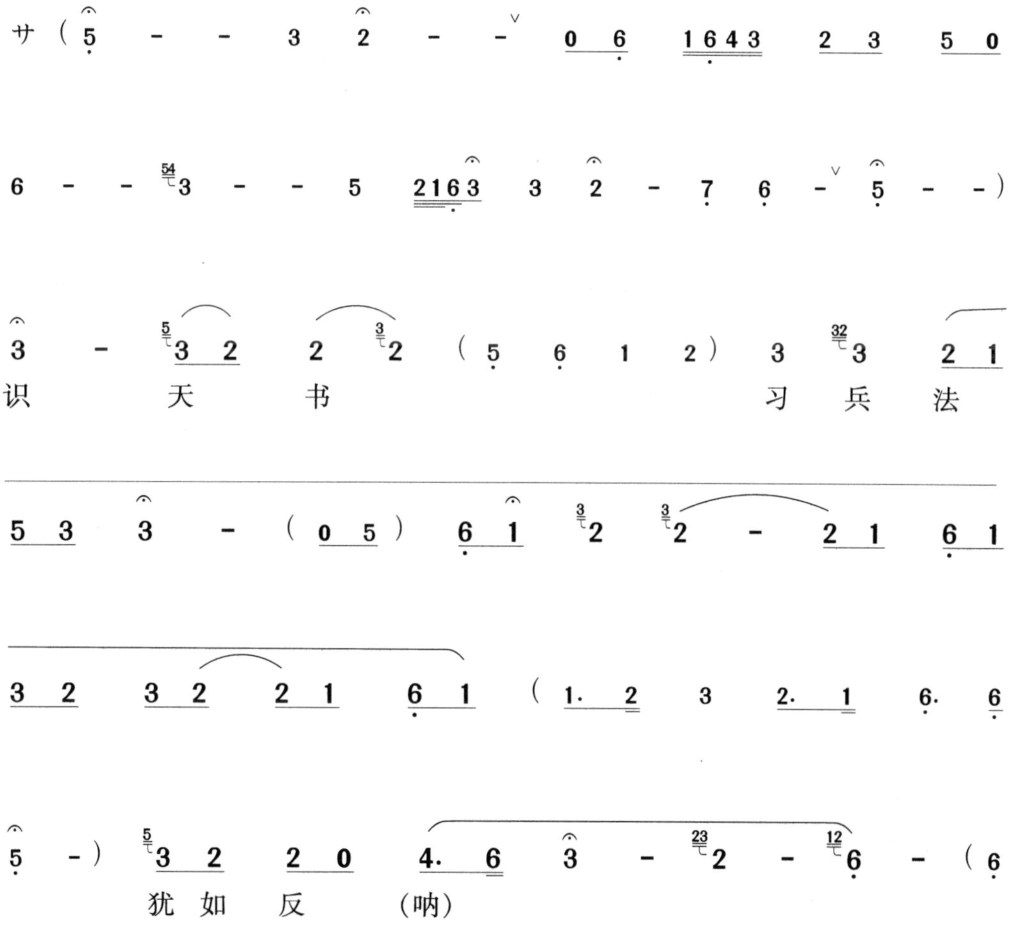

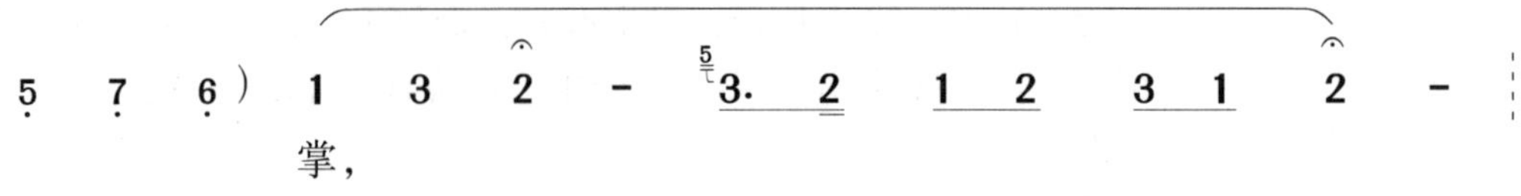

（【吊钹、回头】诸葛亮右手持宝剑从“上场门”上，至“九龙口”）【大锣帽子头】

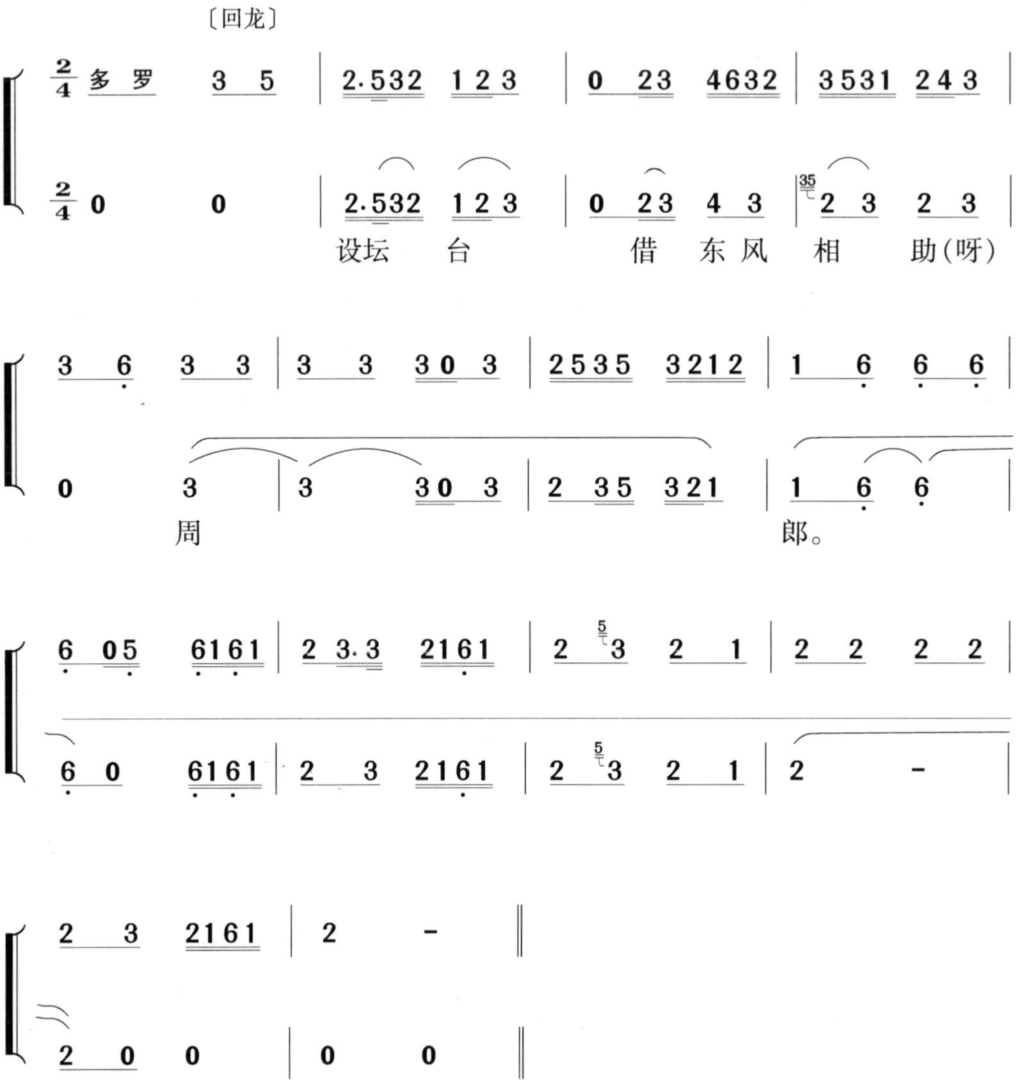

【慢长锤】（走至台中间，宝剑交左手抱）

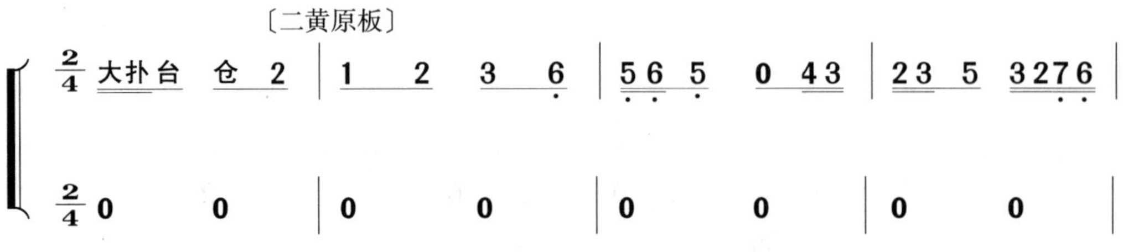

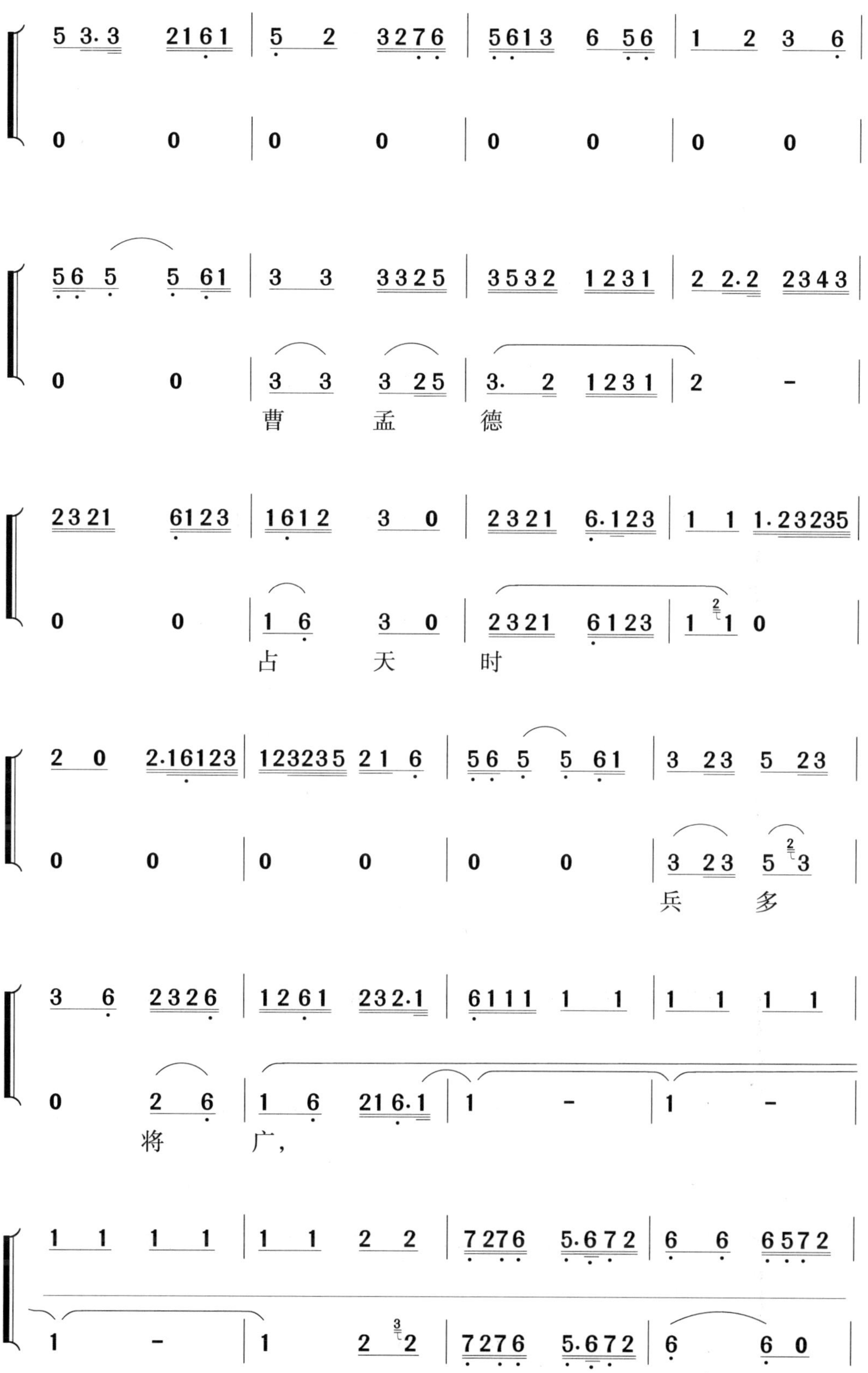
曹 孟 德
占 天 时
兵 多
将 广,

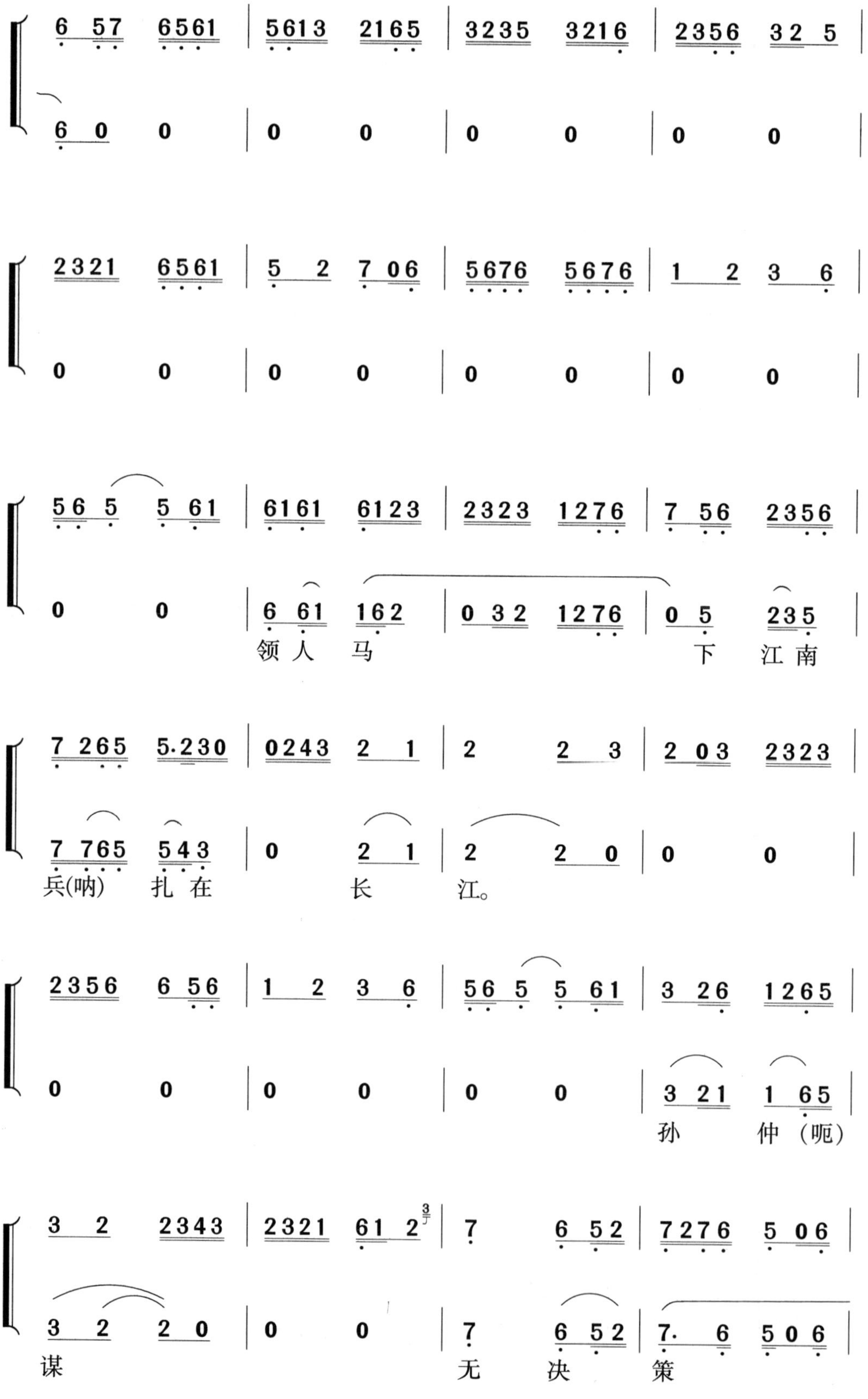
领人马 下江南
兵(呐) 扎在 长 江。
孙 仲(呃)
谋 无 决 策

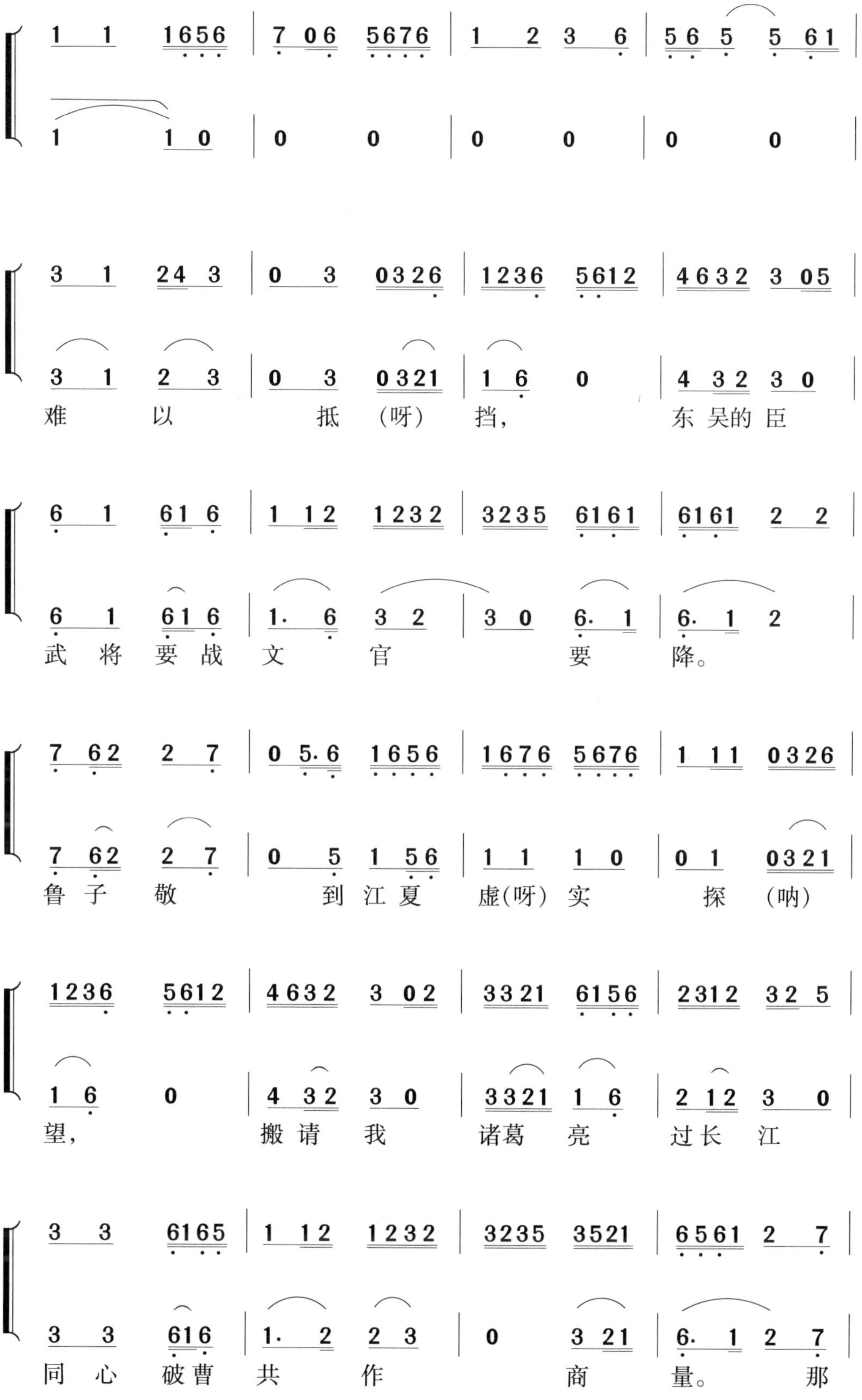
难 以 抵 （呀） 挡， 东 吴的 臣
武 将 要 战 文 官 要 降。
鲁 子 敬 到 江 夏 虚(呀) 实 探 （呐）
望， 搬 请 我 诸葛 亮 过 长 江
同 心 破 曹 共 作 商 量。 那

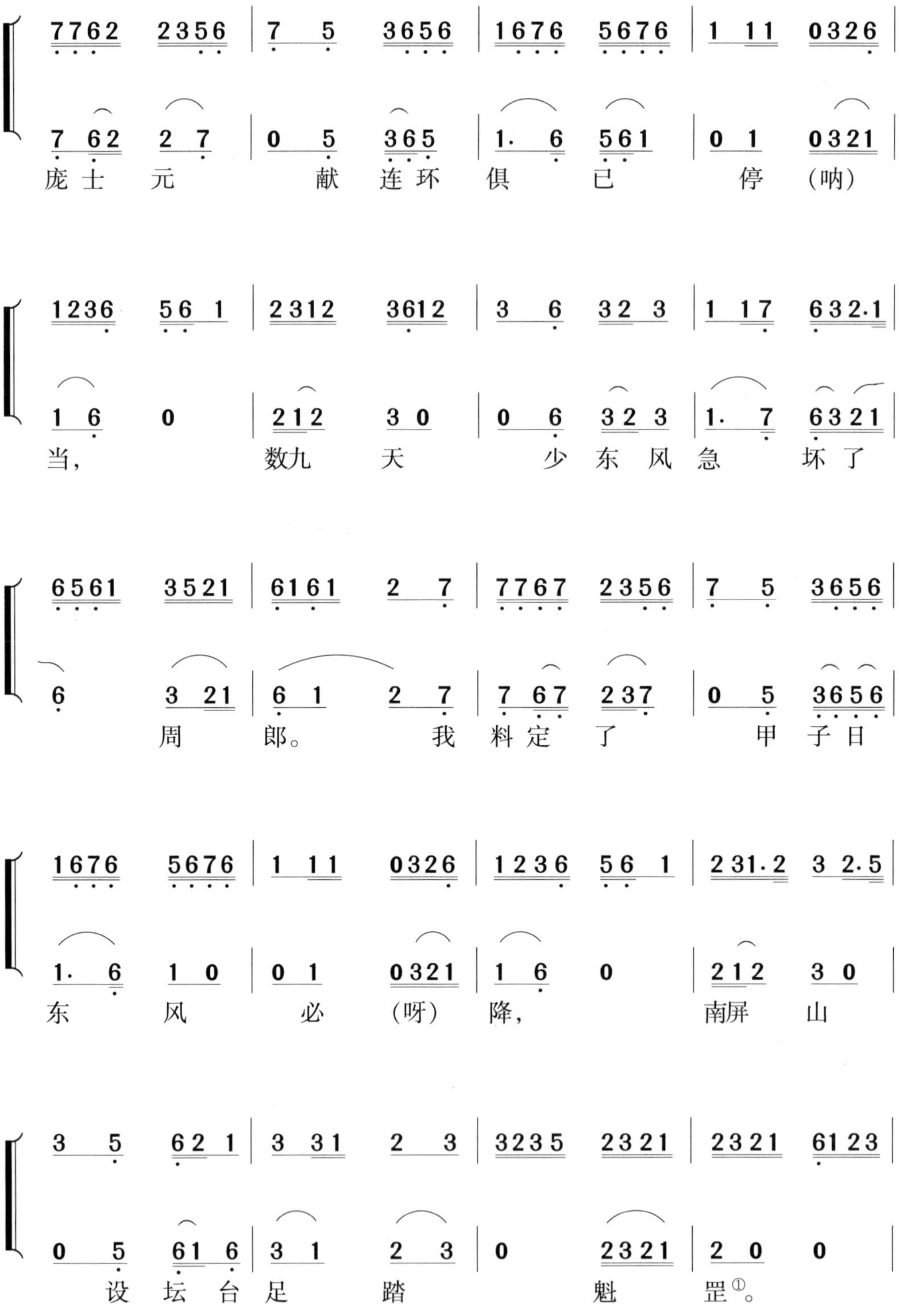

① 魁罡：指北斗星的河魁天罡二星。

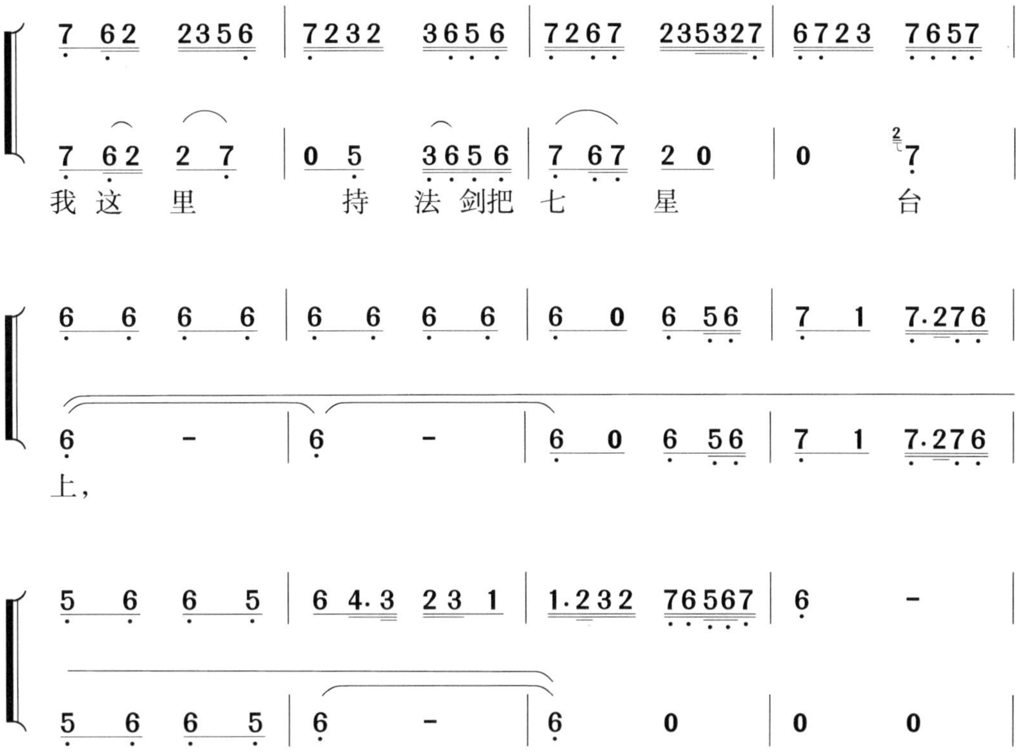

（起【慢长锤】诸葛亮宝剑交回右手，走至斜场背剑，由“祭坛”右侧上台阶至坛台桌后，剑放桌上）

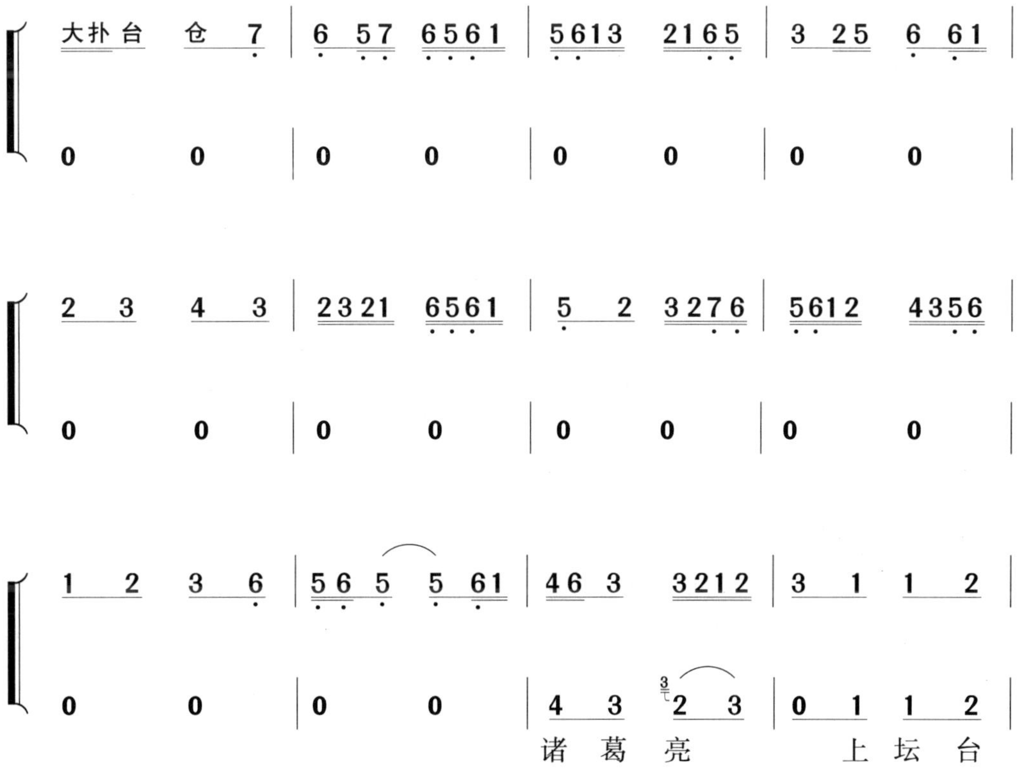

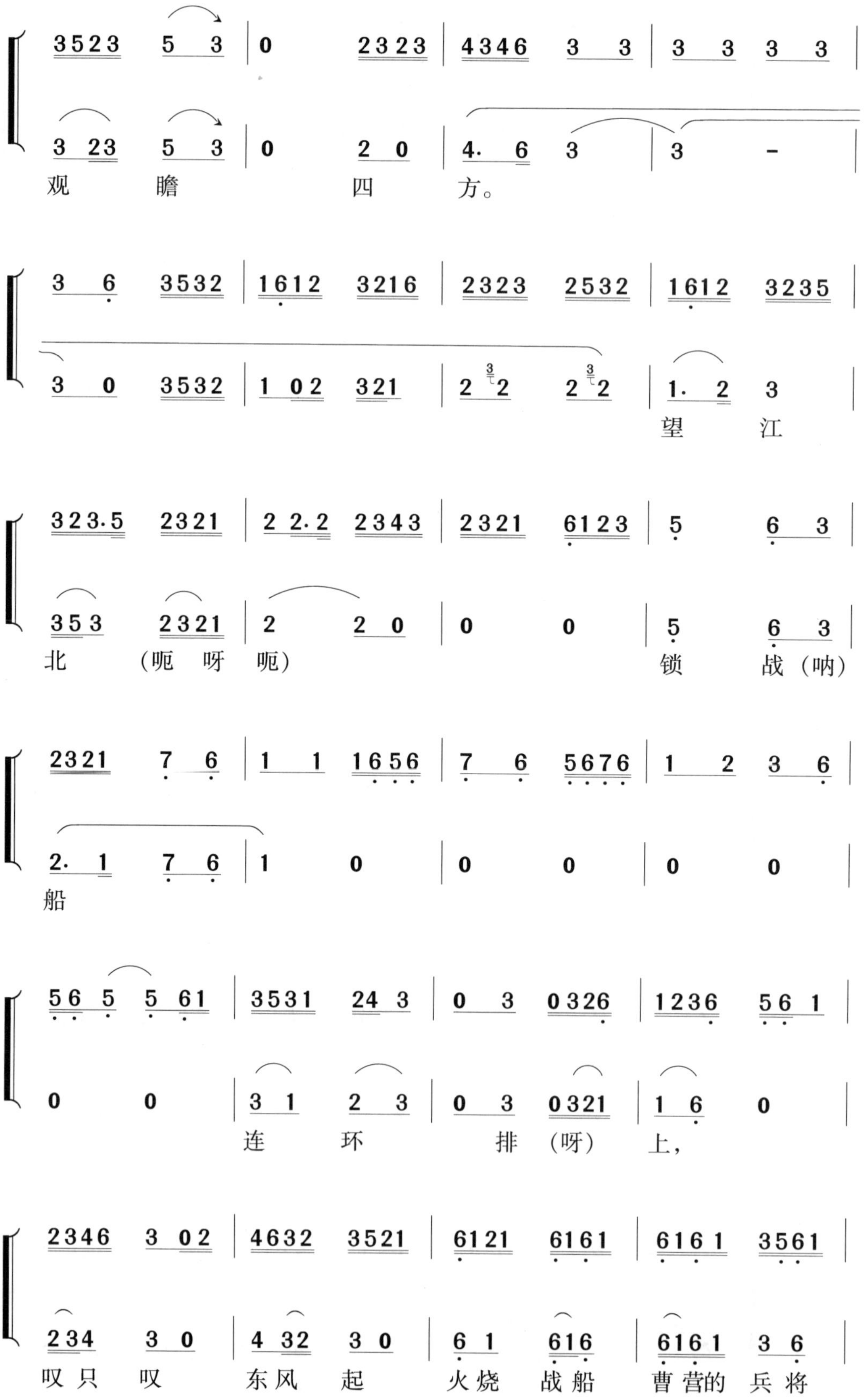
观 瞻 四 方。
望 江
北 （呃 呀 呃） 锁 战（呐）
船
连 环 排（呀）上，
叹只 叹 东风 起 火烧 战船 曹营的 兵将

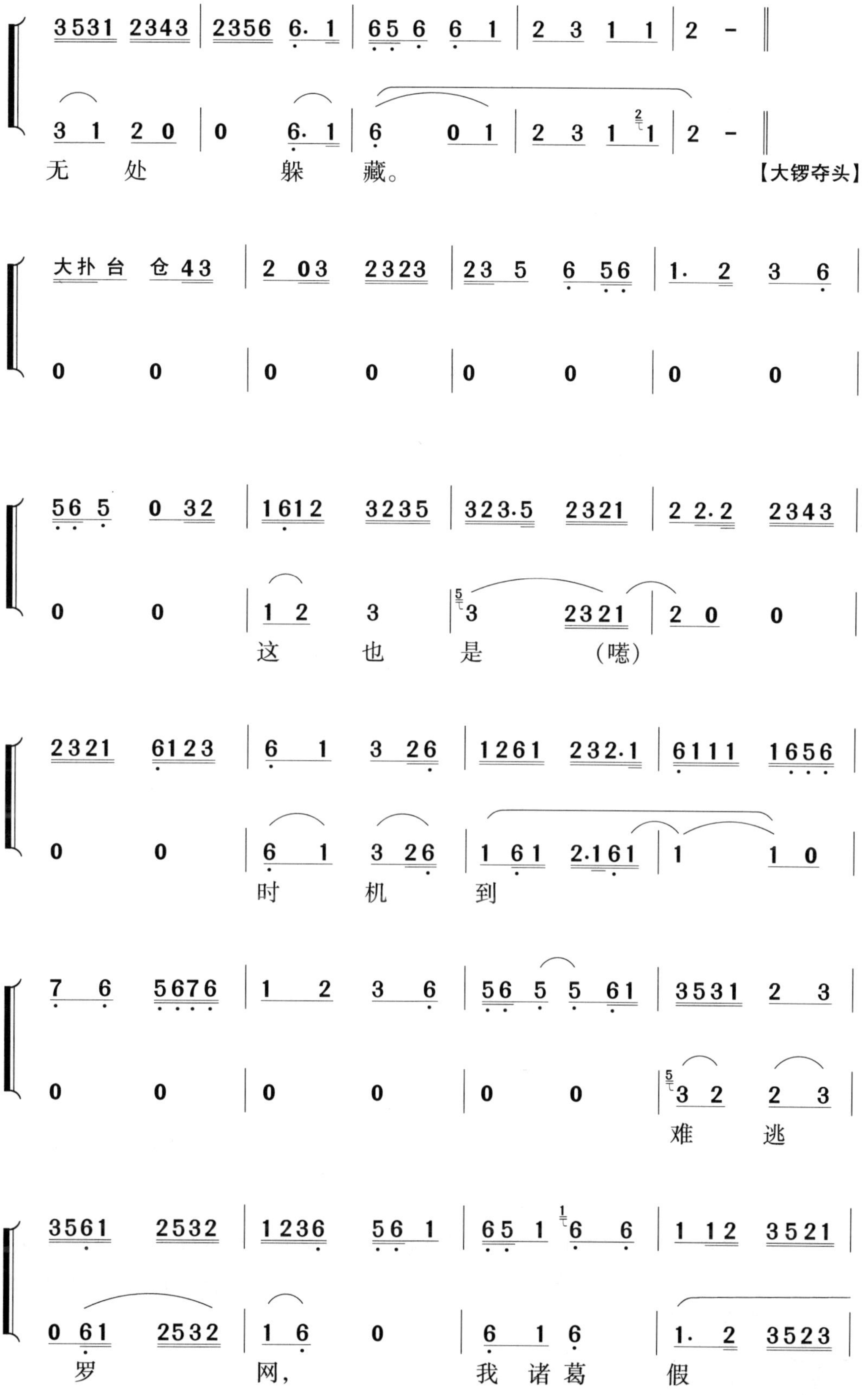
无 处 躲 藏。
【大锣夺头】
大扑台 仓
这 也 是 (嗐)
时 机 到
难 逃
罗 网， 我 诸 葛 假

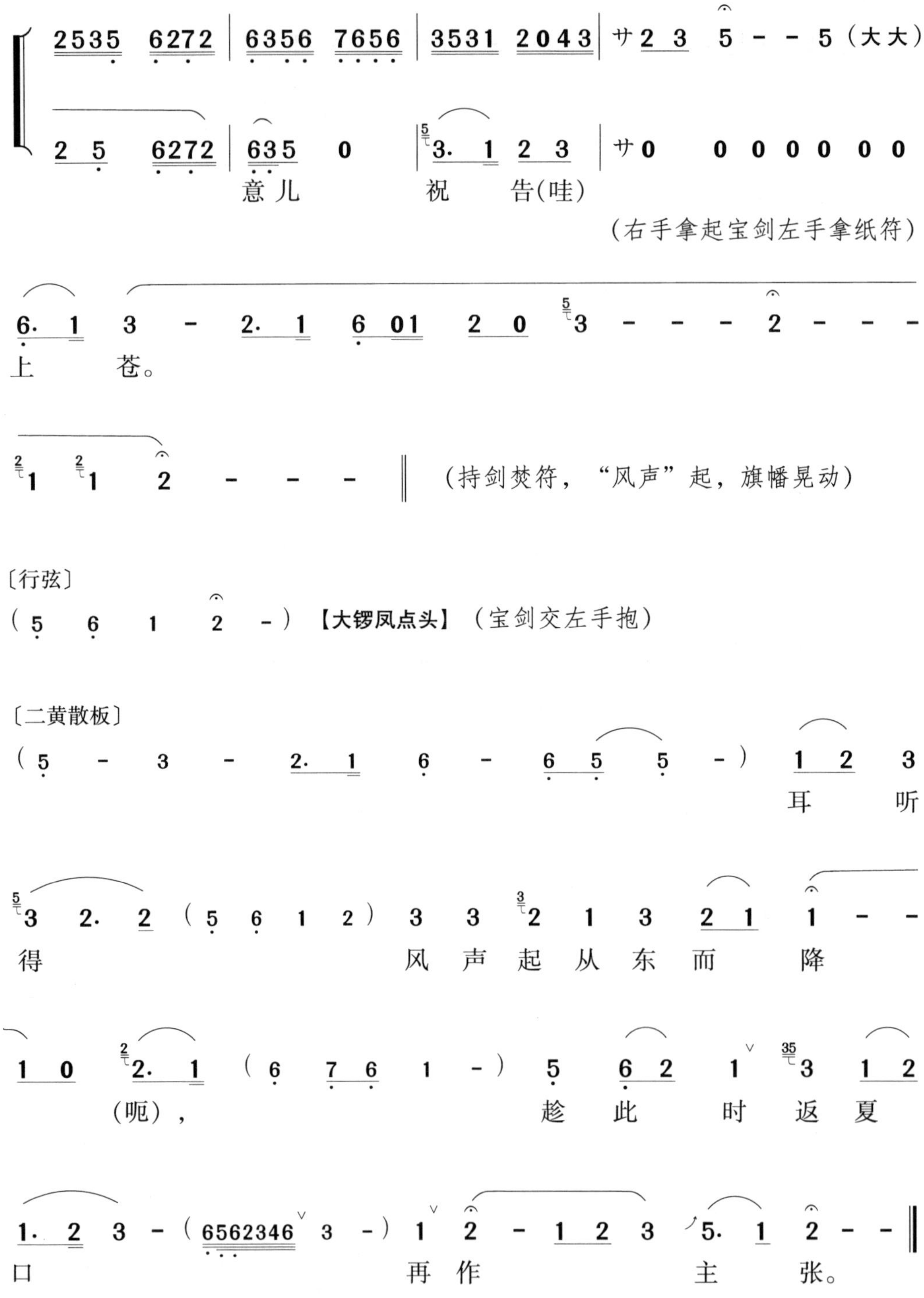

【叫头】且住！【五击头】看东风已起，大功成就。我不免趁此机会，回往夏口，调用兵将，再于中取事。那时节，周郎啊，周郎！【五击头】管叫你枉费心机也。守台军士何在？

丑道童 在！

诸葛亮 穿我法衣，自有分派。

丑道童 是。

「〔小拉子〕诸葛亮脱去法衣，由丑道童穿上，诸葛亮掖扇子，拿宝剑下坛台，至台中。音乐停。

诸葛亮 站在此处（指丑道童）。大家闭目躬身，不许偷眼观觑，若交头接耳，违令者斩！

众道童 是！

诸葛亮 待山人踏罡步斗。

「**【阴锣】**诸葛亮两边观望，左手抱宝剑，出坛，起**【水底鱼】**至台口“下场门”侧，**【撕边——崩登仓】**翻动水袖，暗笑下。

丁　奉
徐　盛 （同）走！**【急急风】**接**【冲头】**（“上场门”上，上坛台，上去抓住丑道童，拔剑）诸葛亮看剑！

丑道童 谁是诸葛亮呀？

丁　奉
徐　盛 （同）那诸葛亮呢？

丑道童 刚才还在这踏罡步斗来着。

丁　奉
徐　盛 （同）想必逃走，紧紧追赶！

「**【急急风】**下台，出坛追下。

第十九场

「**【快纽丝】**诸葛亮“上场门”上至台中。

〔西皮散板〕

诸葛亮 （过门同前） 5 3 3 3 3 12 3 （6 12 3）
黑 夜 逃 出 天 罗 网，（仓）

62 1 3 2 61 6 1 （7 6 2 1） 2
好 似 蛟 龙 奔 长 江。（仓） 来

15 3 2 2 12 3 ⁵3 2 1 2 -
在 南 岸 用 目 望，

【大锣凤点头】（张望）

（过门略） 62 1 3 21 61 2 - 1 ‖
果 见 子 龙 在 江 旁。

〔【住头】赵云领军士、水手上场。

赵　云　先生到了，搭了扶手！

〔水手“搭跳”，诸葛亮上船。【急急风】丁奉、徐盛带领军士、大纛旗、水手上，与诸葛亮见面。

丁　奉
徐　盛　（同）先生请转！【撕边一击】

诸葛亮　丁奉、徐盛赶来做甚？

丁　奉
徐　盛　（同）奉了都督之命，请先生回去！

诸葛亮　烦你们回去上复都督，就说山人将东风祭起，你家都督大功已成，好生用兵破曹要紧，山人暂回夏口，容日再见，后会有期。

丁　奉
徐　盛　（同）我家都督，请先生回去有要事相商。

诸葛亮　（冷笑）休来瞒我，吾料都督，不能容我，必来加害。所以我预先叫子龙接我回去。如今孙、刘两家同心破曹，不要伤了和气。请回去吧！

丁　奉
徐　盛　（同）先生若不回去，我等就要鲁莽了！【大锣一击】（拔剑）

诸葛亮　哼！好不知进退！

赵　云　【大锣叫头】住了！【五击头】我家先生过江，立下盖世之功，尔等不来酬谢，反来加害，（搭弓）休走看箭！【撕边一击】（诸葛亮拦阻）

诸葛亮　不要伤了两家的和气！

赵　云　这个——【叫头】也罢！【五击头】念在两家同心破曹，赵某显个手段，射断尔的篷索。

〔小锣放箭效果。赵云射介，丁奉、徐盛大纛折倒，表示篷索断。

诸葛亮　艄水，催舟！二位将军，失陪了哇！

〔<尾声>丁奉、徐盛先撤下。诸葛亮等在船头亮相。

——剧　终

卫明 整理

华容道

周信芳演出本

京剧的红生戏（即指《三国演义》中关羽的戏）是一个很特殊、也很突出的门类。它有一套特殊的表演方法，形成了独特的舞台风格。通过演员别具一格的唱、念、做、打，加上锣鼓的烘托，马童翻腾的造势，乃至关平、周仓的帮衬，把关羽这个人物神化了。过去的舞台条件那样简陋，能够达到那样强烈的舞台效果，真是了不起！

周信芳的红生戏，取法自王鸿寿，也吸取了夏月润的长处。他的嗓子条件不足，但着重在风范、气势、力度上下功夫，形成了麒派红生戏。他的红生戏着重突出一个“威”字，由此形成独特的表演方法。他的红生戏，更加浓郁，更加强烈。

周信芳常说，有些人往往不重视过场戏，认为不值得为之花费精力，要到了重头戏，才全神贯注。他认为过场戏其实很重要。过场戏演不好，等于铺垫得不好，重头戏也要打折扣。

周信芳在《华容道》里有一个过场戏，正好印证了他这番话。

这个过场没有什么戏剧冲突，只是关羽领命到华容道去设下埋伏，准备生擒曹操。那时正是赤壁之战的末尾，曹操被烧得一败涂地，八十三万人马只剩下一十八骑残兵败将。周信芳扮演的关羽，在军校、关平、周仓、纛旗手的簇拥下，提着青龙偃月刀上场。场面上早已先声夺人地敲起了狂风骤雨般的【急急风】，高音锣，再加上震人心魄的堂鼓，就在这激烈的气氛中，周信芳的关羽出场了。一出场，台下就响起热烈的掌声。紧接着他快步走到台中，有力地、见棱见角地立刀、背刀，向右斜蹲裆，左手向右推髯口，切着【四击头】的末尾一锣亮相。前面上场时的掌声未断，这时掌声更猛。接下来关羽发布命令，他说一句，关平、周仓应一声，场面上加一记【冷锤】，节奏又快，又急，又强烈，令台下看的人似乎喘不过气来，精神更加振奋，掌声更如雷鸣一般，再加上一些喝彩声，根本无法听清周信芳念的是什么词。然后又是【急急风】、【四击头】亮相下场。观众的掌声始终没有停歇过，一直到周信芳扮演的关羽下场。这样热烈的情景，实在少见。周信芳演这戏我看过多次，始终听不出周信芳那几句词念的是什么。后来向多年给周信芳司鼓的张鑫海请教，才知道他念的是：“关平周将，大路之上，人马肃静；小路之上，灯亮点起。曹操到此，速报我知！”这一场戏很平凡，场子平凡，词也平凡，可是周信芳演来，却绝不平凡，观众简直沸腾了。也就是过去戏班的术语所描述的“炸了窝”，而且掌声从上场一直响到下场。

这才是于平凡中见神奇。

《华容道》这出戏，一般是从曹操唱〔导板〕、〔原板〕，关羽在下场门台里唱〔倒板〕开始。周信芳演时是从前面的“讨令”开始，还有接下来掌声不断的过场，都是麒派的特色。

这戏的重头，当然是关羽在高台上，曹操在马上，两人的对唱。曹操是满脸赔笑，低声下气，甚至苦苦哀求，关羽则是气势磅礴，大义凛然，使人既敬之，又畏之。在“仔细观瞧”那个〔回龙〕腔里，还可以听到老徽调的余韵。

这戏周信芳一般很少单独演出，往往是与《群英会》、《借东风》一起连演。周信芳先在《群英会》里扮演鲁肃，然后在《华容道》里扮演关羽。两个截然不同的角色，两种截然不同的风格，而又都属于麒派的体系。本来最后还有一场“交令”，由于三出戏演下来，时间已经很长，而戏的高潮已过，有时就不演了。这一回也没有整理进去。

这一次记录、整理主要是根据多次观摩的综合所得和周信芳在上世纪60年代的演出录音，以及1935年周信芳、金少山录制的一张粗纹唱片，还有1954年周少麟演出的录像。他得到过周信芳的亲传，这一次出了不少力，在此着重致谢。多次向张鑫海请教，也诚挚致谢。

说明一下：孔明还有一种演出，是唱上唱下。另外，这次对个别配角的个别词句做了修改。

卫 明

人物行当

关　羽	红 生	八军校	杂
张　飞	净	纛旗手	杂
赵　云	武 生	曹　操	净
诸葛亮	老 生	张　辽	武老生
关　平	武 生	七曹将	杂
周　仓	净	四兵卒	杂

服装扮相

关　羽　揉红脸。绿夫子盔、头发黑三、水纱、网巾、护领，绿软靠、绿蟒、玉带，红彩裤，绿平金靴。

张　飞　黑十字门脸。大额子、后兜、黑耳毛子、黑扎，黑大靠、黑蟒，黑彩裤，厚底靴。

赵　云　俊扮。白夫子盔，白大靠、白靠绸、白蟒，湖色彩裤，白缎花厚底靴。

诸葛亮　俊扮。八卦巾、黑三，青褶子、八卦衣，彩裤，厚底靴。

关　平　俊扮。大额子，白软靠，彩裤，厚底靴。

周　仓　象形蝴蝶脸。倒缨盔、黑耳毛子、黑扎，黑软靠，彩裤，厚底靴。

八军校　俊扮。马童巾，打衣打裤、绦子、大带，薄底靴。

纛旗手　俊扮。黑大板巾，青衣箭衣、大带，彩裤，薄底靴。

曹　操　大白粉脸。黑相貂、黑满，红蟒、玉带，红彩裤，厚底靴。

张　辽　俊扮。荷叶盔、茨菰叶、黑三，白硬靠，彩裤，厚底靴。

七曹将　四个勾脸三个俊扮，均扎硬靠，厚底靴。

四兵卒　俊扮。头布，青快衣、小大带，青彩裤，薄底靴。

道具

大纛旗（上有“关”字）	一面	月华旗	八面
青龙刀	一把	丈八蛇矛	一杆
宝　剑	一口	大　枪	一杆
羽　扇	一把	马　鞭	两根
令箭筒	一个	单　枪	六杆
令　箭	三枝	大　刀	两把
文房四宝	一份	高　台（三桌三椅）	一个

华 容 道

第一场

⌈【急急风】

⌈关羽内白："嗯！"

⌈【四击头】赵云、张飞同褶蟒切锣上。

⌈【四击头】接【回头】关羽穿绿蟒(或褶蟒)上。关羽的特点是一个字："威"，要有威,就要慢。因此上场也让赵云、张飞先上,他们切【四击头】的末一锣,关羽在后面的【回头】中出场,切【回头】的头一锣。以后关羽的动作都要慢,水袖决不轻易抖或翻。

⌈张飞、赵云抖袖、正冠。

⌈关羽双手用力捋髯，左手水袖垂直抖下，左手抬起，右手捏住袖口，把左水袖翻起来，右手抓住。动作明快有力。

⌈赵云在近"上场门"一边，张飞近"下场门"一边，关羽居中，三人来到台口站定。赵云、张飞抖袖，关羽不抖袖，不动。【大锣归位】

关　羽　(念）忆昔当年战虎牢，

张　飞　　　大喝一声断霸桥。

赵　云　　　长坂坡前救幼主，

关　羽　　　桃园弟兄（仓 0）美名标！【夺头】

　　　　　（　嘟　-　仓　）

关　羽
张　飞　(三人同）某，
赵　云

关　羽　汉室关！

张　飞　翼德张！

赵　云　常山赵！【大锣住头】

关　羽　二位贤弟请了！

张　飞
赵　云　(同）请了！

关　羽　军师升帐，两厢侍候！

张　飞
赵　云　(同）请！

⌈奏唢呐曲牌<水龙吟>赵云从"上场门"下，张飞从"下场门"下。关羽右手抓袖转身，稍作停顿，"下场门"下。二道幕闭。

⌈二道幕拉开。场上设"大座"，大帐，桌上有令箭、笔墨纸砚。

⌈四大铠上"站门"，曲牌止。

⌈【回头】诸葛亮"上场门"上，走至台口。

诸葛亮 （引子）①
三顾茅庐，
下山林，

1 2 3 2 3 2 6 7 6 5 6 5 6 – ‖
汉 室 成 名。

［【冲头】<水龙吟>
［关羽、张飞"下场门"上，赵云"上场门"上，三人站一排，面向里，关羽居中。曲牌止。

关　羽
张　飞 （同）参见军师。
赵　云

诸葛亮 众位将军少礼！

关　羽
张　飞 （同）啊！【大锣归位】
赵　云

［赵云近"上场门"一边右转身向外，张飞近"下场门"一边，右转身向外，关羽走向张飞里侧左转身斜向外。

诸葛亮 山人独自过江东，
南屏山上借东风。【小锣二击】
周郎用尽千般计，
怎知运筹帷幄中。【住头】
且喜借得东风，大功告成，安然回转夏口，还须继续破曹。四将军听令！

赵　云 在。【撕边大锣一击】

诸葛亮 命你带领三千人马，埋伏乌林，不得有误！

赵　云 得令！（【大锣原场】接令"下场门"下）

诸葛亮 三将军听令！

张　飞 在！【撕边大锣一击】

诸葛亮 命你带领三千人马，埋伏葫芦口，曹贼到此，截杀一阵，不得有误！

张　飞 得令！（【冲头】接令"下场门"下）

诸葛亮 点将已毕（关羽已有察觉，右手微微一抖），撤去将台！

（崩 登 仓 0）　（嘟…… 大 仓 0）

［关羽一振，右手捋髯口。
［关羽右手弹髯口，使髯口洒在右手膀臂，切锣亮住。

---

① 还有一种演法，这场戏孔明唱上、唱下。

华 容 道

〔【冲头】关羽走向“九龙口”，蹉步交代起【大锣叫头】，然后把膀臂上的髯口抖下来。

关　羽　哈哈！【大锣住头】

啊，哈哈哈！……【回头】【冲头】

诸葛亮　二将军为何发笑？

关　羽　今逢大敌，满营将官，俱有差遣，把俺关某，一字不提，是何（右手抓袖）（仓 0）道——理——？（嘟 - 仓）

诸葛亮　此事重大，只恐你干办不来！

关　羽　什么塌天之事，俺关某干办不来？

诸葛亮　想那曹贼，带领残兵败将，避走华容，只恐你擒他不住。

关　羽　军师赐某一枝将令，去至华容，生擒曹操，献于麾下。（仓）

诸葛亮　不是哦，想那曹操，待二将军甚厚，只恐你念在旧情，将他放走。

关　羽　军师说哪里话来，想那曹操，待某虽厚，某也曾立功报效。也罢！此番前去华容，若擒不住曹操，愿输项上人头！（仓 0）

诸葛亮　军无戏言。

关　羽　愿立军令状。

诸葛亮　好，当帐立来！

关　羽　是！【冲头】

〔关羽左转走向桌前，拿起笔。

关　羽　军状乎！

〔奏唢呐曲牌＜急三枪＞。

〔关羽写军令状。

〔（嘟……仓）关羽写毕，放下笔，回身立在近“上场门”一边。

关　羽　倘若那曹操，不走华容，你便怎样？

诸葛亮　倘若那曹操，不走华容，山人愿将这军师大印，付你执掌。

关　羽　口说无凭。

诸葛亮　好，待山人也立个军状吧。

关　羽　但凭军师。

诸葛亮　军状乎！

〔奏唢呐曲牌＜急三枪＞孔明提笔写军令状。

【冲头】

〔孔明写毕，放下笔。

诸葛亮　二将军听令！

（嘟 …… 崩 登 仓 0）

〔关羽走向中间，转身向里，一面说“在！”一面切锣拱手。

诸葛亮　命你带领五百军校，埋伏华容，曹贼到此，将他擒住，不得有误！（右手拿起令箭）

关　羽　得令！（仓 0）

〔【望家乡】关羽右手接令，交左手心，左手反转横握令箭。

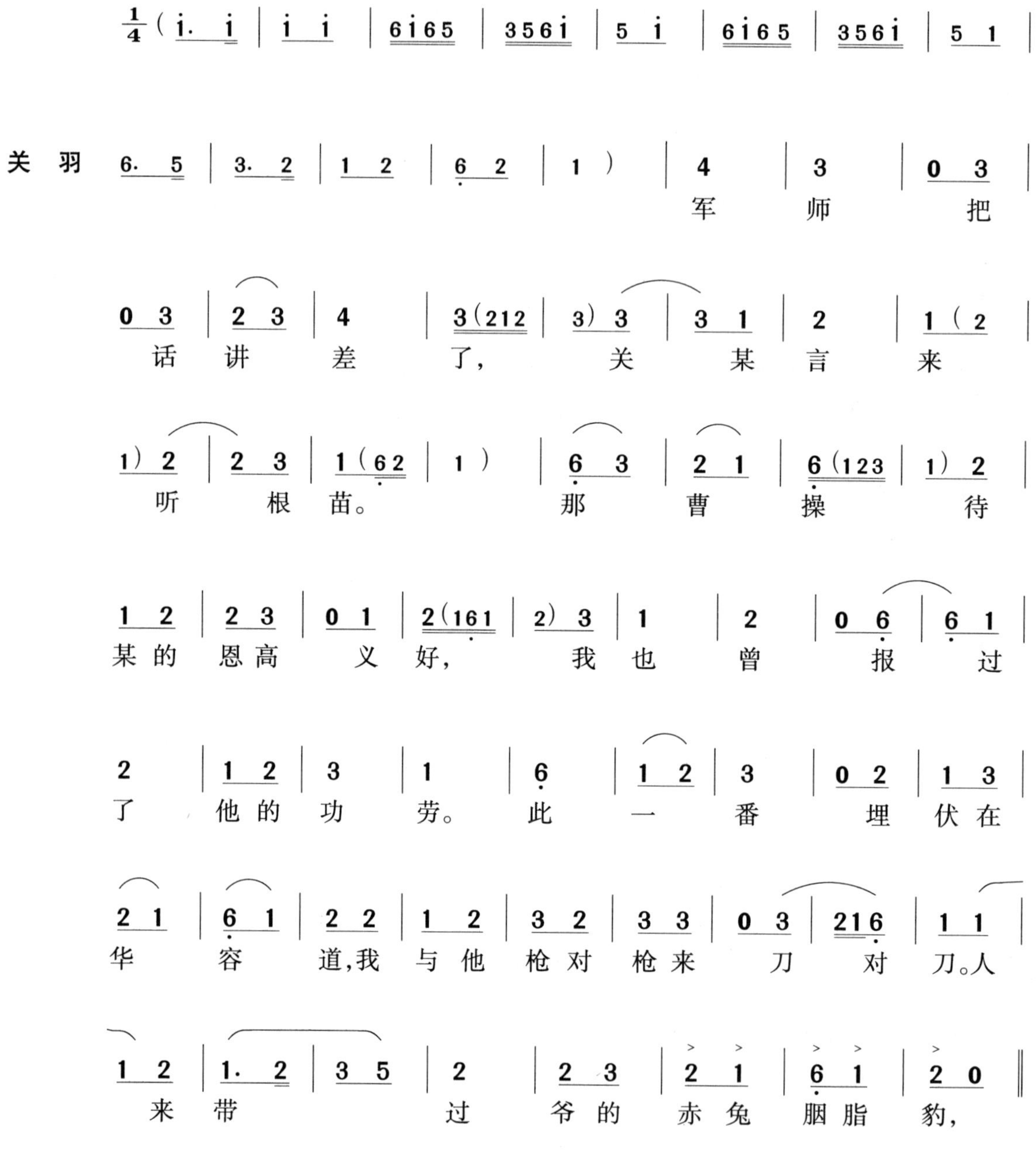

「【快长锤】八军校上，分站两边，一军校牵马、带马。

「关羽上马，切锣亮住，【快长锤】再打马走向“下场门”转身向外。【单楗凤点头】

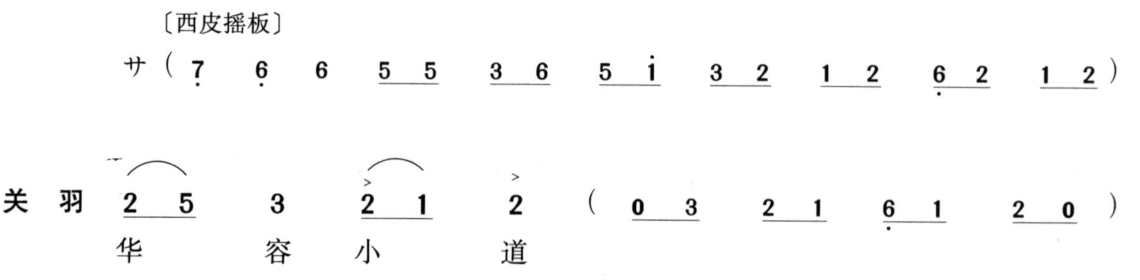

サ1 2 3 1 2 - 2 3 2 3 2 1. 6 1 1 - ‖
等 奸 曹!

(崩 登 仓 0)

〔关羽涮马鞭，左手横握令箭，向左转身，切锣亮住。

〔关羽要有“威”，动作要慢，但转身要快，转身的时候，脖子不动，头不能动，腰和脚用劲。上马之后就要快，因为那是赤兔马在走，而不是人在走。马鞭决不能上扬，膀臂斜向下，肘部和手背转而朝上，肘部略高一些，手握马鞭要往下斜。

诸葛亮 掩门!

〔**【冲头】**与大铠等同下，关羽下。

第二场

〔**【急急风】**四兵卒、赵云执大枪“过场”下。

第三场

〔**【冲头】**张辽扎大靠，与七靠将引曹操骑马上。**【大锣叫头】**

曹　操 哈哈！哈哈！**【大锣住头】**

啊，哈哈哈！…… **【回头】【冲头】**

张　辽 丞相为何发笑?

曹　操 我笑那周郎不会用兵。

张　辽 怎见得?

曹　操 若在此处埋伏一支人马，你我性命休矣!

〔**【起鼓】【急急风】**四兵卒引赵云上。会阵，众将护住曹操。

曹　操 来将通告!

赵　云 常山赵!

曹　操 哎呀!

〔**【乱锤】**张辽挡住赵云，曹操与七靠将逃下。

〔**【急急风】**张辽与赵云开打，张辽败下。

〔**【四击头】**赵云要“枪下场”，切锣亮相。

〔**【急急风】**赵云与兵卒反方向下。

第四场

「接前场**【急急风】**。

「四兵卒、张飞执丈八蛇矛“过场”下。

第五场

「**【冲头】**八靠将、曹操上。

曹　操　（再望）哈哈哈！（**嘟　－　仓**）

张　辽　丞相又为何发笑？

曹　操　我还是笑那周郎不会用兵。

张　辽　怎见得？

曹　操　若在此处，埋伏一支人马，我命休矣！

「**【堂鼓三击】【急急风】**四兵卒引张飞上，会阵，众将护住曹操。

曹　操　来者何人？

张　飞　翼德张！

曹　操　哎呀！

「**【急急风】**曹操与八靠将逃下。

「**【四击头】**张飞切锣亮相。

「**【急急风】**张飞与众兵卒反方向同下。

第六场

「**【急急风】**（加大堂鼓）八军校执月华旗，急上，关羽提青龙刀急上，后面军校拿着“关”字大纛紧跟着，关平、周仓紧随两边，关平在左，周仓在右。

「**【四击头】**关羽急行至台中，出刀，背刀，斜蹲裆，左手向右推髯口，切锣亮相。大纛随后，关平、周仓在两边一同亮相。

关　羽　（语气重而急）关平、周将！

关　平
周　仓　（同）喳！（**仓 0**）

关　羽　大路这上，

关　平
周　仓　（同）喳！（**仓 0**）

关　羽　人马肃静！

关　平
周　仓　（同）喳！（**仓 0**）

关　羽　小路之上，

关　平
周　仓　（同）喳！（仓 0）

关　羽　灯亮点起！

关　平
周　仓　（同）喳！（仓 0）

关　羽　曹操到此，

关　平
周　仓　（同）喳！（仓 0）

关　羽　速报我知！

关　平
周　仓　（同）喳！（仓 0）

关　羽　一齐埋伏了哇！……

关　平　喳！

周　仓　喳喳喳，哇呀呀呀！……

〔**【四击头】**众同亮相。**【急急风】**同下。

第七场

〔**【冲头】【大锣导板头】**

〔曹操内唱。

〔西皮导板〕

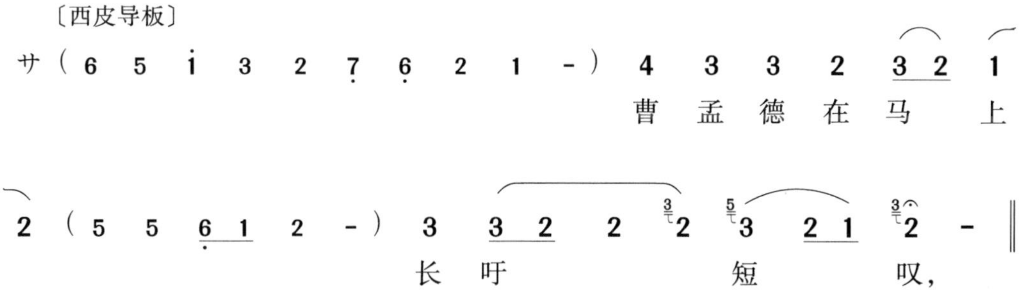

〔**【慢长锤】**八靠将、张辽、曹操骑马上。

曹　操　唉！

〔西皮原板〕

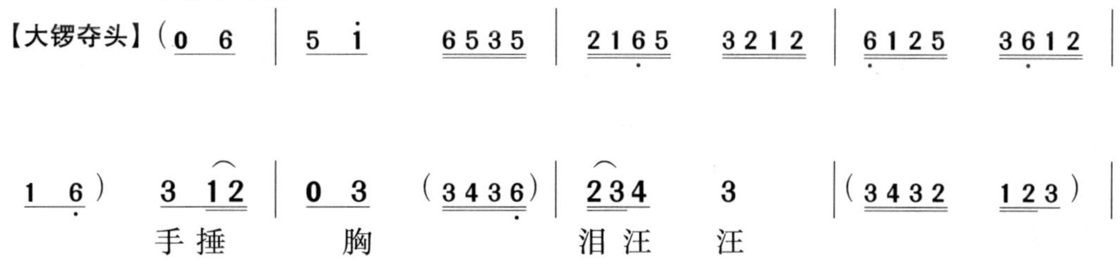

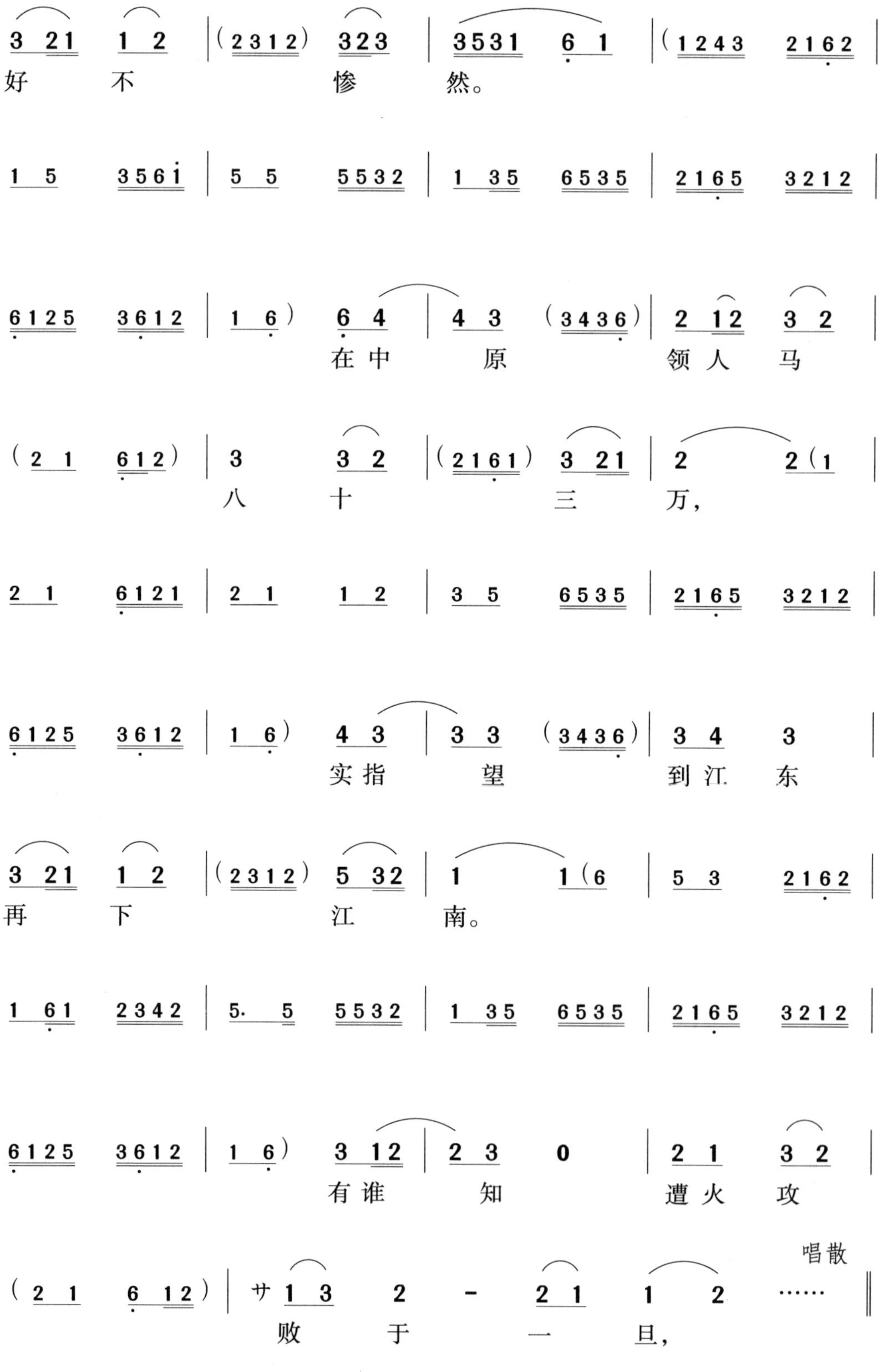

曹　操　（四下一望）（仓）哈哈哈！

华容道

【单楗大锣凤点头】

〔西皮摇板〕

张 辽

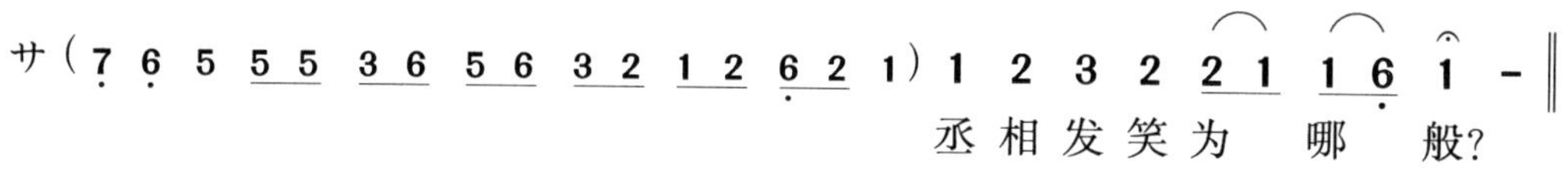

曹 操 嗨!

〔西皮快板〕

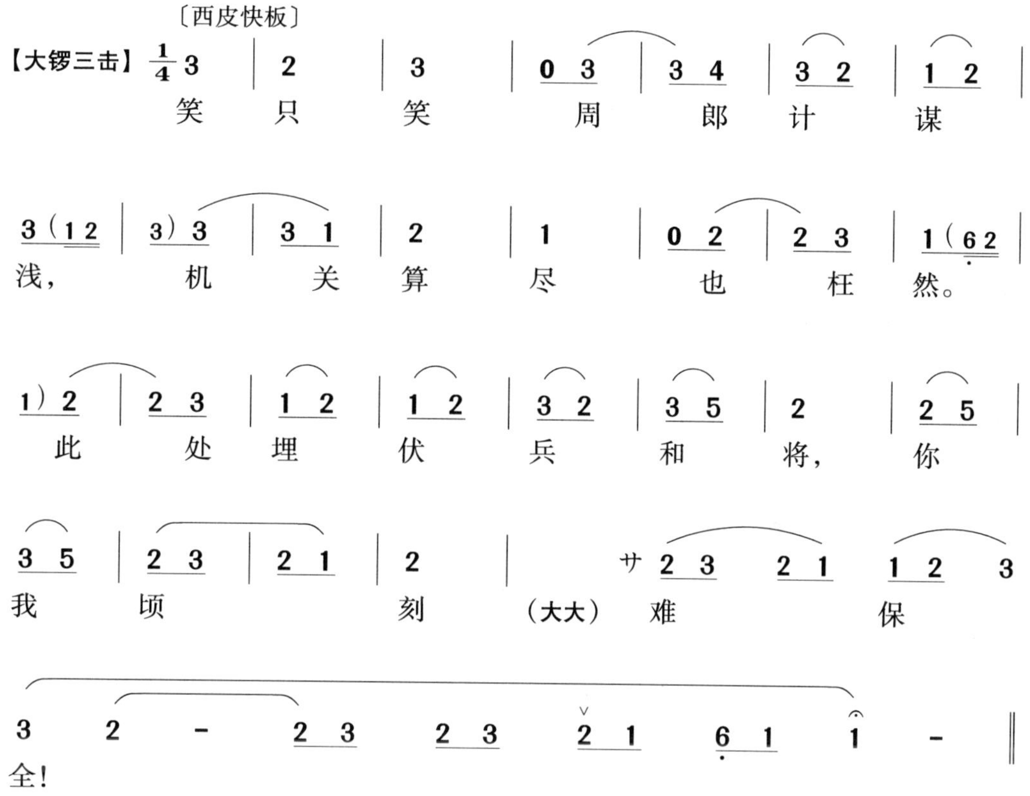

〔【堂鼓架子】二道幕拉开，八军校横拿月华旗“斜一字”挡住“下场门”，旗后置高台，落出“英”字纛旗。

〔西皮散板〕

曹 操

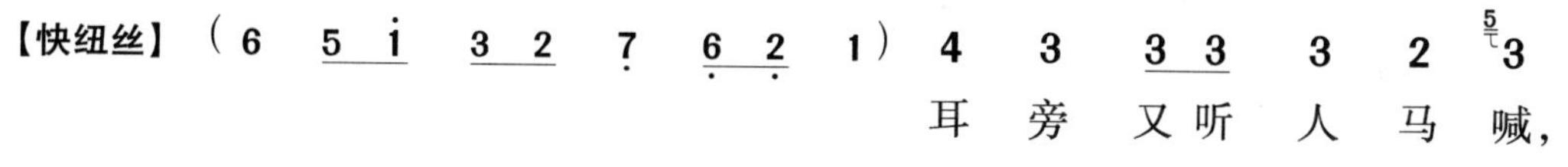

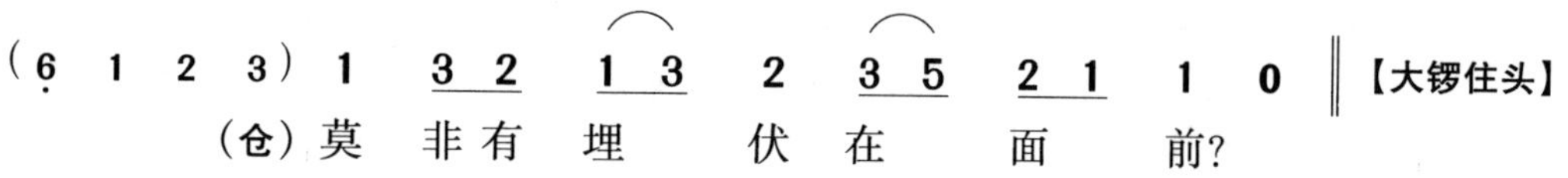

曹 操 文远!

张　辽　在。

曹　操　前面又来到什么地方？

〔（**嘟　－　仓**）张辽看。

张　辽　乃是华容小道。

曹　操　看看什么旗号？

张　辽　遵命。

〔（**嘟　－　仓**）张辽往“下场门”看。

张　辽　禀丞相，乃是“关”字旗号。

曹　操　（兴奋）关字旗号？

张　辽　正是。

曹　操　呵哈哈哈哈哈！……（**嘟　－　仓**）

张　辽　丞相，你又为何发笑？

曹　操　文远，你哪里知道，昔日云长，对我言道：许我三次不死，今日待我上前苦苦哀告于他，他便放过我等，也未可知。

张　辽　如此说来，不用我们杀了？

曹　操　你们不用杀了。

张　辽　不用我们战了？

曹　操　你们歇息歇息吧！

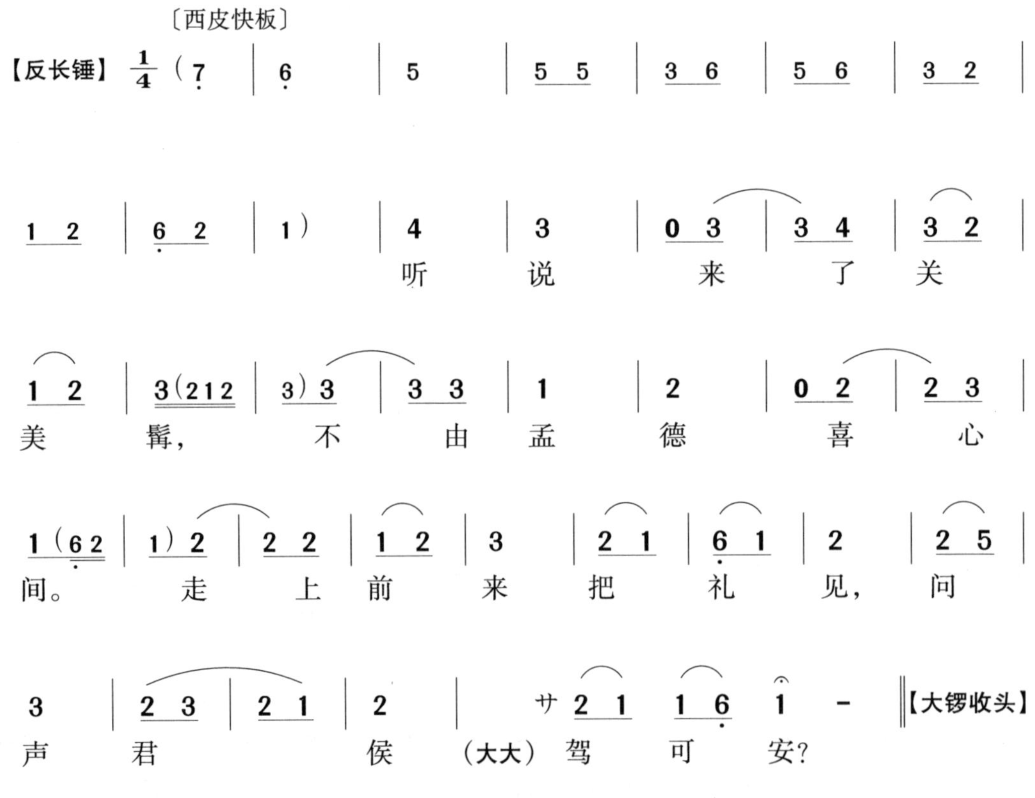

〔周仓内白：“禀父王，曹操来到哇！”

〔关羽内唱。

华容道

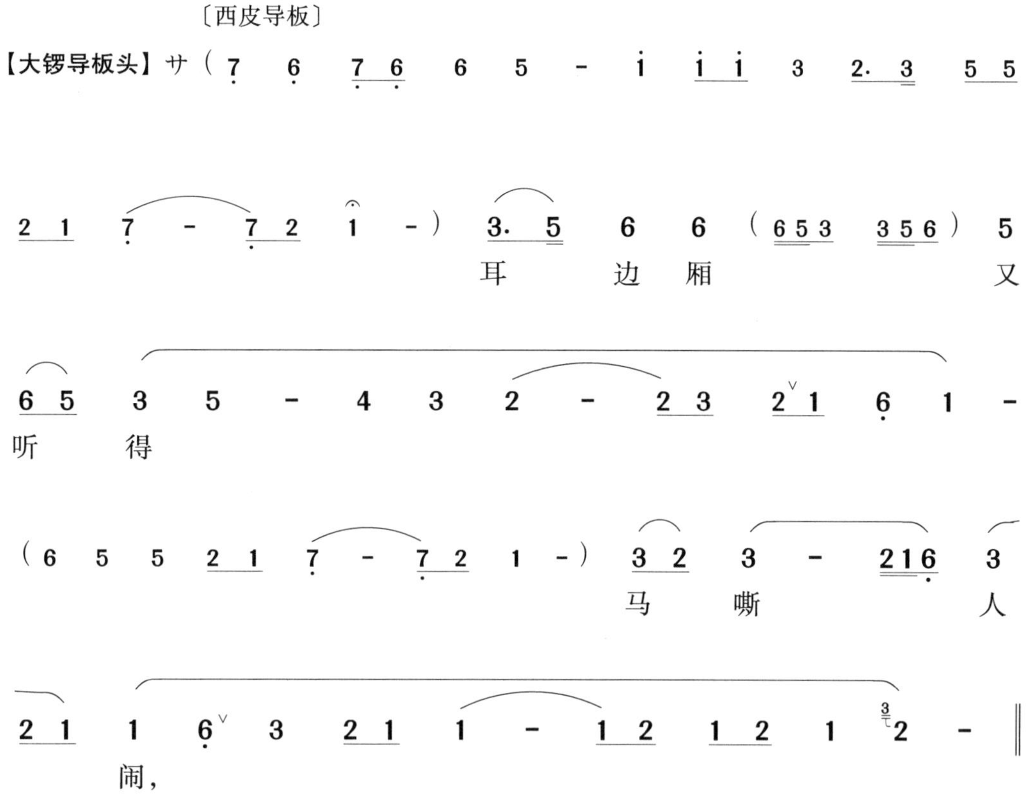

〔【急急风】（加堂鼓）

〔【四击头】关平、周仓先上高台，关平在里，周仓在外，周仓双手拿着青龙刀指向曹操那边。关羽从二人中间上，左手托剑鞘，右手拔剑未出鞘，三人一同切锣亮相。

曹 操 二先生，哈哈哈！……

关 羽

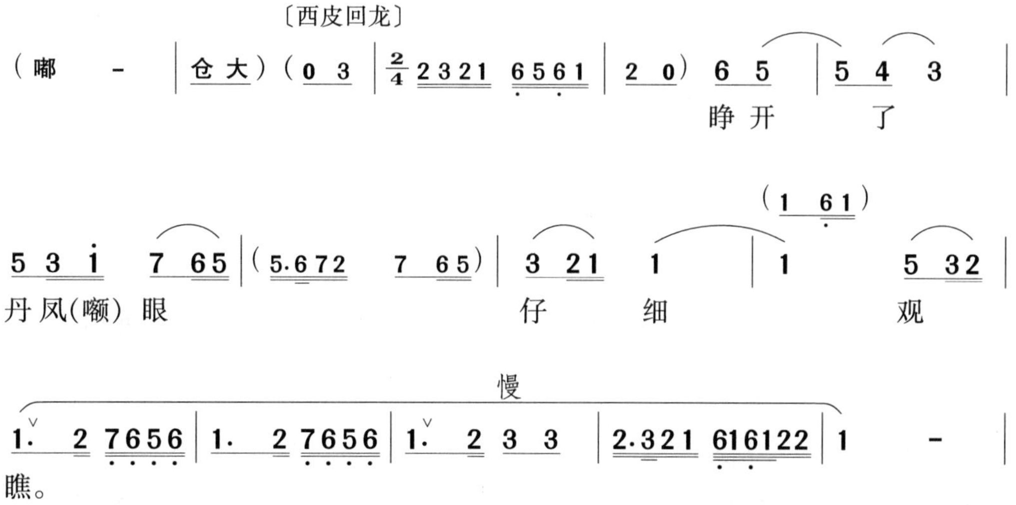

【长锤】接【大锣夺头】

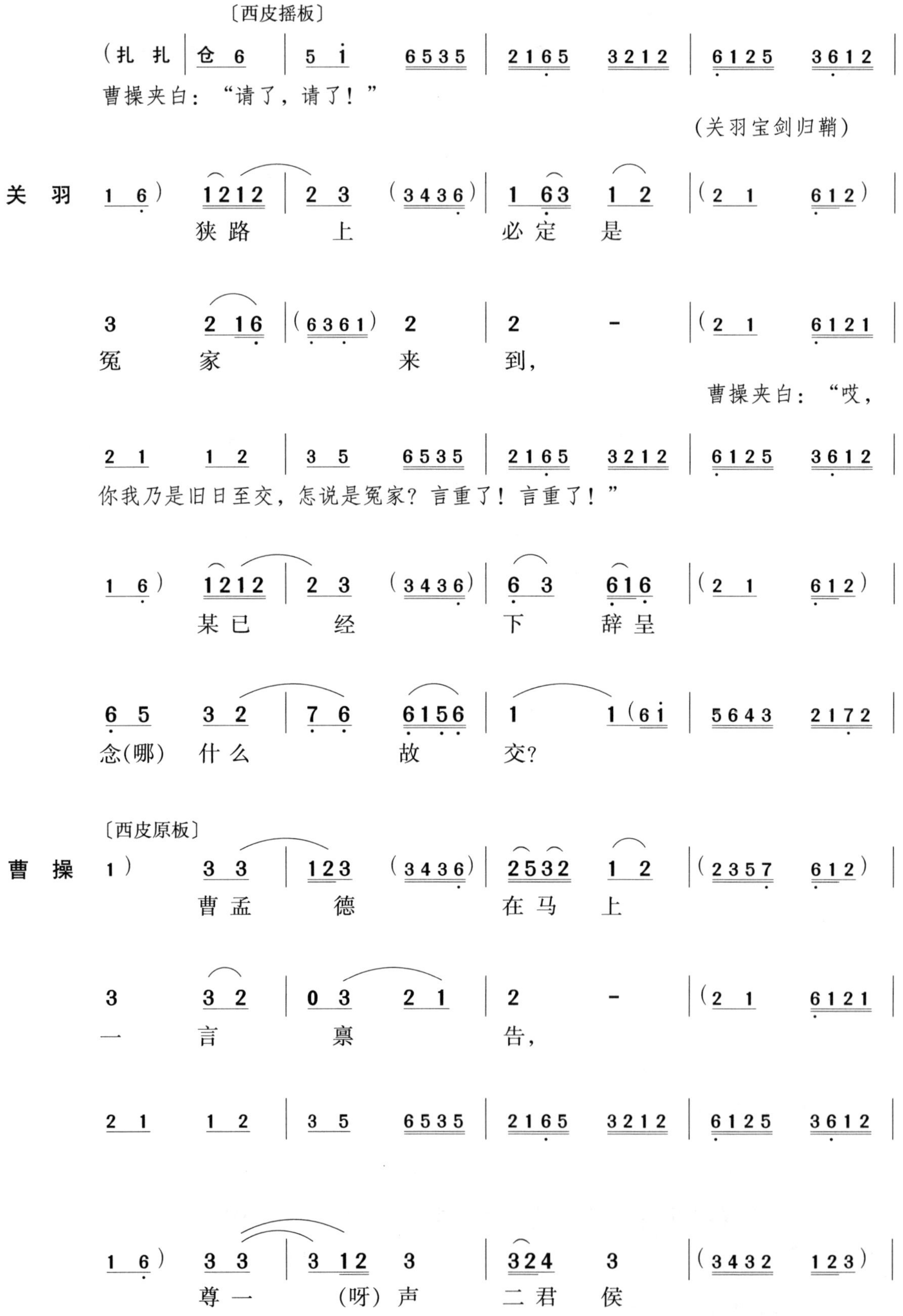
〔西皮摇板〕
（扎 扎 仓
曹操夹白：“请了，请了！”
（关羽宝剑归鞘）
关羽
狭路 上 必定 是
冤 家 来 到，
曹操夹白：“哎，
你我乃是旧日至交，怎说是冤家？言重了！言重了！”
某已 经 下 辞呈
念(哪) 什么 故 交？
〔西皮原板〕
曹操
曹孟 德 在马 上
一 言 禀 告，
尊一 （呀）声 二君 侯

3 21 2 |(2312) 5 32 | 1 1(6 | 5 3 2162 |
细 听 根 苗。

1 5 3561 | 5 5 5532 | 1 35 6535 | 2165 3212 |

6125 3612 | 1 6) 4 3 | 3 3 (3436) | 2 3 1 2 |
只剩 下 十 八 骑

(2 1 612) | 3 2 6 |(6361) 2 | 2 6 4 |
残 兵 来 到， 二君

4 3 (3436) | 3324 3 |(3432 123) | 3 21 1 2 |
侯 若不 信 仔 细

(3212) サ3 3 2 3 2 1 6 1 1 – ‖【大锣住头】
观 瞧。

关 羽 周将！

周 仓 在！（仓 0）

关 羽 查查多少人马！

周 仓 喳！

〔【快冲头】周仓拿着青龙刀从上面下来，从近台口处出来，来到近“上场门”曹操的这边。

〔【大锣叫头】

周 仓 曹操！

曹 操 啊！

周 仓 你们要站齐了！

曹 操 站齐了！

周 仓 （数那站成一排的靠将）一五！（仓 0）一十！（仓 0）十五！（八大台 仓 0 仓 0 仓 0）
一 二 三！

〔【快冲头】【大锣叫头】

周　仓　曹操！

曹　操　哎！

周　仓　父王在此，你要与我小心了！（仓 0）你要与——我（崩 登 仓 0）打……点了！（嘟 - 崩 登 仓 0）

〔【大锣夺头】【四击头】周仓要刀，切锣亮相。

〔【快冲头】周仓从原处进去，上高台至原处。

周　仓　（向关羽禀报）曹操只有一十八骑残兵败将！

关　羽　慢说是一十八骑残兵败将，就是一十八只猛虎！（仓 0）关羽何惧！

〔西皮二六〕

关　羽　【大锣夺头】（多罗0 6 2）| 1/4 6 | 1 2 | 3(212 | 3) 6 | 6 1 |
你 好 比 鱼 儿

2 2 | 2(161 | 2 35 | 2161 | 2) |
吞 钩 钓，

曹操夹白：“某好比惊弓之鸟。”

关　羽　3 | 3 21 | 1 6 | 0 1 | 6 1 | 612 | 3 | 3 | 1 1 ‖【反长锤】
惊 弓 鸟 怎 能 脱 逃？

〔西皮快板〕

曹　操　（7 | 6 | 5 | 5 5 | 3 6 | 5 | 3 2 | 1 2 |

6 2 | 1) | 3 | 4 | 3 | 0 3 | 2 | 3 |
想 当 初 我 待 你

3 2 | 1 2 | 3 | 0 6 | 6 1 | 2(1 | 2) 1 | 2 1 |
恩 德 义 好， 上 马 金 下 马

6 | 1 2 | 3 2 | 1 | 0 3 | 2 1 | 1 | 1 3 |
银 又 赐 佳 肴。 官 封 到 汉 寿

2 1 | 6 | 2 1 | 6 1 | 2 | 3 | 2 | 3 |
亭 侯 爵 禄 不 小， 难 道 说

华 容 道

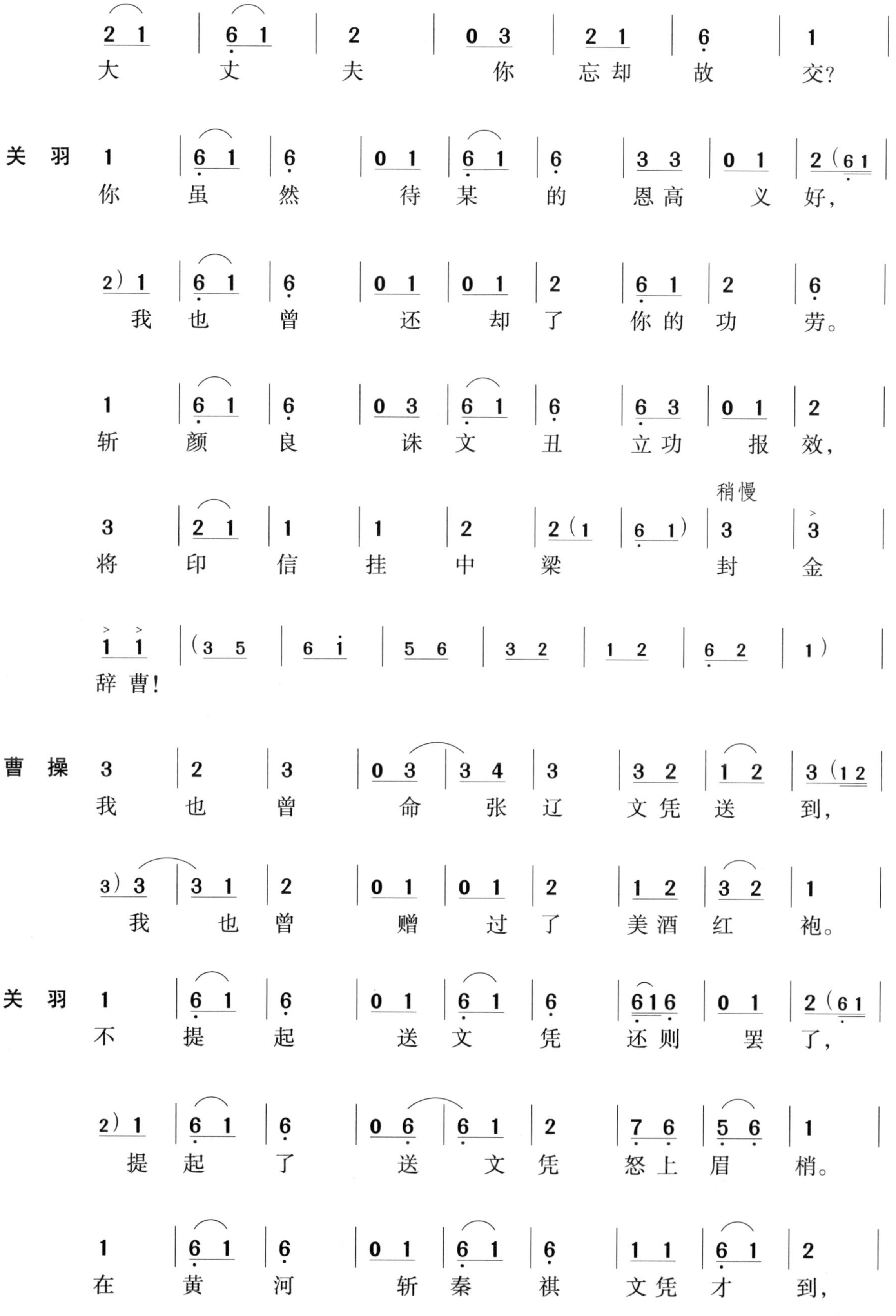
大丈夫你忘却故交?
关羽
你虽然待某的恩高义好,
我也曾还却了你的功劳。
斩颜良诛文丑立功报效,
稍慢
将印信挂中梁封金辞曹!
曹操
我也曾命张辽文凭送到,
我也曾赠过了美酒红袍。
关羽
不提起送文凭还则罢了,
提起了送文凭怒上眉梢。
在黄河斩秦祺文凭才到,

3 | 2 | 1 | 3 | 6̣ 1 | 6̣ | 6̣ 1 | 2 3 | 1 |
蒙丞相空人情某放心梢。

曹 操 3 | 4 | 3 | 0 3 | 2 | 3 | 2 3 | 4 | 3 |
想当年你许我云阳相报，

3 | 2 | 3 | 2 1 | 6̣ 1 | 2 | 0 | 3 2 | 1 2 | 1 |
难道说今日里一次不饶？

关 羽 哼！

【大锣三击】（3 5 | 6 i | 5 6 | 3 2 | 1 2 | 6̣ 2 | 1 2）| 6̣ |
三

1 2 | 3 | 1 3 | 6̣ | 1 1 | 0 1 | 2（6̣1 | 2）3 | 6̣ 1 |
国中论奸贼可算曹操，他那

6̣ | 0 6̣ | 6̣ 1 | 3 | 6̣ 1 | 0 2 | 6̣·（2 | 1）| 3 |
里上欺君下压群僚。今

3 | 2 | 1 | 2 1 | 6̣ 1 | 2 | 2 1 | 6̣ | 6̣ |
日来在华容道，你来来

6̣ 1 | 2 | 2 5 | 3 2 | 2 |
来试(喏)一试，（顷 - 仓 0）

（关羽切锣右手抓袖，周仓同时执刀向外亮相）

サ 2 1 1 1 1 - 1 6̣ 1 0 ‖（八 大大 仓 0）
某的青龙刀！

（周仓抓刀发狠）

曹 操 哎呀！

华 容 道

〔西皮散板〕

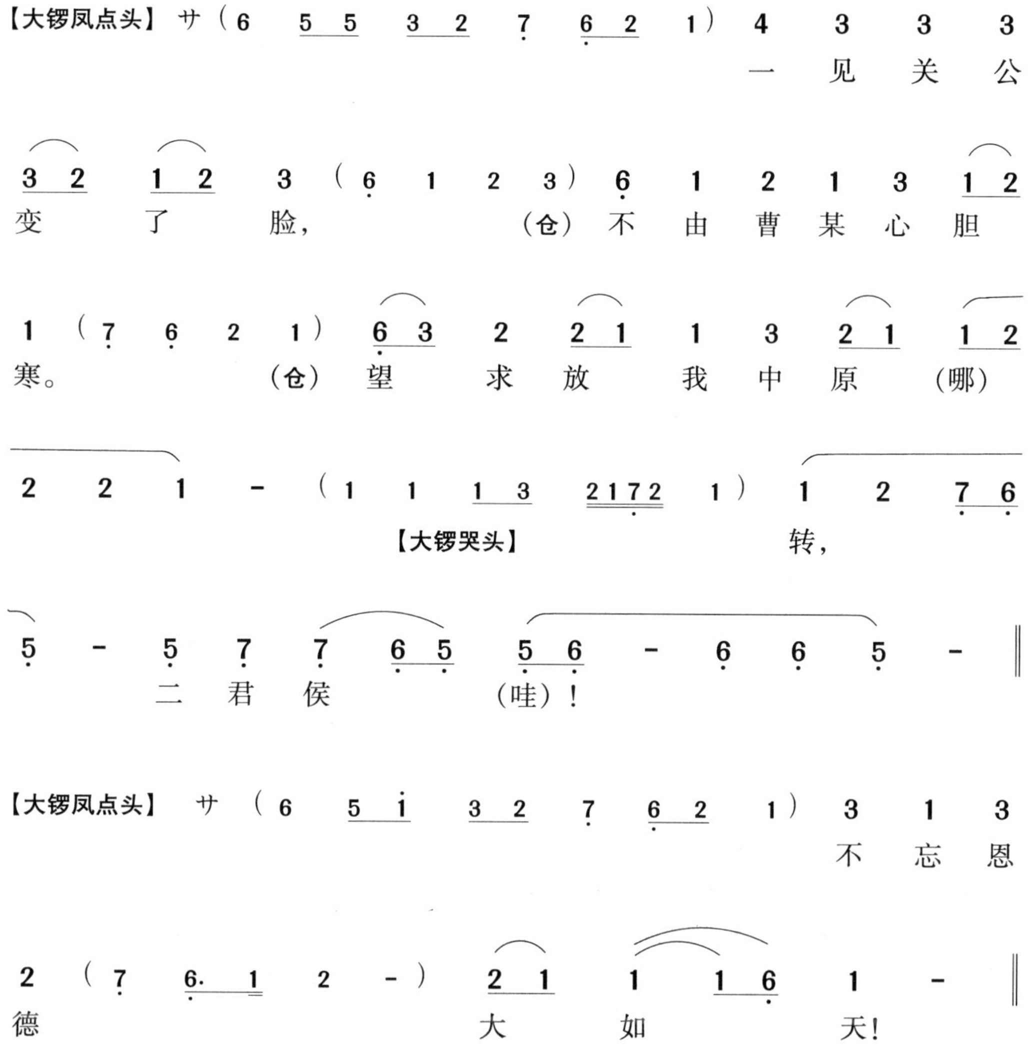

曹 操 【大锣叫头】二君侯！二将军！当初你在某营，曹某待你不薄，上马献金，下马献银；三日一小宴，五日一大宴。是你言道：饶过曹某三不死。今日一次不饶不成？也……罢！【大锣五周】望求君侯，放某一条生路，回转中原。慢说是曹某，就是众将，也感君侯的大恩！（仓）大……德哇！（哭）（八 大 仓 0）

关 羽 哎呀！

〔西皮散板〕

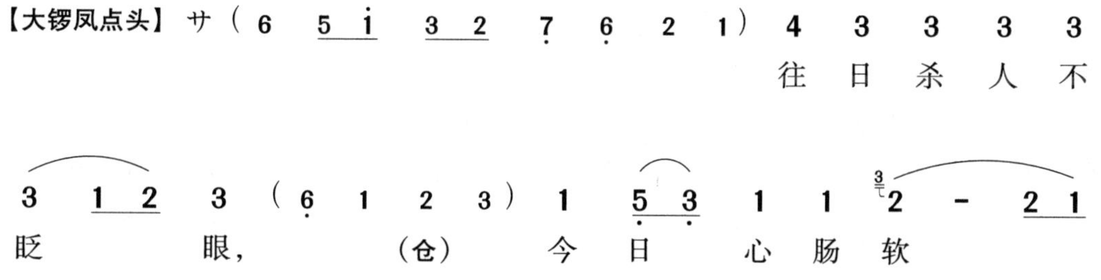

6 1　6　1（7 6 2 1）5　1 6　6 5　5 3　2 1
如　绵。　　（仓）俺　关某　岂　是　负

6 1　2　3　5 6　1　1　1　2 6　1（7 6 2 1）
义(呀) 汉，忍　教　人　头　挂　高　竿！　（仓）

3 5　6　6　–【大锣凤点头】2　–　2 2　2 2　2　0 ‖【快纽丝】
叫　三　军，　　摆　下　长蛇　阵！

〔拿着月华旗的军校横移至台后面正中，仍是一字排开，关平、关羽、周仓下来移至旗阵下正中站立，“关”字旗也移至关羽身后，仍由旗牌拿着。

〔西皮散板〕

关　羽　サ（6 5 5 3 2 7 6 2 1）2 5　3　1 3　2 1　5 3　1　1 ‖【大锣住头】
识　识　此(喏)阵就　放　你　还！

曹　操　文远看看什么阵势？

〔（嘟 – 仓）张辽出来观看。

张　辽　乃是一字长蛇阵。

曹　操　待某看来！（看）咦！……（嘟 – 仓）果然是一字长蛇大阵，分明是他有意放我逃走，走了吧，走了吧，走了吧！

〔西皮散板〕

【大锣凤点头】サ（6 5 3 2 7 6 2 1）3　3　3 2
苍　天　若

2　3　2　2　– ‖【快纽丝】
能　遂　人　愿，

（曹操挥鞭令众从“下场门”逃下）

〔曹操走近“下场门”，转身向外。

〔西皮散板〕

曹　操　サ（7 6 2 1）3　3　1 3　2　2　1 2　3　–
整　顿　人(哪) 马　再　下　江

3.5 2 - 23 23 21 6 1 - ‖
南!

厂(八 大 仓 0)【冲头】
(曹操打马)(曹操逃下)

关平
周仓 (同)禀父王,曹操逃走!

厂(崩 登 仓 0)
(关羽切锣一愣神)

关羽 啊!

〔西皮快板〕
【望家乡】$\frac{1}{4}$(35 | 6i | 56 | 32 | 12 | 62 | 1) | 3 | 6 | 06 |
听 说 曹

1 | 1 | 61 | 2(61 | 2)1 | 16 | 3 | 2 | 21 | 6 |
操 他 去(呀)了, 不 由 关 某 心 内

1 | 4 | 3 | 3 | 2 | 2 | | 21 | 61 | 2 ‖
焦。关 平、周 将 (大大)催 营 号,
关平、周仓应声:"啊!"

厂【急急风】关羽上马切锣亮住。"关"字旗仍跟着他。
厂【快纽丝】关羽走向台口,军校在他身后排成半圆形,关平、周仓仍在他身旁,但靠后一些。"关"字旗紧跟他身后。

〔西皮散板〕
关羽 サ(6 5 3 2 7 6 2 1) 6 1 3 2 21 6 1 0 ‖
回 见 军 师 把 令 交。

厂(崩 登 仓 0)关羽打马,切锣亮住。"关"字旗跟在身后。
厂奏唢呐曲牌<尾声>关羽横向"下场门"那边移步,略动马鞭,最后切锣亮住。

—— 剧 终

白玉玲 整理　　费玉平 记谱

拾玉镯

马宗慧授课本

京剧《拾玉镯》原系全本《法门寺》（亦称《双姣奇缘》或《朱砂井》）中的一折。因《拾玉镯》一折剧情集中，技巧丰富，演起来十分精彩，故经常单独演出，遂成一出独立剧目。

《拾玉镯》里的孙玉姣是闺门旦应工的角色。一般闺门旦角色总是比较规矩，比较正派的，但与青衣应工的角色比起来要天真活泼一些。青衣的角色也有未出嫁的年轻姑娘，一般都是大家闺秀，或是书香门第的小姐，强调人物性格稳重、端庄和典雅，而闺门旦的角色一般是小家碧玉，所以就要突出人物天真、活泼的一面。

孙玉姣的母亲是个虔诚的佛门信徒，差不多每天要出门烧香拜庙，听经念佛，常常把女儿一人留在家里。家里是做小买卖的，依靠卖雄鸡度日（当时雄鸡不是供人食用，而是为了“斗鸡”用的）。母亲出门了，只有女儿来接待顾客。这使孙玉姣很怕羞，更怕见陌生人，尤其是陌生的男子。可是母亲并不理会这些，还是常常留她一人在家。随着年龄的增长，孙玉姣对自己的婚姻事也有一定的想法。一天，孙玉姣像往日一样一边喂鸡一边在门外刺绣。这时青年傅朋正好从此地路过，二人彼此心生爱慕。傅朋故意遗下玉镯一只，就在孙玉姣拾起玉镯时，被邻居刘婆看见。刘婆来到孙家，故意和孙玉姣开了一阵玩笑，然后表示愿意为傅、孙二人撮合，成全这门亲事。

很多前辈艺人擅演此戏，如筱派创始人于连泉先生（艺名筱翠花）、赵桐珊先生（艺名芙蓉草）、马宗慧先生（艺名绿牡丹）等。新中国成立后，受了桂剧尹羲演出的影响，京剧《拾玉镯》吸收、借鉴其成功的经验，也呈现出新的面貌。通过简单的戏剧情节，细致地刻画了青年女子情窦初开的心态，鲜活生动而又短小精炼，使该剧成为京剧折子戏中的精品，在海内外俱享盛誉。李玉茹、刘秀荣等人都是孙玉姣表演者中的佼佼者。

《拾玉镯》久演不衰，该剧把京剧手、眼、身、法、步的技巧运用得充分，特别是在运用戏曲的虚拟、写意、夸张等手法上，有许多独特之处。如纫针、搓线、做活、放鸡、喂鸡、数鸡、轰鸡、找鸡等处的“无实物表演”，引人入胜。如孙玉姣上场后，从开门，迈门槛，打开鸡窝，轰鸡，淘米，喂鸡，眯眼睛，数鸡等无一不是用动作和眼神来表现的，尤其是做针线活从挑选线的颜色，然后理线，搓线，找针，纫针，刺绣，这一系列经过艺术提炼的动作既让观众能感到跟真实生活一样，又给人以会心的美的享受，这也正是京剧艺术的魅力所在。

该戏是花旦演员必学的剧目。我本人就是在中国戏曲学校学戏时，由马宗慧先生亲授的该剧。随着年龄的增长与多年的舞台实践，使我对孙玉姣这个角色有了进一步的体会。我感到演员首先要有生活体验，如果连针线活都没有动过，恐怕就很难演好。再有就是要把握好孙玉姣这个角色少女的活泼与闺门旦应有的端庄这两者之间的分寸。〔南梆子〕的唱腔要唱得甜润、流畅，表演要细致入微，但绝不能为技巧而技巧，而是要刻画人物内心，传达人物的精神面貌，把观众吸引到角色的境界中去。

白玉玲

人物行当

孙玉姣	花旦	**刘媒婆**	彩旦
傅　朋	小生		

服装扮相

孙玉娇　俊扮。梳大头、抓鬏、线尾子、辫子、草花、水钻头面全份、齐眉穗，桃红色或黑绒的饭单、桃红色或黑绒的四喜带（饭单与四喜带要一致）、粉色或水绿色绣花裤、粉色或水绿色袄，彩鞋。

傅　朋　俊扮。武生巾，皎月色绣花褶子，湖色彩裤，厚底靴。

刘媒婆　俊扮。梳平三套，大褂、大坎肩，青彩裤扎裤脚，白布袜、抹子鞋。

道具

桌　子	一张	**椅　子**	两把
手　帕	两块	**刺绣手帕**	一块
团　扇	一把	**折　扇**	一把
线装书	一本	**玉　镯**	一个
红色或皎月色桌围椅披	一份	**针线笸箩**	一个

「一桌两椅（一椅摆“小座”，一椅摆跨椅），桌上放针线笸箩。

「**【旦上场】**孙玉姣“上场门”走花旦步上场，至“九龙口”亮相。（**大大大台**）将右手抬起摸一摸头饰，抬左手上右步踏左步整鬓（此时注意眼先往上瞟，然后再顺势朝下看裤、鞋，踏步时注意使一点腰），（**大大大大台**）整理一下上衣的两个下角，走到台口站定，踏右步。（**台令台**）

孙玉姣（引子）愁锁双眉，刁针黹，6· 5 4 5 － 2 3 － 3. 2 1 1 2 －‖**【小锣归位】**
（举右手齐眉）　需　要　锦　绣。
（左转身入“小座”）

（诗）泪湿衣补袖，新愁加旧愁。
（兰花掌从左至右从眼前过，做揉胸的动作）
青春容易过，见人面带羞。（扎）
（兰花掌从右至左带一下，右手从脸前掠过，做羞怯的表情）

奴家孙玉姣。（扎）（手扶胸）不幸爹爹（拱手）早亡，撇下母女二人，只因家业凋零，饲养雄鸡为业（双手兰花指，从右至左再至右，指向右边鸡笼）。母亲（拱手）好善，清早往普陀寺听经去了（右手从胸指向前方），家中剩我一人，心中烦闷（用掌在胸前揉一下），我不免将雄鸡放出，针黹解闷便了（眼睛看着右手从胸前向前指出去亮住）。

<海青歌>

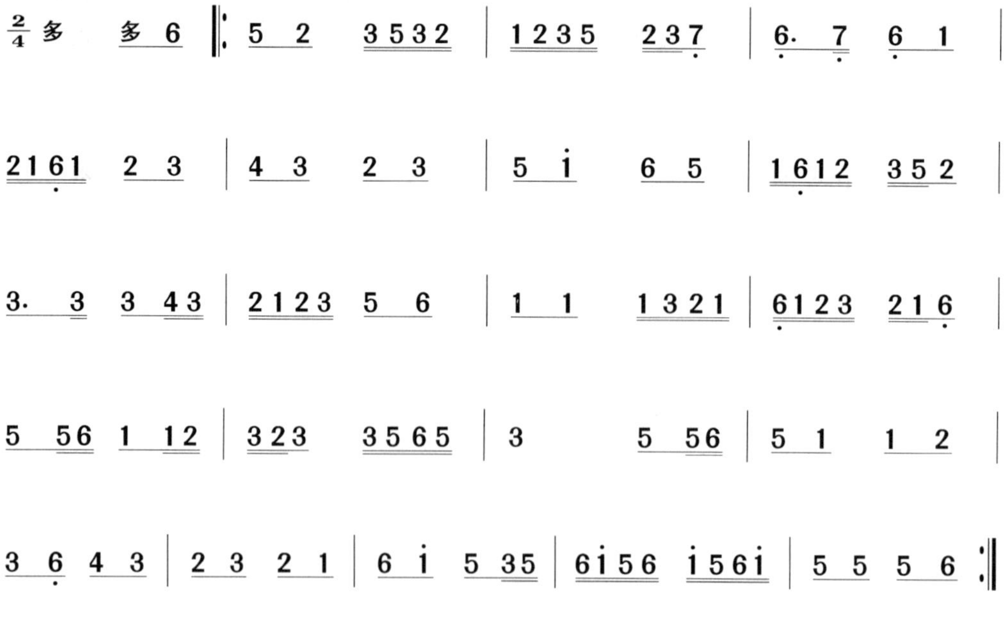

「随着音乐站起来，走台步至台口，停住，欲开门，又一想先整理一下头饰，用右手摸一摸鬓花，再整理一下衣服，然后开门：右脚后踏步，左手扶门，右手的兰花掌手心朝上拉开门栓，然后双手手背对手背从门的中缝向里开门。开门的动作要有闪身就更真实了。随着开两扇门后，左脚提起迈门坎，眼睛朝上看看天气好不好。（**大大大大衣大大台**）脸上露出笑容，右手抬从左至右掠过，告诉观众今天的天气很好。再把左脚退回来，眼睛看一下鸡窝（向观众示意我去把鸡放出来），双手指

向鸡窝。这个动作要注意“欲左先右”，鸡窝在右边，但先将手指向左边再转回到右边，眼睛跟着手走。向右走几步，踏左步半蹲，用虚拟的动作打开鸡窝的门，拿手绢轰两下把鸡赶出来。嘴里念着“喔嘘，喔嘘”。鸡不听话，到处乱跑。这时需要用眼睛表现出来，然后双手张开一点，从后向前轰鸡，脚下步子要小，动作要美。把鸡轰出门外，自己也迈出门，将鸡向门的右侧赶一点，脸上露出笑容，向左转身进屋，把手绢穿到右边大襟的扣子上，双手撩起饭单，绕到桌子后面，把小米放到饭单里，兜着出门。嘴里“咕咕咕咕”叫小鸡都过来吃米。此时要特别注意眼睛的运用，要用眼睛表现小鸡都从远处跑过来。这时抓一把米撒在地上。**【小锣效果】**这些动作都要很熟练，要看出是每天必做的事情。撒米的动作重复三次，都是左脚后踏步用右手撒米。之后双手拿着饭单的两个下角抖一抖，最后一下用力一抖，一粒碎屑飘在右边的眼睛里（**台**），此时右眼紧闭，左眼半睁，用右手从衣襟处拉下手绢，用手绢擦右眼，顺势向里转两圈，再擦一擦，一边试着睁一睁眼，再眨一眨眼睛，感觉碎屑擦出来了，脸上露出一种轻松的感觉，点一点头和观众交流一下。(这一系列的轰鸡、喂鸡、眯眼的动作，要表现得细腻、真实、有条不紊，观众才耐看）看着鸡在吃米，无意中数一数小鸡，从右至左有顺序地数，数到第七下时发现少了一只，（**大台**）举右手示一，急忙快速地再数一遍小鸡，还是少一只，又举右手亮出一个手指。（**大台**）然后跑圆场至“下场门”看。（**大台**）心里想哪去了？眼睛再表现出找的表情。进屋，看一看桌下，（**大台**）又看一看鸡窝，然后在门口处看到小鸡，双手翻腕叉腰亮相。（**衣大大台**）用左手指一下小鸡，悄悄过去想抱它，这时小鸡飞跑起来，顺势将它轰出门外，小鸡被轰到了鸡群中。看一看小鸡，然后一想，向观众示意，双手指向门的左侧，用手假做穿针动作，又指一下小鸡，意思是我在这做活看着小鸡。转身进屋，将针线笸箩里的线装书拿出来(过去，人们常把各种颜色的绣花线夹在书中）放在“小座”的椅子上，搬出门外，放在“下场门”的台口，然后坐下来开始做活。先抬起右手在头上摸针，这时要用眼睛配合，当手摸到针时，眼睛要停一下，然后取下针，再看一下针，把针别在胸前。虽然是虚拟动作，却要使观众感觉真的是有一根针一样。然后把要绣的手绢抖一下，捻住一个角搭在左胳膊上，用右手指一下要绣的手绢，告诉观众我要绣这里，然后将手绢抖一下平放在腿上，此时左腿已搭在右腿上。

「开始选线。左手拿着线装书，右手翻一页，看看颜色不理想，再翻两页，拿起要绣的手绢和线的颜色比一下，向观众摇摇头，意思是这个颜色不好看。又翻了几页，觉得这个颜色不错，拿起手绢比一比，向观众示意，点一点头，意思是这个颜色很好，就用它了。（书和手绢是实物，针和线是虚拟的）把书放在腿上，将一缕线缓缓提起，左手拿线，右手理两下线，然后用中指弹一弹线的上头，抽出一根，向右一甩，向左搭在左胳膊上，再把不用的线挽个扣缓缓放回书中，将书合好放在身后椅子后面。然后右手将左胳膊搭的线由左至下绕一下取下来，左手拿线，右手捻线头，感觉线头不齐，用牙咬一下线头，顺势将线毛吐一下。（这些动作要做得真实，优美）这时下意识地又抬手往头上摸针，忽然想起方才针已经别在胸前了，低头拔针时，有意识地用手指在衣服上拔一下。（这样更增加了动感）开始穿针，特别注意眼神要集中，好像真的把线从针孔里穿过去一样，然后把线抽的一样长短，把着别在搭着的左腿上，用双手的食指和大拇指从别针的地方将两根线双手一起向后捋，拉平后，到不能再向后拉为止。双手翻一下腕子，将右手的线头放在嘴里用牙咬住，然后右手从底下移至左边，双手用手心搓左边的线。搓线时，左手不

<海青歌>转<花梆子>衣 大 大 3 | 5 6 5 3 | 5 0 |

动，只用右手在左手的掌心上下搓。（此时特别要注意眼睛的配合，眼睛从掌心搓线的地方再看别针的地方，速度快了后就是眼珠左右动，要灵活，这正体现花旦的基本功）（转回<海青歌>）搓好后用中指将线从掌心中捋下来，捻住线，将线交到左手，捻住。右手将牙咬住的线捻住，头移向左侧，再将左手的线头放在嘴里用牙咬住，然后左手从线底下移至右边，双手用掌心搓线，眼配合左右转动，（转回<海

<海青歌>转<花梆子>衣 大 大 3 | 5 6 5 3 | 5 0 0 |

青歌>）搓好后左手中指从右手掌心捋下来，交到右手捻住，左手再将嘴里咬住的线拿下来捻住，双手拿住两根线从两侧往中间合并，然后两根线一起放在左手的掌

<海青歌>转<花梆子>衣 大 大 3 | 5 6 5 3 | 5 0 0 |

心搓线。仍然与眼睛配合。（胡琴停）搓好后仍用右手中指将线从左手掌心捋下来，用右手将别的针取下来，手拿着线头抖下来，抖一抖线（胡琴效果），把线拿到右手，右手捋三下线（胡琴配合三声效果）（注意从左至右捋，而且眼睛要跟着手走）。两个手捻住线的两头，双手翻腕，用牙弹线三下（胡琴弦声配合效果），然后双手翻下来，捋一下线，到线头时用食指绕几下打个线头，弹出去，（大）用右手的食指挽扣再将食指弹出。

〔南梆子〕

4/4 大 3 2· 3 5 6 | 1 2 7 6 6i65 3· 2 |

（开始做活，第一针要从挽的结处从手绢下面往上出针，这样就把结留在底下。在

1 6 1235 2312 i56i | 5 65 3235 656i 6535 |

绣活时，针就只从上面绣，拉线时向左拉一针，再向右拉一针，来回重复做活的

2 1 2123 4643 2161 | 536i 6535 2 1 1 2 |

动作，边唱边做活。眼睛在穿针时要看一下针，拉线时要与观众交流）

1 6 3 2 3 7 | 6· 2 7 6 2123 5 6 |

1 1 6 3· 5 3 5 | i 7 6 5 6 |

孙玉姣 0 0 3· 5 3 | i 7 6 5 6 |

守 闺 阁

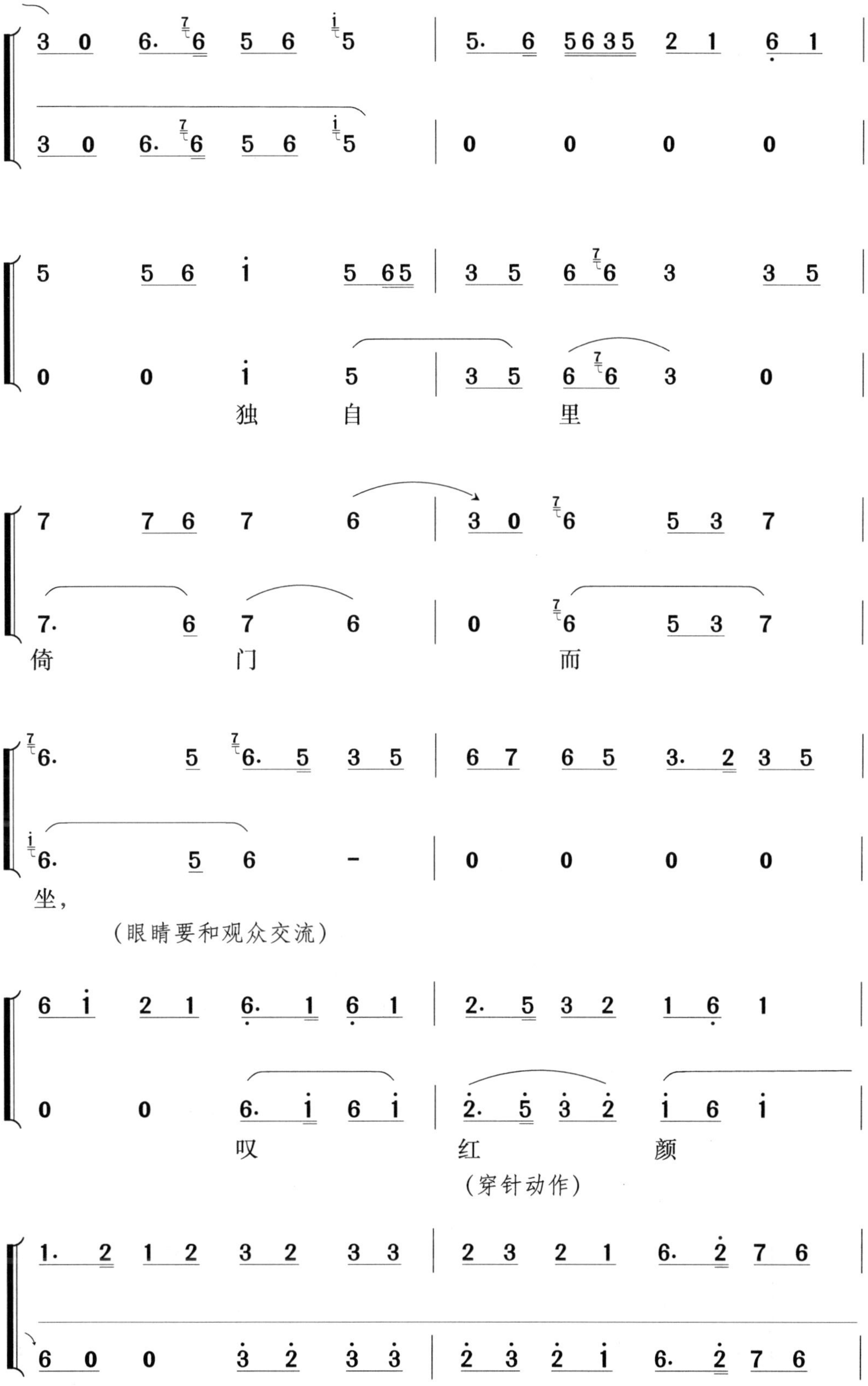
独 自 里
倚 门 而
坐，
（眼睛要和观众交流）
叹 红 颜
（穿针动作）

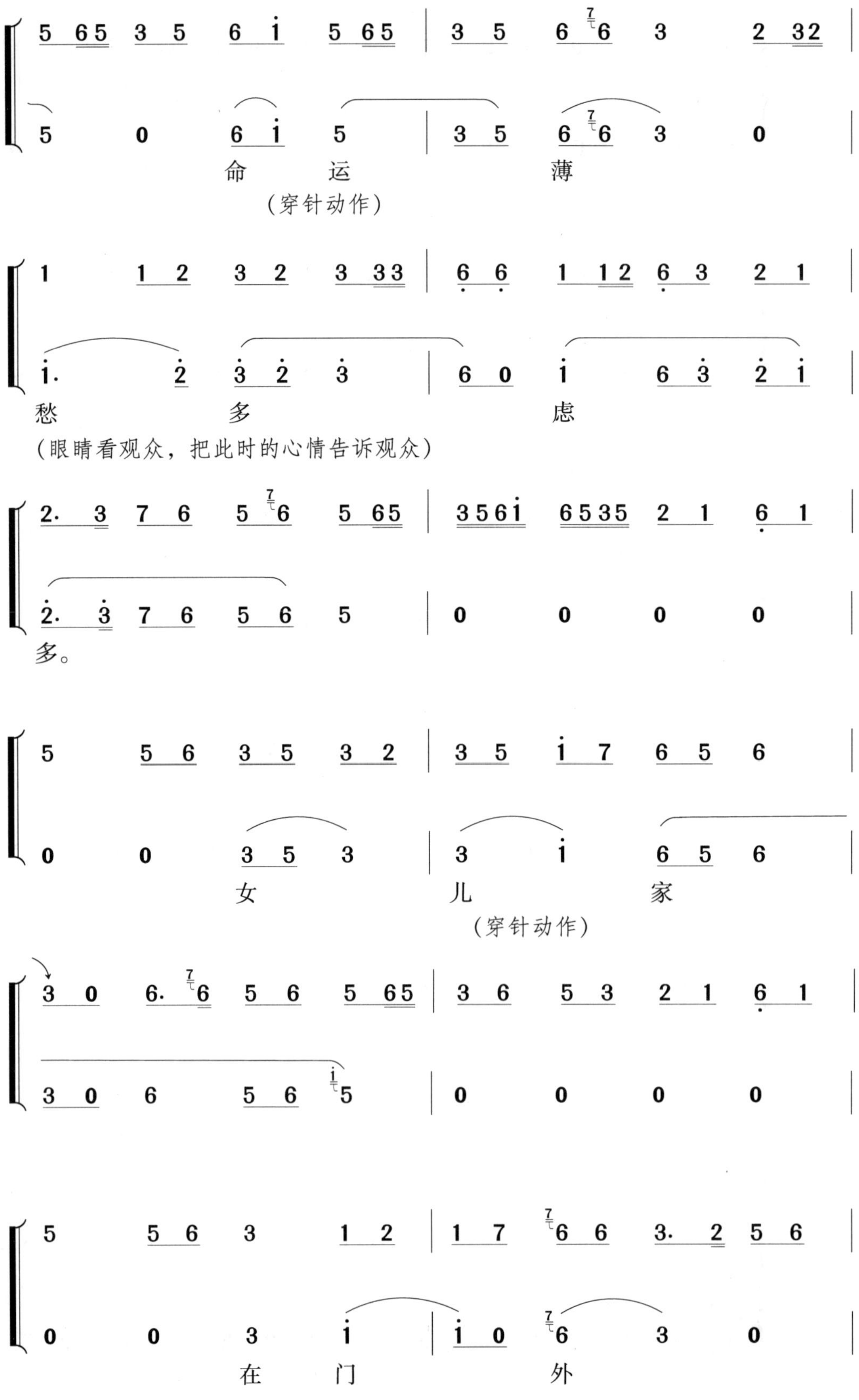
命 运 薄
（穿针动作）
愁 多 虑
（眼睛看观众，把此时的心情告诉观众）
多。
女 儿 家
（穿针动作）
在 门 外

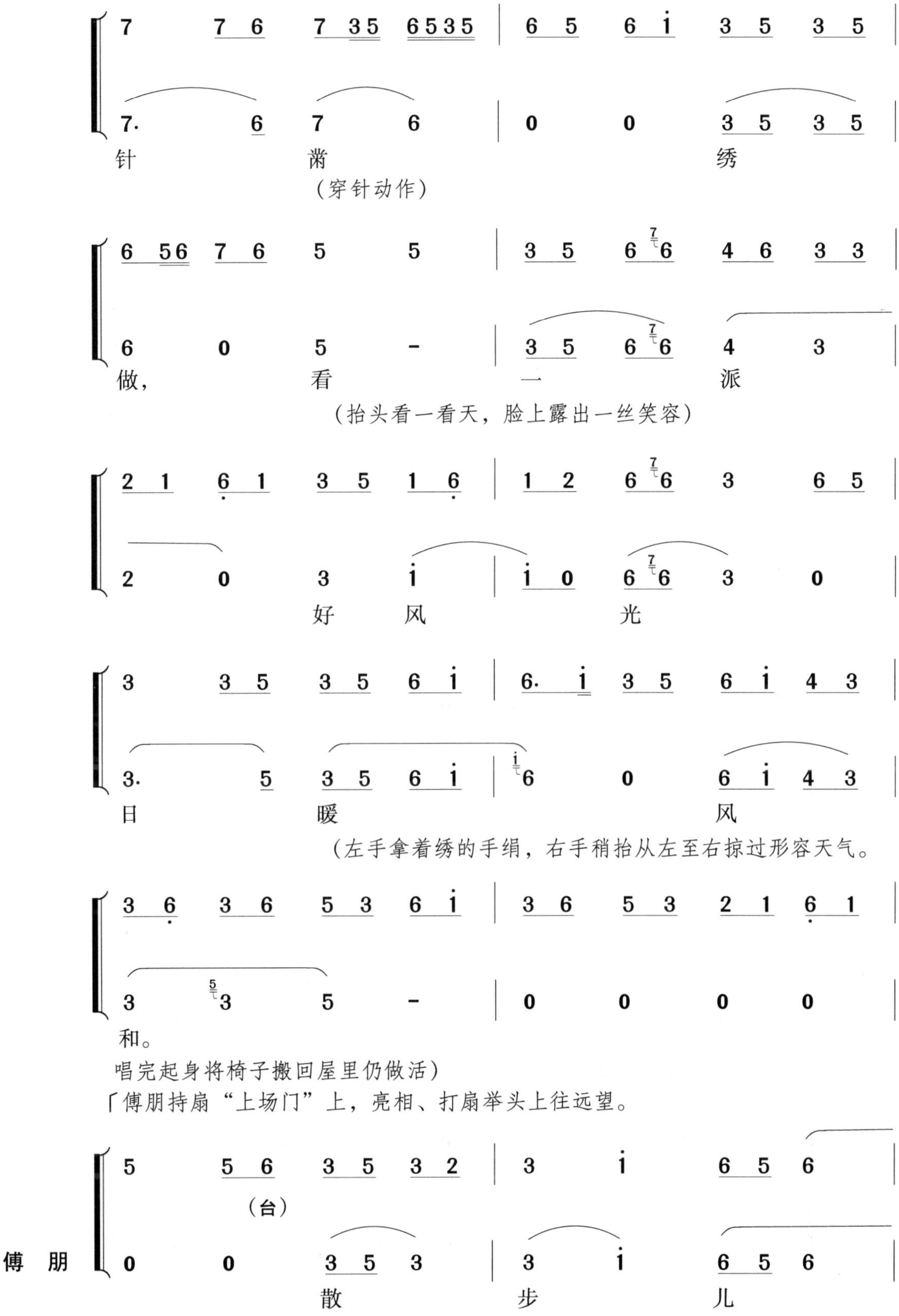
针 凿 绣
（穿针动作）
做， 看 一 派
（抬头看一看天，脸上露出一丝笑容）
好 风 光
日 暖 风
（左手拿着绣的手绢，右手稍抬从左至右掠过形容天气。
和。
唱完起身将椅子搬回屋里仍做活）
［傅朋持扇“上场门”上，亮相、打扇举头上往远望。
（台）
傅 朋
散 步 儿

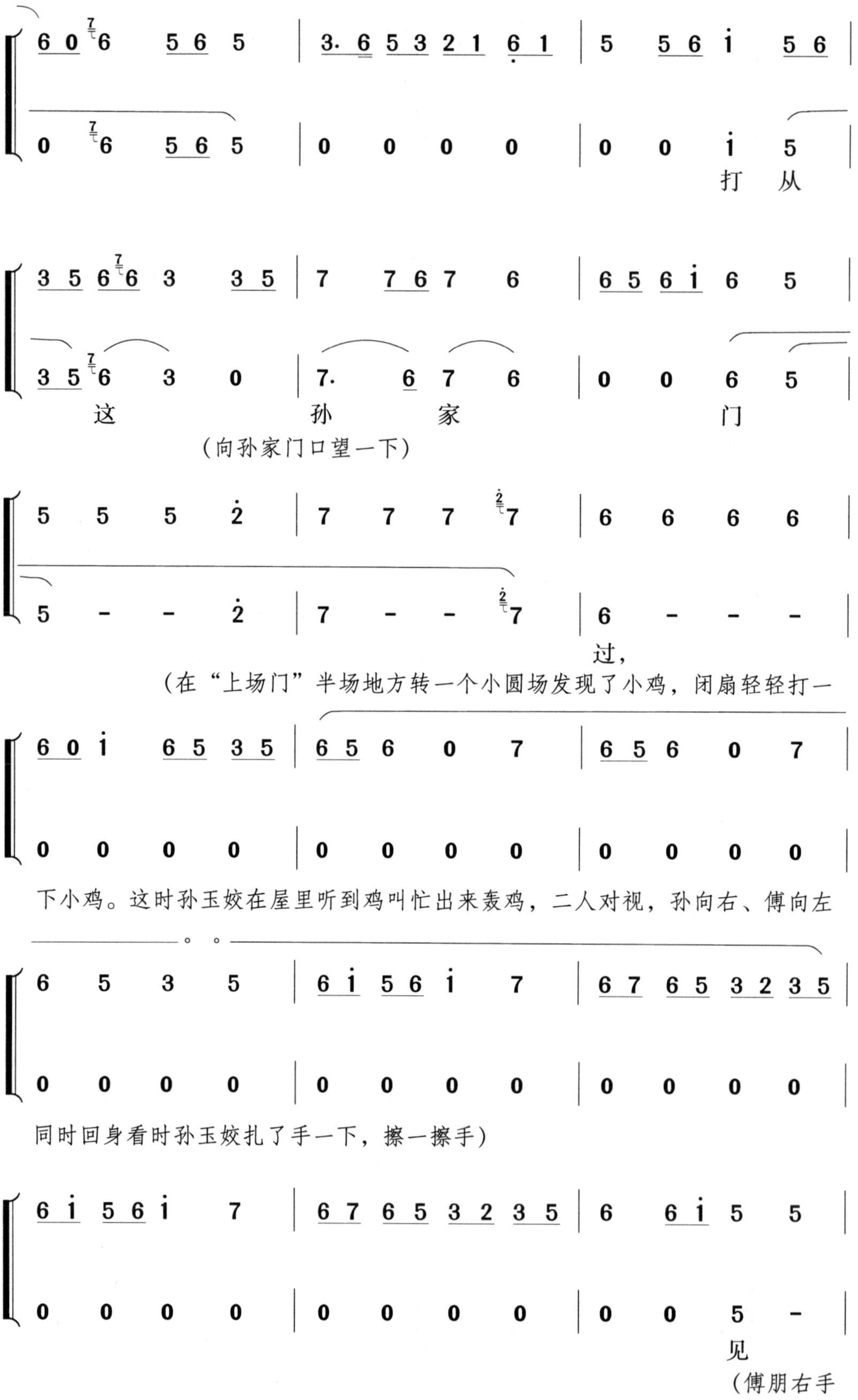
打 从
这 孙 家 门
（向孙家门口望一下）
过，
（在“上场门”半场地方转一个小圆场发现了小鸡，闭扇轻轻打一
下小鸡。这时孙玉姣在屋里听到鸡叫忙出来轰鸡，二人对视，孙向右、傅向左
同时回身看时孙玉姣扎了手一下，擦一擦手）
见
（傅朋右手

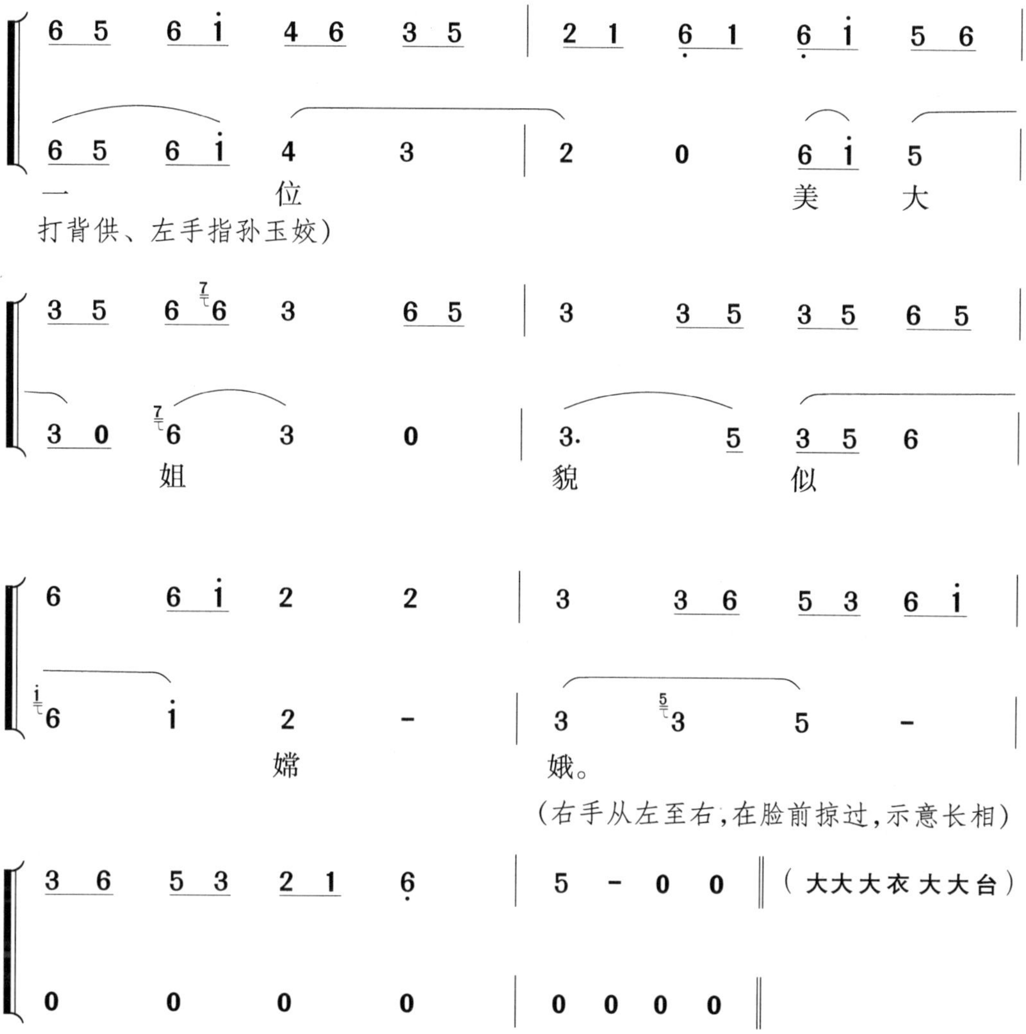

傅　朋　哎呀且住！【小锣一击】（右手打背供）我看这位大姐生得十分美貌，（右手从左至右从脸前掠过）本当与她交言，怎奈男女有别，交言不便，这……这便怎么处？【小锣一击】（用折扇打左手掌心想办法）有了，闻得她家惯养雄鸡，不免假意买鸡，也好与她交（指孙玉姣）言，就是这个主意。（用折扇拍一下左手掌心）大姐请来见礼！（右手持扇，左脚跷起，躬身行礼）

孙玉姣　（整理一下头饰和衣襟）还礼！（右脚后踏步，双手拜）

傅　朋　请问大姐，此处可是孙妈妈的府上么？（用右手的扇子指一下门，双手摊开）

孙玉姣　君子尊姓大名（向傅朋拱手），为何问起家母？（向前拱手，然后左手挡脸状）

傅　朋　口称家母，莫非就是孙大姐？

孙玉姣　不敢。（做羞状）

傅　朋　小生傅朋，就在后街居住（躬身，双手指“下场门”，孙玉姣也向“下场门”看去），闻得孙妈妈惯养雄鸡（指一下鸡），小生我是来买鸡的呀！（指一下自己，再指一下鸡）

孙玉姣　雄鸡倒有（指一下鸡），只是我母亲（拱手，摆手）不在家中，你我难做交易。

（左手挡脸，右手摆两下）

傅　朋　既然令堂（拱手）不在家中，我只好往别家去买。（右手持扇从左至右转一圈再躬身）

孙玉姣　是啊，你往别家去买吧！（用左手向前方指出去）

傅　朋　如此我，嗯……告辞了！（退三步、再上步，恋恋不舍地望着孙玉姣，左脚跷起躬身）

孙玉姣　不送了！（右脚后踏步双手拳在左腰部，拜一下）

傅　朋　嗯……我告辞了！（上步再躬身，眼睛仰视孙玉姣）

孙玉姣　不送了！（右脚后踏，双手拜，眼睛从前方慢慢移向傅朋，二人目光对视）（音乐起）

<柳青娘>

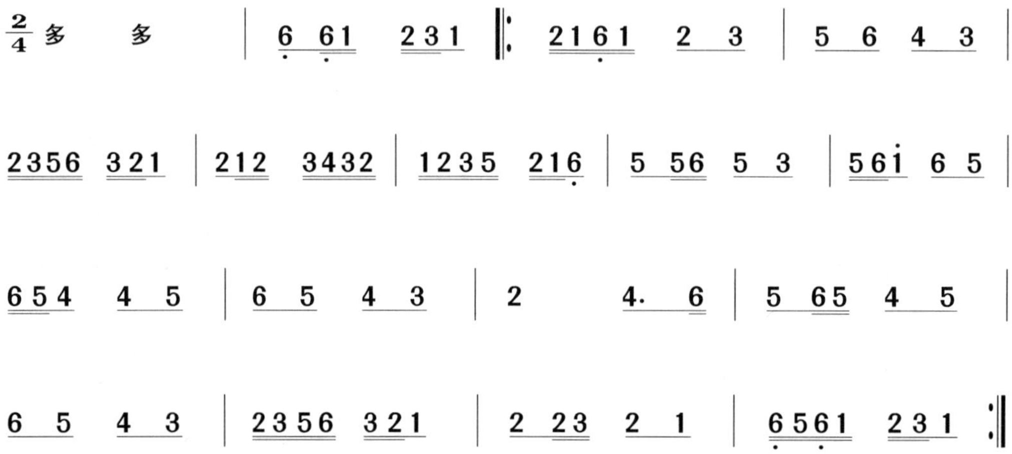

〔孙玉姣用手绢挡脸做羞状，傅朋双手背后望着孙玉姣，孙玉姣转过身来想回家，此时傅朋又正好面向外，孙玉姣左手随着划，嘴里轻声“嘘”。傅朋转身，问何事（潜台词）。孙玉姣示意你挡住门口了，用手往左指，请你让一下，我要进门，同时左手仰手兰花指，指门。傅朋明白了，忙向左移步，让路，孙玉姣进门，关门。此时刘媒婆在（内念）“少陪了”。手持团扇，左手拿手绢，从“上场门”上，发现傅朋在孙玉姣家门口。傅朋转过身来想听听屋内动静，刘媒婆忙躲退至远处窥视。此时孙玉姣慢慢走向门前，定一定神，左手扶门，右手开门栓，然后左手扶门，右手开开一点门缝，向“上场门”偷看。此时傅朋向“下场门”看。孙玉姣向观众示意“没人”，于是右手扶门，左手开开一点门缝又向“下场门”偷看。与此同时傅朋正好往屋内看，二人的眼眼正好对视，孙玉姣慌忙关门，用手绢挡脸，回到“大座”。

傅　朋　我看孙大姐，倒也有情与我，我不免将家母（拱手）赠我的玉镯，留下一只，她若拾去（指门），婚姻必成也。（双手指夫妻状）

〔傅朋颠一下扇子，将扇子掖在领口里，从右水袖里取出玉镯，亮出玉镯，迅速用左水袖将玉镯盖住，向四下望一下，将镯子放在门口。取下扇子，在手上轻轻打两下，意思是这样就行了。欲走，忽然回身感觉不妥：我走后，若是她不出来，这个镯子被过路的人拾走怎么办？双手拍掌摊开。用扇子在头上右侧敲几下，想办法，回头看到门，决定用扇子敲门。点头，然后用扇子敲三下门。**【小锣效果】**急忙向左转身，打扇亮相听，再到门前听动静。此时孙玉姣听到门声，急忙到门前，听动静。（二人同时在门前听，刘媒婆在“小边”远处看）孙玉姣开门，傅朋急忙后退，右手翻水袖，向右转身，左手举扇，再抖水袖“下场门”下。与此同时孙玉姣两边看后开门出来，（刘媒婆躲下）一看，没有人哪，用左手指“下场门”，然后去至“下场门”，先后脚踏步看，（衣大大台）再左边踏步看，（衣大大台），回身，向观众示意，没有人啊。眼睛一转，右手指“上场门”，然后走花旦小步，往“上场门”走，无意中，脚尖碰到了什么，（大大大大大大衣大大台）后退，看，发现是一只镯子（双手圈起来呈一个镯子状）。高兴，要捡，又停下来想。这时眼睛一转想，这只镯子是哪里来的呢（双手摊）？然后想，转眼珠，明白了，指一下镯子，然后双手从前方指向“下场门”，右脚踏步，指刚才那位少年，他从手上摘下来，放在这儿，然后敲了门就走了。这只镯子（指镯子），是送给我的（指向自己），然后害臊，（大大大大大衣大大台），手绢挡脸，放下后，便马上跑到镯子前，刚蹲下去要捡，马上停住，两边望一望，摇头想，我在这捡镯子（手指镯子）万一被过路的人看见，多没羞没臊，用指头在脸上做羞状，我不能要（摆手），我回家去，回身进屋。但左脚却慢慢提起，不愿意迈门坎，慢慢走到桌前，回身双手

0 07 | 6 07 | 6 70 | 67 67 | 2̇2̇ 2̇2̇ |

77 77 | 66 66 | 6 1̇ 6 35 | 6 0 | 转<洞房赞>

抱肩向回拧身望玉镯，立即转身出门，往“下场门”看一眼，没有人。“哎”了一

〔花梆子〕

衣大 大3 | 5653 | 50 0 | 转<洞房赞>

声，双手用食指和大拇指拉住手绢的两个尖转动手绢，脚底下走蹉步，左脚后踏半蹲，左手抬起，右手慢慢去捡镯子，眼睛两边张望看有人无有，刚把镯子拿起，这时傅朋从“下场门”上。

傅　朋　啊大姐！（躬身看孙玉姣）

「孙玉姣忙又把镯子放下转身进门。傅朋一拍手，心想“唉，坏了坏了”。这时又用扇子打了三下门，【小锣效果】把扇子交左手，转身，右手抖水袖“下场门”下。

「刘媒婆“上场门”上，走到门前，蹲着身听屋里动静，然后将镯子拿起来刚要看，听见里面有开门声，赶忙躲走。孙玉姣开门出来两边一看，都没有人，一看镯子还在，走至“下场门”看看没有人，刚要拿，一想还得上右边去看看，于是又往“上场门”看，（大大大大大衣大大台）然后眼睛看着镯子，双手在衣襟的两边上下搓，想办法。这时手拿着手绢在胸前转了几下，忽然看了一眼手绢，（衣大大台）用右手指了一下手绢，又指了一下镯子，然后告诉观众：我用手绢把镯子盖住再拿，然后眼睛向前方远处看着，嘴里“喔嘘，喔嘘”，假装轰鸡。

孙玉姣　啊妈妈，(用左手假装招呼）天不早了，你怎么还不回来呀？(用右脚将镯往里面踢）啊妈妈，（眼睛四下望）天不早了，你怎么还不回来呀？（大大大大衣大大台）

「孙玉姣踏左步，把手绢盖到镯子上，然后左转身跑到门的左侧，用手绢挡住脸，

〔花梆子〕

衣 大 大 3 | 5 6 5 3 | 5 0 0 |

然后偷偷一看，镯子被手绢盖住了，“哎”，左手抬起，右手从眼前指向镯子，与脚下的蹉步配合，一指、两指、三指，这时蹉步到镯子前慢慢往下蹲，右手要抖，眼睛要环视四周，连手绢同镯子一起抓起，几乎是跳进门坎，到桌子前回身面向观众，左手不停地拍胸前。（潜台词是：“吓死我了！”）

〖刘媒婆这时上，偷偷往屋内看。孙玉姣正在欣赏镯子，然后用手绢擦镯子，把镯子带到右手上走花旦脚步，胳膊随着摆，但眼睛始终看着镯子，心里特别美，走到门口时，刘媒婆“上场门”跑下，孙玉姣出门，出门后看见了鸡，用手指一下鸡，“咕咕咕咕”、“喔嘘，喔嘘”、“喔嘘喔嘘”，用戴着镯子的右手从右至左摆动，眼睛却不离开镯子。

〖傅朋“上场门”上。

傅　朋　啊大姐！

〖傅朋走到孙玉姣身边，孙玉姣不知所措，急忙想把镯子取下来，但越着急，镯子越取不下来，只好将胳膊一起伸向傅朋。

孙玉姣　你拿去，我不要。（左手打背供，右手从上到下交替地送还镯子）

傅　朋　送与大姐！哈哈……（边笑边退从“下场门”下）

孙玉姣　拿了去吧！我不要，你拿了去吧！（大大大大衣大大台）

〖孙玉姣忽然感觉没有人了，然后抬眼睛往“下场门”方向看，走至“下场门”，抬手招呼，一看人已走远，回头转身马上低头看手上的镯子，高兴地将鸡轰回屋去，关好门，把鸡关在笼子里（半蹲关笼门），又看见镯子，起身将镯子摘下来用手绢擦一擦，拿在右手先亮低相看，再将镯子举高了看，走花旦脚步，眼睛始终不离开镯子。然后将镯子放在两个食指中转动，脚下圆场绕一个八字，镯子差一点掉在地下。（台）

〖刘媒婆“上场门”上，敲门。

刘媒婆　开门哪！

孙玉姣　（吓一跳，忙问）是哪个！

刘媒婆　是妈妈我呀！（听着里边的声音）

孙玉姣　哦！刘妈妈来了，待我与你开门！

〖孙玉姣刚要开门，一伸手发现手上带的镯子，急忙摘下来藏在椅子垫底下，一想不妥（台），又将镯子放在桌布的下面，然后坐下来，试着坐下来一放手，正好摸到镯子(台),还是不妥，最后还是把镯子戴到了右腕子上,使劲往袖子里面藏一藏。

刘媒婆　快点开门那！你这磨蹭什么那？

孙玉姣　来了，来了！

孙玉姣　妈妈在哪里？

刘媒婆　孩子我在这那！

< 香柳娘 >

‖: 0 6 1 1 | 2321 6 1 | 0 6 1 1 | 2321 6 1 |

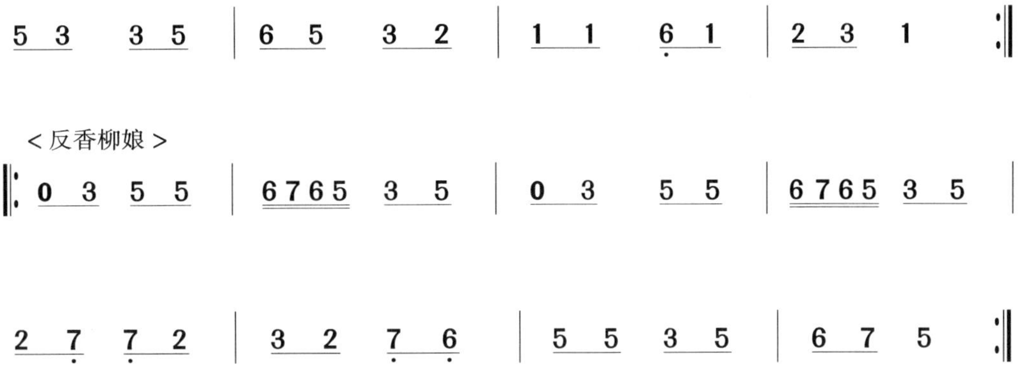

〔孙玉姣开门，刘媒婆边念边拍了孙玉姣一下，二人“转磨”，孙玉姣双手背后，向左转步蹉步，转至一圈再向左转。转回原地。

孙玉姣 妈妈可好？

刘媒婆 你妈在家吗？

〔刘媒婆进门便往椅子垫底下找东西。（**台**）

孙玉姣 （关门，看见刘妈妈在找什么，忙问）妈妈你找些什么？

刘媒婆 嗯……你绣的好花啊！（忙转话题，拿起孙玉姣绣的手绢）

孙玉姣 待我打杯茶来，妈妈解渴。

刘媒婆 不用了，半道上喝了一气凉水，我不渴。

孙玉姣 妈妈请坐。

〔二人入坐，刘妈妈坐“大座”，孙玉姣坐“小座”。**【小锣归位】**音乐止。

孙玉姣 妈妈你可好哇？（右手藏在后面）

刘媒婆 我好，你好哇？（跷起二郎腿，摇着团扇）

孙玉姣 我也好！

刘媒婆 哎姑娘，你妈上哪去啦？

孙玉姣 我母亲往普陀寺听经去了。

刘媒婆 啊，又听经去了，家里头搁着这么大的闺女她也真放心！（观察孙玉姣）哟！姑娘梳的好头哇！谁给你梳的？

孙玉姣 是我自已梳的。（用左手抬起摸一摸头饰）

刘媒婆 哎哟,姑娘长了本事了,都会自已梳头啦,妈妈看看。(站起有意识地往玉姣身边凑)

孙玉姣 梳得不好。（仍然用左手摸着头饰，慢慢要抬右手，又缩回去）（**大大大大大台**）

刘媒婆 梳得挺好的，就是那朵花戴歪了，（孙玉姣抬左手）不对那只！

孙玉姣 啊妈妈，是哪一只啊？（先用左手抬起摸花，右手下意识抬手摸花，忙又落下，把右手背后）（**大大大大大台**）

刘媒婆 噢！噢！哎哟！姑娘你的头上怎么有个大虫子？（突然地指向孙玉姣的头）

孙玉姣 啊妈妈，在哪里？在哪里？（惊慌失措，一着急两只手举在头上露出镯子）

刘媒婆 在这儿那。（站起来指着镯子）（**大大大大大台**）哈哈露了白了！（坐回原位）姑娘你刚才一抬手，胳膊上露出雪白的东西，晃了妈妈眼睛了，那是什么呀？

孙玉姣 无有什么？（伸出左手向刘妈妈晃一下）

刘媒婆 嗜，拧了，我说的是那只。（指孙玉姣右手）

孙玉姣 乃是一只玉镯。（左手指玉镯，往右手看一眼玉镯）

刘媒婆 怎么喳，是只玉镯，你瞧瞧，妈妈活了这么大岁数，还没见过玉镯子是什么样儿，摘下来给妈妈我瞧瞧吧。

孙玉姣 无有什么好看的。

刘媒婆 让妈妈我开开眼。

孙玉姣 不看也罢。

刘媒婆 哟，瞧你这小气劲的，我又不要你的。

孙玉姣 待我与你取了下来。（摘镯子时故意摘不下来）

刘媒婆 留点神，慢着点。

孙玉姣 妈妈请看。（往前上几步离着刘妈妈很远举着镯子）

刘媒婆 哎哎你站那么远，我哪看得见，近一点。（站起来向孙玉姣身边凑）

孙玉姣 妈妈请看。（将镯子递过去）

刘媒婆 我瞧瞧，哎哟我的妈呀！（**大台**）（过去故意将团扇的柄套在镯子中间）

孙玉姣 啊妈妈。（吓得蹲身要接镯子）

刘媒婆 不要紧的，我这套着哪！

〔刘媒婆故意用扇子柄绕几下镯子，然后摘下来，用手绢一边擦一边看，孙玉姣追着刘媒婆，一步不离。

刘媒婆 哎，我说你老跟着我干什么？我跑不了，给你戴上吧，是个好东西。（将镯子还给孙玉姣）（**大大大大台**）

孙玉姣 妈妈请坐！（戴上镯子）

刘媒婆 坐着，坐着。（二人同坐）（**大大大大台**）哎，我说姑娘，可不是妈妈我不开眼哪，我常上你们家来跟你妈谈心说话，你桌上桌下地伺候我们老姐俩，我怎么没见你戴过这只镯子啊？真格的它是打哪来的？说说我听听。

孙玉姣 妈妈要问此镯的来历么？（指镯子）

刘媒婆 啊！说给妈妈听听。（摇着团扇）

孙玉姣 待我说与妈妈听。（用左手指刘）

刘媒婆 它是哪来的？

孙玉姣 （想一想，然后向外指一下）是我买来的。

刘媒婆 买来的？多少钱哪？

孙玉姣 五钱银子。（用左手先伸三个手指，又改伸五个指头）

刘媒婆 怎么着，五钱银子？（孙玉姣点头）这么办我给你一两，你卖给我好不好？（孙玉姣摇头）不卖呀？是不卖，哪有这么便宜的事啊？趁早说实话吧。

孙玉姣 待我与你实说了吧，（站起来）是我清晨起来，（向台前走几步）在门外习针黹，（做活的样子）无意儿拾来的。

刘媒婆 怎么着，你在门口做活儿，无意儿捡来的？

孙玉姣 正是。（点点头）

刘媒婆 哟，你瞧喂，妈妈我成天长在街上，（右手拿着扇子，从左至右绕一周、一摊手）我怎么就捡不着哇？

孙玉姣 你无有那个时气！（用左手指刘妈妈，流露一点得意的笑容）

刘媒婆 啊！是啊，妈妈我是挑水的回头——我过了井了我！（侧过身子，学着挑水的样子，一回头）我哪比得了你呀！哈哈！（忽然一变脸，望着孙玉姣指出去）不对吧？怕是哪个小白脸送给你的吧？

孙玉姣 住了！（双手指向刘）（**大台**）我母亲不在家中，你与我们女孩儿家这样胡言乱语，真真地岂有此理！

［孙玉姣搬椅子至“上场门”台口，使劲一摔，坐下搭腿亮相。（**大台**）

刘媒婆 喝！有的，“力巴赶车”你倒翻了，你以为我没看见吗？

孙玉姣 他是哪个？（双手摊开）

刘媒婆 唉！姑娘啊！（拍孙玉姣的肩，孙玉姣一扭身，刘媒婆差点摔着）

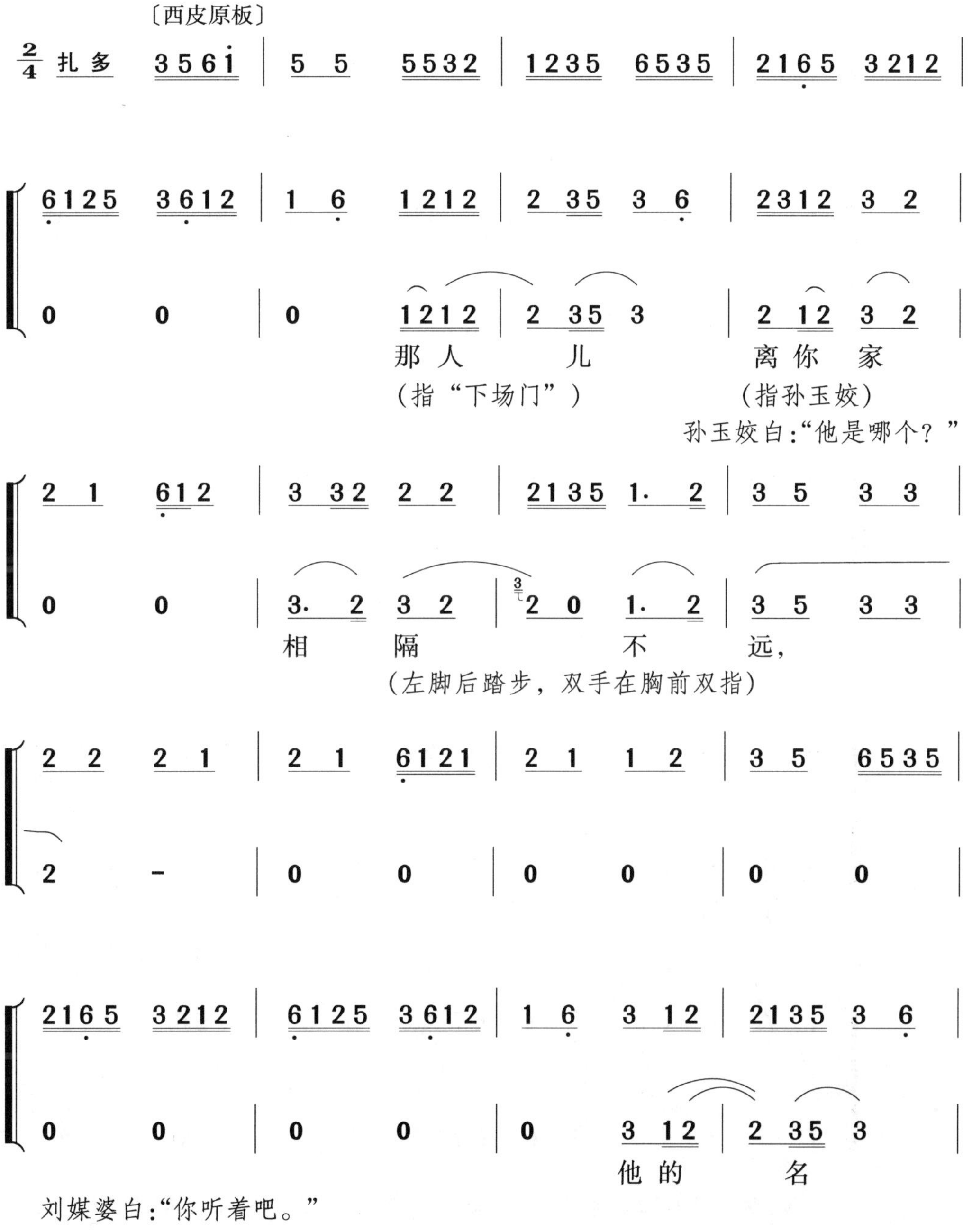

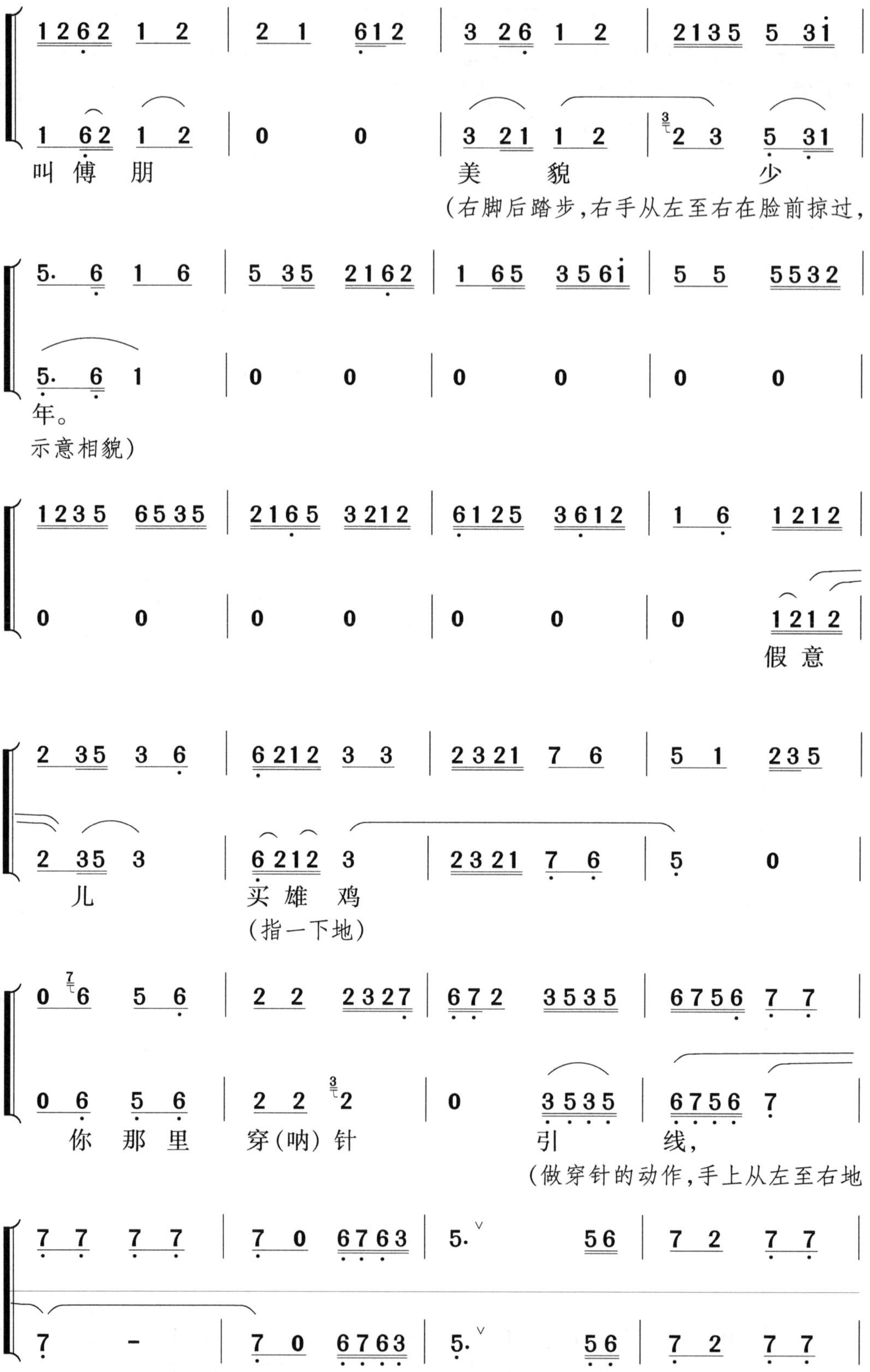

拉线,脚下从台口到右走云步,穿三次线、云步走到孙玉姣坐的位置,右手线拉过

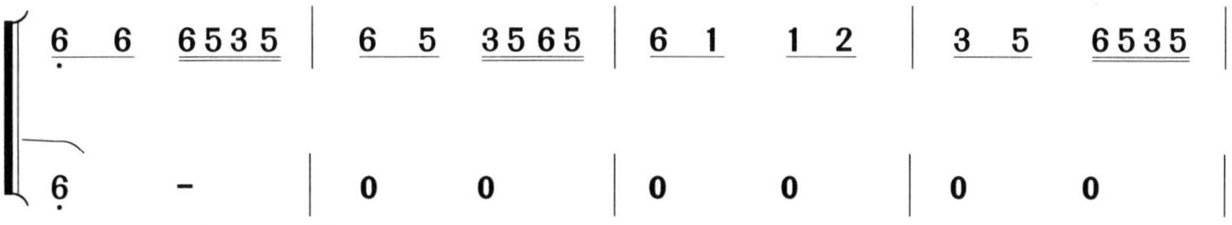

去，几乎碰到孙玉姣）

孙玉姣：“我不晓得。”刘媒婆：“又不晓得了，你听着

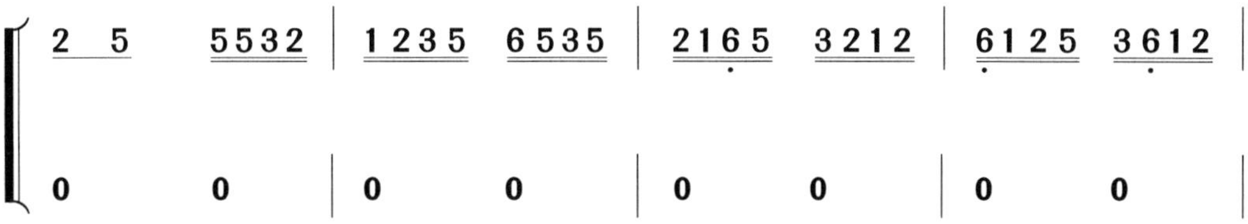

吧！”孙玉姣：“你讲。”刘媒婆：“你听着吧！”

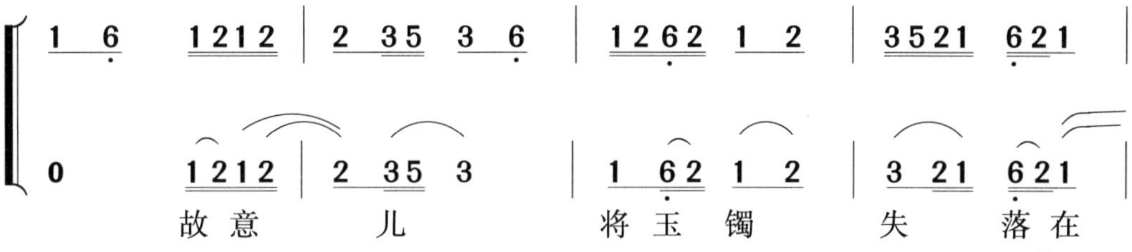

（指一下

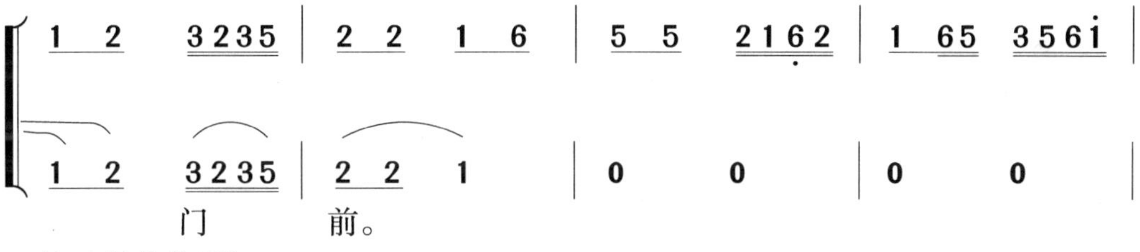

放玉镯的位置）

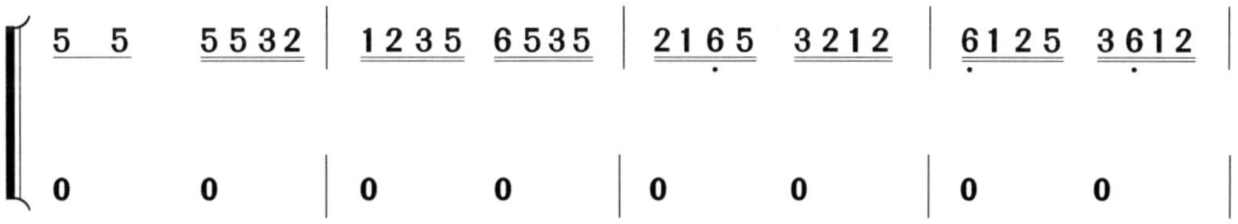

孙玉姣：“你是怎么知道的？”

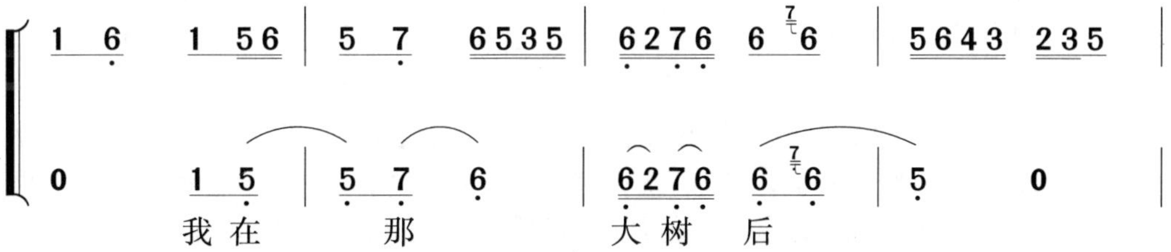

（指“上场门”）

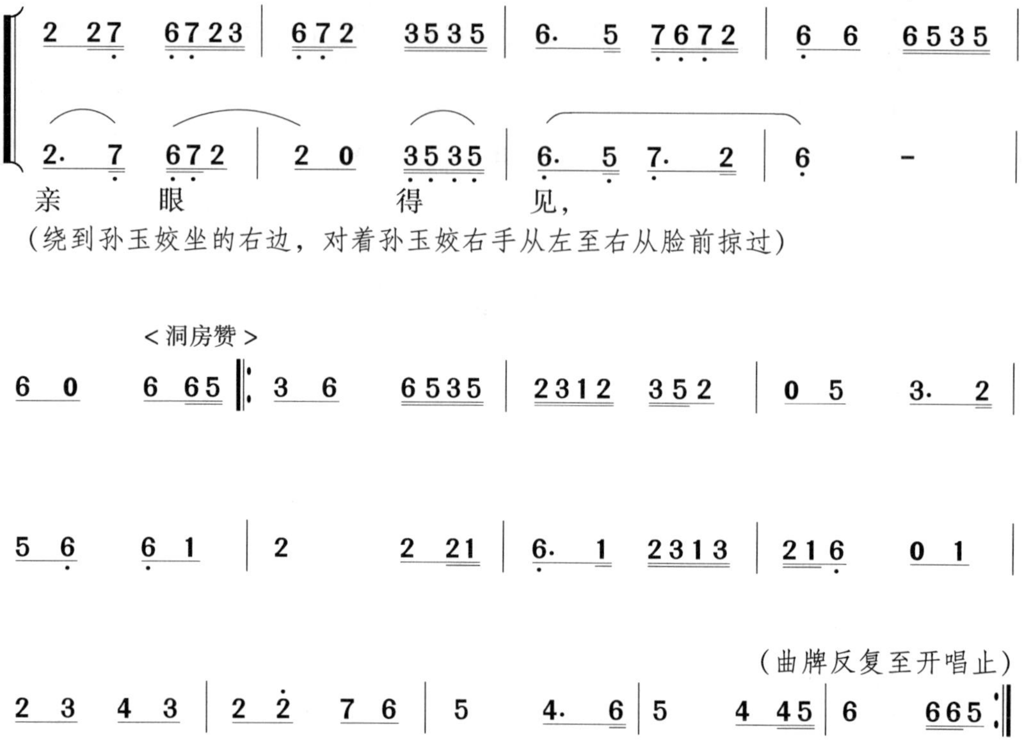

孙玉姣 啊妈妈你是看见啦？

刘媒婆 我看见了！

孙玉姣 我确不信。（面向观众，用右手摆两下手）

刘媒婆 嘿，难道说，你还得让妈妈学个样，（双手按在胸前）给你看看吗？（指孙玉姣）好好好，我学给你瞧瞧，你瞧着啊，这是他啊，（指孙玉姣，然后往“下场门”走几步转身）他从那边来啦，一瞧，两瞧没人，（走夸张的小生脚步，学傅朋，左右一看）把镯子放在地上，（把镯子放在地上）一敲门（右手敲门），他走了。（又学小生脚步下场）你再瞧瞧你啊，（指孙玉姣）谁叫门哪？（坐下，起来，指门）我瞧瞧去吧，我瞧瞧去，（走花旦脚步）我瞧瞧去。别忙，（到门口停）我先打门缝瞧瞧，（踏右步，左手开半扇门往左看）没有，我再瞧瞧这边，（踏左步，用右手开半扇门往右看，摇头）也没有，来个大敞门，（迈门坎出来）没有哇，噢，他躲在那边啦，（双手指向“下场门”）我上那边瞧瞧去，我瞧瞧去，我瞧瞧去，（故意扭着身子走花旦脚步往“下场门”走，蹉步）一瞧，两瞧，（**衣大大台**）还是没人哪（**衣大大台**），（踏左步右手托腮、踏右步左手托腮，两手摊开）这是谁呀？（往回走）讨厌，讨厌，哎哟，哎哟，（往台口走，假装踢到镯子）这是什么咯了我的脚啦，（抱起右脚，揉脚丫子）哎哟，（看镯子）哟哟哟哟，（拍手）嘿，是只镯子，（双手呈镯子状）我把它捡起来，（指镯子）捡起来，（走蹉步，蹲身，又起身）先别忙，这只镯子，它是哪来的那？（双手摊开）噢，我知道了，这是那个公子，（指“下场门”）临走的时候（学小生脚步）摘下来，（摘镯子，放地上）放在这儿，他是送给我的。送给我的，送给我的，我得把它捡起来。（指自己的鼻子、高兴，拍手后退向前跑几步蹲身）先等等吧，（起身）这么大姑娘，满世界捡便宜，（右手从左至右划一下）让人家瞧见，没羞没臊（羞自己的脸）。这个东西呀，我们见过，（往家里走）不要，家去，（进门）不要，家去，

0 0 7 | 6 0 7 | 6 0 7 | 6 7 6 7 |

2̇ 2̇ 2̇ 2̇ | 7 7 7 7 | 6 6 6 6 | 转回 <洞房赞>

不要！（到桌子前，蹲身，回身，看镯子）哎哟！（出门）这么好的东西，我为什么不要哇？哎哟！稀罕死我了，（来回走）我怎么捡哪？我怎么捡那我？（低头看手绢）嘿，你这个丫头真机灵啊！你瞧着啊！主意来啦！喔嘘，喔嘘（学轰鸡的样子），啊妈妈，进去，（抬手叫妈妈，用右脚踢镯子）天不早了，进去，（又用右脚向后踢镯子）你怎么还不回来呀？（踏左步左手抬起，右手盖手绢）嘿，盖上了，（蒙脸看）我捡手绢不要紧的吧，（双手摊开）不放心我还得瞧瞧去，（又走至“下场门”）我一瞧，（踏右步）两瞧，(踏左步）没人，老脸一抹（念 mā），

〔花梆子〕

衣大 大3 | 5653 | 50 0 |

（双手摸一下脸）我捡起来吧！（走蹉步，两手拉着衣袖来回左右拉）哎哟！（假装拾起）可捡起来喽，哎哟！可吓死我喽！（拍胸）我得好好瞧瞧，还照哪！（看镯子）戴上了，还美哪，还轰鸡哪！（走花旦脚步，右手轰鸡）喔，喔。哎哟不好！人家本主来啦！（学小生脚步）啊大姐，哎哟坏喽，（摘镯子）摘不下来了，干脆一块给你吧，你拿去我不要，（左手打背供，右手上下递胳膊，脚下蹉步）你拿去我不要，你拿去我不要。是不是这么回事？（蹉步往“下场门”再回身走向孙玉姣）你呆着呗。

〔西皮快板〕

1/4（台.大 | 台 | 台）| 6̣2 | 12 | 3 | 3 | 21 | 2(1) | 61 | 23 | 1 ‖
还 不 将 真 情 话 实对 娘 言。

你当我真不知道那？蒙到我这来啦！有你摔的，没我摔的，（**大台**）（搬起椅子至门口，重重放下）可气死我啦！（孙玉姣用手绢打手上的镯子）哟哟哟哟，打它干什么？那会儿别捡好不好哇！（摇着身子，兴灾乐祸的样子，跷着二郎腿）

孙玉姣 妈妈！（慢慢走到刘媒婆跟前，用手拉着刘妈妈的衣袖）

刘媒婆 你呆着呗！（搭的腿放下来）妈妈呀，还蛤蟆哪，干什么呀？（看一眼孙玉姣）趁早说实话。（又搭上腿）

孙玉姣 妈妈呀！（哭）（**大大大台**）（拉着刘妈妈的袖子，跪下）

刘媒婆 我问问你，（仍然面向观众，绷着脸）刚才我学你那个样儿像不像啊？

〔孙玉姣脸上露出害羞的样子。

刘媒婆 孩子大了，知道害羞了，这么着，咱们摇头不算点头算。

〔孙玉姣看着刘妈妈摇头，然后连忙点头。

刘媒婆 老羊灯，点起头来了！（捂着嘴笑）得了起来吧。

孙玉姣 妈妈无有气了！

刘媒婆 哪那么大气呀，得了起来吧！

孙玉姣 多谢妈妈。（刚刚要站起来）

刘媒婆 嗯哼！（突然绷脸）

孙玉姣 啊妈妈！（慌忙又跪下）

刘媒婆 哎哟，我的宝贝儿，妈妈逗着你玩哪！哈哈……（起身，将孙玉姣扶起）

孙玉姣 妈妈请坐。（回到椅子前搬座归座）

刘媒婆 坐下坐下。（**大台**）（搬椅子归座）哎我说姑娘啊，他既然给你这只镯子，他也就有了心了，你有什么心爱的东西，交给妈妈我送过去，你们这件事不就成了吗？（双手做夫妻状）

孙玉姣 我家贫寒，哪有什么稀罕之物。（双手摊开）

刘媒婆 是个物件就成啊。

孙玉姣 （一想，从笸箩里拿手绢，把线咬断，递给刘妈妈）妈妈，我这里有手帕一方，可能送与公子？

刘媒婆 行，交给我了，（接过手绢）这件事情啊就行了，我走了啊！（往前走）

孙玉姣 啊妈妈！（拦住刘妈妈，不好意思地问）几日回音哪？

刘媒婆 啊？还要回信哪，嗯，快马加鞭也得三年哪。（右手伸出三个手指）

孙玉姣 忒多了！

刘媒婆 多了？嗯，是多了，那咱们仨月？（伸出三个手指）

孙玉姣 （仍含羞地说）还多。

刘媒婆 啊？还多？干脆咱们三天！

孙玉姣 噢，三天！（**大台**）（伸三个手指还在想）

刘媒婆 三天可不多了，还得容妈妈来回跑腿的工夫哪！

孙玉姣
刘媒婆 （同）正是。（**扎**）

孙玉姣 妈妈此去要谨言，（开门，先让刘妈妈出门）

刘媒婆 叮咛嘱咐两三天。（边念边出门）

孙玉姣 但愿妈妈早回转，（左脚迈出门坎望着刘妈妈）

刘媒婆 我做红媒一线牵。（回身和孙玉姣双手做夫妻状）

孙玉姣 啊，（左脚刚迈回门坎，又上步叫）妈妈！

刘媒婆 三天！（欲走又停）

孙玉姣 啊妈妈！**【小锣一击】**（欲转身回身叫）

刘媒婆 三天，三天，三天。

〔**【小锣长丝头】**孙玉姣用手绢挡脸，关门，“上场门”下。刘媒婆“下场门”下。

——剧 终

哈鸿儒 整理

法门寺

杨宝森、华慧麟、郝寿臣、萧长华演出本

《法门寺》又名《郿坞县》、《朱砂井》。这是一出在京剧形成时期就有的剧目。程长庚演出时，有时饰赵廉，有时饰刘瑾。后来有人把整个故事从《拾玉镯》开始连缀起来演至“大审”，总名为《双姣奇缘》。据说，这是出自古瑁轩王瑶卿的秘本。现在演出多为《拾玉镯》、《法门寺》单折演或二折连演。

该剧故事梗概如下：这是发生在明朝正德年间的一个奇案。世袭指挥傅朋一日在白衣庵附近闲游，偶遇孙玉姣一人在门前刺绣。二人相见甚为倾心，傅朋故意丢落玉镯一只。不巧，此情此景被刘媒婆暗中看见，于是盘问孙玉姣，并索绣鞋一只，答应代为撮合。不想，其子刘彪赚去绣鞋，在街上讹诈傅朋。刘公道劝解，将刘彪赶走。夜间，刘彪去孙玉姣家行窃，正巧，孙玉姣舅父褚生与妻贾氏前去拜佛居玉姣卧室。刘彪白天与傅朋冲突，耿耿于怀，误以为是青年男女苟合，顿起杀机，连伤二命，并将贾氏人头隔墙抛入刘公道后院，嫁祸于人。刘公道将人头投入朱砂井内，被雇工宋兴儿发现。刘公道恐事情泄露，骗宋兴儿至井边，将其推下井去。凶案报郿坞县后，累及傅朋，被屈打成招。然而，人头没下落，难以结案。刘公道为逃避罪责，诬宋兴儿行窃潜逃。宋父及宋巧姣当堂辩白不成，宋巧姣被收监。在监内，宋巧姣与孙玉姣、傅朋攀谈案情，断定真凶必为刘彪，愿代二人具状雪冤。傅朋感其德，将另一只玉镯赠与宋巧姣，并嘱家人代偿刘公道银钱。宋巧姣出监后将刘媒婆灌醉，探得实情。此时，权阉刘瑾从太后往法门寺降香，宋巧姣冒死状告郿坞县令赵廉问案不公。刘瑾在太后敦促下，责令赵廉三天内将案情审清，人犯带齐结案。最后，太后指婚，傅朋与孙玉姣、宋巧姣成婚。

《法门寺》是一出群戏，生、旦、净、丑各大家经常演出此剧，留下的音像资料比较多。此整理本是按杨宝森、华慧麟、郝寿臣、萧长华的戏路进行整理的。

一般认为这出戏中生、旦是主角，净、丑是硬配角。虽说如此，但是角儿们却不得不依赖大小花脸为其增色。新中国成立前，北京各班社争相邀侯喜瑞参演此剧，如有他参演能多上一二成座。有时，侯喜瑞下了压轴赶大轴，吃完了晚饭再上一个夜场。马连昆演刘彪唱那段〔流水〕很有特色，很多班社烦他在“叩阍”一场下来赶个刘彪，完了再接演“大审”的刘瑾。由此可见，这出戏最适合在义务戏里上演，可以拴住许多好佬，很受观众欢迎。例如，在北京抗美援朝捐献演出中，就有由谭小培、华慧麟、郝寿臣、萧长华合演的《法门寺》。50年代末，毛泽东主席曾就《法门寺》揭露官场腐败表示赞赏，当时有马连良、张君秋、裘盛戎、萧长华和李和曾、杜近芳、袁世海、孙盛武分别以强大阵容演出了《法门寺》。但是，一般剧团单演此剧，很难上座。通常演《法门寺》都是双出，当年谭富英、裘盛戎、杨宝森、奚啸伯等都是如此。即便是马连良的扶风社以其强大的阵容上演此剧也是作为歇工戏在星期日白天唱。梅兰芳、程砚秋、尚小云早年常演此剧，后来就很少演了。金少山北上回京，演出轰动九城，但单挑贴一出《法门寺》预售只卖出三四十张票，不得不回戏。

因为京剧讲究听唱，刘瑾是个架子花，没有大段的唱，所以人们总以赵廉、宋巧姣为主角。而生、旦除各有一大段唱外，没有更多的做表，全剧四分之三时间都是刘瑾、贾桂在场上，因此，大小花脸的表演就至关重要了，正所谓绿叶青翠欲滴，花儿才显更红。郝寿臣留有录音和配像，他饰刘瑾源自金秀山，上场〔引子〕的词“威权镇朝廊，深感皇恩荡”就是金的念法。表演更侧重表现权势，贾桂读状时，刘瑾端坐如同一尊塑像。今留有他的一帧剧照可以证明。郝寿臣三出京白太监戏，久负盛名：《法门寺》刘瑾，谄媚恃宠；《黄金台》伊立，骄骛狠辣；《忠孝全》王振，威严持重。三个太监，三种形象，绝不雷同。侯喜瑞所饰刘瑾在金、郝、侯三大净行流派中居榜首，为人津津乐道。侯喜瑞嗓音不够清亮，个头也不高，然而他的唱就字不就腔，极有韵味，特别擅长〔散板〕、〔摇板〕、〔流水〕等；念白吐字规范，抑扬顿挫，层次分明；做表功架边实，动作优美，善于用程式刻画人物，用表演挖掘人物内心。这种表演风格极适宜表现刘瑾这个人物。通过自报家门要杀喊冤的宋巧姣，越过皇帝封赵廉知府，嘲弄人犯、威吓赵廉等表现了他骄横恃宠；受了太后责备后立即唯唯诺诺地为宋巧姣雪冤，最后倒贴两千两银子给“双姣”办妆奁，充分暴露出他谄媚的一面。剧中和贾桂打哈哈，特别他独有的《逛花园》（见附录一）给戏增添了喜剧的美感，让人们轻轻松松地坐在剧场享受艺术。在身段上，不妨引一段翁偶虹的评论：“念完‘只望出京乐安然，在京出京俱一般’，接贾桂高喊的‘郿坞县公文一角，当堂扯封’的折袖转身，与贾桂对走三个犄角的三番扬脸看公文，更有特色。这场，侯喜瑞改穿自己特备的金蟒，袖角襟缘，辉煌灿烂，绚丽耀眼，真像一只金凤凰，飞舞于红氍毹上。而全剧结束时，在大座里场椅念‘见了圣上，咱家再提拔于你’的翻袖踢蟒、飒然下场，明爽干净，无怪熟观此剧的观众异口同声地说他这一手是‘胡萝卜就酒，嘎嘣脆！’这一句推崇之词，实际是从他的表演之美而引发的。”

另一个重要配角是贾桂。贾桂的表演公认当首推萧长华。萧老留有两个录音，贾桂一角包含着许多他自己的创造。他 20 岁搭小鸿奎班常进宫应差，深刻感受了太监们的媚上傲下、贪婪狡黠。他把这些感受融入贾桂的表演中，才有对班头对赵廉暗示、明索，油滑狡诈那种入木三分的刻画以及对刘瑾迎合奉承、摇头摆尾的淋漓尽致的展现。把一个小太监的奴才相演得丝丝入扣。萧长华表演贾桂的另一亮点是读大状。这个大状原词也是一段“贯口”，1905 年喜连成学生耿喜斌演出卖了很大力气，反应却十分冷淡，一位老者还连连摇头撇嘴。萧长华得知后毕恭毕敬地将老者请至后台，虚怀求教。这位老者叫叶肖斋，他指出了台上念白应遵循的法则，指出该段状词四声安排有误，难以念出感情，打动观众，并答应给重写一段状词。科班演出采用了新词，效果很好，就沿用下来。1912 年萧长华与谭鑫培、金秀山在广和楼合演《法门寺》时，他开始将这段词用在舞台上。1962 年他又著文《谈贾桂念状》，详细分析总结了这段表演。

关于赵廉和宋巧姣的表演，主要就是各自一段〔西皮慢板〕唱腔。众多名家均有精彩的表现，可以说是八仙过海，各显神通。

哈鸿儒

人物行当

赵　廉	老生	孙玉姣	旦
宋巧姣	旦	和　尚	生
刘　瑾	净	大太监	杂
贾　桂	丑	四太监	杂
宋国士	生	四宫女	旦
刘媒婆	彩旦	四校尉	杂
刘　彪	净	四红龙套	杂
刘公道	丑	二班头	丑
太　后	老旦	四衙役	杂
傅　朋	小生		

服装扮相

赵　廉　俊扮。忠纱、黑三，蓝官衣、褶子、玉带，黑彩裤，厚底靴。

宋巧姣　俊扮。梳大头、线尾子、银泡，领花、黑或蓝素褶子、白沿边素裙子、白腰包，彩裤，彩鞋。(结尾“成亲”时改为凤冠、水钻头面、红宫花、红绣花帔、绣花褶子)

刘　瑾　勾红太监脸。金荷叶盔、杏黄穗子、牵巾，红蟒、玉带、朝珠，红彩裤，厚底靴。

贾　桂　勾丑角窝头形粉脸。大太监帽、黄穗子，红绣龙箭衣、黑绣龙马褂、朝珠、大带，红彩裤，朝方靴。

宋国士　俊扮。黑高方巾、髯三，黑褶子、绦子，黑彩裤，白大袜、福字履。

刘媒婆　俊扮。梳平三套、帽箍，蓝布大襟褂子、腰巾、黑布大襟坎肩，黑彩裤，白袜子、黑抹子鞋。

刘　彪　勾歪元宝脸。蓝毡帽、黑一字，黑箭衣、大带，黑彩裤，薄底靴。

刘公道　勾老丑脸。绿荷叶巾、白五嘴（或白四喜），老斗衣、绦子，黑彩裤，白大袜、皂鞋。

太　后　俊扮。白网子、老旦凤冠，杏黄女蟒、玉带、墨绿绸裙，白袜、福字履。

傅　朋　俊扮。黑高方巾、帽正，黑褶子，彩裤，厚底靴。(结尾“成亲”时改为纱帽、红官衣、玉带)

孙玉姣　俊扮。梳大头、线尾子、银泡、草花，领花、黑素褶子、白沿边素裙子，彩裤，彩鞋。(结尾“成亲”时改为凤冠、水钻头面、红宫花、红绣花帔、绣花褶子)

和　尚　俊扮。黄僧帽、白虬髯（或白三、白五嘴），黄僧衣、朝珠，黑彩裤，白大袜、僧鞋。

大太监　俊扮。大太监帽，黄太监衣，黑彩裤，薄底靴。

四太监　俊扮。太监帽，黄太监衣，黑彩裤，薄底靴。

四宫女　俊扮。梳大头、线尾子、水钻泡子、过桥，浅蓝褶子、云肩、绣边白裙子，彩裤，彩鞋。

四校尉　揉脸。黑大板巾、小额子、牵巾、面牌，蓝绣边箭衣、黑团花马褂、苫肩、紫大带，黑彩裤，薄底靴。

四红龙套　俊扮。红大板巾，红龙套衣，黑彩裤，薄底靴。

二班头　丑扮。梢子帽，蓝布箭衣、大带，黑彩裤，白布大袜、皂鞋。

四衙役　俊扮。红秦椒帽，青袍，红彩裤，薄底靴。

道具

腰　刀	四把	**马　鞭**	五根
荷包枪	四杆	**宝　剑**	一口
云　帚	一根	**黄罗伞**	一把
金　瓜	两个	**金　棍**	两根
茶　盘	一个	**茶　盅**	两个
文房四宝	一份	**令　箭**	一枝
书	一卷	**惊堂木**	一方
扇　子	一把	**锁　链**	三条
堂　板	两根	**木　棍**	两根
钢　刀	一把	**绣　鞋**	一只
尸　形	一具	**银　包**	一个
公文袋	一个	**状　纸**	一份
银　锭	一块	**素桌围**	一份
明黄绣龙桌围	一份	**明黄绣龙椅披**	四份
红绣金团花桌围、椅披	两份		

第一场

〔【冲头】幕启。场上置正场桌，“小座”。桌后放三把备椅。明黄绣龙桌围椅披。【冲头】切住。

〔众内：“哦——！”

〔【大锣原场】四校尉、四红龙套提马鞭，贾桂执云帚，“上场门”上，“站门”。

〔【四击头】【回头】【大锣原场】刘瑾“上场门”上，亮住，至“九龙口”，抖双袖，提袖，整冠，捋牵巾，至“台口”，抖右袖，提袖。【归位】

1 3 2 - - 2 2 1 -

刘 瑾 （引）威权镇朝廊，（台.大 台）深感（大大）皇 恩

6. 7 5 6 2 2 1 1 6 -

荡。

〔【回头】【大锣原场】刘瑾抖左袖，提袖，左转身，归“小座”。【归位】四红龙套、四校尉归“里八字”。贾桂“大边”侍立。

刘 瑾 （诗）四海腾腾庆升平，
锦绣江山咱大明。（台.大 台）
满朝文武尊咱贵，
何必西天把佛成。【归位】

咱家，（仓）刘瑾。【住头】我乃陕西延安府的人氏。七岁净身，九岁进宫，一十三岁伺候老王。老王驾崩，扶保正德皇帝登基。我与当今万岁明为君臣，暗是手足的一般。内管三宫六院，外管五府六部，十三科道，执掌生杀之大权。太后老佛爷十分宠爱，认咱家为义子螟蛉干殿下，封咱家九千岁之职。【住头】哎，我说桂儿呀！

贾 桂 嗻！

刘 瑾 咱们爷们儿这个“务部”够瞧的了吧？

贾 桂 敢情啦！称得起一人之下，万万人之上啦！可这会儿谁还比得了咱们老爷们儿嘞，哈哈哈……

刘 瑾 哈哈哈……【小锣一击】桂儿呀！

贾 桂 嗻！

刘 瑾 太后老佛爷要往法门寺拈香，这銮驾齐备了没有？

贾 桂 齐备多时了，候着您请驾哪！

刘 瑾 候着。

贾 桂 是。

刘 瑾 （离座）咱家我要请驾啦！

〔四红龙套、四校尉、贾桂外移，刘瑾至台口面向“上场门”打躬。

刘　瑾　儿臣有请母后。

〔【小锣打上】四太监分别持一对金瓜、一对金棍，四宫女“上场门”上，“站门”。太后随上，至台口。

1 2　3 2 2 2 2　5 7 6

太　后　（引）一心赴蟠桃，（多多）但愿得（多 罗.）长　生　不

5 5 5 6 –‖

老。

〔【小锣归位】太后左转身归“小座”。四宫女、四太监归里“八字”。刘瑾跪拜。

刘　瑾　儿臣见驾，母后千岁。

太　后　平身。

刘　瑾　千千岁。（归“大边”，面向太后）

太　后　儿呀，为娘要到法门寺降香，銮驾可曾齐备？

刘　瑾　俱已齐备。

太　后　吩咐外厢，起驾法门寺。

刘　瑾　（转身对贾桂）桂儿呀！

贾　桂　嗻！

刘　瑾　吩咐校尉的摆驾法门寺。

贾　桂　是。（至台口）校尉的！

众　有。

贾　桂　起驾法门寺呀！

众　啊！

〔【长尖】四校尉、四红龙套“合龙口”，“横一字”，面里，太后上高台坐。大太监举黄罗伞“上场门”暗上，站太后身后。刘瑾坐“小座”，贾桂“大边”侍立。

〔【大锣帽子头】四校尉、四红龙套转身面向前上马。

众　（唱大字牌子<一江风>）

サ（台仓才仓才令仓.仓）5 6 6 –（空匡.多罗0）| 4/4 1 2　3 5　2 3 5 |

一官迁，　白　下

（四校尉、四红龙套“插门”，走“太极圈”）

6 5　i　6 i　5 | 3 2　5 3　2 3　1 2 |

孤　云

3　6 i　5. 6　3 2 | 1 2　3 5　2　3 5 |

断，　古　道

法 门 寺

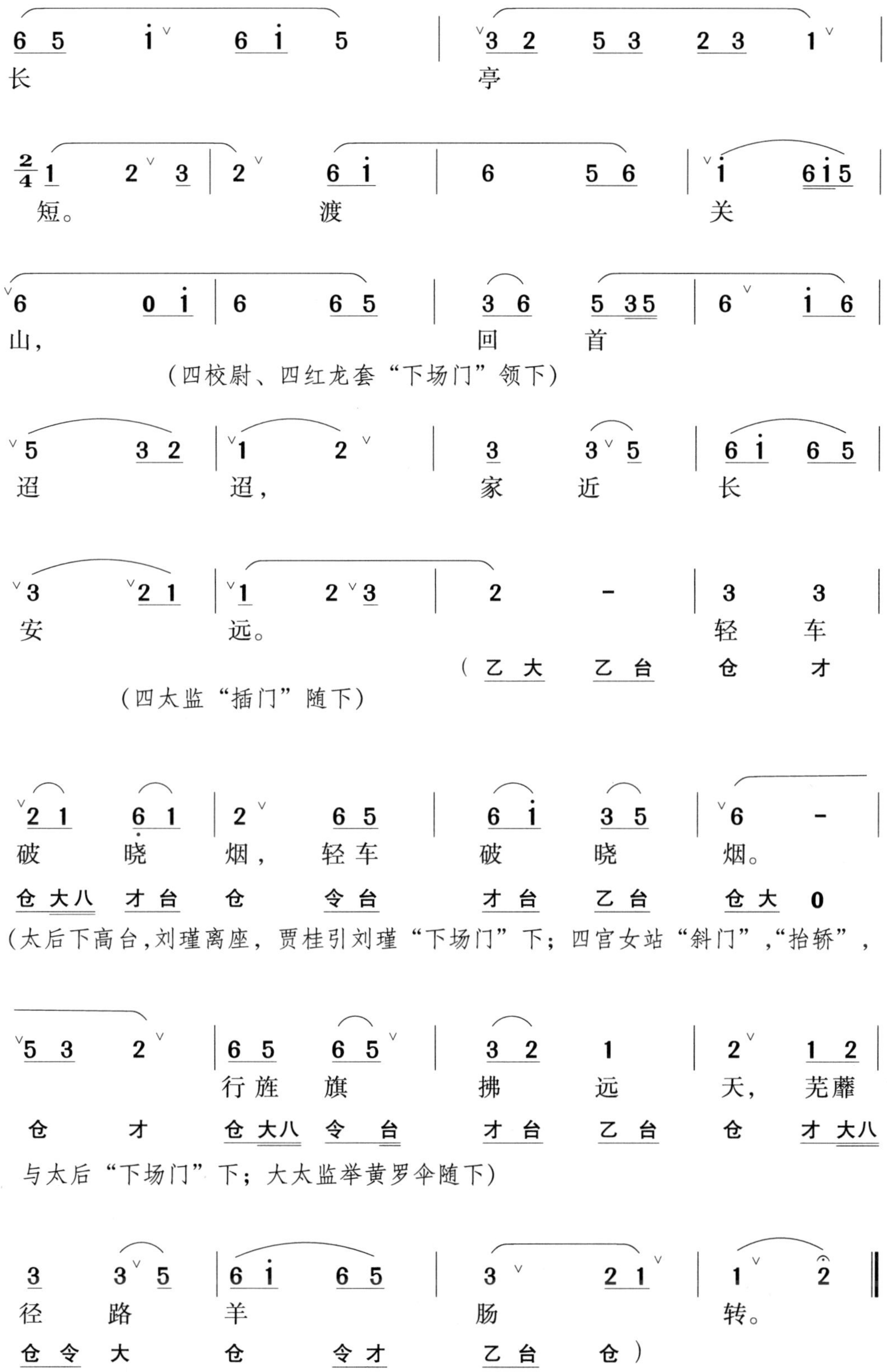

〔【回头】【大锣原场】闭二幕。

第二场

〔【冲头】宋国士“小边”侧幕上至正场，开门。【长尖】宋巧姣系腰包“小边”侧幕上，与宋国士见面。双出门。宋巧姣往“上场门”一望，宋国士往“下场门”一望，双进门。

宋国士 （归“大边”）【叫头】哎呀儿呀！你看千岁前呼后拥，此状不告也罢。

宋巧姣 （归“大边”）【叫头】爹爹呀！慢说是前呼后拥，就是一座刀山……【撕边一击】

宋国士 怎么样？

宋巧姣 女儿也要【撕边】前去的呀！（哭）

〔西皮散板〕

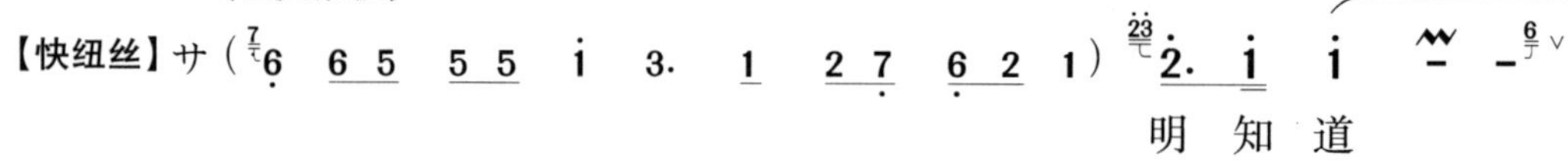

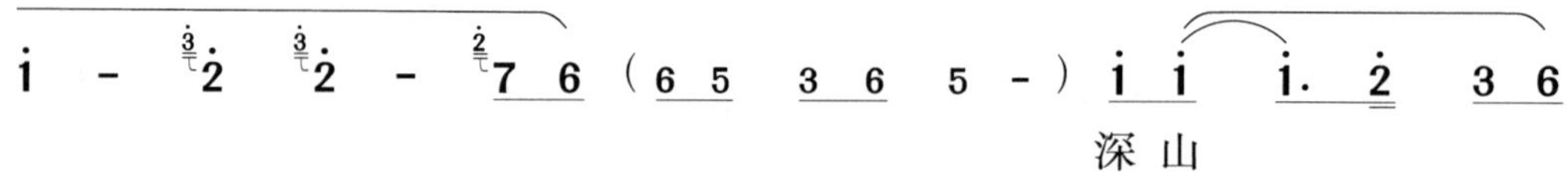

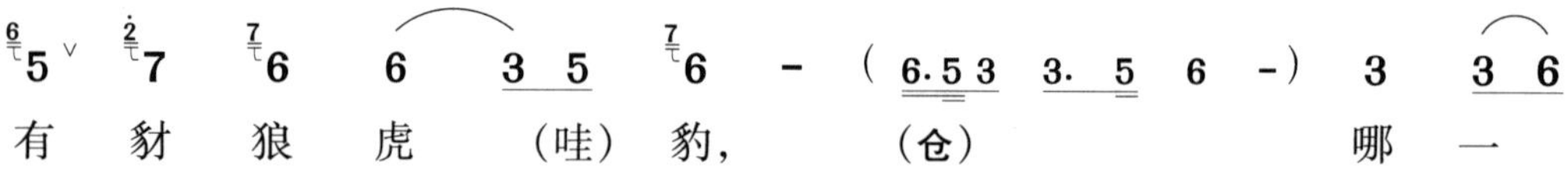

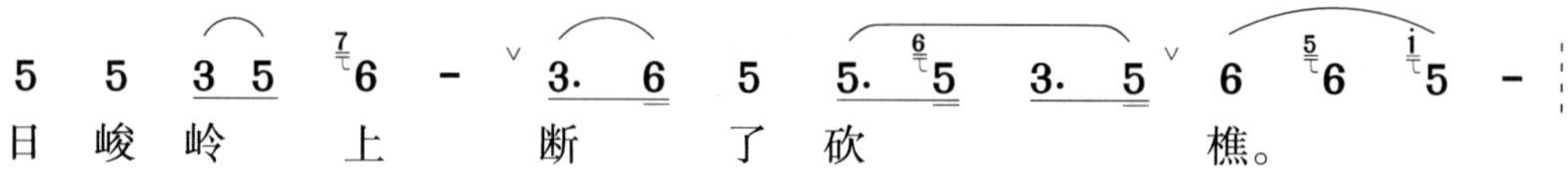

宋国士 儿呀！

宋巧姣

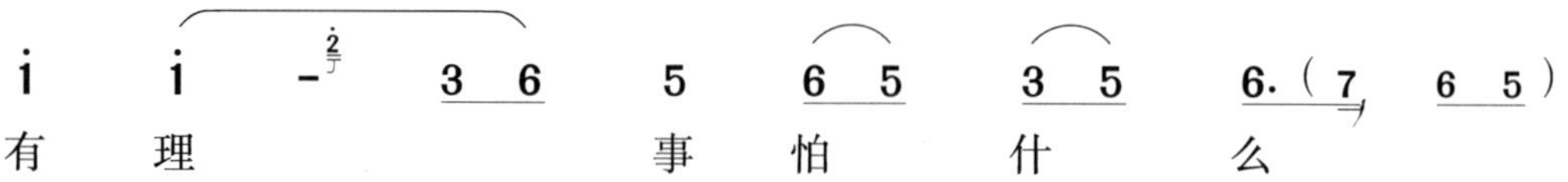

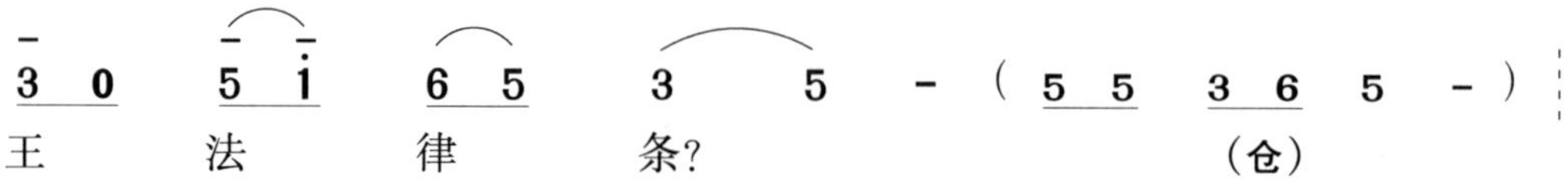

宋国士

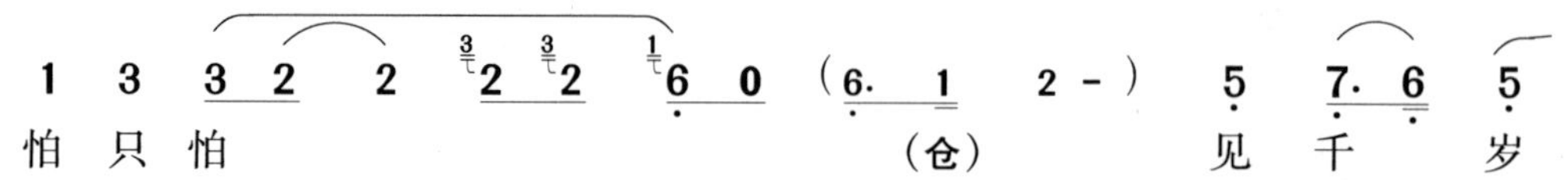

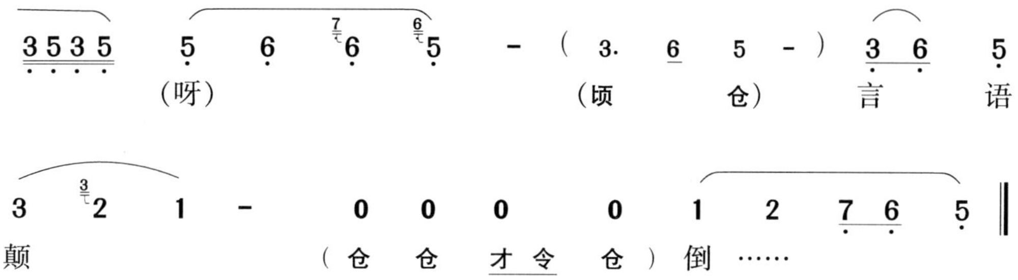

〖【快扫头】宋国士、宋巧姣“推磨”换位，双出门，宋巧姣推倒宋国士，左转身，撑右袖，【冲头】“大边”侧幕下，宋国士招手追下。

第三场

〖【冲头】开二幕。场上置正场桌、“小座”。浅色绣花桌围椅披。桌后设备椅一把。

众 （唱大字牌子＜一江风·合头＞）

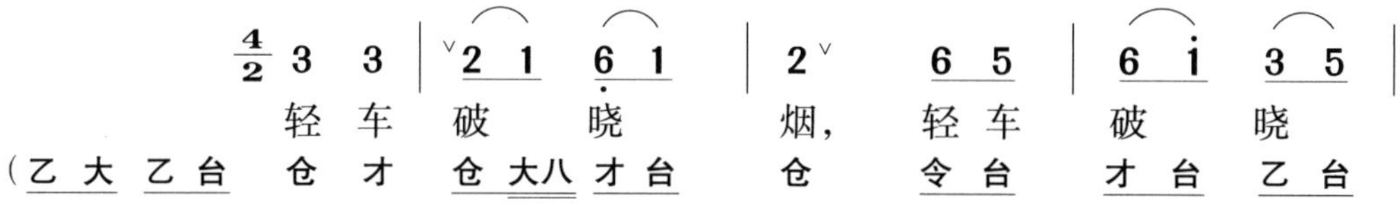

（四校尉、四红龙套、四太监、四宫女“上场门”上“挖

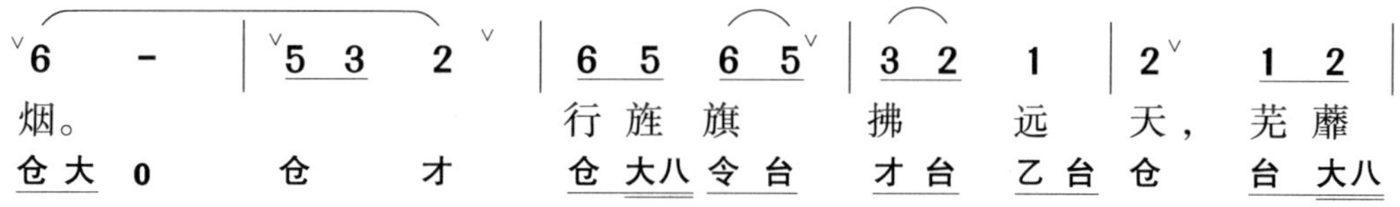

门”，分站两边。四校尉、四红龙套下马。住持和尚同时“下场门”暗上，站

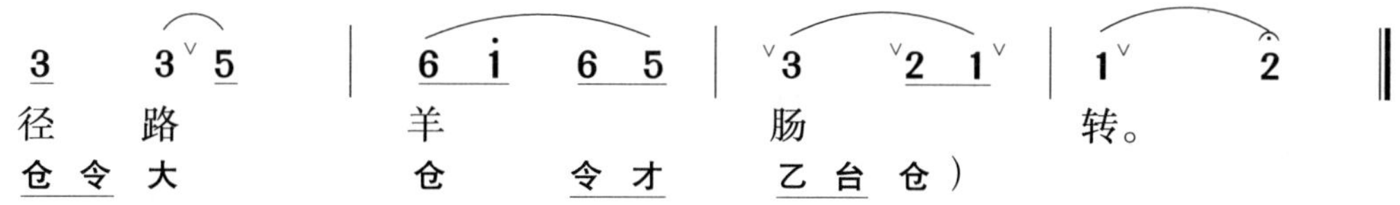

“大边”，合十恭迎）

〖唢呐接奏曲牌＜吹打＞刘瑾、贾桂引太后“上场门”上，在“小边”停轿，刘瑾、贾桂掀轿帘，太后下轿，进门，归“小座”。刘瑾随进门归“大边”，贾桂随进门归“小边”。曲牌止。

太　后 儿呀，问那庙里和尚，哪里洁净，为娘也好打坐。

刘　瑾 遵旨。桂儿呀，

贾　桂 嘛！

刘　瑾 问问庙里的老和尚，哪儿洁净，太后老佛爷打坐。

贾　桂 嘛！（至正场台口）庙里和尚呢？

和　尚　有。
贾　桂　哪儿洁净，太后老佛爷要打坐哪。
和　尚　观音堂。
贾　桂　候着。（回原位）启千岁，观音堂洁净。
刘　瑾　摆驾。
贾　桂　嘛！（对和尚）头前带路。校尉的摆驾呀！
众　啊。
〔胡琴奏曲牌<西皮小开门>。太后离座，众“一翻、两翻”，太后归里座，刘瑾归“大边跨椅”。和尚端茶，至正场，跪，献茶。一宫女、贾桂端茶分别递给太后、刘瑾，饮毕又将茶杯递回。曲牌止。贾桂将赏赐折子放至茶盘上。①
贾　桂　冲上谢恩，多念万寿经啊！
和　尚　阿弥陀佛！（站起，“下场门”下）
〔宋巧姣内白：“走哇！”
〔**【大锣水底鱼】**宋巧姣双撑袖“上场门”上，至“小边”台口双手折袖，至正场里望，双手向里一指，退至“小边”，双手撑袖。
宋巧姣　冤枉——（跪“小边”）
众　哦——**【嘟……大仓】**
刘　瑾　哎，桂儿呀！
贾　桂　嘛！
刘　瑾　外面什么事儿，这么鸡猫子喊叫的？
贾　桂　奴才不知道哇！
刘　瑾　瞧瞧去！
贾　桂　嘛！
刘　瑾　快着！
贾　桂　是。（至台口）校尉的，
众　有。
贾　桂　什么事鸡猫子喊叫的？
二校尉　有一民女喊冤！
贾　桂　民女儿喊冤！候着啊！（转回“大边”）启千岁，有个民女儿喊冤。
刘　瑾　民女喊冤。
贾　桂　哎，民女儿喊冤。
刘　瑾　绑起，杀了她！
贾　桂　杀了她！
太　后　且慢！
刘　瑾　（站起）哎，慢着，（台）慢着！
贾　桂　听信儿！
太　后　大佛宝殿哪有杀人的道理？看那女子身旁有状无状？

---

① 侯喜瑞先生有时演至此处，众人全下，插演《刘瑾逛花园》。演毕，众人再上接演。（台词见“附录”）

刘　瑾　遵旨。桂儿呀，这佛殿之上，怎么能够杀人哪？
贾　桂　哟，说的是哪！
刘　瑾　谁的主意？
贾　桂　奴才不知道哇！
刘　瑾　看看女子身旁有状无状？
贾　桂　是。校尉的，
校　尉　有。
刘　瑾　告诉他们，别胡摸擦人家。
贾　桂　（至台口）看那女子身旁有状无状？
校　尉　是。（至宋巧姣处要过状子）身旁有状。（交给贾桂）
贾　桂　（接状）有状子。嘿，成心要打官司，啊？（回原位）千岁爷，有状子。
刘　瑾　有状子？
贾　桂　是。
刘　瑾　好哇，你的差事来啦！
贾　桂　奴才有什么差事呀？
刘　瑾　命你跪在丹墀，高声朗诵，一字一字，清清楚楚，念给太后老佛爷和咱家我听！念客！
贾　桂　（不情愿地）是。
刘　瑾　桂儿呀！
贾　桂　是。（往台口蹭）
刘　瑾　你磨蹭什么哪？
贾　桂　奴才这不是客那嘛！
刘　瑾　孩儿呀，孩儿呀！你这差事越当越回客啦！
贾　桂　没有哇！
刘　瑾　还没有呢？
贾　桂　是。
刘　瑾　不带你出来，死乞白赖地要跟着。有这么点儿差事，还不够你猴崽子干蹭棱子的哪！
贾　桂　哪敢跟您蹭棱子呀？
刘　瑾　念。
贾　桂　是。（发牢骚）什么地方冤不了，单上这儿冤来。哪儿的事儿呀，唉！（无奈地跪在台口）这状子怎么写来着，写清楚点儿呀，这怎么念呢，这个？哎呀，（嗽嗓子）哎具……啊是具……
刘　瑾　哎，桂儿呀！
贾　桂　嗻！
刘　瑾　这头一个字儿念什么？
贾　桂　这头一个字儿念“具”。
刘　瑾　“具”呀？再锯就嗙儿该倒啦！往下念！
贾　桂　嗻。“具上告状民女宋氏巧姣求雪夫含冤事啊！”（嘟……）
刘　瑾　着，着，（仓）照这样儿往下念。
贾　桂　嗻！（读状）“窃巧姣系郿坞县学庠生宋国士之女。许字世袭指挥傅朋为妻，六礼已成，尚未合卺。忽闻氏夫身遭飞祸，赶即查问起事情由，方知氏夫因丁父忧，尚未授职，现已服满，前往各处谢孝。经过孀妇孙氏门前，无意中失落玉镯一只，被孙玉姣拾去。适有刘媒婆从旁窥见，藉此诓去玉姣绣鞋一只，令他儿刘彪在大街之上向氏夫讹诈，因此二人争斗一处。当经刘公道解劝，并未公允，随即各散。彼时，又出孙家庄黑夜之间刀伤二命。一无凶器，二无见证，无故又将氏夫拿在公堂，一味刑求，暗无天日。氏夫乃文弱书生，不堪痛楚，只得惧刑屈招，拘留监狱。窃巧姣一闻此信，惊骇异常。家中只有母亲一人，衰朽卧病。是以情急，谨依法律规定条例，具状上告。伏求俯准，提案讯究，务得确情，以雪奇冤，而重生命，则衔结之私，永无既及矣。谨状啊！”① **（嘟……崩登仓）**（站起）呵，好厉害的状子。（回至原处）千岁爷请看！

刘　瑾　哎呀，真难为你呀！

贾　桂　可说是的。

刘　瑾　你什么岁数啦？

贾　桂　哟，孩子才多大呀！

〔贾桂呈上状子，刘瑾站起接状，转身呈给太后。

刘　瑾　母后请看。

太　后　将那民女唤进大佛宝殿，为娘要亲自问话。

刘　瑾　遵旨。桂儿呀！

贾　桂　嗻！

刘　瑾　将那告状的小妞儿带进大佛宝殿，太后老佛爷要亲自问话，别吓唬她啊！

贾　桂　是。校尉的！

校　尉　有。

贾　桂　将那女子唤醒，带进庙去，太后老佛爷要亲自问话哪！

校　尉　是。那一女子醒来！

〔西皮散板〕

宋巧姣　**【散板凤点头】**（过门同前）

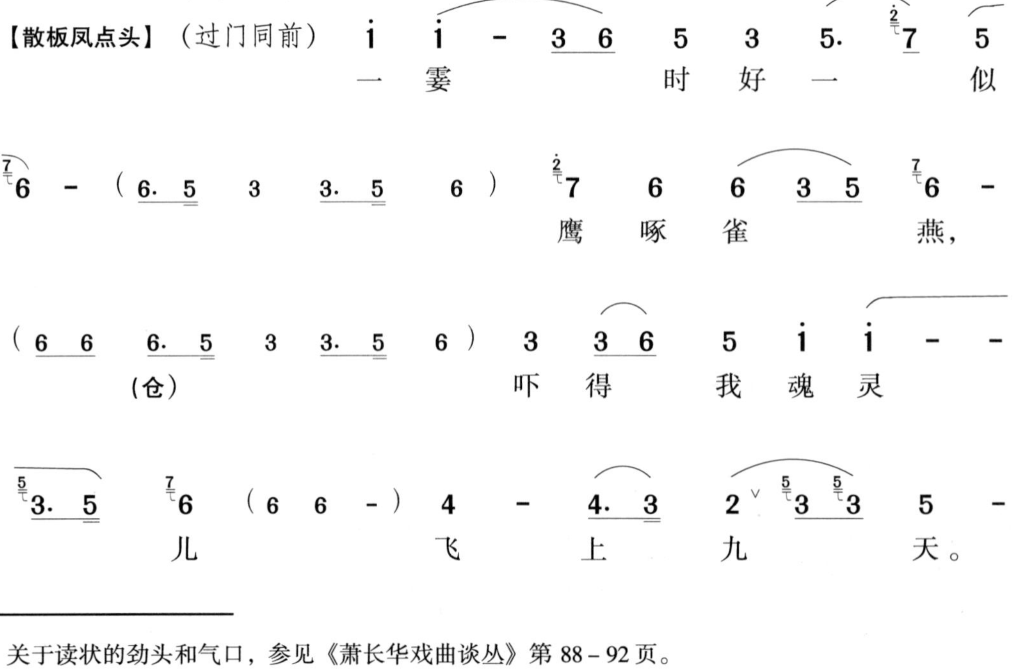

① 关于读状的劲头和气口，参见《萧长华戏曲谈丛》第88－92页。

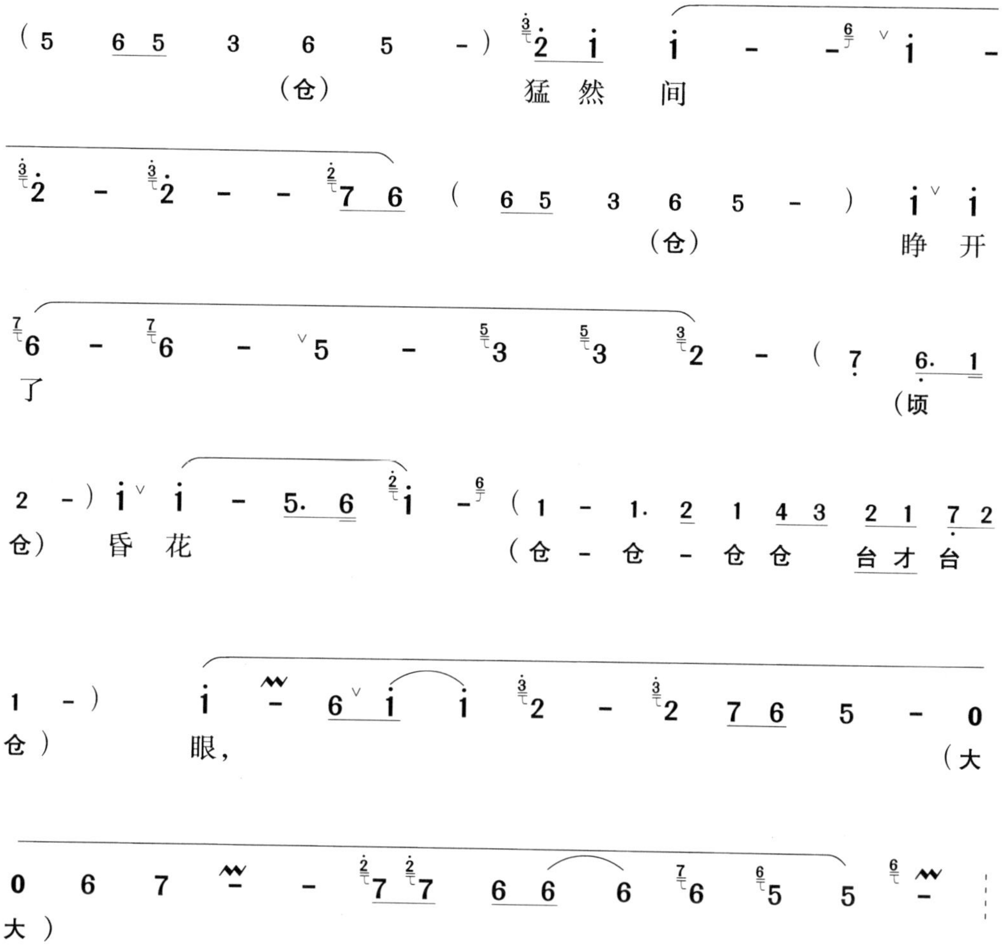

〔【撞金钟】宋巧姣站起，揉膝，转身向外，右手拉左水袖，遮面，躬身，“挖门”至“小边”面向前跪。

宋巧姣 （过门同前）

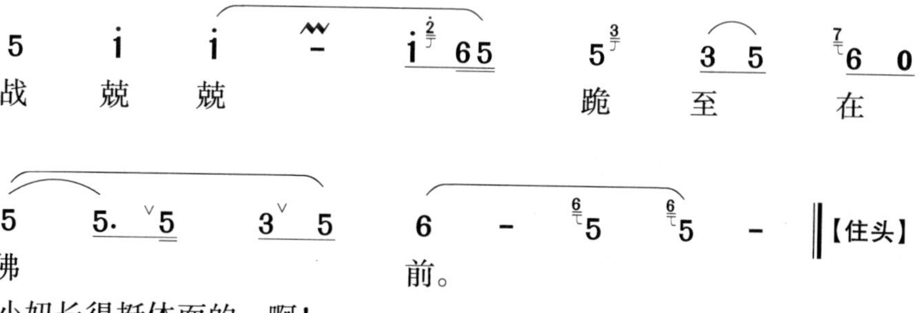

刘　瑾 （对贾桂）这小妞长得挺体面的，啊！

贾　桂 （表示赞同，上前对宋巧姣）哎，我说妞儿，上头坐着太后老佛爷，这旁坐的是我家千岁爷，有什么冤枉事呀，自管往上回，别害怕，都有咱家哪，啊！

宋巧姣 皇太千岁容禀！

〔西皮导板〕

【导板头】サ（

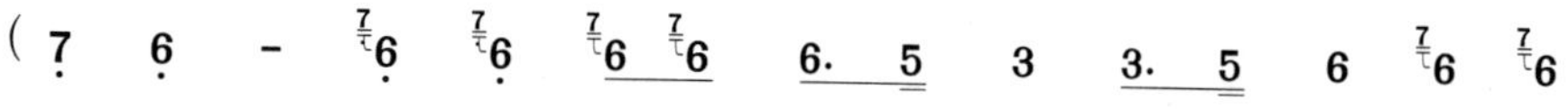

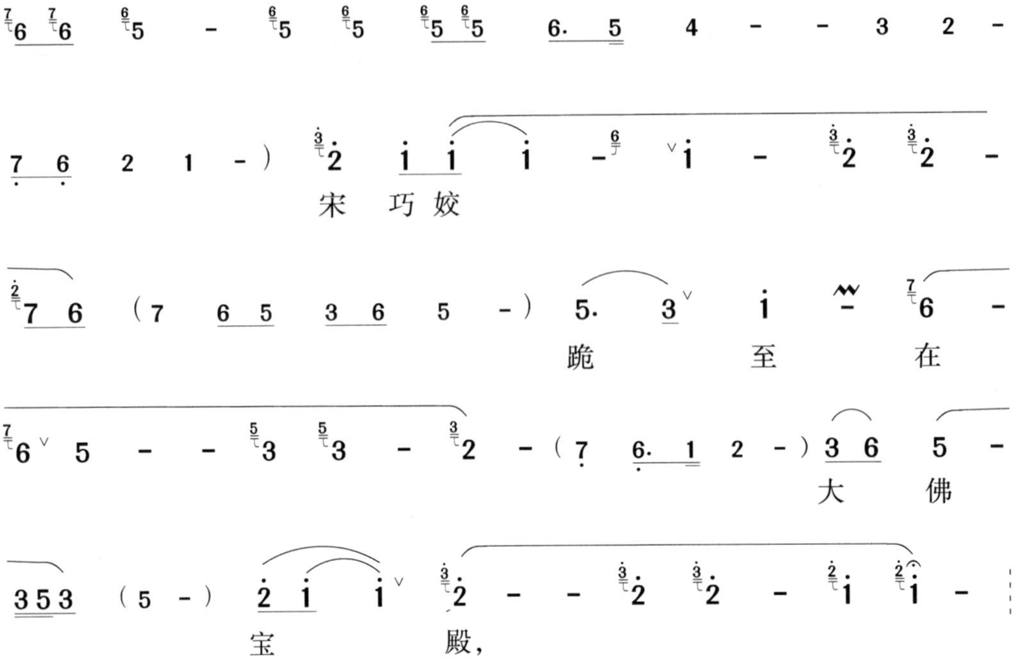

众　哦——（仓）
刘　瑾　嘿，桂儿呀！
贾　桂　嗻！
刘　瑾　外边又什么事，这么鸡猫子喊叫的？
贾　桂　奴才哪儿知道哇？
刘　瑾　告诉他们不要这个使唤！
贾　桂　是。
刘　瑾　快去！
贾　桂　是。（至正场台口）我说校尉的，
四校尉　有。
贾　桂　你们怎么又嚷嚷上啦？
四校尉　千岁爷的虎威。
贾　桂　千岁爷的虎威呀？这出了京啦，不要这就够使的！太后老佛爷宝座离得近，惊了驾咱家担，是嗮儿你们担哪，啊？
四校尉　我等担待不起。
贾　桂　我就知道你们担待不起，还不给我滚下客吗？这群猴崽子！
〔四校尉、四红龙套两边分下。
贾　桂　（对宋巧姣）妞儿，慢慢地说你的，啊！
宋巧姣　千岁呀……（哭）

〔西皮慢板〕

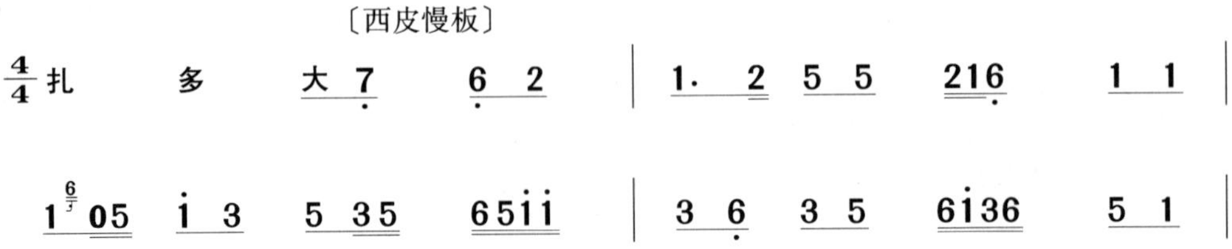

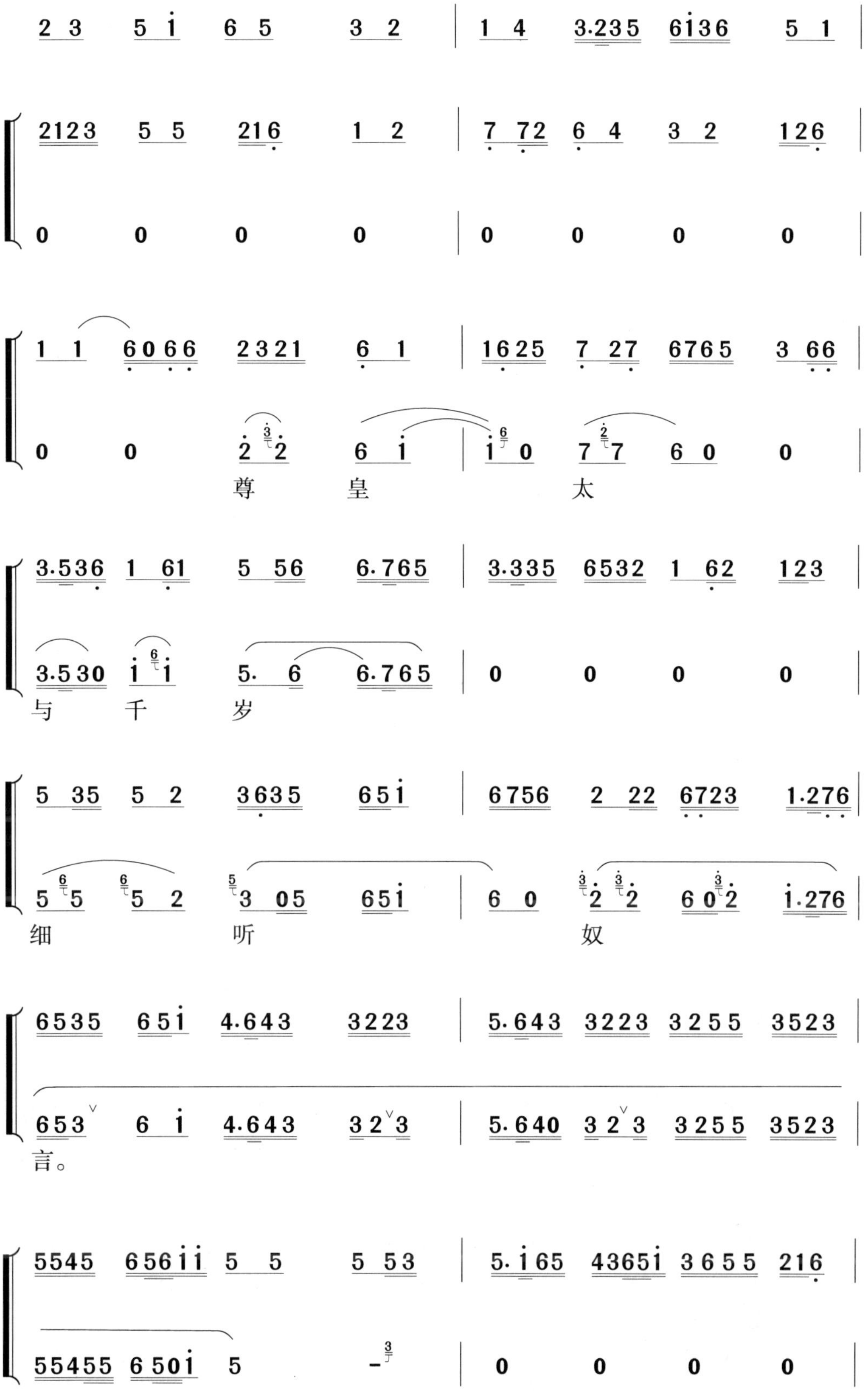
尊 皇 太
与 千 岁
细 听 奴
言。

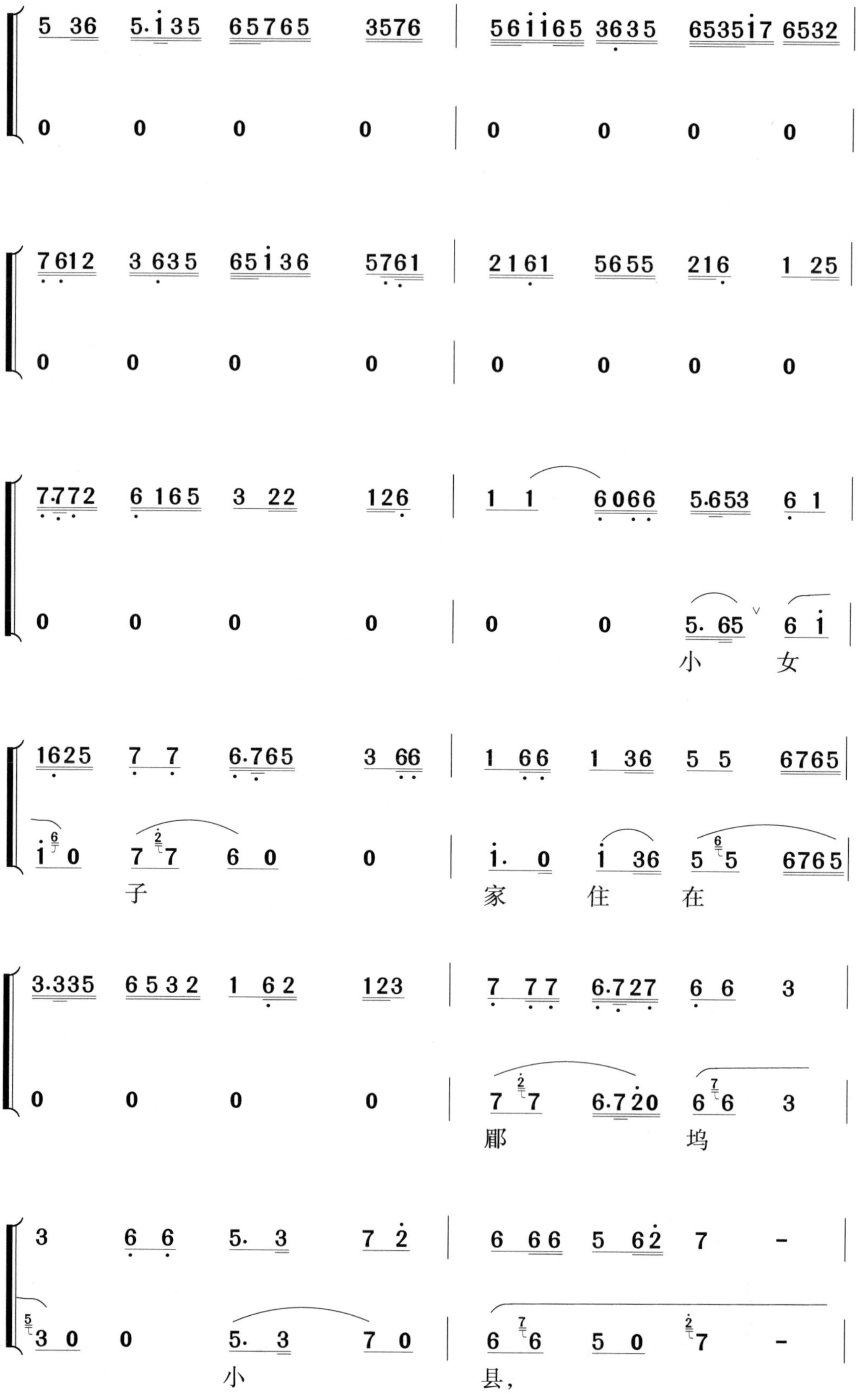
小 女
子
家 住 在
郿 坞
小
县，

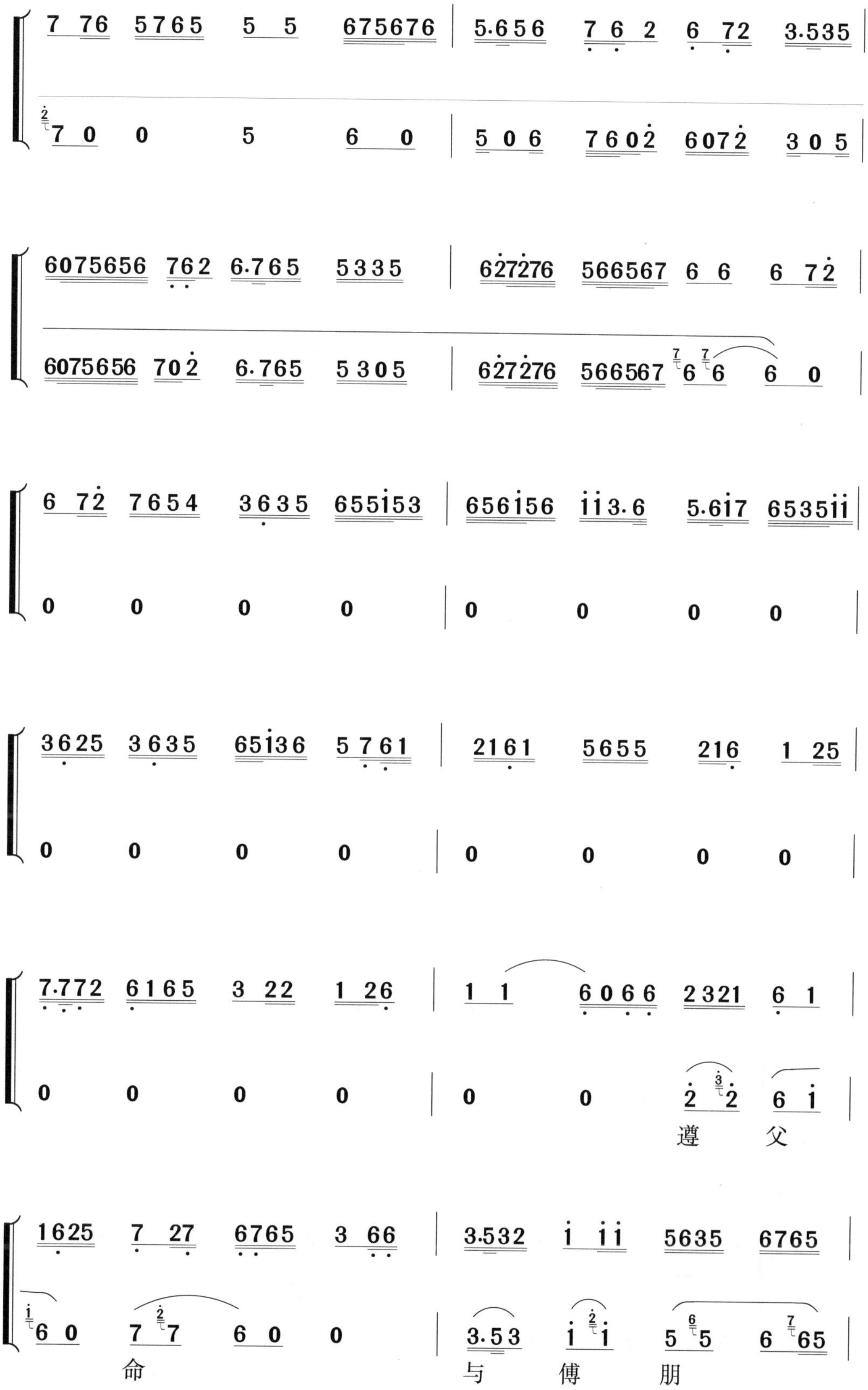
遵
父
命
与
傅
朋

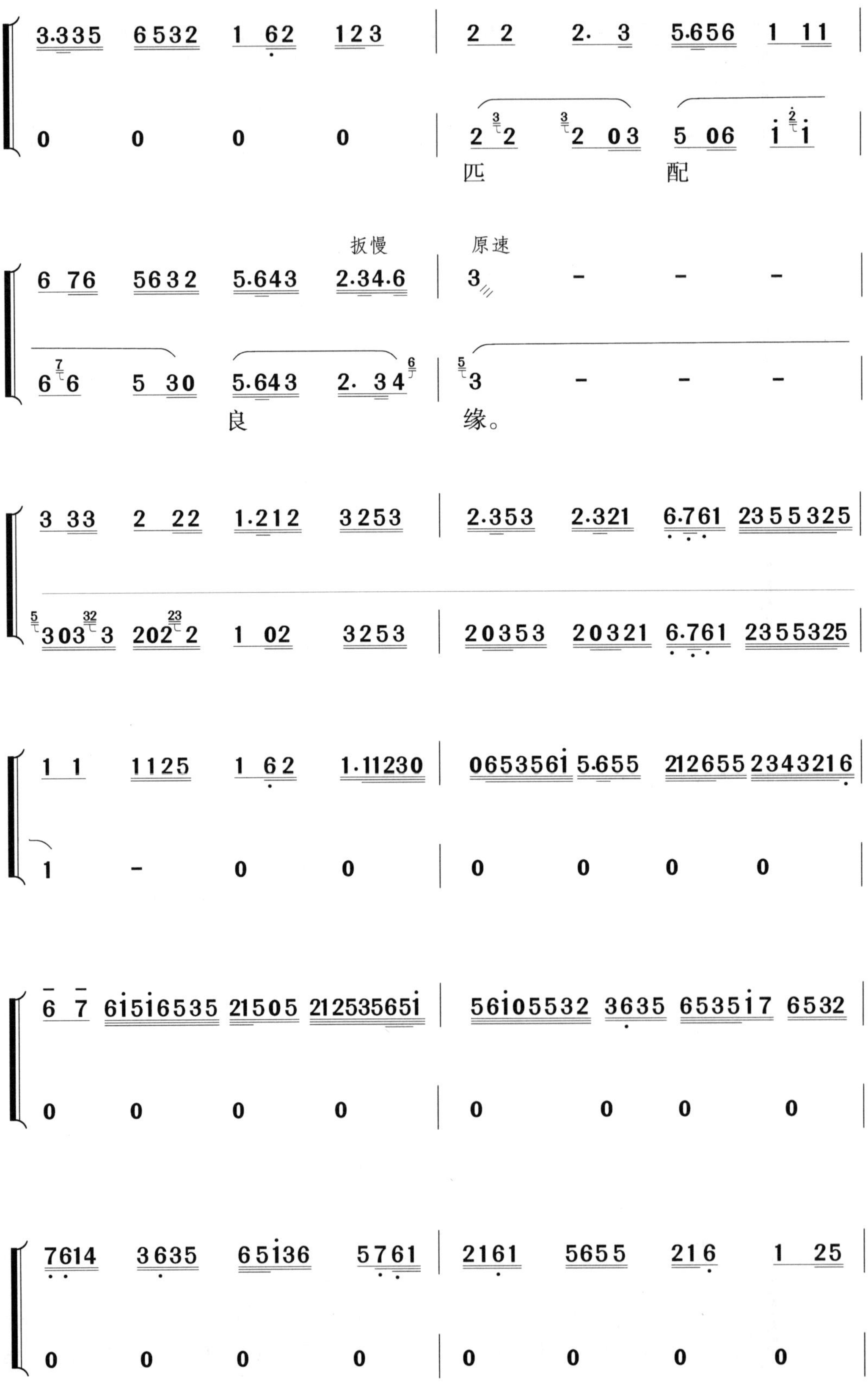
匹
配
扳慢
原速
良
缘。

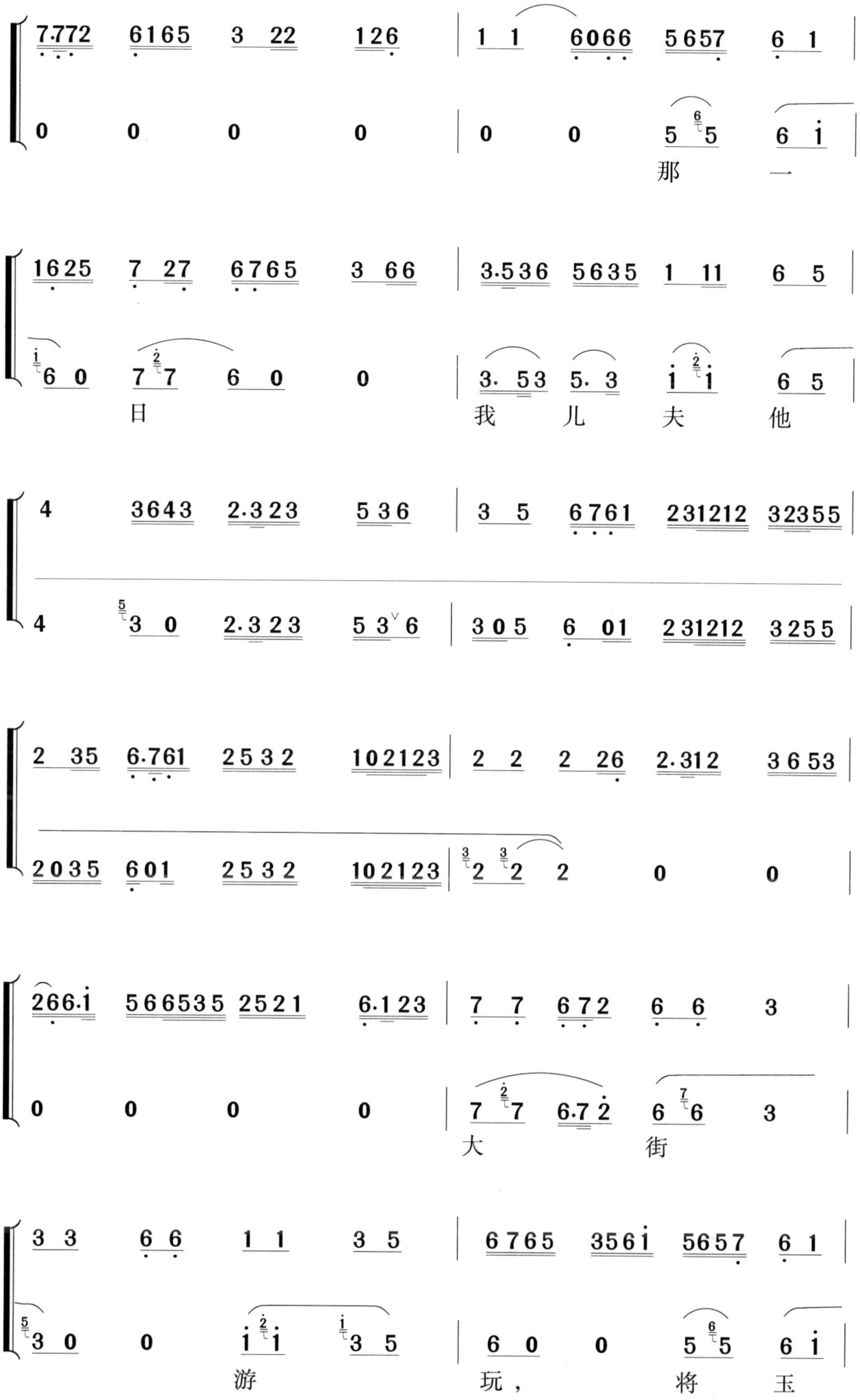
那 一
日
我 儿 夫 他
大 街
游 玩， 将 玉

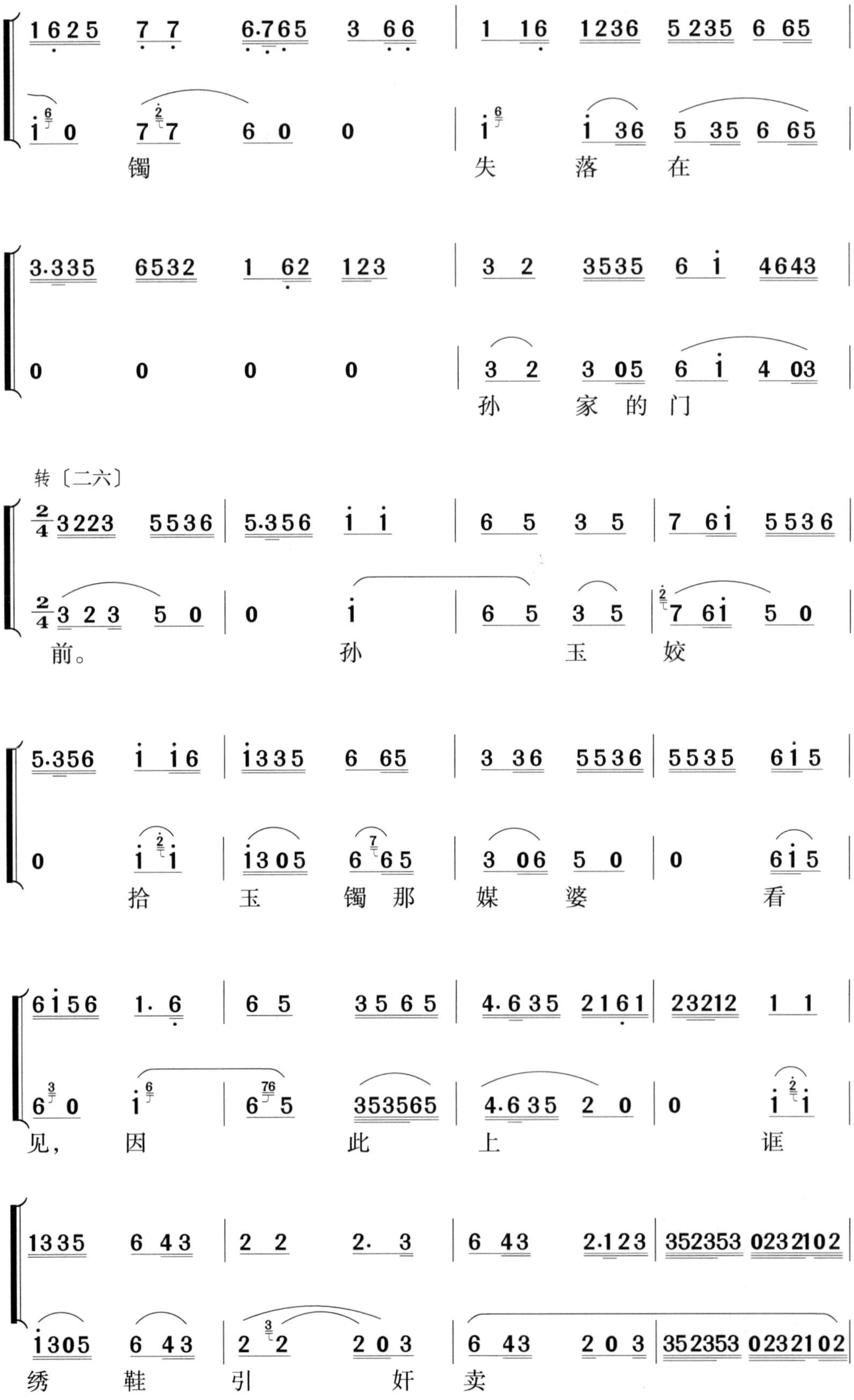
镯 失 落 在
孙 家 的 门
转〔二六〕
前。 孙 玉 姣
拾 玉 镯 那 媒 婆 看
见， 因 此 上 诓
绣 鞋 引 奸 卖

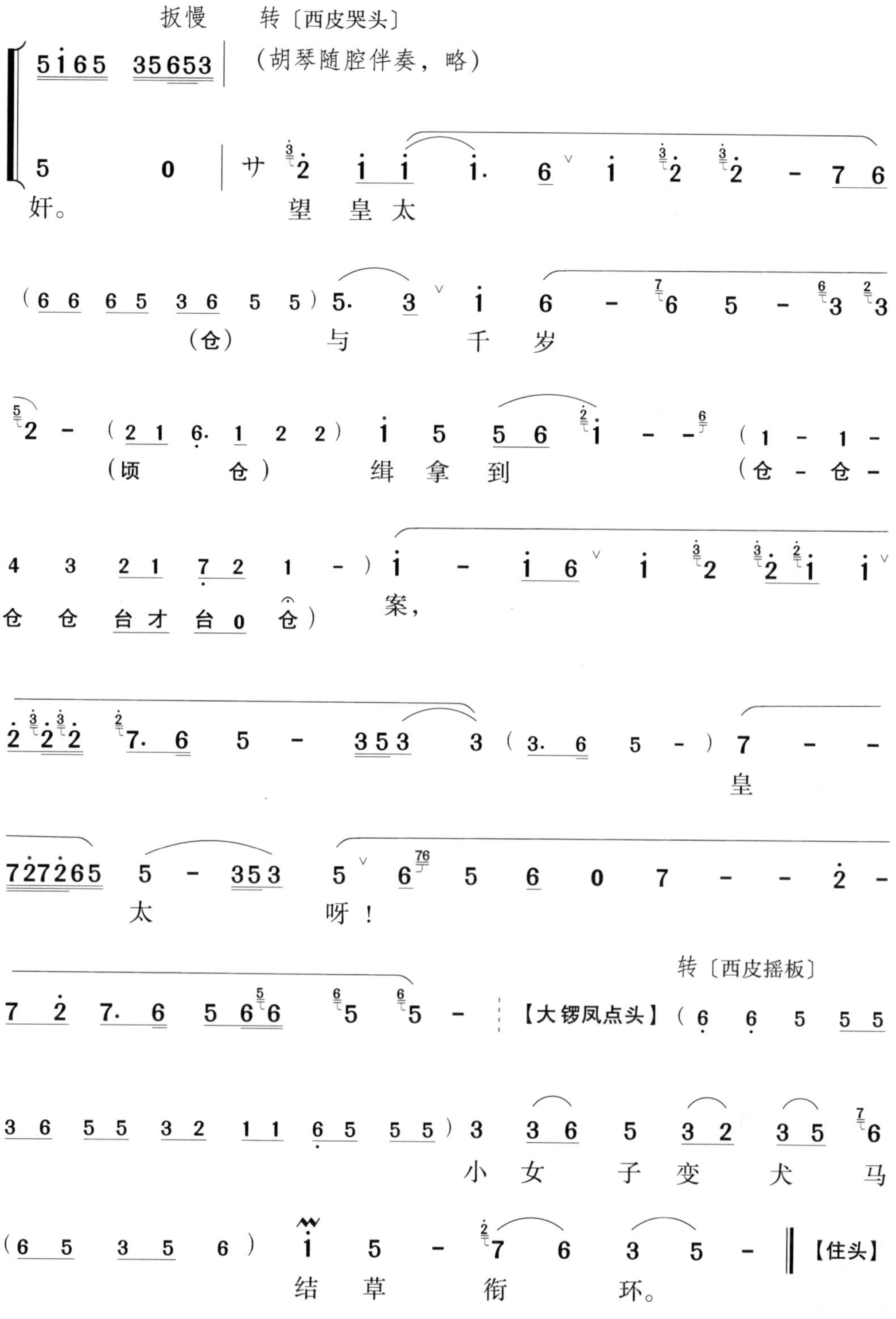

刘　瑾　（站起，向太后）女子之言与状纸不差，请母后定夺。

太　后　儿呀，将此案问明，胜似为娘烧香还愿。

刘　瑾　孩儿遵旨。（转身向外）外厢摆驾呀！

贾　桂　摆驾呀！

〔唢呐吹奏曲牌<吹打>四太监、四宫女“插门”“下场门”领下。太后离座，出门随下，刘瑾出门恭送。四红龙套、四校尉两边分上，站“里八字”。刘瑾抖双袖，提袖，右转身，归“大座”。贾桂跟至正场在桌左侧侍立。曲牌止。

刘　瑾　桂儿呀！

贾　桂　嗻！

刘　瑾　这个地方属哪儿管？

贾　桂　这个地方……郿坞县所管。

刘　瑾　他来了没有？

贾　桂　这个县官，他来倒是来啦；请了个安，他又回客咧！

刘　瑾　好大的架子呀！

贾　桂　架子不小。

刘　瑾　叫校尉们把县官儿给我提（音低）拉来！（将令箭递给贾桂）

贾　桂　嗻！校尉的！

校　尉　有。

贾　桂　把郿坞县的知县给提拉来。（将令箭给校尉）

校　尉　啊。

〔**【冲头】**二校尉接过令箭上马，“下场门”下。

刘　瑾　告状的妞儿，

贾　桂　答应。

宋巧姣　有。

刘　瑾　去调你父母官儿去啦，少时到来与他对词，不用害怕，都有咱家哪！

宋巧姣　遵命。

〔刘瑾侧身看状纸。**【急急风】**二校尉押赵廉“上场门”上。二校尉下马，交令。赵廉双手提官衣下摆，惊慌地趋步至“小边”台口，抖右袖，提袖，**【回头】【冲头】**报门，“挖门”进，归“大边”跪。

贾　桂　（对赵廉）你早干什么来着？瞧你这个相儿！（对刘瑾）郿坞县到。

〔刘瑾看书佯装没听见。

贾　桂　郿坞县到。

〔刘瑾仍不理睬，贾桂到刘瑾身旁喊。

贾　桂　郿坞县到哇！**【撕边一击】**

刘　瑾　（放下书）我早知道了。

贾　桂　您又知道了呀！

刘　瑾　下面跪的可是郿坞县的县太爷吗？

赵　廉　臣不敢，赵廉。

刘　瑾　笊篱捞什么呀？

贾　桂　捞面的。

刘　瑾　我说，叫什么？

贾　桂　他姓赵哇，叫赵廉儿。

刘　瑾　哎哟，又廉儿上啦！

贾　桂　哎，就是他。

刘　瑾　见咱家为何不抬起头来？

赵　廉　有罪不敢抬头。

刘　瑾　恕你无罪。

赵　廉　谢千岁！（抬头）

刘　瑾　喳！**【五锤】**好一个大胆的郿坞知县，孙家庄黑夜之间，一刀连伤二命，一无凶器，二无见证，糊里糊涂把个世袭指挥拿问在监。哥哥儿，哥哥儿呀哈哈哈！（**嘟……八仓**）哎哟，你这眼睛里还有皇上吗？

贾　桂　没啦，没啦！

刘　瑾　这话又说回来啦，你既瞧不起皇上，你还瞧得起咱家我吗？

贾　桂　千岁爷，话还得这么说呀！

刘　瑾　怎么说？

贾　桂　他既瞧不起您哪，他还瞧得起我吗？

刘　瑾　你嘚儿……算哪棵大葱啊！

贾　桂　哎又葱啦。

刘　瑾　帽子摘下来啵！

贾　桂　凉快凉快吧，啊！（摘赵廉纱帽，放在桌案上）

赵　廉　千岁！

〔西皮小导板〕

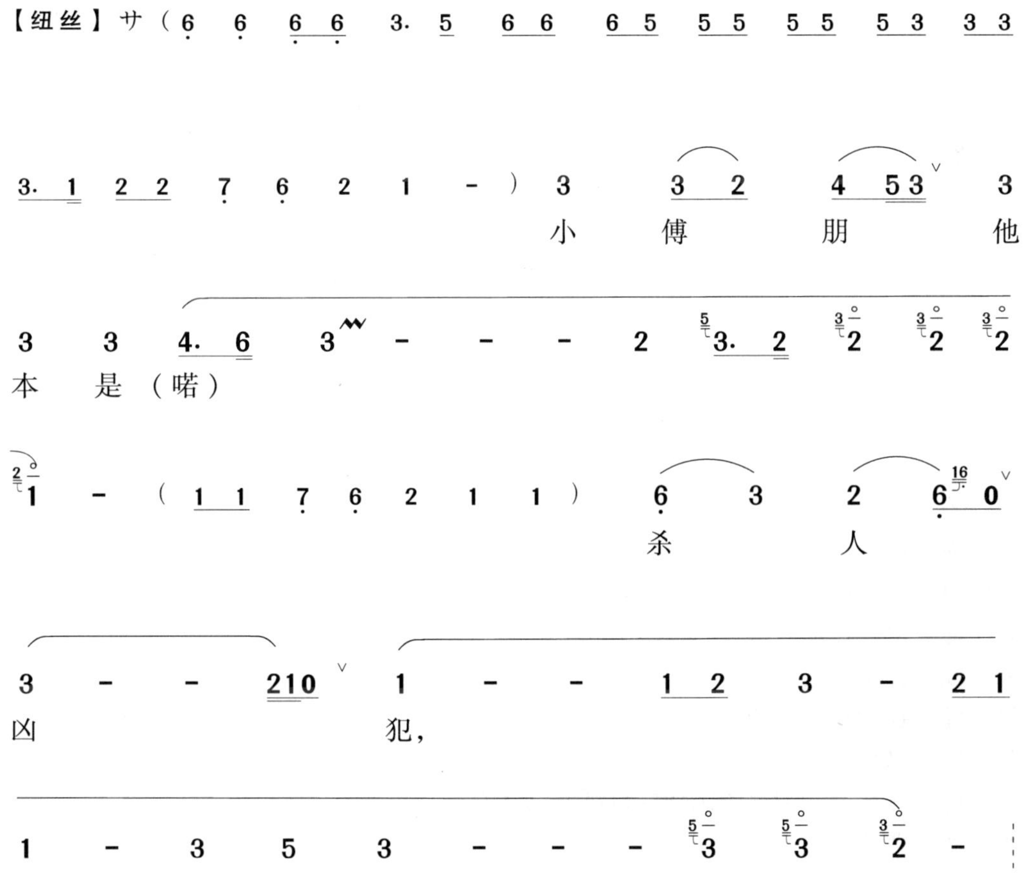

刘　瑾　喳！（仓）小傅朋是杀人的凶犯，你瞧见啦？你给他买的刀哇？
赵　廉　千岁！

〔西皮散板〕

【纽丝】（过门同前）2 1 3 2 3 1 2 0 6 2 1 3 2 1
臣 问 他 口 供 时 件 件 招 全。

（7 6 2 1） 1 2 1 6 2 6 2 1 2 6 2 1
（仓） 在 公 堂 未 动 刑 他 自 己

2 2 －（3 21 6 6· 1 2 2） 3 2 1 1 6 1
招 认， 因 此 上 臣

2 2 5 － 6 2 7 6 5· 6 1 －
将 他 拿 问 在 （呀） 监。

宋巧姣　千岁呀！

【纽丝】（过门同前）3 3 6 5 7 7· 6 5 6 0
县 太 爷 说 此 话

7 6 6 3 5 6（6· 5 3 3· 5 6） 5 i 7 6
真 假 难 辨，（仓） 就 该 把

5 3 5 6 3· 6 5 5 6 6· i 5 －
刘 媒 婆 细 问 一 番。

刘　瑾　这内中还有个刘媒婆子？
宋巧姣　正是。
刘　瑾　她住哪儿？
宋巧姣　白衣庵。
刘　瑾　你哪？
宋巧姣　也住在白衣庵。
刘　瑾　也住在那儿啦？
宋巧姣　正是。
刘　瑾　哎哟呵，桂儿呀！
贾　桂　嗻！
刘　瑾　那么好看的孩子跟说媒拉纤儿的住在一块儿啦。
贾　桂　嗯。

刘　瑾　那可住不出什么好儿来，快搬家。
贾　桂　快点找房搬家吧！
宋巧姣　遵命。
刘　瑾　桂儿呀，
贾　桂　嗻！
刘　瑾　叫校尉的把刘媒婆子给我抓过来。（将令箭递给贾桂）
贾　桂　校尉的！
二校尉　有。
贾　桂　抓刘媒婆去！
二校尉　啊。
〔**【冲头】**二校尉接过令箭，出门，上马，“下场门”下。
刘　瑾　哎，我说，拿这个状子给县太爷瞧瞧去！
贾　桂　是。
刘　瑾　做了一任好父母官，黎民百姓无恩可报，弄这么一张纸把他给刷下来啦！
〔刘瑾边说边将状纸递给贾桂。
贾　桂　对啦！
刘　瑾　让他瞧瞧去！
贾　桂　是。（至赵廉身旁）县太爷您起来！
〔赵廉站起，转身面向贾桂，打躬。
赵　廉　啊，公公！
贾　桂　“工工”还嗬儿“四尺（读如“扯”）上”哪！千岁爷说啦，您呐，做了一任的好父母官儿，众儿女百姓无恩可报哇，弄了张字纸把尊家给告下来啦！
赵　廉　哎呀，惭愧呀！
贾　桂　“蝉蜕”呀，那在嗬儿药铺里哪，拿着瞧去吧！
赵　廉　是。
贾　桂　（欲给状纸，又收回来）哎，你认识字呀？
赵　廉　进士出身，哪有不认识字的道理！
贾　桂　难得。知县会认识字啦！（把状纸给赵廉，回原位）**【小锣一击】**
赵　廉　（读状）具告状女宋氏巧姣……啊？**【小锣一击】**这巧姣二字，像是在哪里见过，怎么一时想它不起…… （想）**【小锣一击】**
宋巧姣　啊，太爷，难道你就忘怀了么？
贾　桂　嘿，她还敢说话儿啊！
刘　瑾　不含糊。
赵　廉　你就是宋国士之女，名叫巧姣？
宋巧姣　正是你家姑娘。
贾　桂　（对刘瑾）呵！
赵　廉　为何告此刁状？
宋巧姣　替夫伸冤，何为刁状？
赵　廉　先前为何不告？
宋巧姣　先前不知。

赵　廉　如今呢？

宋巧姣　如今才知道。

〔赵廉、宋巧姣二人争论起来，贾桂赶过来。

贾　桂　哎，哎，哎！（拉开。取回状纸放回桌案）

刘　瑾　怎么着！当着我你还来这恶官僚的习气呐，啊？

〔赵廉复又跪下。

贾　桂　你老实点儿吧！

刘　瑾　说好的吧！

宋巧姣　千岁呀！

〔西皮散板〕

【纽丝】（过门同前）i i 3 6 5 3 3 6 5 7 6 6

他 依 仗 百 里 侯 公 堂 判

3 5 6 （6. 5 3 3. 5 6） 3 3 6 5 7 3 5

断，（仓） 竟 把 个 指 挥

6 4 - 2 3 5 - 3 2 5 6 6 1 - ‖

官 拿 问 在 监。

〔【一锤锣】【冲头】二校尉押刘媒婆"上场门"上，进门，二校尉交令，归原位。

刘媒婆　（直奔桌案右侧）哎哟，千岁爷呀，老没见啦，您好哇！

刘　瑾　你跪下吧，你！

〔刘媒婆回到台口，面向里，跪在宋巧姣与赵廉之间。

刘　瑾　你叫刘媒婆子？

刘媒婆　啊，不错，我叫刘媒婆。

刘　瑾　有什么说的？

刘媒婆　千岁爷容禀！

〔西皮散板〕

【大锣凤点头】（过门同前）2 2 1 2 2 2. 1 2 2 1 1 1 2（7 6. 1

孙 玉 姣 拾 玉 镯 被 我 看 见，（仓）

2 2） 3 2 1 1 3 1 1 2 7. 6 7 2 5 6 1 - ‖

似 这 等 偷 情 事 勾 奸 卖 奸。

宋巧姣　【叫头】千岁呀！她有一个儿子名叫刘彪，惯做杀生害命之事，杀人者不是她的儿子，还有何人？（打刘媒婆耳光）

赵　廉　（转身面向刘媒婆）着哇！

刘　瑾　（指赵廉）哎，哪儿抽烟，你那儿又着啦！

〔赵廉转身面里俯首而跪。

宋巧姣 千岁呀！

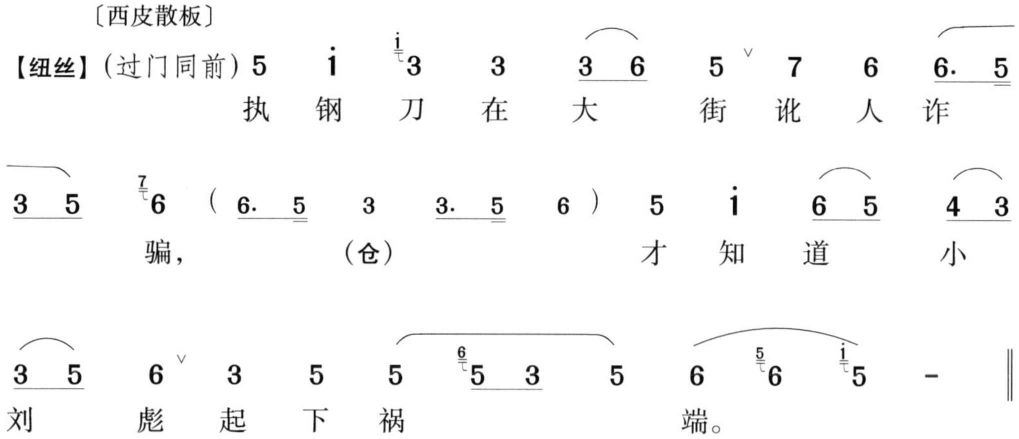

赵 廉 哦——

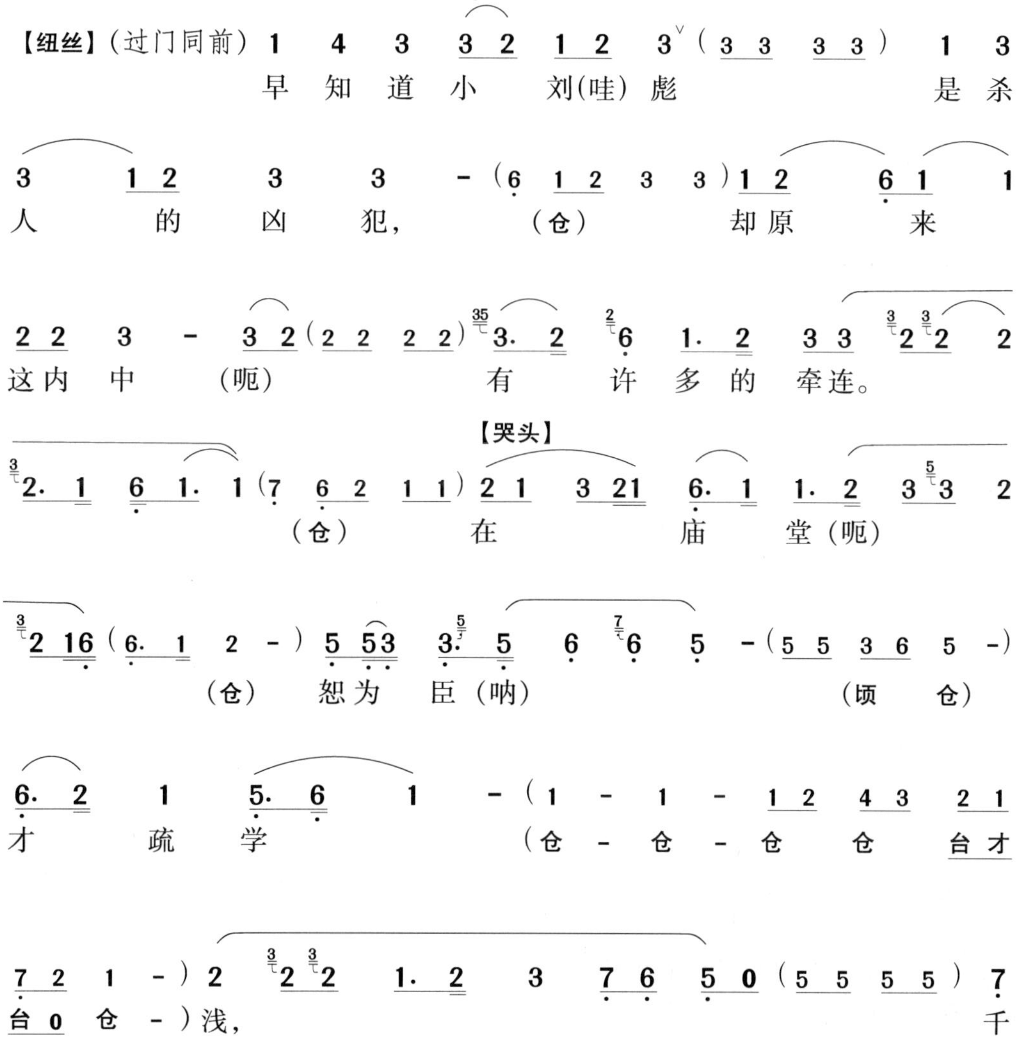

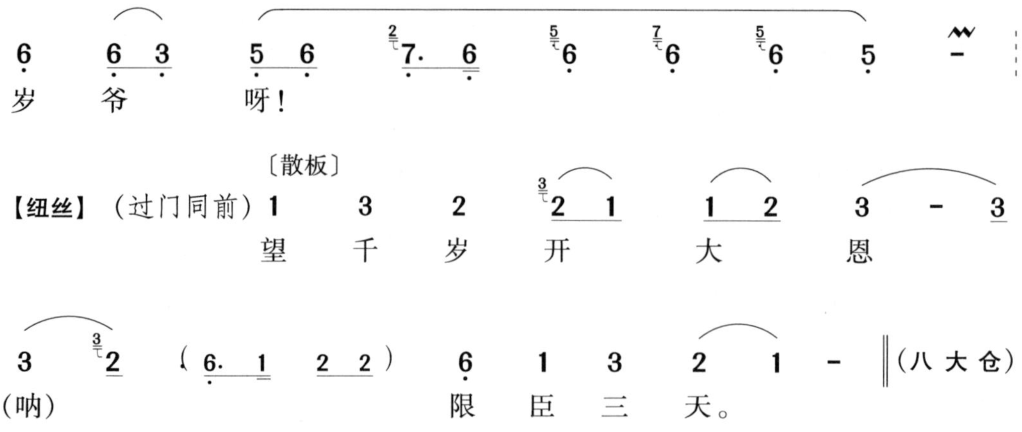

刘　瑾　喳！

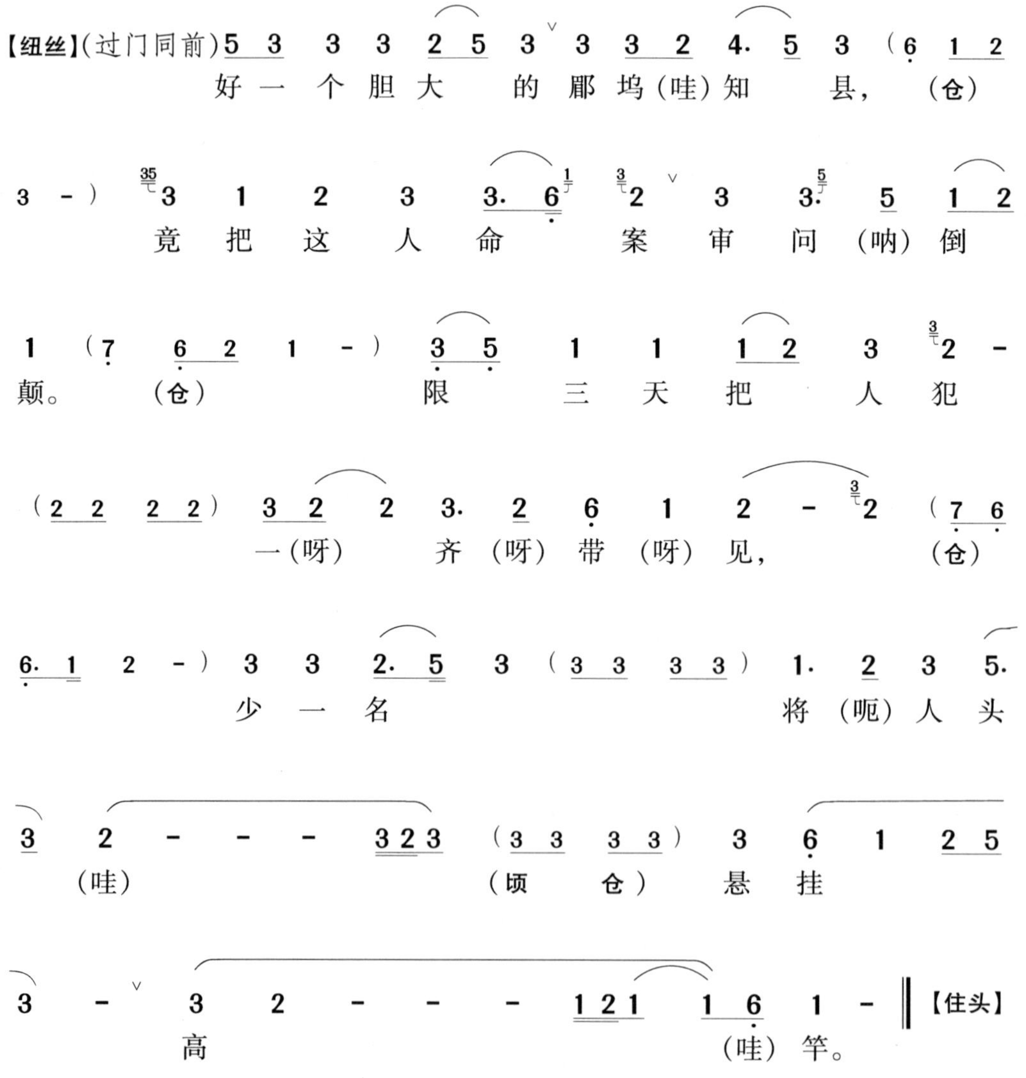

三天？仨月怕是你也办不好。我说哎，

贾　桂　嗻！

刘 瑾 这儿有锭银子。

贾 桂 怎么着？

刘 瑾 给那告状的小妞儿，说官司算她赢啦。没落案，哪时传，哪时到。给她吧！

贾 桂 是。我说妞儿！（边说边向正场走）

刘媒婆 哎，（站起来与贾桂巴结）来啦！

贾 桂 哟，你是妞儿吗？

刘媒婆 不是叫我哪？

贾 桂 你成妞儿她姥姥啦。趁早跪下去，咱爷儿俩少费话。（招呼宋巧姣）妞儿，你这儿来。

〔刘媒婆跪原处；宋巧姣站起。

贾 桂 千岁爷说啦，官司啊，算你赢啦，暂时可没落案哪，哪时传，哪时到。赏你官宝一锭，拿家里头买正经东西好好的过日子。哎，你可少吃凉的，啊！

宋巧姣 是。

〔贾桂回原位。宋巧姣向刘瑾施礼。

宋巧姣 多谢千岁。

刘 瑾 甭谢啦，回客吧！

宋巧姣 是。（欲出门，又转身对赵廉）啊，太爷。

〔赵廉转身面向外跪。

宋巧姣 你抬头观看。

赵 廉 看什么？

宋巧姣 这才是有王法的所在哪！

赵 廉 都是你告的好刁状！

宋巧姣 才知道你姑娘的厉害！（拂右袖）

赵 廉 快走下！

贾 桂 得啦，走吧，别要菜啦！**（台）**

〔刘瑾也挥折扇劝宋巧姣回去。宋巧姣出门，"上场门"下。

刘 瑾 桂儿呀！

贾 桂 嗻！

刘 瑾 把这纱帽给他戴上。

贾 桂 （拿纱帽给赵廉）你戴上点儿吧！

刘 瑾 别着了风。

贾 桂 那是。回头脑袋疼。

刘 瑾 唉，又得买车前子。

贾 桂 嘱咐嘱咐他。

刘 瑾 把刘媒婆子交付于你。限你三天，将一干人犯俱要带齐，短少一名，我要你的脑袋。

赵 廉 谢千岁！

刘 瑾 下去吧！

〔**【五锤】**赵廉、刘媒婆站起，出门。**（仓）**赵廉怨恨地指点刘媒婆一下。**【冲头】**赵廉押刘媒婆"下场门"下。

刘 瑾 哎哟，呵呵呵……

贾 桂 把您给累着啦。（阿谀地给刘瑾捶肩）

刘　瑾　可累着啦。我多咱问过案哪！

贾　桂　可说的是哪！

刘　瑾　哎，桂儿呀。

贾　桂　啊。

刘　瑾　太后老佛爷哪？

贾　桂　入了寝宫啦。

刘　瑾　搭轿请安。

贾　桂　搭轿请安哪！

〔唢呐吹奏曲牌<吹打>四红龙套、四校尉“插门”,“下场门”下。贾桂掀轿帘，刘瑾拿着状纸上轿。曲牌止。**【大锣原场】**贾桂引刘瑾“下场门”下，闭二幕。撤桌椅。

第四场

〔**【冲头】**开二幕。**【大锣水底鱼】**赵廉押刘媒婆“上场门”上，“挖门”，赵廉归正场，刘媒婆站“小边”；四衙役两边分上，“站门”,二班头两边上拜见赵廉。

二班头　迎接太爷。（站两边）

赵　廉　将刘媒婆锁了，打道孙家庄。

〔**【大锣水底鱼】**一班头给刘媒婆戴锁链，一班头带马。四衙役“插门”下，二班头押刘媒婆“下场门”下。**【一锤锣】**赵廉上马，“下场门”下。闭二幕。**【撤锣】**

第五场

〔**【小锣抽头】**开二幕。场上置正场桌，绿色绣边桌围。宋国士“上场门”上，至正场。

〔西皮摇板〕

宋国士　（过门同前）　6 2　1　3　2　1　3　2　（3 5　2 1

我　儿　一　去　无　音　信，

6 1　2 1）　6.　1　1　2　1 2　1. 6　1　–

倒　叫　老　汉　挂　在　心。

〔宋国士开门，出门，站“大边”张望。

〔宋巧姣内白：“走哇！”

〔**【小锣抽头】**宋巧姣左臂搭着腰包裙“上场门”上至“小边”台口，抖右袖，提袖。

〔西皮摇板〕

宋巧姣　（过门同前）　5　i　3 3　3 6　5（6 5　3 6　5）　7　6　6. 3　5

蒙　千　岁　待　我　的　恩　德　不

6 – (65 35 65 32 11 65 55) i i – 3. 5

浅， 回家

5 5 6 6 (66) 3 5 65 3 5 (55 36 5) ‖

来见爹爹 细说根源。

〔宋国士、宋巧姣见面，双进门，宋国士归“大边”，宋巧姣将腰包裙放在桌上，归“小边”。

宋国士 儿呀，回来了？

宋巧姣 回来了。

宋国士 千岁怎样吩咐下来？

宋巧姣 命那太爷三天将人犯一起带到，如若不然叫他提头来见。

宋国士 嗯，这才是有王法所在呀！

宋巧姣 啊爹爹。

宋国士 啊。

宋巧姣 千岁赏我官宝一锭，请收下。

宋国士 哦哦哦，待为父收下。

宋巧姣 啊爹爹。

宋国士 啊。

宋巧姣 你到外面打听那太爷是怎样的落案。

宋国士 为父有心前去，怎奈我儿一人在家，为父放心不下。

宋巧姣 噢，女儿么？

宋国士 嗯。

宋巧姣 如今是不怕人的了。

宋国士 噢噢噢。我儿好好看守门户，为父去去就来。

宋巧姣 是。

〔**【小锣凤点头】**宋国士出门，“下场门”下。宋巧姣关门。

〔西皮摇板〕

宋巧姣 （过门同前）3 36 5 7 76 5 6 (65

县太爷他被我

35 65 32 11) 5 66 3 5 6 – (6 65

吓破了胆，

35 65 32 11 65 55) 3 36 5 53

宋巧姣可

35 65 30 5i 65 353 (3561) 5 – ‖

算得女中魁元。

〔【小锣打下】宋巧姣轻抖右袖，左转身，提袖，“下场门”下。【冲头】闭二幕。撤桌子。

第六场

〔【冲头】开二幕。【大锣水底鱼】四衙役、二班头持锁链押刘媒婆“上场门”上，“站斜门”；赵廉骑马“上场门”上，站“九龙口”。刘彪“下场门”上，在“大边”台口面向赵廉跪迎。

刘　彪　屠户刘彪迎接太爷。

二班头　（禀报）屠户刘彪迎接太爷。

赵　廉　锁了。

班头甲　啊。（锁刘彪）

〔【大锣水底鱼】四衙役、二班头押刘媒婆、刘彪，“一翻”，“站斜门”，赵廉加鞭，上步，左转身面向“上场门”，刘公道“上场门”上，跪迎。

刘公道　刘公道迎接太爷。

二班头　刘公道迎接太爷。

赵　廉　绑了。

班头乙　啊。（锁刘公道）

赵　廉　带马，打道孙家庄。

〔【大锣水底鱼】四衙役、二班头押刘媒婆、刘彪、刘公道，“二翻”，“站门”，赵廉反圆场至“小边”下马。一衙役搬椅子置于台中。赵廉归座，四衙役归“里八字”，刘彪站“大边”外首，刘公道站“小边”里首，刘媒婆站“小边”外首。二班头跪禀。

二班头　来到孙家庄。

赵　廉　两厢搜来。

二班头　是。

〔【小锣闷击】二班头分至二边侧幕取钢刀、绣鞋向赵廉跪禀。

班头甲　钢刀一把。

班头乙　绣鞋一只。

赵　廉　钢刀入库，绣鞋留下。

〔班头甲至“大边”侧幕放刀，回来与班头乙分站赵廉两侧。

赵　廉　刘媒婆。

班头乙　刘媒婆。

刘媒婆　（跪）伺候太爷。

赵　廉　（指绣鞋）勾奸卖奸，可是此物？

刘媒婆　正是此物。

赵　廉　起过。

刘媒婆　是。

〔刘媒婆归原位站。班头乙将绣鞋送回“小边”侧幕，站原位。

赵　廉　刘彪。
二班头　刘彪。
刘　彪　（跪）有。
赵　廉　你在大街可曾讹诈傅朋？
刘　彪　打架是真，讹诈是假。刘公道解过劝来呀。
赵　廉　起过。
〔刘彪归原位站。
赵　廉　刘公道。
二班头　刘公道。
刘公道　太爷来啦，太爷来啦！
班头乙　怎么说话哪？跪下。
刘公道　（跪）太爷！
赵　廉　我且问你，刘彪在大街讹诈傅朋，你可曾解过劝来？
刘公道　回禀太爷的话，那小子打架是真的，我劝解也是真的，那小子讹诈可也是真的，种种样样都是真的吧！
赵　廉　起过。
〔刘公道归原位站。
赵　廉　刘彪。
刘　彪　（跪）有。
赵　廉　孙家庄刀伤二命，定是你这奴才所做了。
刘　彪　小人只会宰杀牛羊，不懂什么叫作杀人呐。
二班头　不招？
赵　廉　打。
刘　彪　慢来，有招，有招。
二班头　说。
刘　彪　那日小人宰杀牛羊回来，打从孙寡妇门前经过，见她的门儿半掩半开。是小人挨身而进，只听床头之上有男女二人的呼声，小人只说傅朋与玉姣在里面勾奸。那时小人随身带有宰杀钢刀，我就咔嚓……
赵　廉　怎么样？
刘　彪　一刀杀了两个。小人乃是初犯，下次我不敢了。
〔刘彪摘下锁链欲逃。班头甲将其拉回。（台）
班头甲　回来！（重新给刘虎戴锁链）
赵　廉　招回来！（刘彪跪）男尸有头，女尸无头，你将人头丢往哪家去了？
刘　彪　刘公道解劝不公，人头丢在他的家呐。
赵　廉　起过。
〔刘彪归原位。
赵　廉　刘公道。
刘公道　（跪）伺候太爷。
赵　廉　身当乡约地保，隐匿人头，为何不报？
刘公道　什么人头？人头不是在脖了上长着哪！

二班头 不招？

赵　廉 打。

刘公道 别打，别打。有招，有招！

二班头 说！

刘公道 哪儿耶！那天哪，也不过是定更多天儿，二更天儿，可不到三更天儿……

班头乙 哎，哎，到底儿是什么时候啊？

刘公道 啊，啊，半儿呗，二更半！小人正在柜房里算账，只听见我们后头院儿呀，就扑通地那么一声……

刘　彪 刘公道！

刘公道 怎么着？

刘　彪 那是咱老子与你送人头去了！

刘公道 怎么着，人头是你给送去的？

刘　彪 哎。

刘公道 那咱要谢谢你老哇！

刘　彪 不成谢意呀！

刘公道 我打开灯亮一看哪，是个血淋淋的人头，你说这个人头，见了小人可也就怪了。它就这么提溜溜溜溜，咕噜溜溜溜……

赵　廉 怎么样？

刘公道 它不见啦！

二班头 不招？

赵　廉 打！

二班头 是。

刘公道 别打，别打，别打。有招，有招，有招！

二班头 说！

刘公道 哪儿呀，小人我怕打官司，扔到后头院儿的朱砂井了！

赵　廉 打道朱砂井！（离座）

二班头 是。

〖**【大锣水底鱼】**众“一翻、两翻”。一衙役将正场椅移至“小边”斜放。赵廉转身归座。四衙役归“小边”里首，在赵廉身后站一字。二班头分站赵廉两侧。刘彪、刘媒婆、刘公道分站二班头外首。

二班头 来到朱砂井。

赵　廉 打捞人头。

二班头 是。

〖宋国士内白：“走哇！”

〖**【小锣抽头】**二班头“下场门”下，宋国士“下场门”上，至“大边”台口。

〔西皮摇板〕

宋国士 （过门同前） 1· 2 1 2 1 3 2 － （2 1

将 身 来 在 大 街 口，

6̣ 1 2） 3 1 3 ³2 3. 5 2. 1 1 - ‖
观 看 赃 官 审 人 头。

〔班头甲内白："报！"

〔【小锣五击】班头甲"下场门"上，至"小边"跪禀。

班头甲 回禀太爷，人头有了！（站起）

赵　廉 人头有了，就好落案了。

〔班头乙内白："报!"

〔【小锣打上】班头乙"下场门"上，至"小边"跪禀。

班头乙 禀太爷，井内还有死尸一口。

赵　廉 （嘟……）噢——（站起，右手抓袖）（仓）（坐）怎么还有死尸一口？（嘟 大仓）

班头乙 正是。

赵　廉 嘿嘿！又是一条人命哪！糊里糊涂打捞上来。

二班头 是。

〔【阴锣】二班头"下场门"下，【冲头】抬尸体复又上，置于"大边"。

二班头 尸首当面。

赵　廉 速速验来。

班头乙 是。

〔【小锣闷击一锣】班头甲站赵廉左侧，班头乙验尸。

班头乙 （跪禀）脑后铁器打伤致死。

赵　廉 起过。（班头乙站起，归原位）刘公道！

刘公道 伺候太爷！

赵　廉 这井内的死尸是哪里来的？

刘公道 你说这个死尸呀，咳咳，他古来就有哇。

赵　廉 胡说！与我打！

二班头 啊！

刘公道 别打，别打，别打。有招，有招！哪儿耶，那天小人隐藏人头，他可在后头跟着。我恐怕他小孩子嘴不稳便，我跟他说咧，你看看这井沿儿上有二百钱。这小子是财迷呀，扒在井沿儿上一看呐，我用那铁镐嘣儿的这么一镐……

赵　廉 怎么样？

刘公道 可就把他镐到井里咧！

赵　廉 他叫什么名字？

刘公道 他叫宋兴儿。

宋国士 闪开了！（抚尸看）

〔西皮散板〕

【快纽丝】（过门同前） 2 5 3 3 2 2 1 3 ³2
一 见 我 儿 命 丧（呃） 了，

儿呀……（哭）（仓）

赵　廉　何人啼哭？

班头乙　宋先生。死尸是他的儿子宋兴儿。

赵　廉　哎呀，本县的对头到了哇！

宋国士　儿呀……（哭）

【大锣凤点头】（过门同前）1. 2 1 2 1 3 1（7 6 2 1）1 2 1 2 1 3 3. 2

怎不叫人痛心梢。我今去打刘公（呃）道……

〔【扫头】宋国士欲打刘公道，二班头拦住。【五锤】赵廉离座，二班头将尸体"上场门"抬下，复上，归原位。

赵　廉　啊，宋先生。

宋国士　呀呸！（仓）哪个不叫我一声宋先生，单要你这赃官臭奉承哪！

赵　廉　抱尸痛哭，敢莫相认？

宋国士　这……不相认。（嘟……）

赵　廉　啊？（仓）既不相认，敢搅乱本县的尸场！

宋国士　【叫头】赵廉哪，赃官！这尸首乃是我儿，名叫宋兴儿，在刘公道家中以为雇工人氏。是我告到你这赃官台前，你放着人命官司不究，反道我儿盗物逃走，还罚了我十两纹银。今日还了我的银子便罢，如若不然，我就与你拼了！（嘟……大仓）（二班头拦阻）拼了！（嘟……大仓）（见冲不上去）哼，我上告你去了！

〔【五锤】宋国士"下场门"下。

二班头　（跪禀）上告太爷去了！

赵　廉　唤他转来。

二班头　是。【小锣闷击一锣】（招呼）宋先生，宋先生！（回禀）宋先生走远了。

赵　廉　哼，不中用的奴才！

二班头　是。

〔【五锤】赵廉上前朝"下场门"招呼，刘公道跟在赵廉后面招手。

赵　廉　宋先生请回来，本县自有公道！（八大大 仓）宋先生请回来……（八大大 仓）

刘公道　（同时）回来呀，回来呀！

〔赵廉回身打刘公道耳光。【急急风】刘公道趴在地上。众人移至正场，赵廉从衙役手中取过堂板，抽打刘公道。

〔西皮散板〕

赵　廉　【纽丝】（过门同前）1 3 4 3 3 1 2 3（6 1 2 3 -）3 1 2 3 2. 1 1 3 2. 1 6 1（7 6 2

大骂公道老禽兽，（仓）打死兴儿隐人头。（仓）

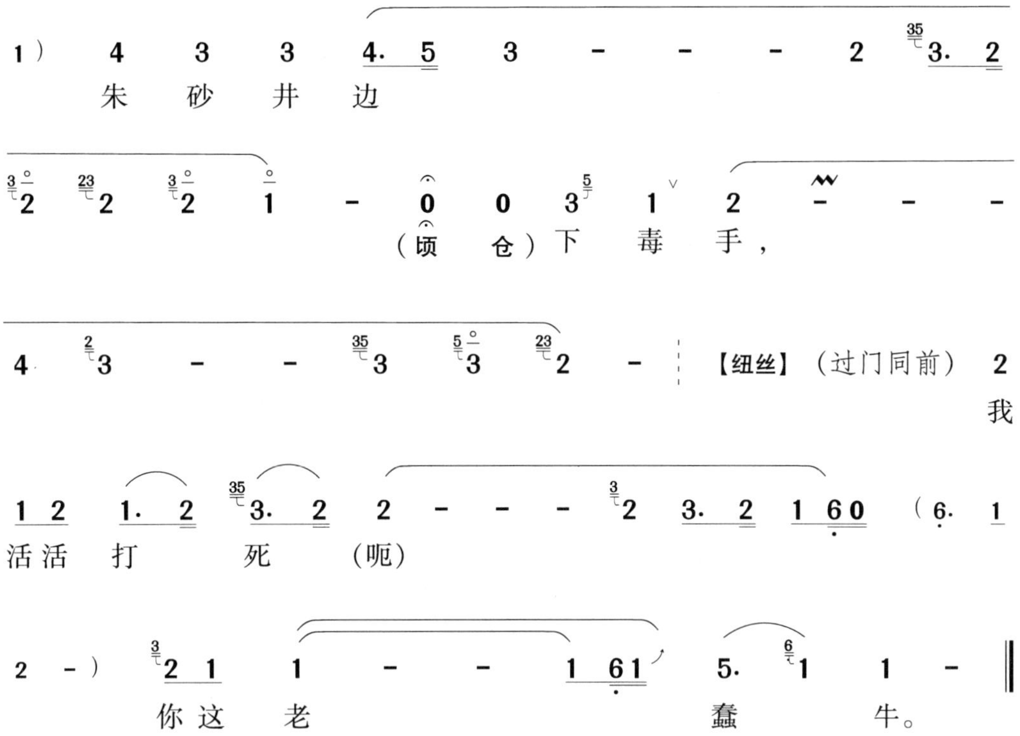

〔班头乙跪地托住堂板。

班头乙 回禀太爷的话，刘公道可打不得了！

赵　廉 怎么打不得了？

班头乙 打死刘公道，这场官司可就没有活口供了！

赵　廉 不然便怎样？

班头乙 依小人拙见，将一干人犯带至千岁爷台前，任凭千岁爷发落，太爷不但无事，还要禄位高升哪！

赵　廉 （嘟……）哈哈哈……（仓）倒是我的好班头。也罢，等你老爷公务完毕，赏尔一名都头。

班头乙 谢太爷！

赵　廉 将人犯带好，前去投文。与爷带马！（转身至后场，面里）

班头乙 啊！

班头甲 （招呼刘公道）刘公道起来走哇！

〔班头乙拉马至台口，刘公道爬起来。【慢长锤】（轻击）

刘公道 打坏了！

班头甲 起来走哇！

刘公道 （到马前）还给我预备马啦？

班头乙 干什么呀？

刘公道 不是给我预备的马吗？

班头乙 这是太爷的马！

刘公道 噢，不是我的。我说的呐，当官儿的还管马骑呢。

班头乙 躲开这儿吧！

〔刘公道归“小边”。

班头乙 请太爷上马!

〔**【慢长锤·夺头】**（重击）赵廉转身面向前，至台口扶鞍，上马。“扯四门”。

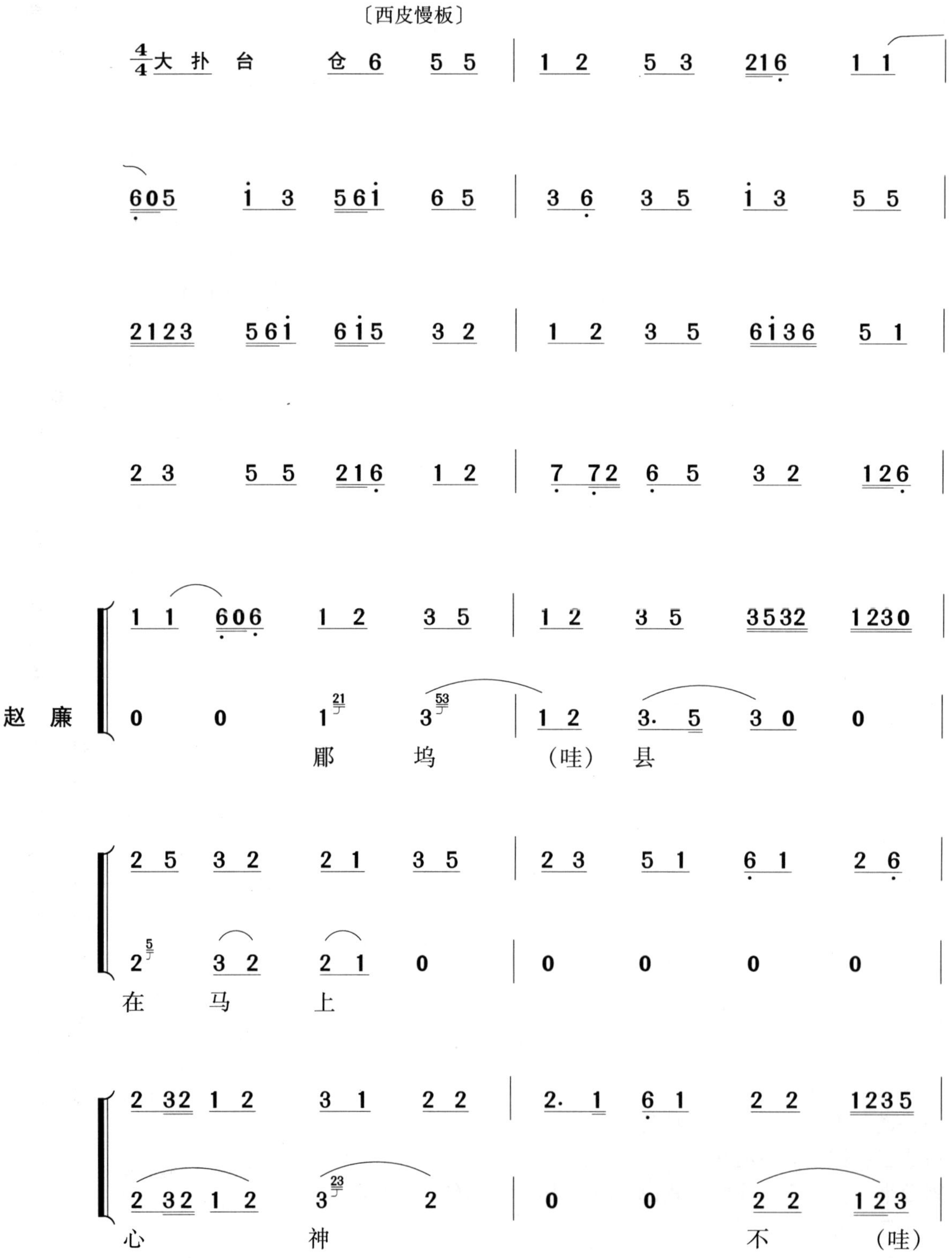

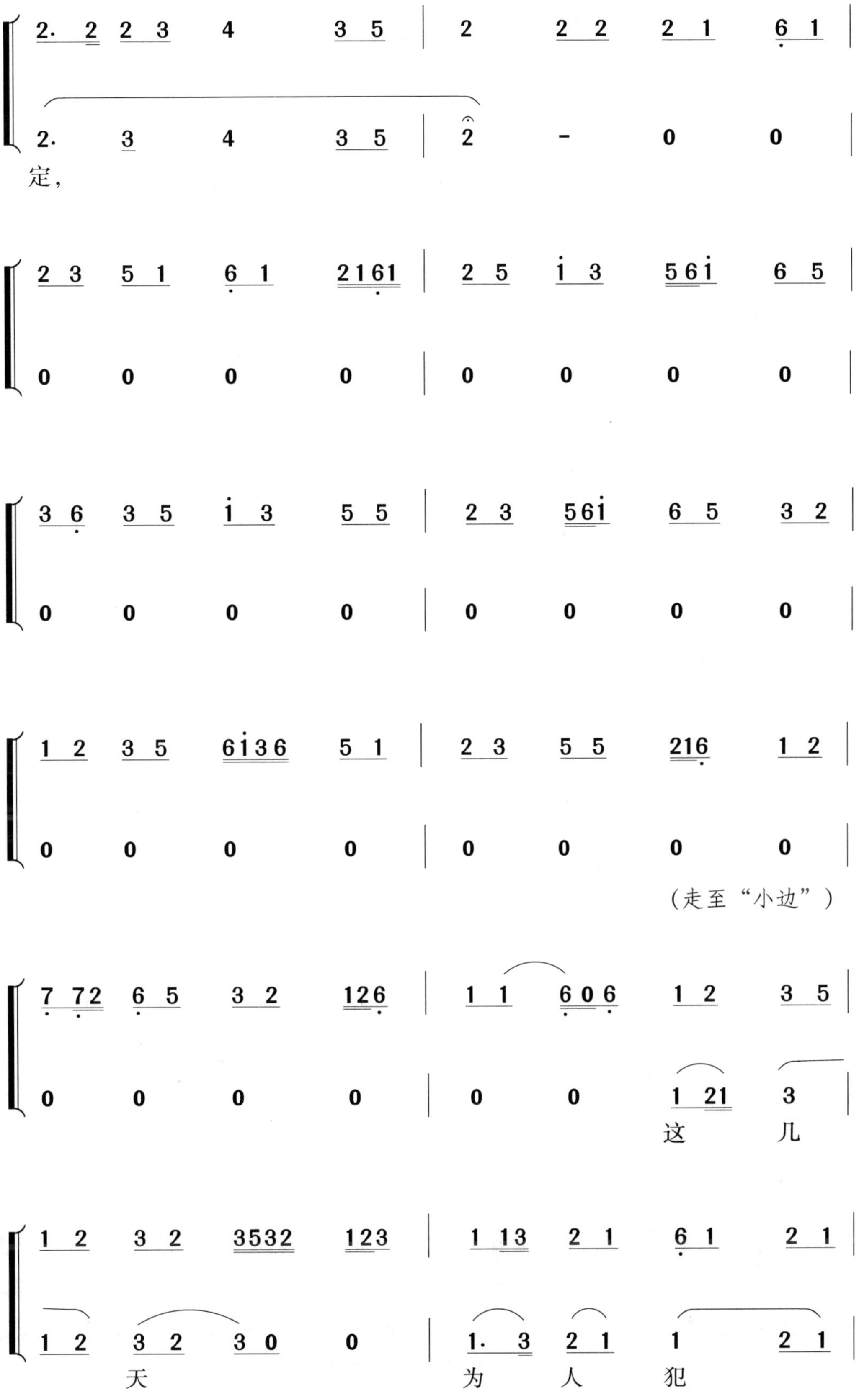
定，
（走至“小边”）
这 儿
天
为 人 犯

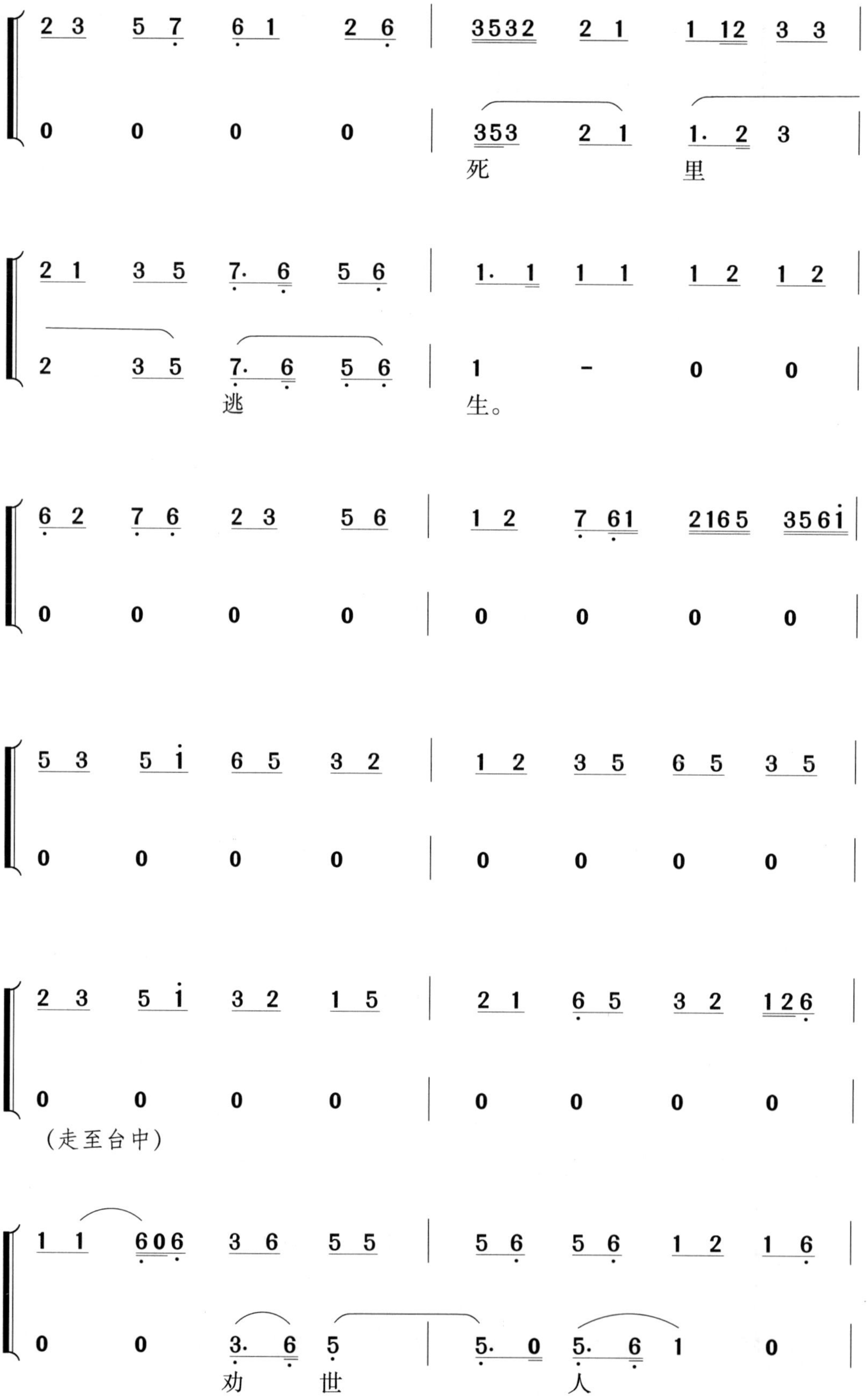
死 里
逃 生。
(走至台中)
劝 世 人

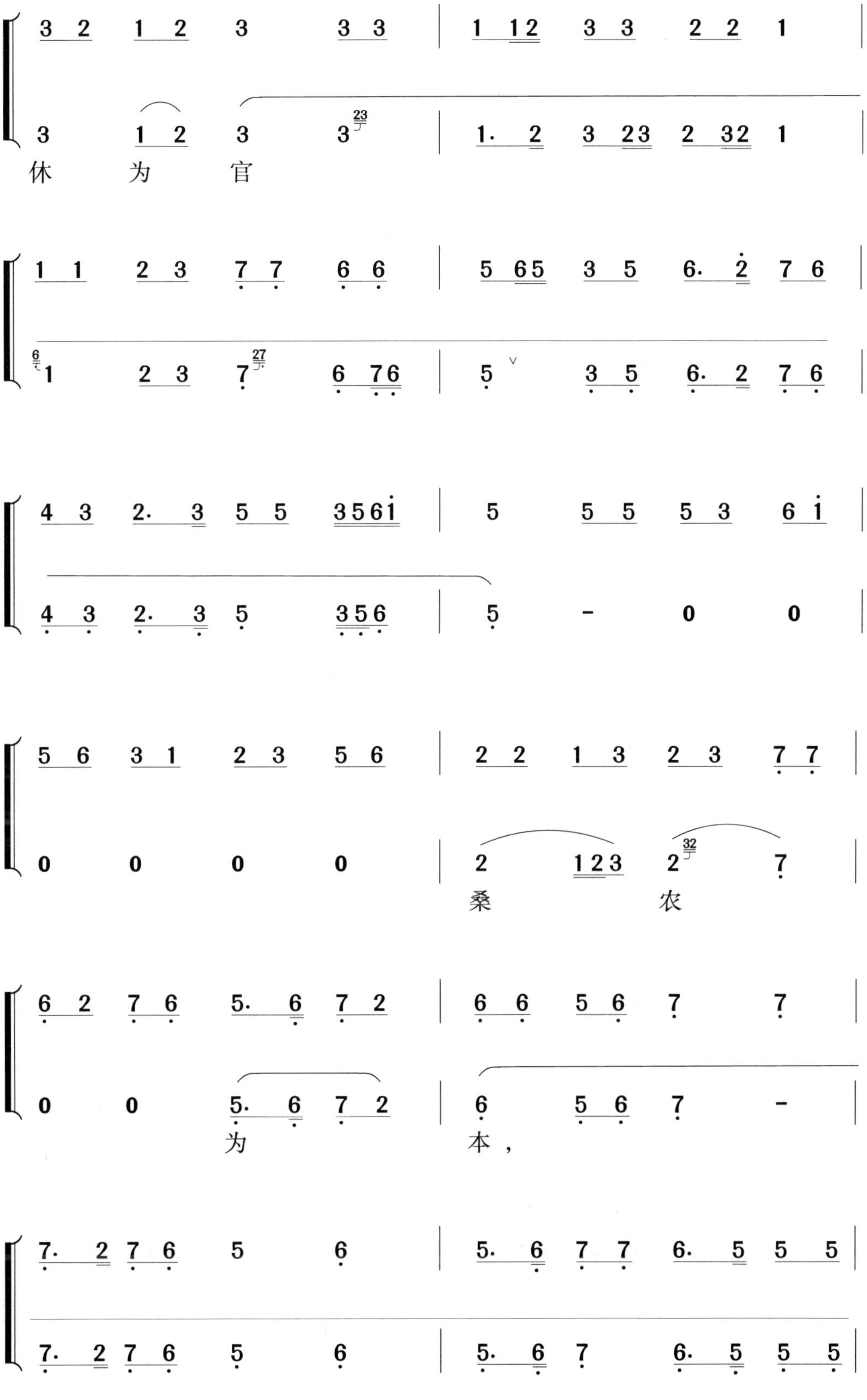
休 为 官
桑 农
为 本，

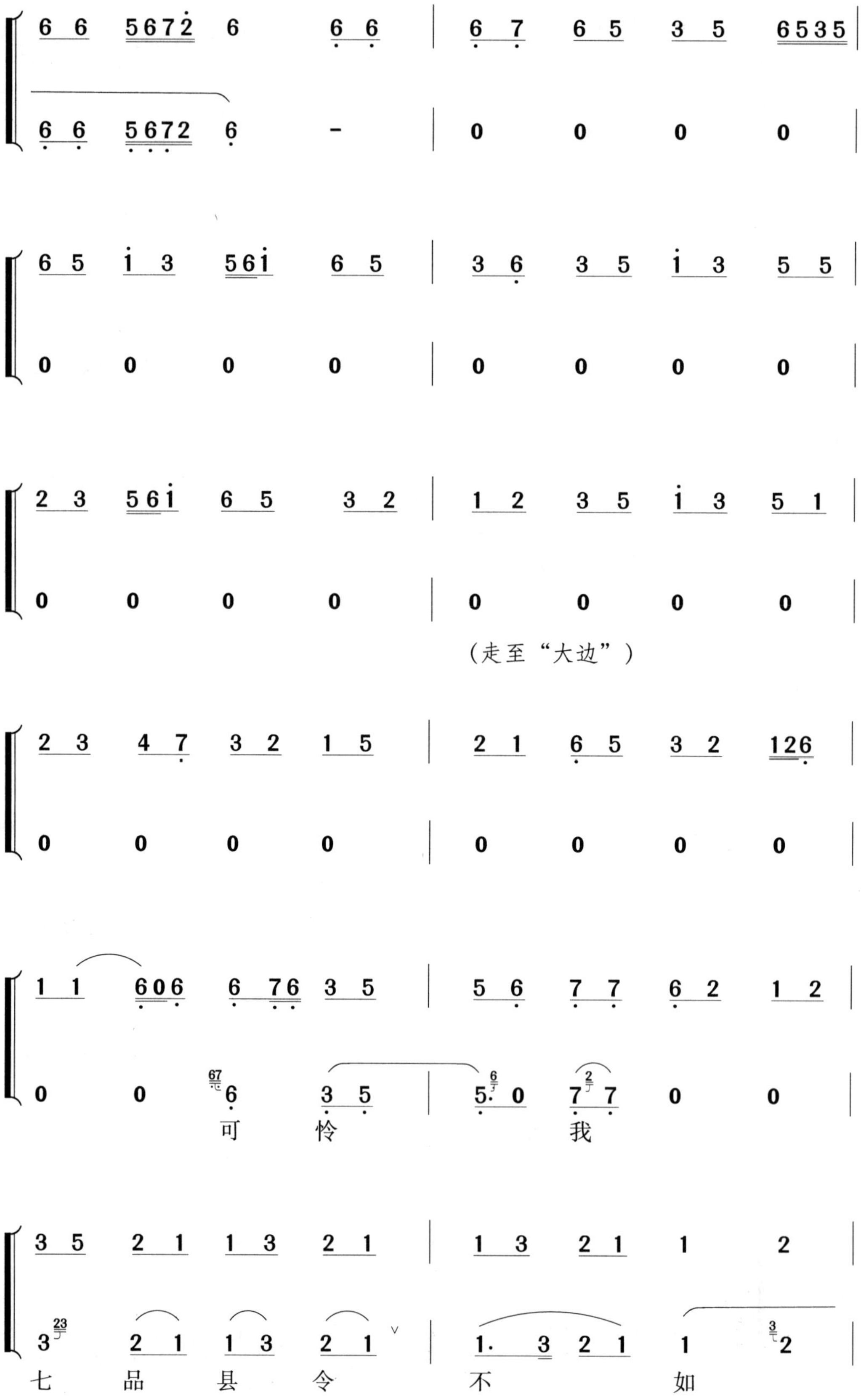
(走至“大边”)
可 怜 我
七 品 县 令 不 如

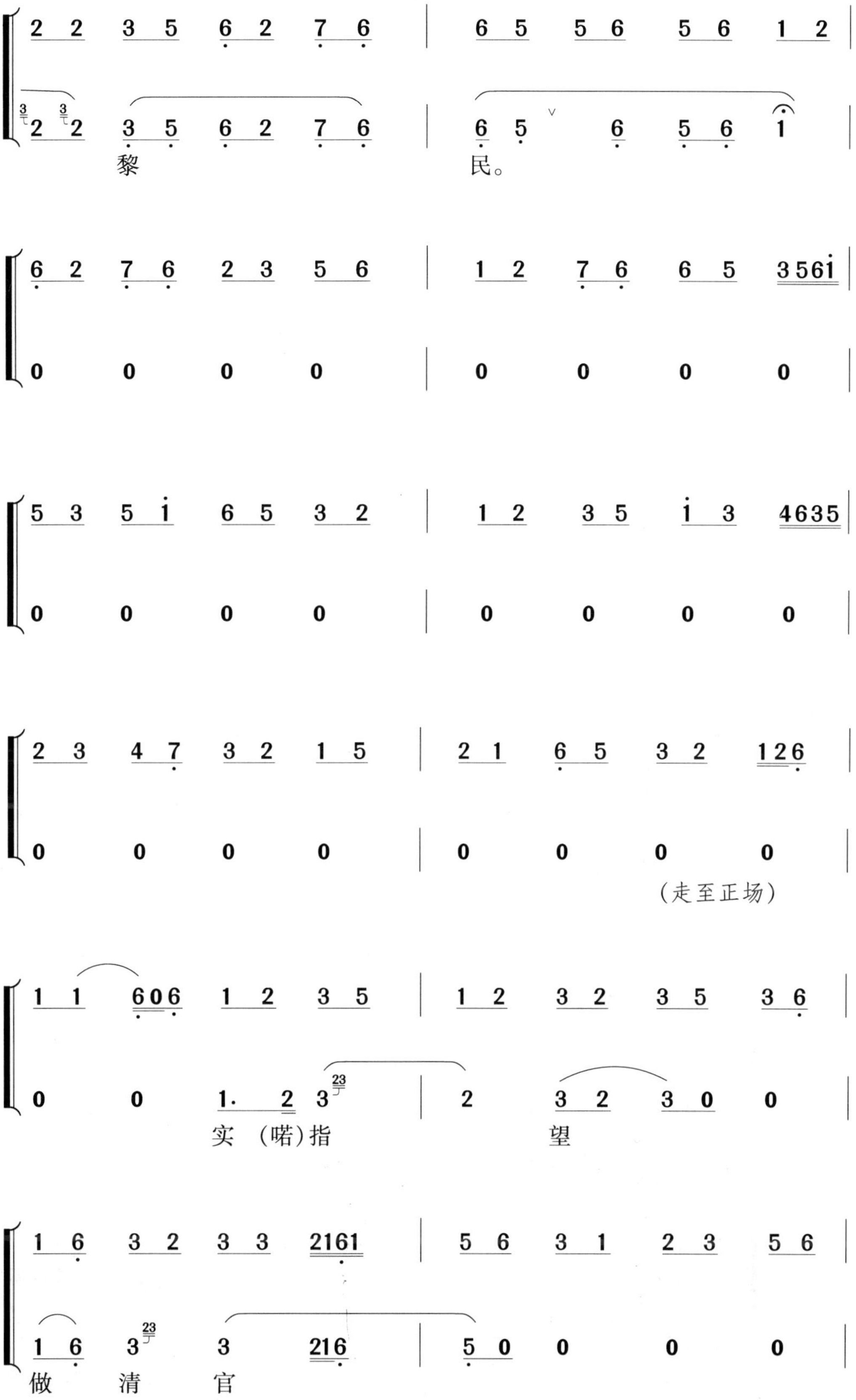

黎
民。
(走至正场)
实 (喏)指
望
做
清
官

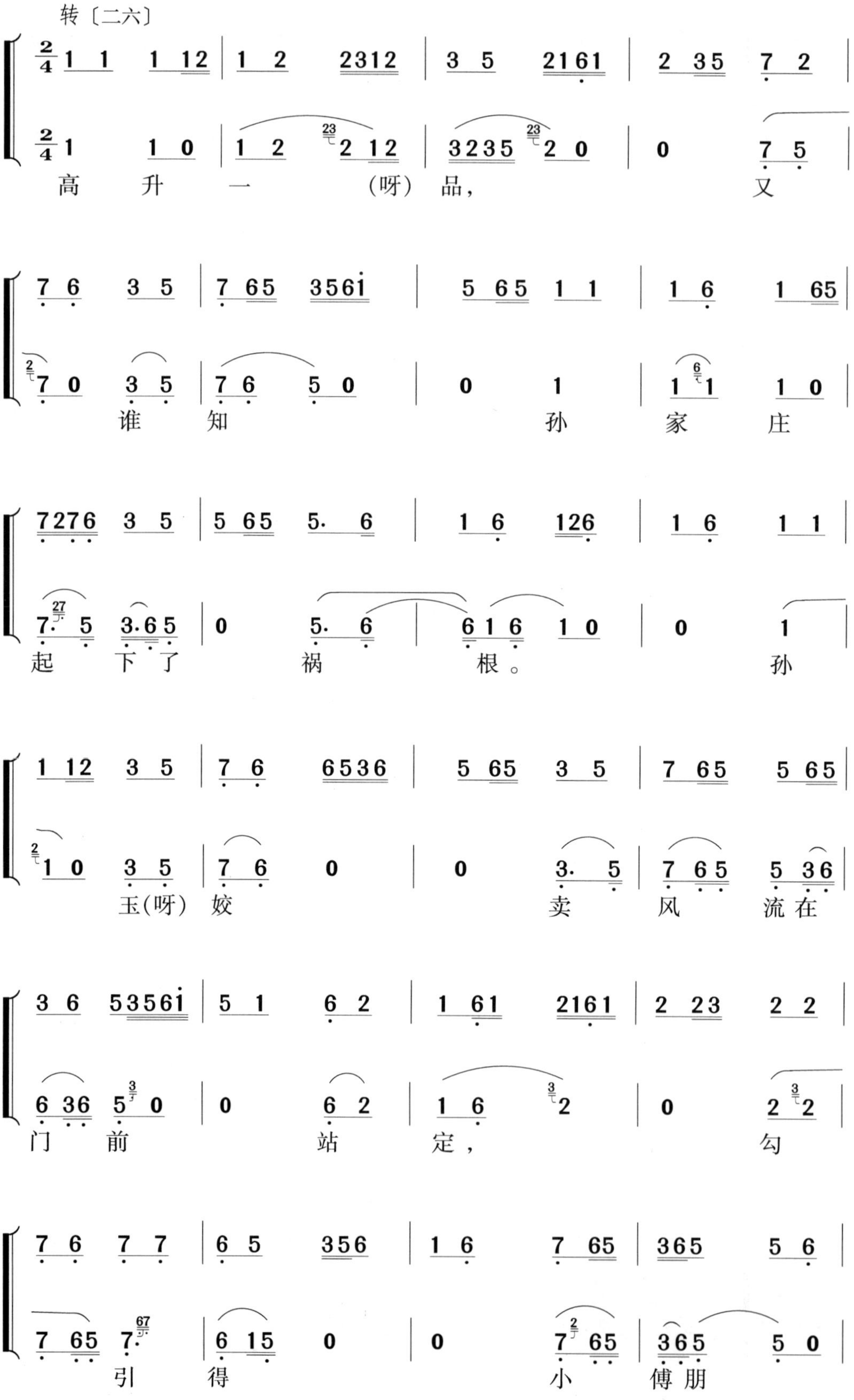
转〔二六〕
高 升 一 (呀) 品， 又
谁 知 孙 家 庄
起 下 了 祸 根。 孙
玉(呀) 姣 卖 风 流 在
门 前 站 定， 勾
引 得 小 傅 朋

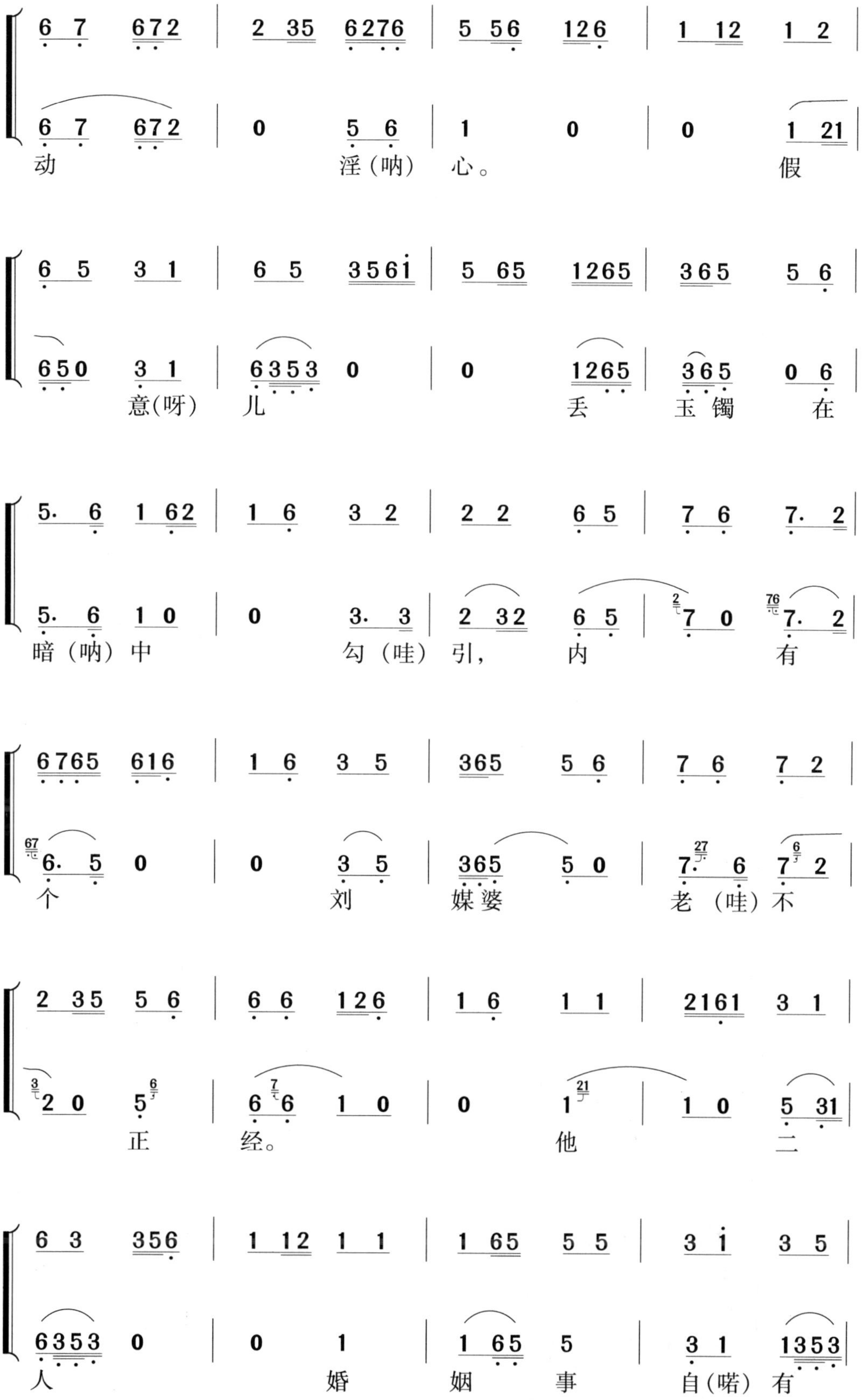
动 淫（呐）心。 假
意(呀) 儿 丢 玉 镯 在
暗（呐）中 勾（哇）引， 内 有
个 刘 媒婆 老（哇）不
正 经。 他 二
人 婚 姻 事 自(啫) 有

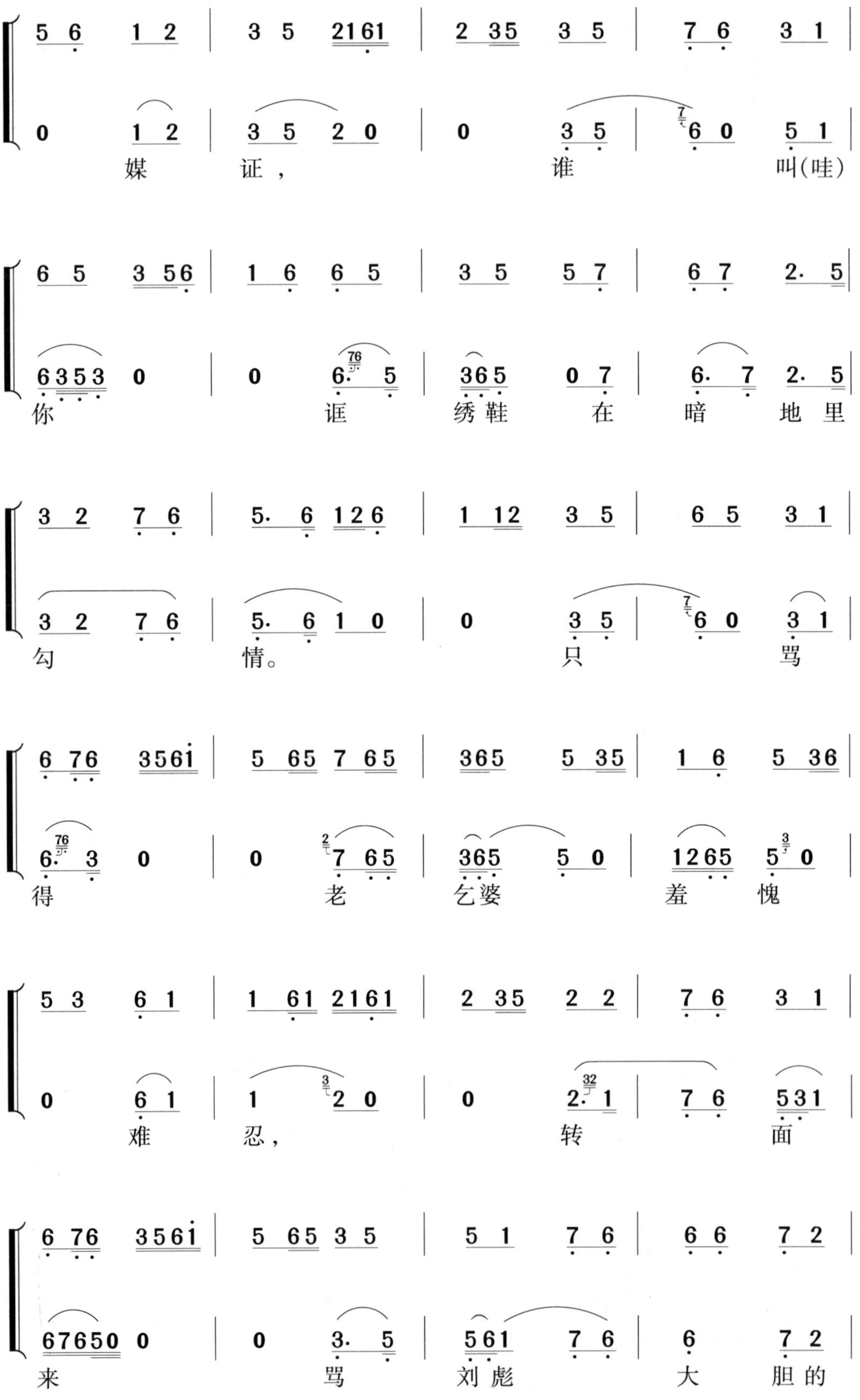
媒 证， 谁 叫(哇)
你 诓 绣鞋 在 暗 地 里
勾 情。 只 骂
得 老 乞婆 羞 愧
难 忍， 转 面
来 骂 刘彪 大 胆的

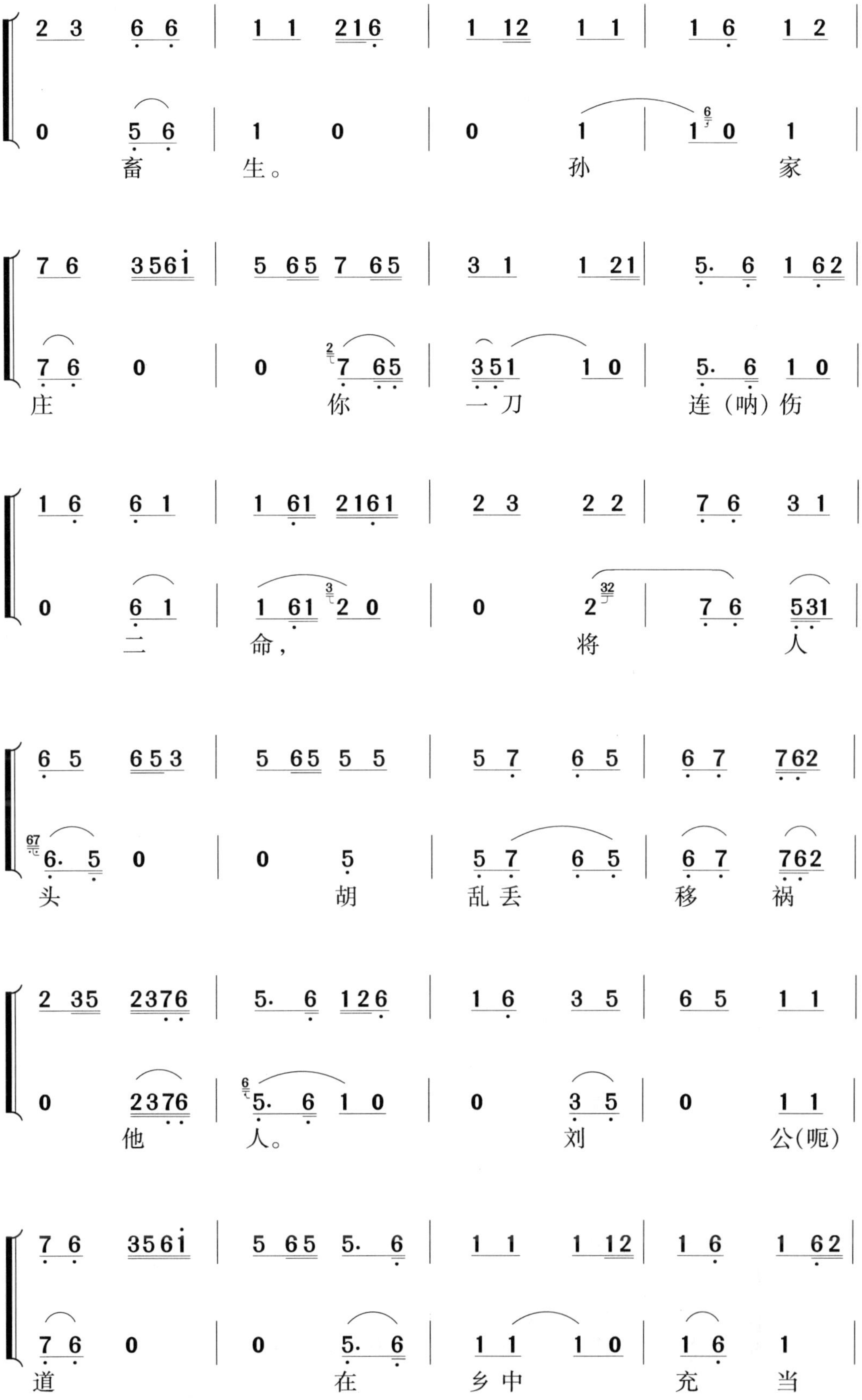
畜　生。　孙　家
庄　你　一刀　连（呐）伤
二　命，　将　人
头　胡　乱丢　移　祸
他　人。　刘　公(呃)
道　在　乡中　充　当

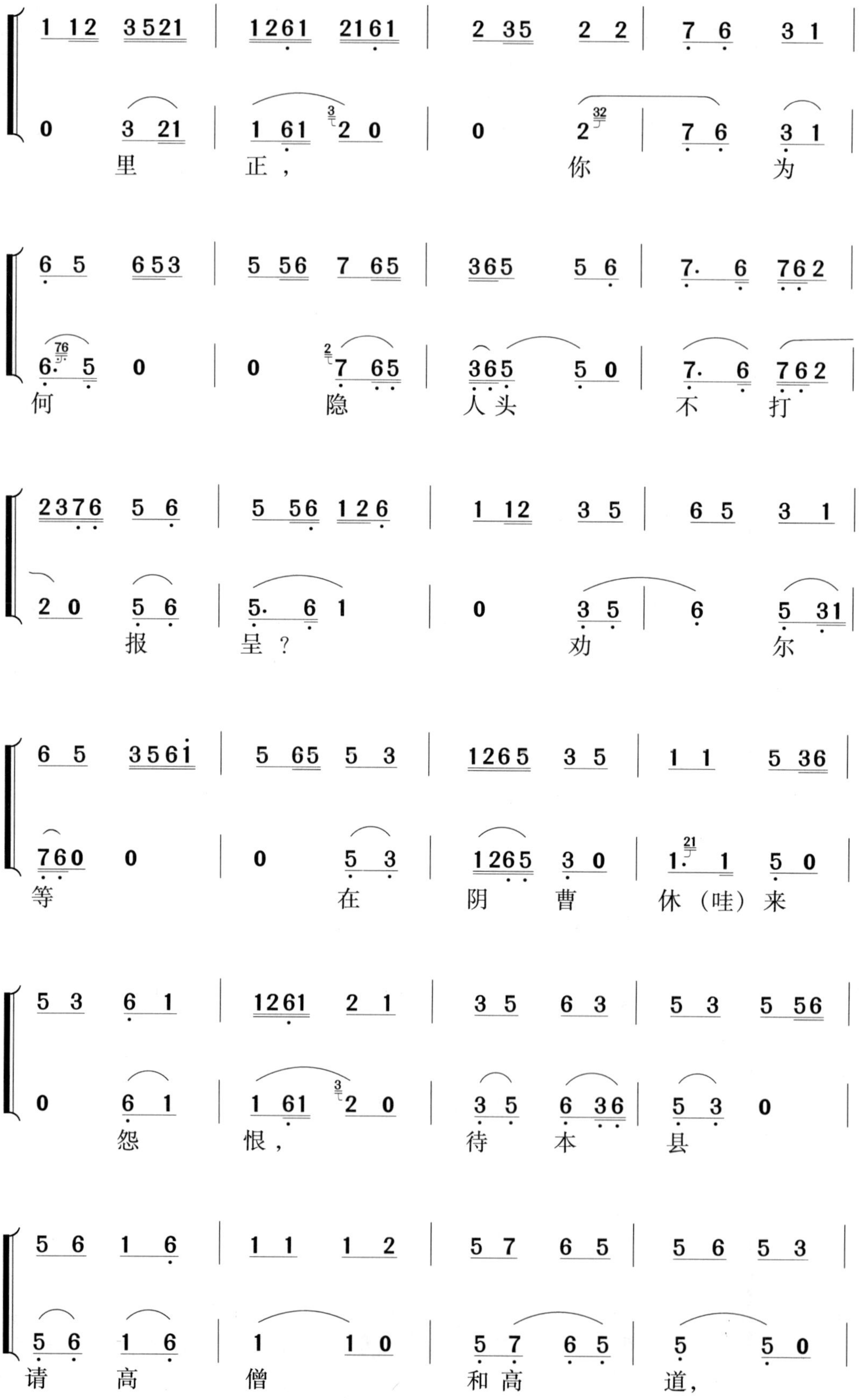
里 正， 你 为
何 隐 人头 不 打
报 呈？ 劝 尔
等 在 阴 曹 休（哇）来
怨 恨， 待 本 县
请 高 僧 和 高 道，

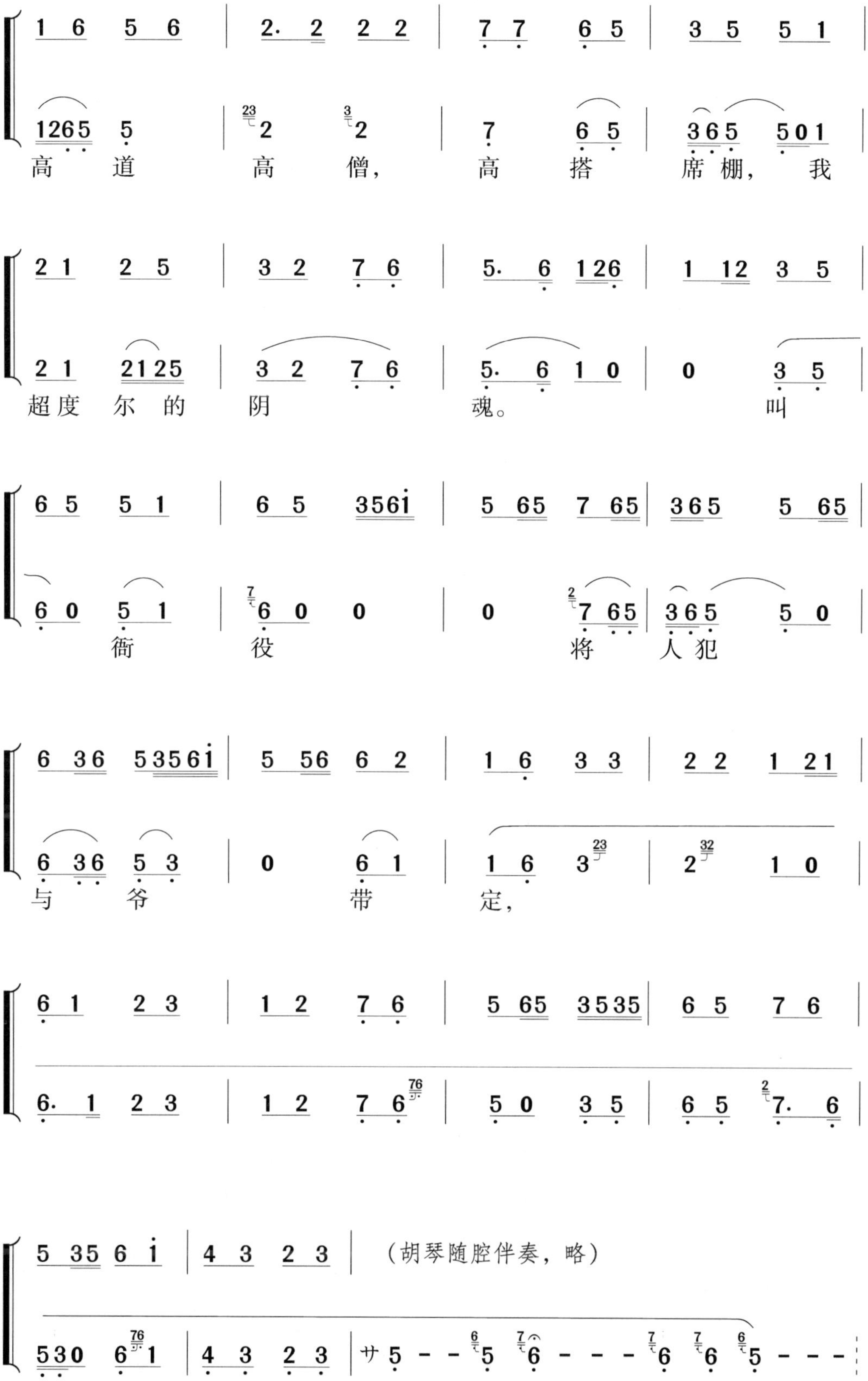
高 道 高 僧, 高 搭 席 棚, 我
超度 尔 的 阴 魂。 叫
衙 役 将 人犯
与 爷 带 定,
（胡琴随腔伴奏，略）

〔【纽丝】众“下场门”扯“斜胡同”。

赵 廉

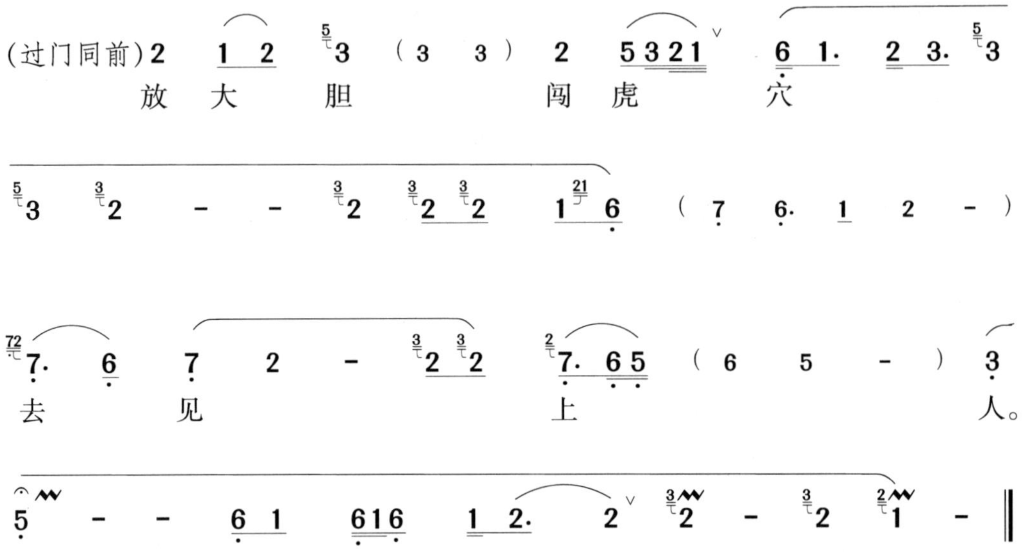

〔【大锣抽头】赵廉打马“下场门”下，众“窝下”。

第七场

〔【小锣抽头】二衙役押傅朋、孙玉姣“上场门”上，二衙役“站门”，傅朋站“大边”，孙玉姣站“小边”。①

〔西皮摇板〕

傅 朋

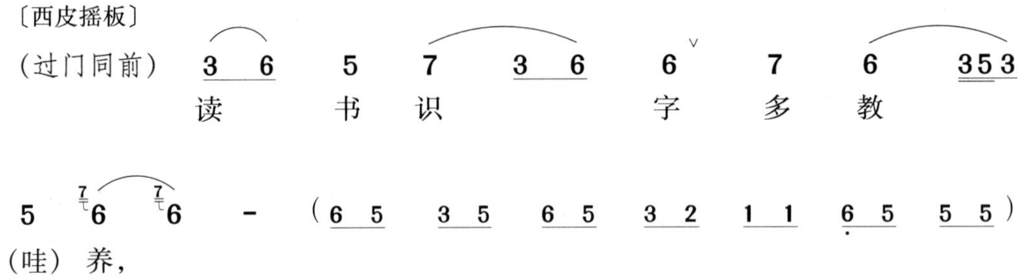

孙玉姣

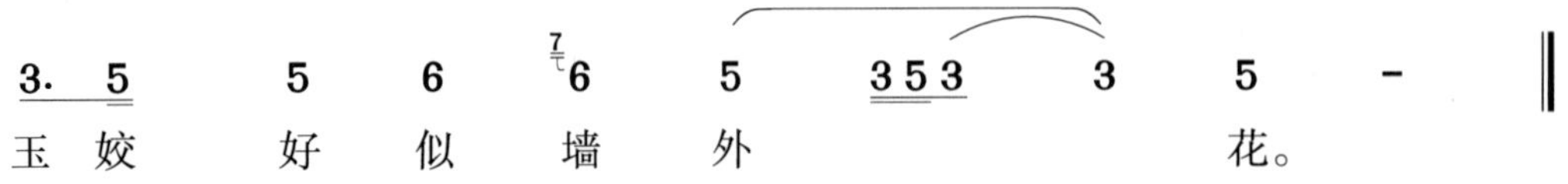

〔【小锣抽头】二衙役押傅朋、孙玉姣“下场门”下。

① 过去演出，二衙役分别拿一只绣鞋和玉镯押傅朋、孙玉姣上。现在演出也有删除这一场的。

第八场

〔【小锣抽头】二衙役押刘彪、刘媒婆“上场门”上，二衙役“站门”，傅朋站“大边”，孙玉姣站“小边”。

刘媒婆 奴才！

〔西皮流水〕

【小锣凤点头】

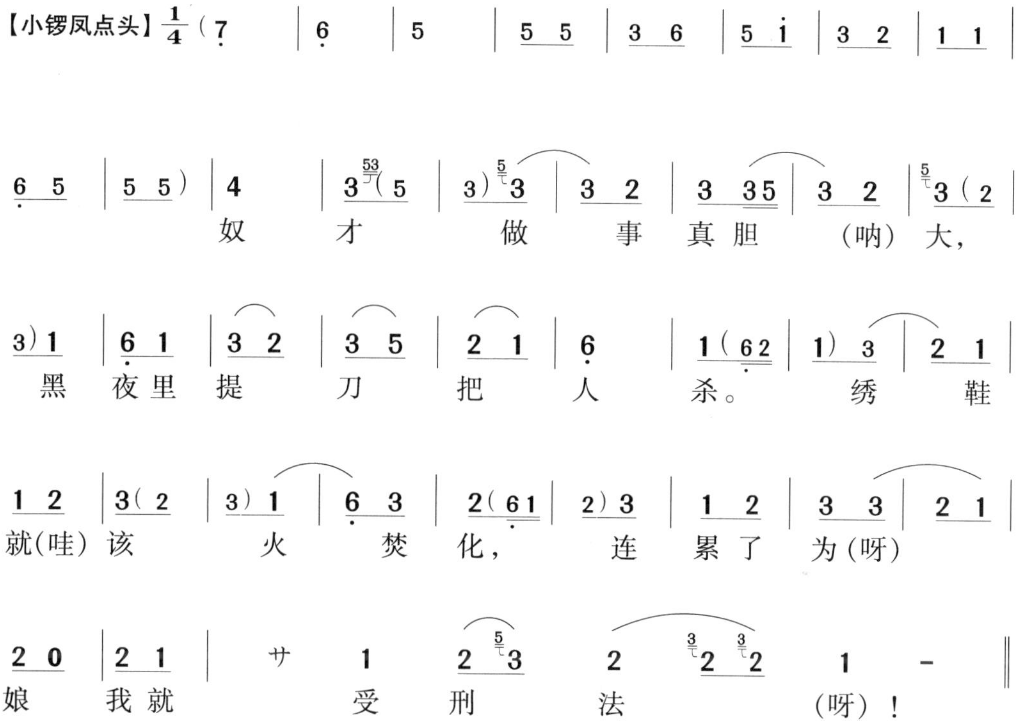

刘 彪 母亲哪！

〔西皮流水〕

【小锣凤点头】 (过门同前)

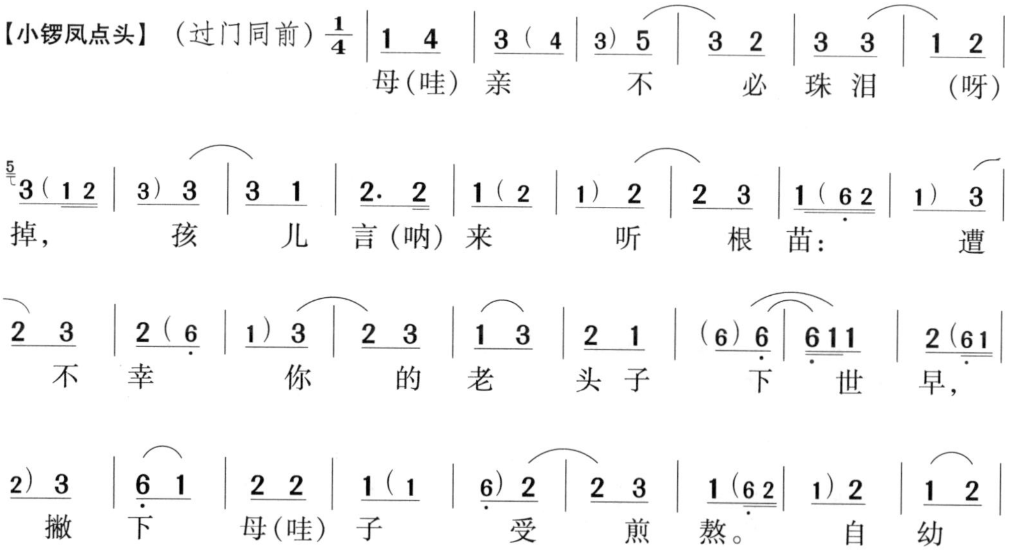

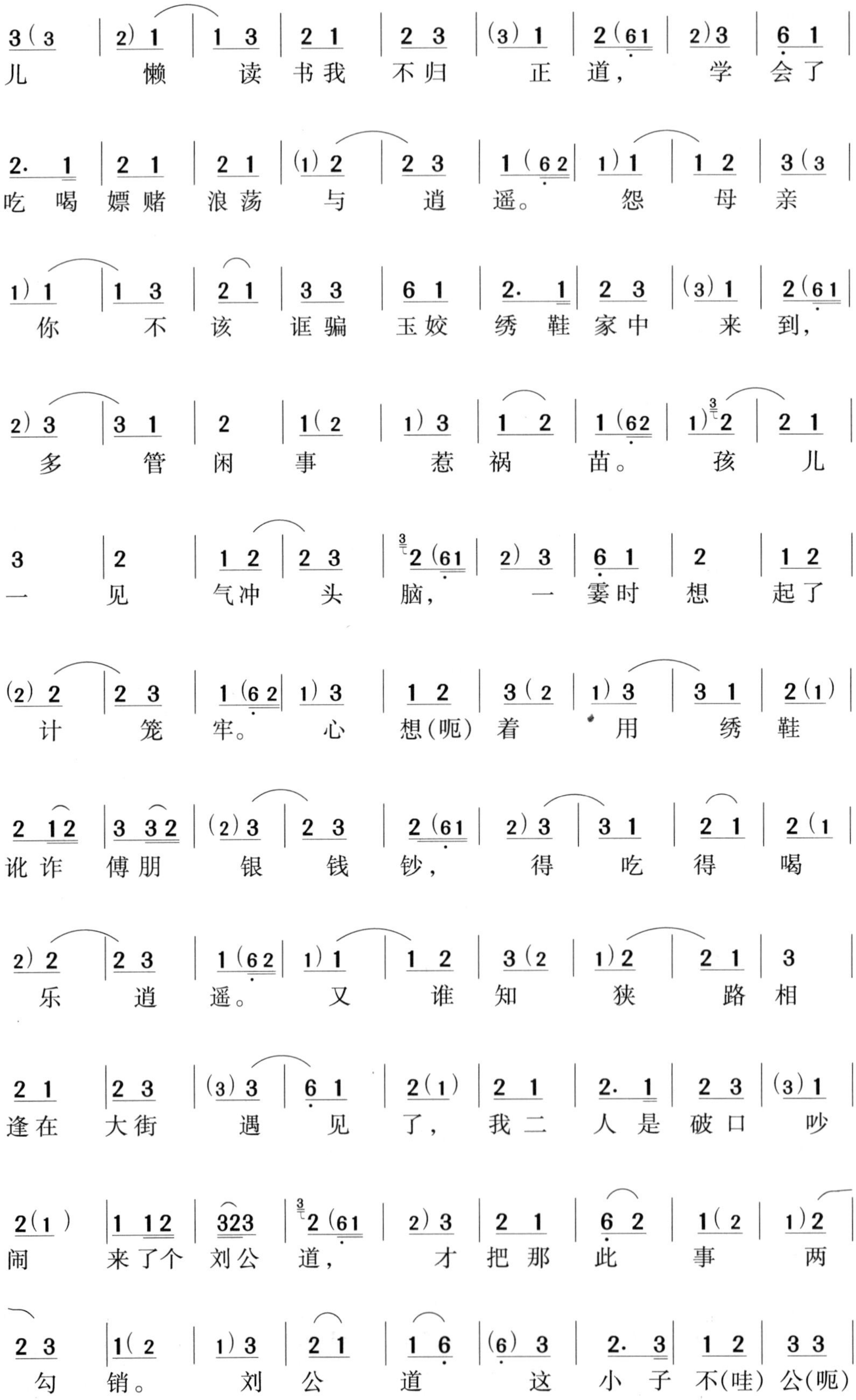
儿 懒 读 书我 不归 正 道， 学 会了
吃 喝 嫖赌 浪荡 与 逍 遥。 怨 母 亲
你 不 该 诓骗 玉姣 绣 鞋 家中 来 到，
多 管 闲 事 惹 祸 苗。 孩 儿
一 见 气冲 头 脑， 一 霎时 想 起了
计 笼 牢。 心 想(呃) 着 用 绣 鞋
讹诈 傅朋 银 钱 钞， 得 吃 得 喝
乐 逍 遥。 又 谁 知 狭 路 相
逢在 大街 遇 见 了， 我 二 人 是 破 口 吵
闹 来了个 刘公 道， 才 把 那 此 事 两
勾 销。 刘 公 道 这 小 子 不(哇) 公(呃)

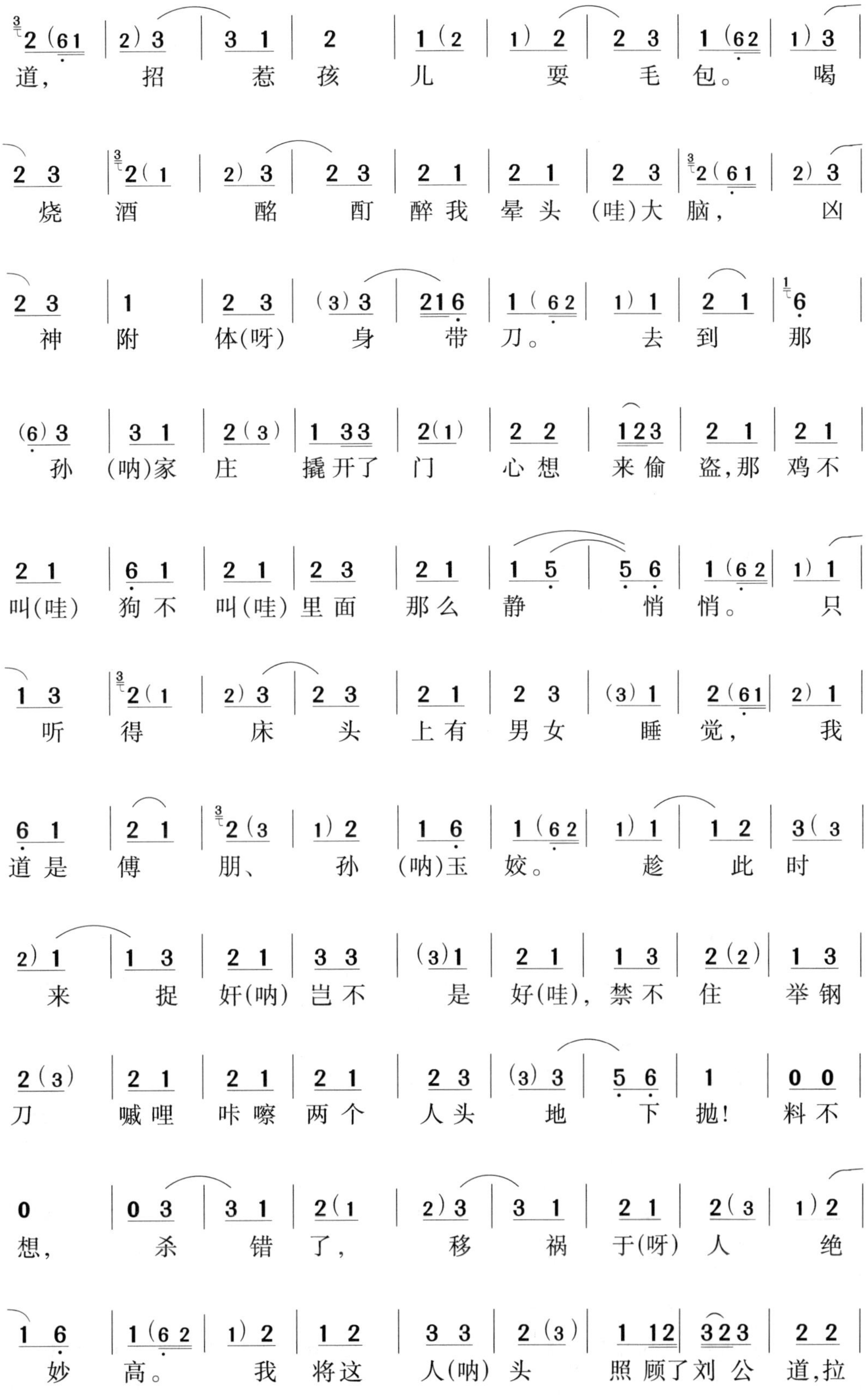
道，招惹孩儿要毛包。喝
烧酒酩酊醉我晕头(哇)大脑，凶
神附体(呀)身带刀。去到那
孙(呐)家庄撬开了门心想来偷盗,那鸡不
叫(哇)狗不叫(哇)里面那么静悄悄。只
听得床头上有男女睡觉，我
道是傅朋、孙(呐)玉姣。趁此时
来捉奸(呐)岂不是好(哇)，禁不住举钢
刀喊哩咔嚓两个人头地下抛！料不
想，杀错了，移祸于(呀)人绝
妙高。我将这人(呐)头照顾了刘公道,拉

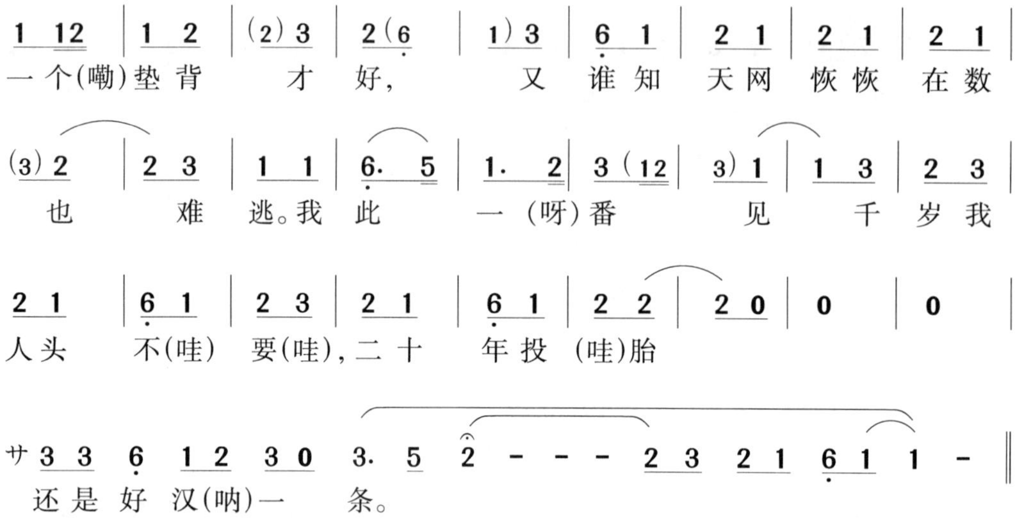
一个(嘞)垫背 才好， 又谁知 天网 恢恢 在数
也 难 逃。我 此 一 (呀)番 见 千 岁我
人头 不(哇) 要(哇)，二 十 年投 (哇)胎
还是 好 汉(呐)一 条。

刘媒婆 奴才！

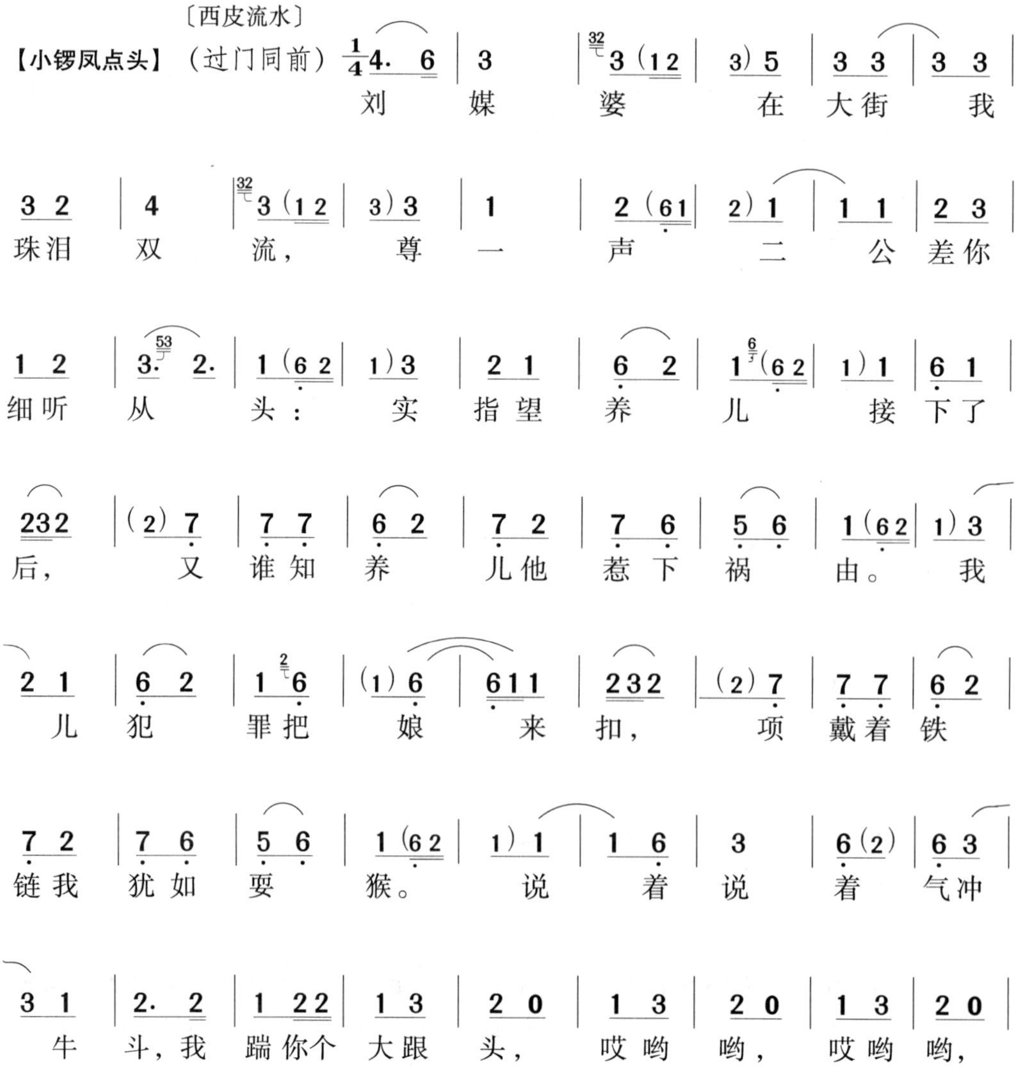
〔西皮流水〕
【小锣凤点头】（过门同前）
刘 媒 婆 在 大街 我
珠泪 双 流， 尊 一 声 二 公 差你
细听 从 头： 实 指望 养 儿 接 下了
后， 又 谁知 养 儿他 惹下 祸 由。 我
儿 犯 罪把 娘 来 扣， 项 戴着 铁
链我 犹如 耍 猴。 说 着 说 着 气冲
牛 斗，我 踹你个 大跟 头， 哎哟 哟， 哎哟 哟，

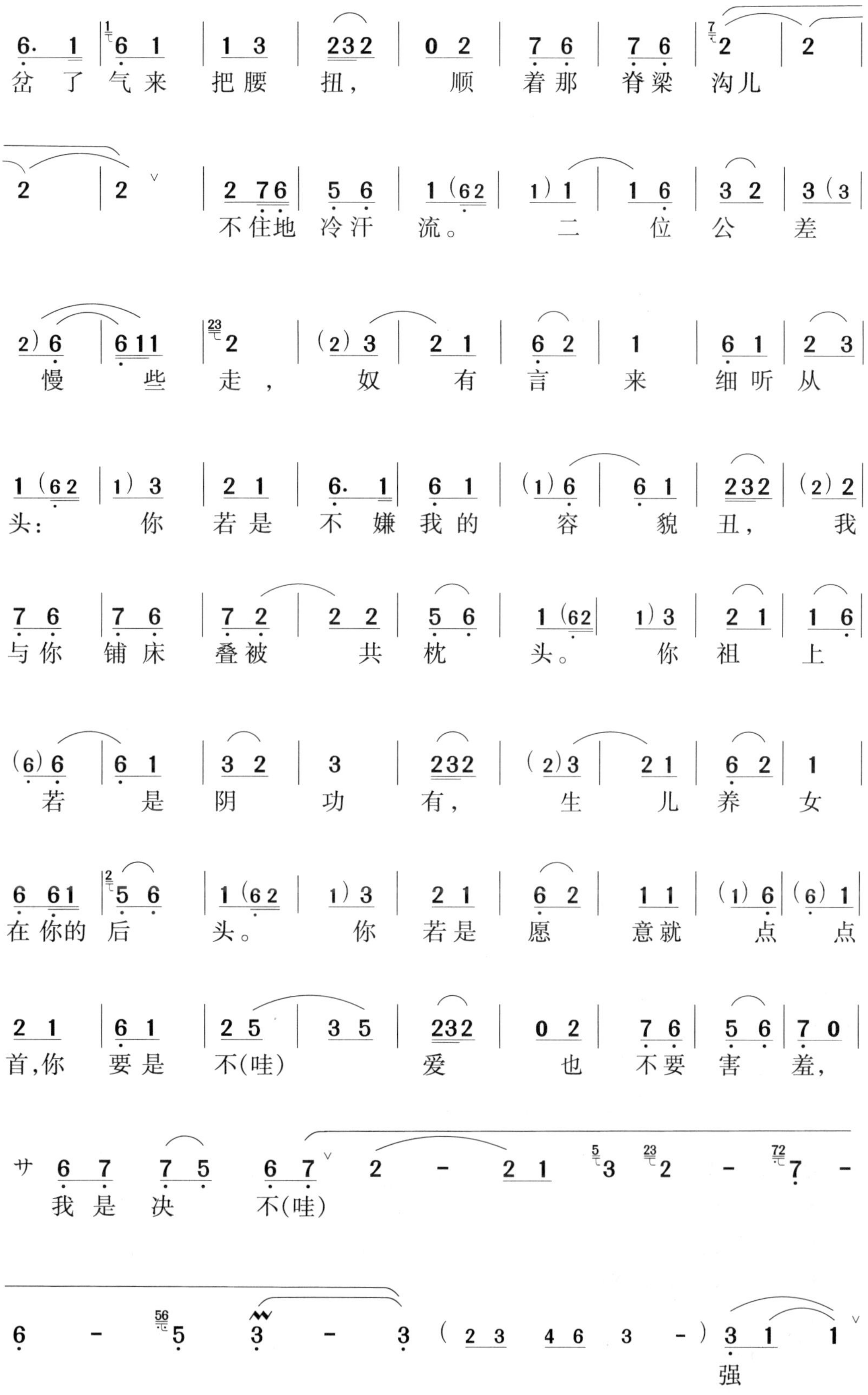
岔了气来把腰扭，顺着那脊梁沟儿
不住地冷汗流。二位公差
慢些走，奴有言来细听从
头：你若是不嫌我的容貌丑，我
与你铺床叠被共枕头。你祖上
若是阴功有，生儿养女
在你的后头。你若是愿意就点点
首,你要是不(哇)爱也不要害羞，
我是决不(哇)
强

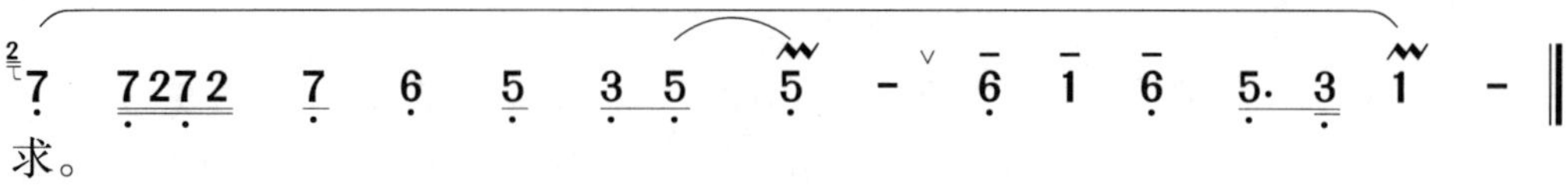

二衙役 走！

〔【小锣抽头】二衙役押刘彪、刘媒婆“下场门”下。

第九场

〔【小锣抽头】二班头执木棍押刘公道“上场门”上，二班头“站门”，刘公道至正场。

刘公道 哎！

〔西皮流水〕

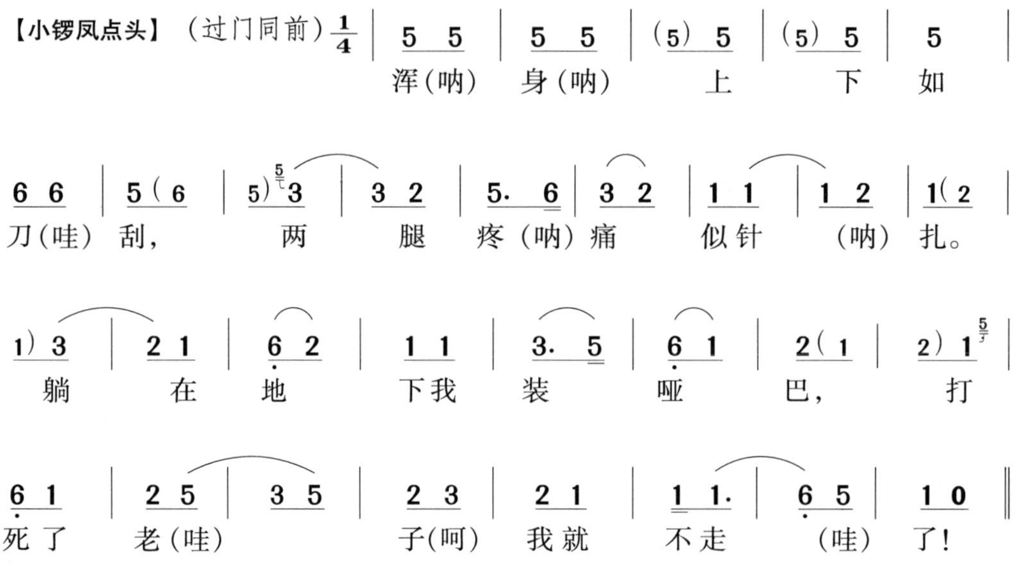

（赖在地上不走）

二班头 刘公道起来走哇！

刘公道 走不动咧！

二班头 走不动，起来跑！

刘公道 混蛋！我走还走不动，怎么就跑呢？

二班头 你走不？

刘公道 我不走。

二班头 不走打死你！（举棍吓唬刘公道）打呀！

刘公道 你打我？好，你要是不打我，我可胡骂你们。

班头甲 好哇，这是穷磨呀！

班头乙 给他言语一声。

班头甲 请太爷吧。

〔二班头转身至“九龙口”，面向“上场门”跪。

| 法 门 寺 |

二班头 有请太爷！

〔【小锣一击】赵廉骑马“上场门”上。

赵 廉 何事？

二班头 刘公道不走啦！

赵 廉 与我打！

二班头 打死他也不走啦！

赵 廉 唉！将本县的马与他乘骑了吧！（下马。将马交与班头乙，归“大边”）

班头乙 太爷您呢？

赵 廉 只好步行呃！

班头甲 嘿，真是清官哪！

〔班头甲归“小边”，班头乙至正场台口带马。

班头乙 刘公道，起来，起来！有了马骑了！

刘公道 （爬起）怎么，有了马了？

班头乙 有了马了！

刘公道 （上马）驾，嘚儿……

〔班头乙归“小边”。（台）刘公道与赵廉对面。

赵 廉 嗯！（右手拂袖，提袖）

刘公道 你看，又遇见他咧！

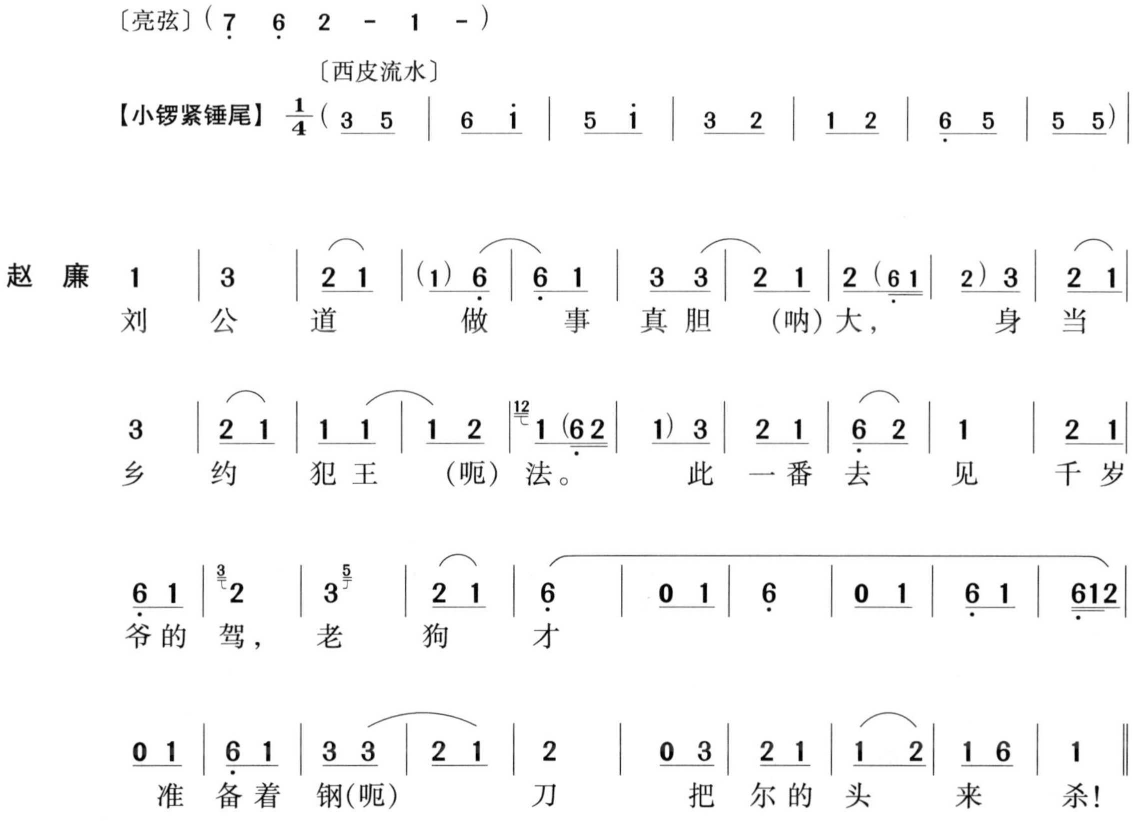

〔赵廉左转身“下场门”下。班头甲归“大边”。

刘公道　唉！①

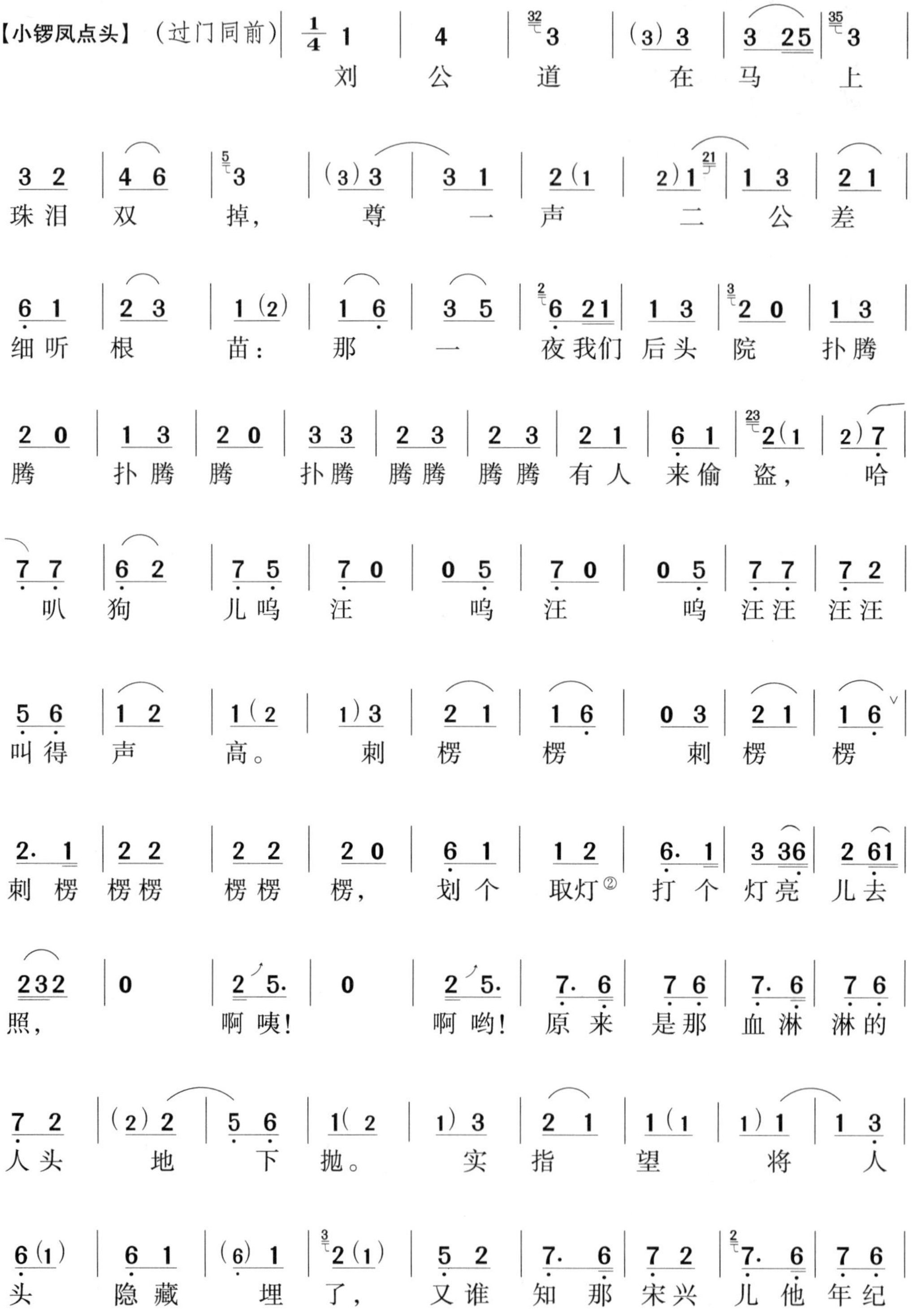

① 现在演出多将这段唱删去，改成赵廉下场后二班头押刘公道下场。

② 取灯儿——旧日北京方言，即火柴。

二班头 快走啵！

〔【小锣打下】二班头押刘公道“下场门”下。闭二幕。

---

① 此处唱词也有唱成“二百车，二百嘞”的。这两种唱词都是找辙口，而词不达意，令人费解。

第十场

「开二幕。场上置正场桌、“大座”，“大边”放一椅。红色绣金团花桌围椅披。（**大大0大大0台**）贾桂打着哈欠，懒洋洋地从“下场门”上，走至正场。

贾　桂　哎哟呵！这一宿我也没睡着。哎，天亮了，瞧瞧去！（出门）哟！这个郿坞县呢，还绷着哪！没法子，差事，得伺候着！

「贾桂打着哈欠坐“大边”椅，翘二郎腿。**【小锣五击】**班头甲“上场门”上至“小边”台口。

班头甲　奉了太爷命，前去投公文。那边有位公公，还得来个“夹剪”。（走向贾桂，打千）请公公安！

贾　桂　（拿势）这是哪儿的事儿？这个时候还不来，没的事儿嘛！

班头甲　（又打千）请公公安！

贾　桂　（打喷嚏）啊嚏！

班头甲　呵！（高声）请公公安！

贾　桂　（故意惊起）哟呵！（背供）红虫子撒尿啊——抽冷子！哪儿轰来的？

班头甲　郿坞县来的。

贾　桂　郿坞县那儿来的，谁叫你来的？

班头甲　我们太爷叫我来的。

贾　桂　你们太爷叫你干什么来了？

班头甲　（指公文袋）叫我投文来了。

贾　桂　文呢？

班头甲　（双手捧公文袋）在这儿哪！

贾　桂　（申斥）你拿来吧，且！

班头甲　（陪笑）是，给您，给您！

贾　桂　干什么不说什么，还得跟你要。拿过来吧！（取过公文袋）那边呆着去！

班头甲　是。

贾　桂　（往“大边”走）这是有尺寸的地方……（自语）嗯，这玩意儿啊……（捋摸着公文袋，又往袋子里面瞧，又抖落着公文袋）咦？怎改了素事儿啦？（对班头甲）我说，哎，哎，哎！你们知县就把这个交给你了吗？

班头甲　是呀。（反问）这不是文吗？

贾　桂　我知道是文。

班头甲　是文不就得了嘛！

贾　桂　得了？还不嘚儿偷着吃去！嘿，你怎么来的，你？

班头甲　由我们衙门口儿一步一步走着来的。

贾　桂　难为你呀，一步一步地会走到这儿来啦？

班头甲　可不是嘛！哈……

贾　桂　扛着腿儿（将公文袋摔在地上，大声呵斥）嘚儿给我滚回客吧！

「班头甲拾起公文袋。

贾　桂　叫我骂你什么呀？驴下的！[1]

班头甲　（自语）呵，老头子，我碰啦！（走到“九龙口”面向“上场门”打千）有请太爷！

「（**大大台**）赵廉“上场门”上。贾桂坐“大边”椅。

赵　廉　何事？

班头甲　文没投上，我碰啦！

赵　廉　哼！不中用的奴才！

班头甲　是。（背供）瞧您的吧！

「赵廉接过公文袋，走向贾桂。

贾　桂　（自语，故意说给赵廉听）这知县就不对，你来了倒是见我呀！我还有什么难买难卖的吗？打发条狗过来，招我生气！

赵　廉　（拱手）公公！

贾　桂　（故意惊起）呀，县太爷您还来呀？

赵　廉　噢，是，是，是。

贾　桂　你怎么这个时候才来呀？

赵　廉　噢，噢，噢！

贾　桂　老爷子那儿早就问下来啦。

赵　廉　噢。

贾　桂　我一直拿好话给您遮瞒着。要不……

赵　廉　有谢公公。

贾　桂　哎呀呀……说两句好话又算什么呀！哪一个不知交朋友哇？哎你是来投文来的吗？

赵　廉　正是。

贾　桂　文哪？

赵　廉　在此。（双手递过公文袋）

贾　桂　哎，你拿来呀！（接过公文袋）不用吞吞缩缩的。我这个人儿是交朋友的人儿，最好办事啦。日子长了你就品出来啦。你来了递给我，我递上去，销差没事儿。这算什么呀？（边往“大边”走，边看公文袋里面是否有“门包”，发觉里面什么也没有，背供）这到不错，外甥打灯笼——照旧。（转身对赵廉）我说县台！

赵　廉　公公。

贾　桂　哪个……差事你都带齐了吗？

赵　廉　带齐了。

贾　桂　一名不落吗？

赵　廉　一名不落。

贾　桂　嘿，罢了！真难为你，三天功夫全齐啦！错过是你呀，莫怪是两榜底子，有能耐，我真佩服你呀！

赵　廉　夸奖了。

贾　桂　唉，可是呀……千岁爷可天没亮就问你呀！

赵　廉　噢。

贾　桂　我可是……

---

① 驴下的——北京骂人的俚语，意即驴生下来的。

赵　廉　有累公公！

贾　桂　哎，这……那可是算不着什么。哎……我可是在这儿伺候您半天啦。

赵　廉　噢，噢，不敢，不敢！

贾　桂　啊，啊，啊……这是差事呀。应当这么办。可是一样啦……您还不明白吗？

赵　廉　不是这样的投，要怎样的投法呢？

贾　桂　（见没达到目的）怎样地投？（大怒，高声）那是嘚儿问你啦！（同时将公文袋摔在地上，指点着赵廉）这是怎么啦？你怎么这么不懂交情啊？我拿话领着你，你怎么跟我装糊涂哇？你为什么？我们为什么？你不就是为升官换纱帽吗？我们跑上跑下的，跑坏双靴子，自各儿花钱买，不是为你活着的？你怎么不懂交情啊？可你这个人是怎么了，太难啦！哎哟，你，你，你……什么跟什么呀？这是，这是…… （大）（坐“大边椅”，翘起腿）（台）

〔赵廉拾起公文，开封一看，明白了就里，转身对班头甲。

赵　廉　啊，这里边的银票呢？

班头甲　银票？我换了现银啦！

赵　廉　在哪里呢？

班头甲　在我这儿。

赵　廉　拿来呀！

班头甲　您不是赏给我的呀？

赵　廉　呸！见财就贪！（取过银包）

班头甲　有这个，我还投的上呐！

赵　廉　滚了下去！（拂袖）岂有此理！

〔班头甲“上场门”下，赵廉走向贾桂。

贾　桂　（自言自语）唉，真是啊！拿话儿领着他，他跟我装糊涂，真是岂有此理！（摊双掌）

〔赵廉趁势将公文袋和银包往贾桂手中一放。

贾　桂　（看见银子，变了口气）嗨，嗨，县台！你怎么弄起这个来啦？我拿话怄着你玩儿哪！这可是腐败的事情。我可不要，够使的，趁早拿回。（右手拿着公文袋和银包掖在左侧怀里，左手伸出做摆手状，趁势遮住银包，假装不要）

赵　廉　公公，莫非嫌轻吗？

贾　桂　嫌轻？哎，（回头看看掖着的银包）嘿！你要是这么一说，（右手掂掂银包）那我倒得揣起来了。（环视左右，见无旁人，忙将银包揣入怀内）哈哈哈哈……

赵　廉　公公笑纳。

贾　桂　（讨好地）不是我吓唬你呀。

赵　廉　是，是。

贾　桂　早就问你呀！

赵　廉　噢，噢。

贾　桂　还算是不错呀，这个差事啊，都齐啦！就是来的这个时候啊，这个，这个……

赵　廉　来得晚了些。

贾　桂　（高声）谁说晚啦！再睡一觉也来得及呀！

赵　廉　哎呀，恐怕误了差事。

贾　桂　哎，哎，你吃了点心没有哇？

赵　廉　哦，哦……

贾　桂　哎哟，不用撑着，到我这儿来，别挨小饿。我给你言语一声去。（向“上场门”喊）喂，膳房的，孩子们哪！替我张罗点儿啊，县太爷来了！（赵廉“上场门”暗下）先给他冲碗牛奶，给他炸点儿年糕，啊！（往回走两步，突然转身向“下场门”喊）哎，把我那冰糖莲子顿得烂烂儿的，给他来一碗，啊！我可不陪着了！

〔赵廉内应声：“噢，噢！”

贾　桂　（走回正场，嗽嗓）我就不信你不花！叫你花，就得花！（进门，面里打千）请千岁爷！（搬“大边”椅“下场门”暗下）

〔四龙套内喊：“哦——”

〔**【大锣原场】**四红龙套“上场门”上，“站门”。贾桂暗上，站“大边”。**【大锣五击头】**刘瑾“上场门”上至“小边”台口。

刘　瑾　指望出京乐安然，在京出京总一般。**【住头】**

贾　桂　郿坞县公文一角，（撕开公文袋封口）当堂扯封。

〔**【撕边·崩登仓】**贾桂从公文袋中抽出公文，**【撕边一击】**面向刘瑾，手举公文跪“大边”。**【撕边一击】**刘瑾一看公文后，至“大边”；贾桂至“小边”，面向刘瑾跪。（**崩登仓**）贾桂举公文，刘瑾右转身看公文。**【回头】**刘瑾欲左转身入座，贾桂摸摸怀里揣着的银包，**【大锣原场】**刘瑾突然右转身，察觉到贾桂的猫腻，贾桂慌忙掩饰。

刘　瑾　唉！

贾　桂　唉！

刘　瑾　（明白）啊！

贾　桂　（讪讪地）啊！

〔刘瑾左转身归“里座”。四红龙套归“里八字”。贾桂急忙爬起，跟进，将公文放在桌案上，侍立“大边”。

刘　瑾　桂儿呀！

贾　桂　嗻。

刘　瑾　郿坞县来了？

贾　桂　来啦，来了，早就来了！天儿没亮就来了！您那儿歇觉儿哪，没敢惊动您呐！

刘　瑾　早就来了？

贾　桂　早就来了！

刘　瑾　嗯，案子带齐了？

贾　桂　带齐了，一名不落，一名不落！人家办事真利索，还任劳任怨哪！

刘　瑾　呕，还任劳任怨哪？

贾　桂　哎，老爷子！他还自个儿来投文。（指着桌案上的公文）您瞧，他这个文还是自个儿写的哪！

刘　瑾　哦，亲笔。

贾　桂　是呀！（指点着公文）您瞧这儿，不错呀，两榜的底子！您看他写的这字儿，哎哟，是真有笔力呀！

刘　瑾　嗯，写得不错。

贾　桂　敢情！老爷子，（趴在桌案对着公文比划）横儿是横儿。

刘　瑾　横儿。

贾　桂　竖儿是竖儿。

刘　瑾　竖儿。

贾　桂　点儿是点儿。

刘　瑾　点儿。

贾　桂　撇儿是撇儿。

刘　瑾　撇儿。

贾　桂　还有这一勾儿！（差点儿碰着刘瑾眼睛）

刘　瑾　（躲闪）哟呵！留神我的眼睛。

贾　桂　哎哟，您瞧这字儿写得够多好哇！

刘　瑾　噢，这字写得好？

贾　桂　嗯，好！

刘　瑾　好？

贾　桂　好——！

刘　瑾　嗯，它念什么？

贾　桂　（对着公文）真格的，你念什么来着？

刘　瑾　你躲开吧！（归正题）小子！

贾　桂　嗯，什么事儿？

刘　瑾　叫他见见来！

贾　桂　好嘞，我传他去呀！（出门，向“上场门”轻声招呼）县台，县台！来呀，来呀！

　　　　〔赵廉“上场门”上，站“小边”。

赵　廉　（应声）哦，哦。

贾　桂　老爷子传你哪！别忙，我先卧你个底，回头你见您说话呀，别怵怵忐忐的。

赵　廉　哦，是是是。

贾　桂　就给他个硬腾儿（“腾”读阴平），倒没错儿。有我在一边儿哪！

赵　廉　（应声）哦，哦。

贾　桂　哎哎哎，你别忙啊！容我给你报门。

　　　　〔贾桂转身报门，赵廉随后躬身。

贾　桂　（提高调门）报！郿坞县知县赵廉告进哪——！（回头招呼赵廉）来来来！

　　　　〔**【小锣闷击】**贾桂引赵廉进门。

贾　桂　（对刘瑾）来了，来了，来了！（站“小边”）

赵　廉　（进见）参见千岁！（跪）**（台）**

刘　瑾　人犯带齐了没有？

赵　廉　俱已带齐。

刘　瑾　说！（抖双袖，提袖）

贾　桂　说你的。

赵　廉　千岁！

〔西皮流水〕

【小锣凤点头】（过门同前）$\frac{1}{4}$ 1 | 3 | (2) 6 | 1 1 | 3 3 | 2 1 | 2 (62 |

一　干　人　犯　俱　带　（呀）妥，

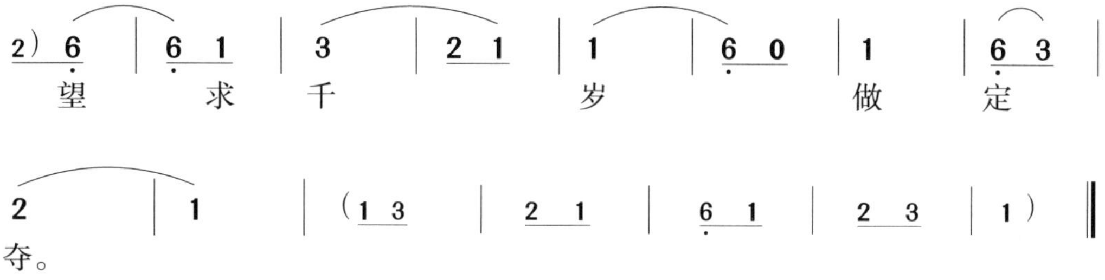

刘 瑾 唉，怎么着？大小你是个父母官儿，好歹你得拿个主意。干什么我来做定夺哪？
贾 桂 哎哟，老爷子，老爷子！您这是什么话儿呀？这水大还漫得过鸭子吗？
刘 瑾 又来啦！水大漫不过桥去。
贾 桂 （讪笑）嘿嘿嘿……
刘 瑾 哪儿有这么大的鸭子？（对赵廉）人犯都带齐了吗？
赵 廉 俱已带齐。
刘 瑾 一名不落？
贾 桂 不落，不落！
刘 瑾 来呀，带人犯！（边敲惊堂木，边吟唱）带人犯哪，带人犯！
贾 桂 哎哟，别忙，别忙！老爷子，您这是怎么了？
刘 瑾 我怎么了？
贾 桂 哎哟，没有跪着问案的！人家是父母官儿，跟儿女百姓跪在一块儿，那儿女百姓可小瞧他啦！
刘 瑾 那么怎么着呢？
贾 桂 您呐，恩典，叫他起来！
刘 瑾 叫他起来？
贾 桂 是。
刘 瑾 嗯。
贾 桂 得，得，起来，起来，起来！
赵 廉 谢千岁！
〔赵廉起立，站“大边”。
刘 瑾 来呀！
众 有！
刘 瑾 带人犯！
众 啊！
贾 桂 唉，唉！老爷子，老爷子！
刘 瑾 （边敲惊堂木，边吟唱）审哪，问哪！审哪，问哪！
贾 桂 别价，别价！您这忙什么呀？这，这……
刘 瑾 可我又怎么了？
贾 桂 哪有站着问案的呢？
刘 瑾 依你便怎么着呢？
贾 桂 这得预备个公案桌儿，您呐，再赏他一个座儿。
刘 瑾 胡说八道！

贾　桂　啊，是。

刘　瑾　老爷子这儿哪儿有小县官儿的座？

贾　桂　老爷子，人家是替咱们爷们办事儿，咱们爷们可是外场人儿，不要那就够使的！

刘　瑾　噢，咱们爷们是外场人儿？不要这就够使的？

贾　桂　外场人儿呀！

刘　瑾　不要这就够使的？

贾　桂　要那够使的干什么呀！

刘　瑾　哎，对！好，那么，坐下！

　　　　〔二红龙套“下场门”抬桌椅，摆“大边”桌、“里座”。

贾　桂　赏他个座儿。

刘　瑾　坐下？

贾　桂　坐下。

刘　瑾　坐啵！

贾　桂　你就坐下。

赵　廉　千岁在此，臣不敢坐。

刘　瑾　狗坐轿子——不识抬举！

贾　桂　叫你坐下，你就坐下，啊！

赵　廉　谢座。

刘　瑾　甭谢，坐下吧！

赵　廉　（走到“大边”桌旁，又让贾桂）公公请坐！

贾　桂　您甭让。我站惯啦！

　　　　〔赵廉入座。

刘　瑾　我说，县台！

赵　廉　千岁！

刘　瑾　咱家久在宫院，伺候皇上，未曾审过民情，少时间倘有不到之处，还望县台多多地指教。

赵　廉　全仗千岁！

刘　瑾　这头案带谁？

赵　廉　带刘彪。

刘　瑾　噢，带刘彪。

贾　桂　带刘彪！

　　　　〔班头甲内：“啊！”

　　　　〔（**台大台**）班头甲押刘彪“上场门”上。刘彪进门，面里跪中间。

刘　彪　叩见千岁！

班头甲　刘彪当面，当堂有刑。

刘　瑾　松刑。

班头甲　是。

　　　　〔班头甲给刘彪卸去锁链，然后站“小边”外首。

刘　瑾　你是刘彪哇？

刘　彪　有。

刘　瑾　呵！（对贾桂）唉，这小子怎么这么愣啊！
贾　桂　您瞧见他这个德性没有？凶徒恶棍哇，简直就像个唱大花脸的似的！
刘　瑾　哎，这大花脸可专欺侮你这小花脸的哪！
贾　桂　哼，这会儿他还不敢。
刘　瑾　我先揍你！
贾　桂　老爷子您又是谁呀！
刘　瑾　有什么要说的话？
刘　彪　千岁容禀！

〔西皮散板〕

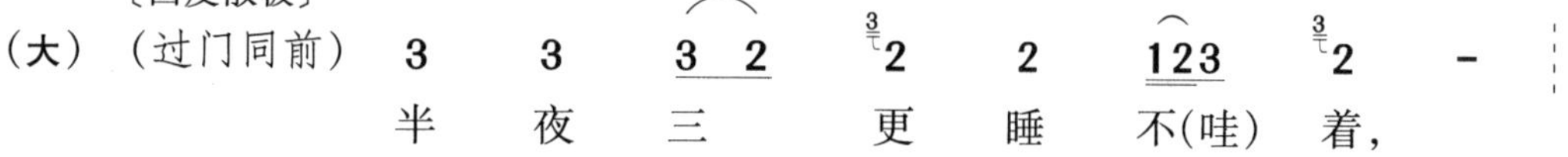

刘　瑾　低头！（拍惊堂木）（台）半夜三更睡不着，睡不着你就该起来坐着，谁让你拿刀满处杀人去了？说好的！
刘　彪　千岁容禀！
刘　瑾　哼！

〔西皮流水〕

刘　彪

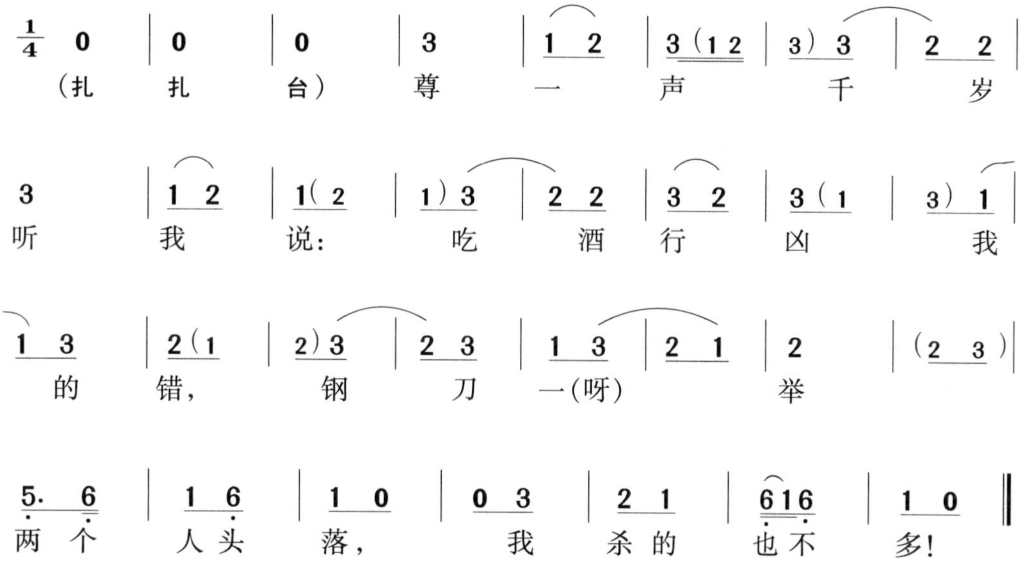

刘　瑾　哎哟你听啊，钢刀一举两个人头落，他还杀的也不多！
贾　桂　啊，是不多。那钢刀要是不举哪？
刘　瑾　那脑袋也没法落呀！
贾　桂　也没那么糟的脖子呀！
刘　瑾　嘿嘿，这得打听打听。（对赵廉）啊，县台。这小子一刀连伤二命，应当问他个什么罪？
赵　廉　一刀连伤二命，按律凌迟。千岁开恩，问他个斩罪。
刘　瑾　斩罪？
贾　桂　啊，您知道？
刘　瑾　噢，就是拿刀把他脑袋切下来。

贾　桂　哎，对啦，可不是嘛！

刘　瑾　哎哟，损哪！

贾　桂　损哪，您恩典他吧！

刘　瑾　哎哟，这么大的小伙子，不容易呀！

贾　桂　是是。

刘　瑾　哎，也得恩典恩典他。

贾　桂　您恩典他。

刘　瑾　来呀！

贾　桂　有。

刘　瑾　这小子咱们一刀儿一刀儿地片他吃得了！

贾　桂　带下去！

班头甲　走！

刘　彪　嘿！

〔（**台**）班头甲押刘彪出门，“下场门”下。

刘　瑾　又该带谁啦？

赵　廉　刘公道。

刘　瑾　刘公道。

贾　桂　带刘公道！

〔（**台大台**）班头乙押刘公道“上场门”上，进门，至桌案前。

刘公道　哎老爷子，您好哇？

班头乙　（把刘公道拉回来）嘿，嘿！跪下。

刘公道　跪下？（面里跪中间）

班头乙　刘公道带到，当堂有刑。

刘　瑾　松刑。

〔班头乙给刘公道卸去锁链，然后站“小边”外首。

刘　瑾　有什么说的？

刘公道　千岁爷你赐禀吧！

刘　瑾　哪儿有那么些说的！

〔西皮散板〕

刘公道　（**大**）（过门同前）　5 3 3 2　2　${}^{23}2$　2　2　–

怕打官　司　当　乡　约，

刘　瑾　住口！（**台**）（对贾桂）桂儿呀！

贾　桂　啊。

刘　瑾　他是卖香油的？

贾　桂　不是卖香油的。乡约地保。

刘　瑾　乡约地保？哎哟，我才弄明白啦。啊，村儿里就他年长。

贾　桂　对啦。

刘　瑾　要是闹出点儿事来，他在中间给说和说和，大事化小，小事化无，也是个大好人。

刘公道　对啦，我是个好人咧！

刘　瑾　好人都是你这个长相吗？
贾　桂　哎，老爷子，这好人可不论长相，心好就得了呗！
刘　瑾　嗯，我知道，你总得向着他！
贾　桂　那是怎么回事儿呀？
刘　瑾　（指着贾桂的脸）你们长得都差不多！
贾　桂　同行是冤家！
刘　瑾　（对刘公道）说好的！
刘公道　千岁！

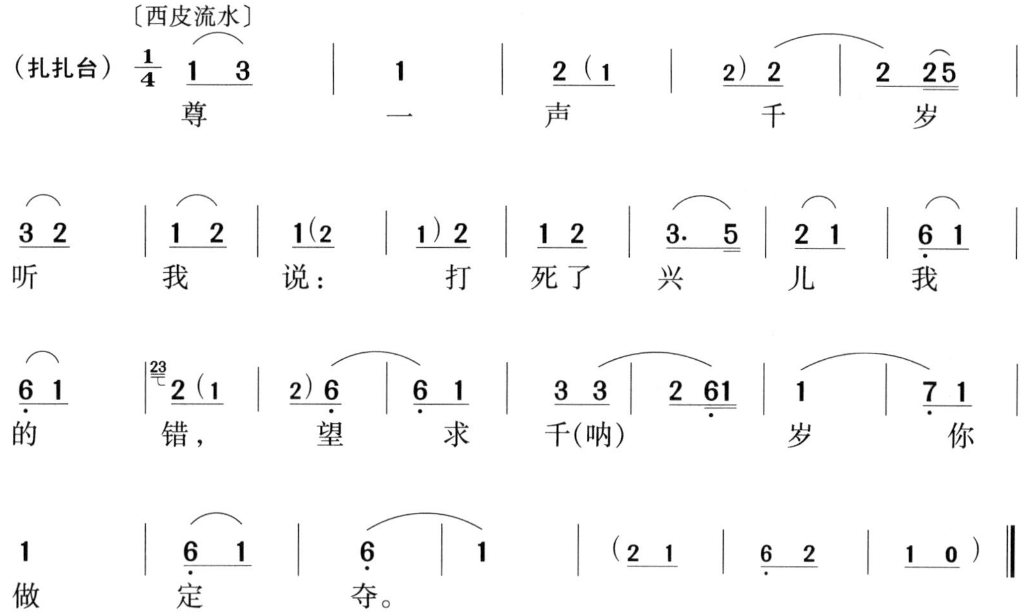

刘　瑾　唉，县台。这应当问他什么罪名？
赵　廉　刘公道身为乡约，见人头不报，绝人宗嗣，按律当斩。千岁开恩，问他个绞罪。
刘　瑾　绞罪？
贾　桂　是。您知道？
刘　瑾　噢，就是拿绳子活活儿地把他勒死。
贾　桂　对啦。
刘　瑾　哎哟，那多憋得慌啊！
贾　桂　哎，没活着舒坦哪！
刘　瑾　糟老头子，老爷子得恩典恩典他。
贾　桂　恩典恩典他。
刘　瑾　来呀！
班头乙　有。
刘　瑾　打来一锅油，烧得开开儿的，把老头子炸着吃！
刘公道　哎，老爷子，老爷子，咱们爷儿俩商量商量怎么着？
贾　桂　没什么商量的！
刘公道　你炸我怎么用得了这一大锅油哇？干脆，您把这一锅油交给我得啦，我慢慢儿去耗着。

贾　桂　押下去！

班头乙　走！

〔(台) 班头乙押刘公道出门，“下场门”下。

刘　瑾　又带谁啦？

赵　廉　刘媒婆。

贾　桂　刘媒婆！

〔(台) 班头甲押刘媒婆“上场门”上，进门，刘媒婆面里跪中间。

班头甲　刘媒婆当面，当堂有刑。

刘　瑾　松刑。

班头甲　是。

刘　瑾　你还有什么说的？

〔班头甲给刘媒婆卸去锁链，然后站“小边”外首。

刘媒婆　千岁容禀！

〔西皮散板〕

(大) (过门同前) サ 3 3 3 2 2 2 1 3 2 -

贪 图 花 红 把 媒 说，

刘　瑾　住口！(台) 花红？(对贾桂) 这儿来！

贾　桂　是。

刘　瑾　她是个卖花儿的？

贾　桂　她是个说媒拉纤儿的。

刘　瑾　说媒拉纤儿？哟呵。东庄有个学生，西庄有个姑娘，她在中间儿三言两语把亲事给说成，临完了图点儿财礼，还得喝碗冬瓜汤，对不对？

刘媒婆　对喽！

刘　瑾　咱家恨透了你们这种人了！

贾　桂　为什么这么恨她呀？

刘　瑾　啊，老爷子用不着她！(拍惊堂木)

贾　桂　这辈子也用不着她！

刘　瑾　说好的呗！

刘媒婆　千岁！

〔西皮流水〕

1/4 0 | 0 | 0 | 3 | 1 | 2 (1 | 2) 3 | 2 3 |

(扎 扎 台) 尊 一 声 千 岁

2 1 | 6 | 1 (2 | 1) 3 | 2 1 | 1 2 | 3 (2 | 3) 1 |

听 我 说： 勾 引 玉 姣 是

6 1 | 2 (3 | 2) 1 | 1 2 | 3 | 2 1 | 1 | 1 |

我 的 错， 望 求 千 岁

6· 2 | 7 6 | 5 6 | 1 | (2 1 | 7 2 | 1 0) ‖
做 定 嘚儿 夺。

刘　瑾　好哇，你瞧！说话带嘟噜。瞧见她我就有气。来呀！给我撕了喂鹰。

贾　桂　撕了，撕了！

赵　廉　且慢！

刘　瑾　唉，等等儿！

赵　廉　千岁！有道是，子大不由母。

刘　瑾　嗯，总是父母官儿向着儿女百姓。你这句话不要紧，就算把她救啦。

赵　廉　千岁开恩。

贾　桂　还得您的恩典。

刘　瑾　恩典她？嗯，这么着吧，把她交给县台，任凭你发落就是了。

赵　廉　是。

刘　瑾　把她带下去！

贾　桂　哎，这归太爷啦！

班头甲　走！

〔班头甲押刘媒婆出门，“下场门”下。

刘　瑾　这该带谁？

赵　廉　傅朋。

贾　桂　带傅朋！

〔(**台大台**) 傅朋“上场门”上，进门，面里跪中间。

傅　朋　叩见千岁！

刘　瑾　你是个学生，不发奋读书，夺取功名，将来与国家做个有用之人。怎么喳？闲着没事儿，弄只镯子你满世界串胡同去！去吧，(拍惊堂木) 廊下伺候着！

傅　朋　多谢公公。

〔傅朋出门，“下场门”下。

刘　瑾　又该带谁？

赵　廉　带孙玉姣。

贾　桂　孙玉姣！

〔(**台大台**) 孙玉姣“上场门”上，进门，面里跪中间。贾桂“上场门”暗下。

孙玉姣　叩见千岁！

刘　瑾　年轻轻儿的大姑娘不说在家学活儿，满世界踅摸便宜。镯子幸亏是玉的，要是金的，你们还不闹到金銮宝殿上去呀？

〔贾桂内喊：“报！”

〔**【小锣打上】**贾桂边喊边跑“上场门”上。

贾　桂　老爷子，老皇太要看孙玉姣。

刘　瑾　怎么着，老皇太要看孙玉姣？

贾　桂　是。

刘　瑾　嘿，这孩子福缘可真不小哇！

贾　桂　是，福缘不小！

刘　瑾　我得打听打听，别冒失。
贾　桂　打听打听。
刘　瑾　县台！
赵　廉　千岁！
刘　瑾　老皇太要看孙玉姣，她去得吗？
赵　廉　她乃黄花幼女，可以去得。
刘　瑾　噢，黄花幼女可以去得？
贾　桂　是呀。
刘　瑾　这要是口蘑木耳呢？
贾　桂　那我就勾卤了。
刘　瑾　你少废话！
贾　桂　（对孙玉姣）随咱家来呀！
刘　瑾　多磕头，少说话。
　　　　〔（**台**）贾桂引孙玉姣出门，“下场门”下。
刘　瑾　县台！
赵　廉　带宋巧姣。
　　　　〔**【小锣打上】**宋巧姣“上场门”上，进门，里面跪中间。
宋巧姣　叩见千岁！
　　　　〔贾桂“上场门”暗上，站“小边”。
刘　瑾　姑娘，官司算你赢了，回去吧，没你什么事了！
宋巧姣　小女子要面谢皇太。
刘　瑾　怎么着，你还要面谢皇太吗？
宋巧姣　正是。
刘　瑾　嘿，桂儿呀！
贾　桂　嗻。
刘　瑾　这孩子可有良心。
贾　桂　哎，有良心。
刘　瑾　哎，县台！
赵　廉　千岁！
刘　瑾　这孩子她有来头。
赵　廉　有来头。
刘　瑾　嗯，她大有来头！
赵　廉　大有来头。
刘　瑾　哈！没来头她会把你告下来吗？
赵　廉　千岁！**【撕边一击】**（急离座跪“大边”）
贾　桂　老爷子，你这句话不要紧，县太爷入地三尺。
刘　瑾　我怄着他玩儿哪。
贾　桂　有这么闹着玩儿的吗？得啦，让他起来吧。
刘　瑾　起来，起来！
贾　桂　（对赵廉）起来吧，跟你闹着玩儿哪。

赵　廉　谢千岁！

　　〔赵廉起立归原座。

刘　瑾　她要面谢皇太，去得吗？

赵　廉　她也去得。

刘　瑾　怎么到了她这儿，加了个“也”字儿呢？

贾　桂　哎哟，你就说去得，去得，不就得了嘛！

赵　廉　去得，去得！

刘　瑾　好，多磕头，少说话。

贾　桂　（对宋巧姣）随咱家来呀！

宋巧姣　是。（站起）

　　〔**【小锣打下】**贾桂引宋巧姣出门，“下场门”下。

刘　瑾　县台！

赵　廉　千岁！

刘　瑾　我把他们三人好有一比。

赵　廉　比作何来？

刘　瑾　你且听道！

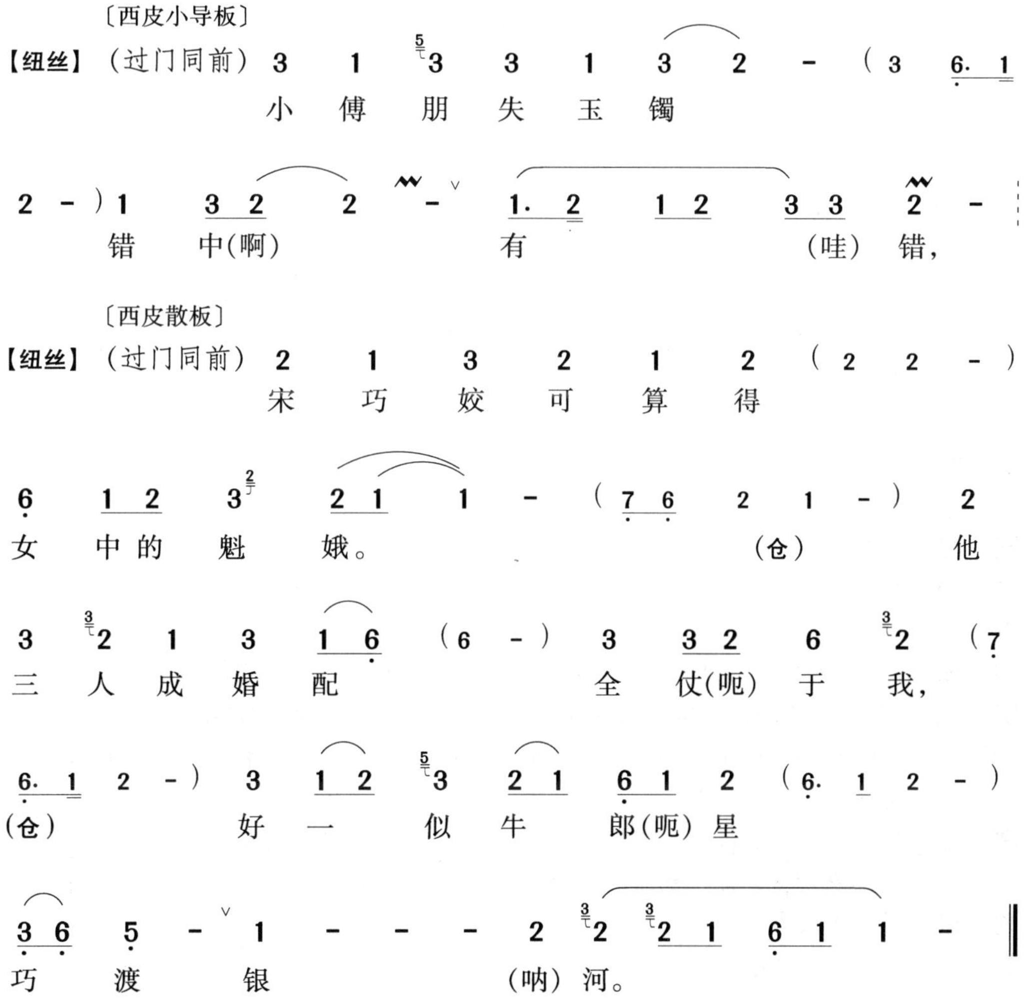

〔贾桂："报——！"

〔【冲头】贾桂"上场门"急上，进门，打千，站"小边"。

贾　桂　启千岁：老皇太一见孙、宋二女，十分欢喜。老皇太指婚，许配世袭指挥傅朋为妻，不分大小。叫她们穿戴好了，给您磕头来了！

刘　瑾　哎，别价！拦着点儿呀！

贾　桂　旨意，哪儿拦得住哇？哎哟，来了！

〔唢呐吹奏曲牌<吹打>。傅朋、宋巧姣、孙玉姣吉服"上场门"上，进门，向刘瑾跪拜。

刘　瑾　得了，别磕了！哈哈哈！……

〔傅朋、宋巧姣、孙玉姣起立。傅朋站"大边"，宋巧姣、孙玉姣站台"小边"外首。曲牌止。

刘　瑾　哎，傅朋穿戴起来，还真有点儿做官儿的样儿，啊？

贾　桂　哎，他是世袭指挥呀！

刘　瑾　你为什么不出来做官儿呢？

傅　朋　有案牵连在内。

刘　瑾　（指赵廉）哎哟，又是你！

贾　桂　哎哟，哎哟，没他什么事儿！（指傅朋）您赏他个官儿做不就得了嘛！

刘　瑾　赏他个什么官儿做呢……

贾　桂　您想一想。

刘　瑾　路过固城，少个……

贾　桂　都司。

刘　瑾　好嘞，暂做都司。

傅　朋　（施礼）谢千岁！

〔唢呐吹奏曲牌<吹打>。宋巧姣、孙玉姣出门，"下场门"下。傅朋出门，赵廉离座相送，傅朋拂袖，"下场门"下。曲牌止。

刘　瑾　赵廉有罪呀——！

〔【撕边一击】赵廉急转身进门跪。

贾　桂　哟，人家有什么罪呀？

刘　瑾　他没罪？

贾　桂　没罪。

刘　瑾　好，没罪，没罪。

贾　桂　（对赵廉）没罪，起来吧！

刘　瑾　（故意震怒，拍惊堂木）啊嘿！（仓）你说没罪，他就没罪了吗？

贾　桂　（急跪）哎哟，赵廉他有罪呀！（躺在地上要赖）掉在酒缸里头了，罪大啦……

刘　瑾　哈哈哈……这小子整个的滚刀筋哪！唉，起来吧！老爷子怄着你们玩儿哪，哈哈哈哈……

贾　桂　嘿，怄了一身汗。（起来，对赵廉）老爷子怄着你玩儿哪，起来吧！

〔赵廉起来，站"大边"；贾桂站"小边"。

刘　瑾　没罪不成啊。

贾　桂　怎么又不成啦？

刘 瑾 我得罚他。

贾 桂 罚什么呀？清官儿没落着，刚一提拔，又吃了烟袋油子了，勒索上了嘛！

刘 瑾 哎，我罚他一个买办。

贾 桂 买什么呀？

刘 瑾 研墨。

贾 桂 嗻！

刘 瑾 （写公文）这儿有公文一角，命他去陕西延安府布政司衙门库内支银二千两。

贾 桂 干什么呀！

刘 瑾 去到苏、杭二州，给孙、宋二女办两份嫁妆。

贾 桂 哎哟，是您赏的？

刘 瑾 告诉他说，办好了……

贾 桂 咱们爷们儿……

刘 瑾 嘿！明白吗？

贾 桂 明白。您交给我吧！（对赵廉）嘿，县太爷，这趟美差办好了，老爷子给您升官儿换纱帽啊！

刘 瑾 猴崽子！我心眼儿里的事情，你怎么会知道了？

贾 桂 我是您肚子里头那条混屎虫嘛！

刘 瑾 真会呀！是蛔虫。

贾 桂 蛔虫！（对赵廉）县太爷，你过来，跪下。（赵廉跪）千岁爷，您就封东村！

刘 瑾 哎，什么事，我封？

贾 桂 您不封，谁封啊？

刘 瑾 我还得奏明皇上哪！

贾 桂 哎哟，这会儿不用听皇上，您说什么就是什么。

刘 瑾 我封得？

贾 桂 没错，您封吧！

刘 瑾 我说县台！

贾 桂 您就封吧！

刘 瑾 你这点儿钱可没花在空地儿上啊！

贾 桂 这是哪儿的事儿呀！守着您，还短得了这个吗？

刘 瑾 封他个官儿，我想想……

贾 桂 您想想。

刘 瑾 路过凤翔府。

贾 桂 那儿缺个知府。

刘 瑾 好，你暂做知府。见了圣上，咱家再提拔于你！下客！

贾 桂 谢恩哪！

赵 廉 谢千岁！

〔唢呐吹奏曲牌<尾声>。四红龙套两边分下。刘瑾离座，右手抓袖，左脚踢袍“下场门”下。赵廉站起。贾桂在桌案上取公文交给赵廉，二人推磨换位，赵廉向贾桂致谢。贾桂“下场门”下。二班头、四衙役两边分上，“站门”。曲牌止。

赵 廉 带马回衙！

「唢呐吹奏曲牌<尾声·合头>。班头甲带马，赵廉上马。四衙役“插门”“下场门”下。**【大锣打下】**二班头、赵廉随下。落大幕。

——剧 终

附 录

刘瑾逛花园

〔胡琴奏曲牌<西皮小开门>。和尚引四红龙套、四校尉、四太监、四宫女、太后“下场门”下。刘瑾、贾桂送太后以后归“正场”。曲牌止。

刘 瑾 哎，桂儿啊！

贾 桂 嗻！

刘 瑾 你看老皇太这么大的年纪，他哪，还是这么硬朗，走道儿多快，也不用人搀着，真跟一尊活佛似的。

贾 桂 是呀，您瞧太后老佛爷偌大的年纪，精神也大，身体也好，这是咱们爷们儿的造化，谁比得了哇！

刘 瑾 孩儿呀，这话你说得对，咱们爷们儿的造化谁也比不了。

贾 桂 那是当然的喽！

刘 瑾 哎，桂儿呀！

贾 桂 嗻！

刘 瑾 闻听人说，法门寺的景致好，咱们爷儿俩趁这会儿逛一逛，你瞧好不好？

贾 桂 好哇！

刘 瑾 带路！

贾 桂 嗻！

〔贾桂引刘瑾同走小圆场。

刘 瑾 哎，桂儿呀！

贾 桂 嗻！

刘 瑾 你瞧，大佛宝殿里头的佛爷多么威武，法身多大，他们都叫什么名字，你知道吗？

贾 桂 嗻！奴才我知道一点儿。当中间儿的是释迦牟尼，那边儿那一尊是阿弥陀佛，这边儿这一尊是药师佛，这是清一僧最尊重的三大士。

刘 瑾 这两边儿还有这么些个小和尚：这个按着猫；那边儿那个逗的是有腿的长虫；有长眉毛的；你瞧这个，胳臂怎么这么长，八成儿他是个扒手儿吧？

贾 桂 哎哟老爷子，您怎么胡给起名字？这两边儿不是小和尚，是十八尊者十八罗汉。这边儿这个按着的，那也不是猫，那是虎；这边儿这个逗的也不是长虫，那是龙；这是降龙、伏虎。那二尊者一个叫长眉罗汉，一个叫长臂罗汉，他也不是小偷儿。

刘 瑾 哦，这就是啦。走，咱们到花园儿看看。

贾 桂 嗻，您跟我来。

〔贾桂引刘瑾同走小圆场。

刘 瑾 嘿，这个花园不错，也大，也干净。

贾 桂 您瞧，出家人早晨起来，拜佛念经完啦，没有事儿，可不就归置归置这儿，打扫打扫那儿，种个花儿啦，栽棵树啦，这就是他们的功课。

刘 瑾 他们可比咱们爷们儿清闲自在得多。

贾　桂　您瞧，那是什么话哪？出家人修的就是这个：扫地不伤蝼蚁命，爱惜飞蛾纱罩灯。
刘　瑾　哎，桂儿呀！
贾　桂　嗻！
刘　瑾　你瞧这棵花儿,开的多好哇！颜色是颜色,朵儿是朵儿,叶儿是叶儿。它叫什么名字？
贾　桂　老爷子，我跟您哪打个哑谜：儿子上学未归——
刘　瑾　它叫什么呀？
贾　桂　母耽啵。
刘　瑾　哦哦，牡丹哪。那棵哪？跟这棵差不了多少，也是牡丹吗？
贾　桂　哎，老爷子，那棵不是牡丹。
刘　瑾　那儿那棵是什么呀？
贾　桂　是卖油的不带秤——勺舀。
刘　瑾　哦，芍药哇！走，咱们到放生池看看。
贾　桂　您跟我来。
〔贾桂引刘瑾同走小圆场。
刘　瑾　好大个儿的池子！
贾　桂　什么话哪！放生池吗，总得大。
刘　瑾　里边儿的鱼真不少哇！和尚得花多少钱买这么些个鱼呀？
贾　桂　老爷子，和尚不花钱买鱼。这都是善士们年年买了鱼，上这儿放生来。您瞧什么鱼都有。
刘　瑾　哦，那就是啦。哎，桂儿呀。
贾　桂　嗻！
刘　瑾　你瞧，这个金鱼多么大呀！哎，这边儿的那是什么鱼呀？
贾　桂　那个，是黄花鱼。
刘　瑾　黄花鱼，它干么贴边儿走？
贾　桂　您瞧，常言道的好：黄花鱼溜边儿嘛。
刘　瑾　那是什么鱼？怎么仨脑袋长到一块儿啦？
贾　桂　哎，老爷子，您别露怯啦，那是龙睛鱼，那俩不是脑袋，那是它的大眼睛。
刘　瑾　哎，桂儿呀！
贾　桂　嗻！
刘　瑾　你瞧，这儿怎么有荷叶鱼呀？
贾　桂　那个不是荷叶鱼。
刘　瑾　它是什么鱼呀？
贾　桂　它是甲鱼。
刘　瑾　走，咱们到别处看看。
贾　桂　嗻！您跟我来。
〔贾桂引刘瑾同走小圆场。
刘　瑾　嘿，好大的捻捻转儿！
贾　桂　老爷子，您别露怯啦，这不是捻捻转儿。
刘　瑾　这是什么呀？
贾　桂　这是塔。

刘 瑾 塔，多少层儿啊?

贾 桂 玲珑塔，塔玲珑，玲珑宝塔十三层；层层上，挂金铃，西北风一刮响哗楞。

刘 瑾 哎，这个东西倒不错。回头你把和尚给我叫来。

贾 桂 叫和尚来干什么?

刘 瑾 叫他们把这个塔给我搬家去。

贾 桂 得啦，老爷子，没那么大的力气。

刘 瑾 这工夫不小了，咱们该瞧瞧太后老佛爷去了。

贾 桂 对啦，咱们爷们儿该当差去了。

〔和尚引四红龙套、四校尉、四宫女、太后上，太后归里座，众归“里八字”。贾桂、刘瑾圆场进门，刘瑾坐“大边跨椅”，贾桂侍立在刘瑾身旁。和尚在正场跪拜，贾桂将太后的赏赐折子给和尚。

贾 桂 冲上谢恩，多念万寿经啊!